Assassinatos & Cookies de Chocolate

Joanne Fluke

Assassinatos & Cookies de Chocolate

Tradução de Débora Landsberg

Texto de acordo com a nova ortografia.

Título original: *Chocolate Chip Cookie Murder*

Tradução: Débora Landsberg
Capa: Jeanne Mutrel
Preparação: Mariana Donner da Costa
Revisão: Nanashara Behle

CIP-Brasil. Catalogação na publicação
Sindicato Nacional dos Editores de Livros, RJ.

F667a

    Fluke, Joanne, 1943-
        Assassinatos & cookies de chocolate / Joanne Fluke; tradução Débora Landsberg. – 1. ed. – Porto Alegre [RS]: L&PM, 2024.
        420 p. ; 21 cm.

    Tradução de: *Chocolate Chip Cookie Murder*
    ISBN 978-65-5666-471-2

    1. Ficção americana. I. Landsberg, Débora. II. Título.

24-88686   CDD: 813
                      CDU: 82-3(73)

Gabriela Faray Ferreira Lopes - Bibliotecária - CRB-7/6643

© Copyright © 2000 by Joanne Fluke

Todos os direitos desta edição reservados a L&PM Editores
Rua Comendador Coruja, 314, loja 9 – Floresta – 90.220-180
Porto Alegre – RS – Brasil / Fone: 51.3225.5777
Pedidos & Depto. Comercial: vendas@lpm.com.br
Fale conosco: info@lpm.com.br
www.lpm.com.br

Impresso no Brasil
Outono de 2024

*Esta edição especial é dedicada
à nossa mais nova membra,
Kathryn Grace.*

 # Capítulo 1

Hannah Swensen vestiu a jaqueta de couro antiga que tinha resgatado do brechó Helping Hands e se abaixou para pegar o gato laranja enorme que se esfregava no seu tornozelo.

– Tudo bem, Moishe. Eu encho seu pratinho de novo, mas aí você só vai comer outra vez à noite.

Enquanto o carregava até a cozinha e o colocava perto da tigela de comida, Hannah se lembrou do dia em que o gato montara acampamento na porta do prédio. Ele estava vergonhoso, com os pelos emaranhados e sujos, e na mesma hora ela o botara para dentro de casa. Quem mais adotaria um gato de mais de dez quilos, meio cego e de orelha rasgada? Hannah lhe dera o nome de Moishe e, embora ele jamais fosse ganhar um prêmio do Clube de Amantes de Gatos de Lake Eden, a ligação entre eles tinha sido instantânea. Os dois estavam acabados – Hannah dos confrontos semanais com a mãe, Moishe da vida difícil nas ruas.

Moishe ronronou de alegria quando Hannah encheu o pote. Ele parecia sentir gratidão por não precisar mais surrupiar comida e se enfiar nos lugares em busca de abrigo e demonstrava seu apreço de inúmeras formas. Naquela manhã mesmo, Hannah tinha achado a parte traseira de um rato no meio da mesa da cozinha, bem do lado da violeta-africana murcha que ela sempre se esquecia de regar. A maioria de suas contemporâneas chamaria o marido aos gritos para retirar o cadáver asqueroso, mas Hannah pegou a carcaça pelo rabo e encheu Moishe de elogios por afugentar os roedores do prédio.

– Até de noite, Moishe. – Hannah lhe fez um afago carinhoso e pegou as chaves do carro. Estava vestindo as luvas de couro, se preparando para sair, quando o telefone tocou.

Hannah deu uma olhada no relógio de parede, em forma de maçã, que tinha achado em uma vendinha de garagem. Eram apenas seis horas da manhã. Sua mãe não ligaria tão cedo assim, não é?

Moishe desviou o olhar da tigela com uma expressão que Hannah acreditou ser de empatia. Ele não gostava de Delores Swensen e nem tentava disfarçar seus sentimentos quando ela aparecia de surpresa para visitar a casa da filha. Depois de várias meias-calças rasgadas, Delores resolvera restringir a socialização com a filha aos jantares que as duas faziam todas as terças-feiras.

Hannah pegou o telefone, interrompendo a secretária eletrônica no meio da mensagem, e suspirou ao ouvir a voz da mãe:

– Oi, mãe. Estou de saída, então a gente tem que falar rápido. Já estou atrasada para o trabalho.

Moishe ergueu o rabo e o balançou, empinando a bunda para o telefone. Hannah abafou uma risada e lhe deu uma piscadela cúmplice.

– Não, mãe, eu não dei o meu telefone para o Norman. Se ele quiser entrar em contato comigo, ele que procure o número.

Hannah franziu a testa quando a mãe entrou na lenga-lenga de sempre sobre o jeito certo de atrair um homem. O jantar das duas na véspera tinha sido um desastre. Ao chegar na casa da mãe, Hannah tinha se deparado com outros dois convidados: a sra. Carrie Rhodes, uma vizinha de sua mãe que tinha acabado de ficar viúva, e o filho dela, Norman. Hannah fora obrigada a entabular uma conversa educada com Norman enquanto comiam a carne assada havaiana, tão adocicada que estava enjoativa, e o bolo de nozes com cobertura de chocolate do mercado Red Owl, com suas mães trocando sorrisos alegres e comentando que lindo casal eles formavam.

– Olha, mãe, eu preciso ir mesmo... – Hannah se calou e revirou os olhos. Depois que Delores entrava em um assunto, era impossível ela conseguir falar. A mãe acreditava que uma mulher às raias dos trinta anos precisava se casar, e embora Hannah argumentasse que gostava da vida dela como estava, isso não impedia Delores de apresentá-la a todos os homens solteiros, viúvos ou divorciados que botavam os pés em Lake Eden.

– É, mãe. O Norman parece ser muito legal, mas... – Hannah estremecia enquanto a mãe continuava a enumerar as qualidades de Norman. Por que cargas-d'água a mãe tinha convicção de que a filha mais velha se interessaria por um dentista quase careca, muitos anos mais velho do que ela e cujo assunto predileto era doenças gengivais? – Você vai me desculpar, mãe, mas eu estou atrasada e...

Moishe parecia notar a frustração da dona porque esticou a pata laranja e virou a tigela no chão. Por um instante, Hannah o encarou com surpresa, depois sorriu.

– Tenho que ir, mãe. O Moishe acabou de derrubar o pote de comida e o chão está todo sujo de sachê. – Hannah interrompeu os comentários que a mãe fazia sobre o potencial de renda de Norman aproveitando um momento em que ela parou para tomar fôlego e desligou o telefone. Em seguida, varreu a comida de gato, jogou tudo no lixo e serviu comida fresca a Moishe. Acrescentou alguns petiscos para recompensar Moishe pela esperteza, o deixou comendo satisfeito e correu para a porta.

Hannah desceu a escada às pressas rumo à garagem subterrânea, destrancou a porta do SUV e se sentou atrás do volante. Ao abrir seu negócio, tinha comprado um Chevrolet Suburban usado na revendedora de Cyril Murphy. Ela o pintara de vermelho-maçã, cor que sem dúvida chamaria a atenção em qualquer lugar onde o parasse, e encomendou a pintura do nome do negócio – The Cookie Jar – em letras

douradas nas portas da frente. Tinha até providenciado uma placa que dizia: "COOKIES".
Quando Hannah subiu a rampa que levava ao térreo, viu o vizinho de porta chegando em casa. Phil Plotnik trabalhava à noite na DelRay Manufacturing, e Hannah abaixou a janela para avisar que a água seria cortada das dez ao meio-dia. Em seguida, usou o cartão do prédio para sair do condomínio e dobrou a esquina para entrar na Old Lake Road.
A interestadual atravessava Lake Eden, mas a maioria dos moradores da cidade usava a Old Lake Road para chegar ao centro. Era um trajeto deslumbrante, que serpenteava em torno do lago Eden. Quando os turistas chegavam, no verão, alguns ficavam confusos com os nomes. Sempre que lhe perguntavam, Hannah explicava tudo com um sorriso no rosto. O lago se chamava Eden e a cidade aninhada às suas margens se chamava "Lake Eden".
O frio daquela manhã estava cortante, nada anormal para a terceira semana de outubro. O outono era curto em Minnesota, algumas semanas em que as folhas mudavam de cor, que faziam todo mundo tirar fotos dos vermelhos intensos, dos laranjas berrantes e dos amarelos vistosos. Depois que a última folha caía, deixando os galhos despidos sob o céu de chumbo, os ventos gelados que vinham do norte começavam a soprar. Em seguida, caía a primeira nevasca, que causava deleite nas crianças e suspiros estoicos nos adultos. Embora andar de trenó, patinar no gelo e fazer guerra de bola de neve fossem uma diversão para os pequenos, o inverno também trazia montes de neve que precisavam ser removidos, bloqueios quando as pistas ficavam intransitáveis e temperaturas que chegavam a trinta ou até quarenta graus abaixo de zero.
O pessoal do verão tinha ido embora de Lake Eden logo depois do feriadão do Dia do Trabalho, em setembro, e voltado para suas casas aconchegantes na cidade. As cabanas à beira do lago ficavam vazias, o encanamento era enrolado em material isolante para não congelar com as temperaturas abaixo de zero do inverno, e as janelas eram tampadas com tábuas

que as protegiam do vento que varria a superfície congelada do lago. Agora só os moradores estavam na cidade e a população de Lake Eden, que quase quadruplicava no verão, não chegava nem a três mil pessoas.

Esperando o sinal abrir no cruzamento da Old Lake Road com a Dairy Avenue, Hannah viu algo familiar. Ron LaSalle estava parado na plataforma da Cozy Cow Dairy, carregando a caminhonete para sair em sua rota de entrega. Àquela hora da manhã, Ron já tinha terminado de entregar os laticínios aos clientes residenciais, deixando o leite, o creme de leite e os ovos em caixas térmicas que a leiteria oferecia. As caixas eram necessárias em Minnesota. Mantinham o conteúdo frio no verão e evitavam que congelasse no inverno.

Ron apoiava o queixo na mão com uma postura pensativa, como se ponderasse coisas mais sérias do que as encomendas que ainda precisava entregar. Hannah o veria mais tarde, quando ele lhe entregasse seus suprimentos, e pensou que precisava se lembrar de perguntar o que ele estava matutando. Ron se orgulhava de sua pontualidade, e a caminhonete da Cozy Cow pararia nos fundos de sua loja exatamente às 7h35. Depois que Ron entregasse a encomenda diária, entraria na cafeteria para tomar um cafezinho rápido e comer um cookie quentinho. Hannah o veria outra vez às três da tarde, logo depois de ele encerrar as entregas do dia. Era quando ele buscava a encomenda de sempre: uma dúzia de cookies para viagem. Ron os deixava na caminhonete de um dia para o outro, para comê-los no dia seguinte, de café da manhã.

Ron ergueu os olhos, a viu parada no sinal e levantou o braço para acenar. Hannah deu uma buzinada quando o sinal ficou verde e seguiu em frente. De cabelo castanho ondulado e corpo musculoso, Ron era um colírio para os olhos. A irmã caçula de Hannah, Michelle, jurava que Ron era tão lindo quanto Tom Cruise e na época do colégio morria de vontade de sair com ele. Até hoje, quando Michelle voltava do Macalester College, sempre perguntava por Ron.

Três anos antes, todo mundo esperava que o melhor *quarterback* do Lake Eden Gulls fosse recrutado pelo time profissional, mas Ron tinha rompido um ligamento na última partida de sua carreira escolar, acabando com a esperança de conseguir uma vaga no Minnesota Vikings. Hannah tinha seus momentos de sentir pena de Ron. Tinha certeza de que dirigir uma caminhonete de entregas da Cozy Cow não era o futuro glorioso que ele havia imaginado para si. Mas Ron ainda era um herói na cidade. Todo mundo de Lake Eden se lembrava do incrível *touchdown* que ganhou o jogo do campeonato estadual. O troféu conquistado era exibido em uma caixa de vidro no colégio e ele tinha se oferecido para atuar de graça como assistente do treinador do Lake Eden Gulls. Talvez fosse melhor ser um peixe grande em um laguinho do que um *quarterback* de terceiro escalão esquentando o banco do Vikings.

Não havia mais ninguém na rua àquela hora da manhã, mas Hannah fez questão de que o velocímetro ficasse sempre bem abaixo do limite de quarenta quilômetros. Herb Beeseman, o delegado da cidade, era conhecido por ficar à espreita, atento aos moradores imprudentes tentados a pisar fundo demais no acelerador. Embora Hannah nunca tivesse recebido uma das multas de trânsito de Herb, sua mãe continuava furiosa com a multa que o filho caçula de Marge Beeseman tinha lançado contra ela.

Hannah virou na esquina da Main com a Fourth e entrou no beco atrás da loja. O edifício quadrado e branco tinha duas vagas, e Hannah estacionou o carro em uma delas. Não se deu ao trabalho de puxar o cabo enrolado no para-choques para ligá-lo na tomada nos fundos do prédio. O sol brilhava e o locutor do rádio havia previsto que a temperatura chegaria aos cinco graus. Não teria necessidade de usar o aquecedor de motor nas próximas semanas, mas quando o inverno chegasse e o mercúrio caísse a níveis congelantes, precisaria dele para conseguir ligar o motor.

Depois de abrir a porta e descer do Suburban, Hannah teve o cuidado de trancá-lo. Poucos crimes aconteciam em

Lake Eden, mas Herb Beeseman também deixava multas nos veículos estacionados destrancados. Antes de cruzar a distância entre o carro e a porta dos fundos da confeitaria, Claire Rodgers chegou em seu Toyota azul e parou o carro nos fundos do edifício caramelo vizinho à loja de Hannah.

Hannah parou e esperou Claire saltar do carro. Gostava de Claire e não acreditava nos boatos que corriam a cidade de que ela tinha um caso com o prefeito.

– Ei, Claire. Chegou cedo hoje.

– Acabei de receber um novo carregamento de vestidos de festa e tenho que pôr preço em todos eles. – O rosto de beleza clássica de Claire se iluminou quando ela sorriu. – As festas estão chegando, né?

Hannah concordou. Não estava ansiosa pelo Dia de Ação de Graças e o Natal com a mãe e as irmãs, mas esse era um suplício que precisava aguentar em nome da paz da família.

– Você devia dar uma passadinha na loja, Hannah. – Claire olhou-a de cima a baixo, reparando na jaqueta de couro que já tinha visto dias melhores e no gorro de lã velho que Hannah enfiava sobre os cachos ruivos arrepiados. – Tenho um vestidinho preto deslumbrante que faria maravilhas por você.

Hannah sorriu e assentiu, mas lutou para conter a risada quando Claire destrancou a porta dos fundos da Beau Monde Fashions e entrou na loja. Onde ela usaria um vestidinho preto em Lake Eden? Ninguém dava coquetéis e o único restaurante sofisticado da cidade tinha fechado assim que os turistas foram embora. Hannah nem se lembrava da última vez que tinha ido a um jantar requintado. Aliás, nem se lembrava da última vez que alguém a tinha chamado para sair.

Hannah destrancou a porta dos fundos e a abriu com um empurrão. Foi recebida pelo aroma doce de canela e melaço e sorriu. Já tinha misturado várias porções de massa de cookie na noite anterior e o cheiro ainda estava no ar. Acendeu as luzes, pendurou a jaqueta no gancho ao lado da porta e ligou os dois fornos a gás industriais que ficavam junto à parede dos fundos. Sua ajudante, Lisa Herman, chegaria às sete e meia para começar a assar os cookies.

A meia hora seguinte passou rápido, com Hannah picando, derretendo, medindo e misturando ingredientes. Pela tentativa e erro, descobrira que os cookies ficavam mais gostosos se usasse apenas a massa que conseguia misturar à mão. Suas receitas eram originais, desenvolvidas na cozinha da casa da mãe quando era adolescente. Delores considerava assar bolos e pães uma tarefa chata e ficara contente em delegá-la à filha mais velha, assim poderia dedicar toda sua energia a colecionar antiguidades.

Às sete e dez, Hannah botou a última tigela de massa de cookie na geladeira e empilhou na lava-louças industrial os utensílios que tinha usado. Pendurou o avental, tirou a touca de papel que usava para cobrir os cachos e foi à cafeteria para começar a preparar o café.

Uma porta ao estilo vaivém separava a confeitaria da cafeteria. Hannah a abriu e entrou, ligando os lustres redondos à moda antiga garimpados da finada sorveteria de uma cidade vizinha. Foi até a vidraça que dava para a rua, puxou de lado as cortinas de chita e olhou a Main Street. Nada se mexia: ainda estava cedo demais, mas Hannah sabia que dali a uma hora as cadeiras em torno das mesinhas redondas do salão estariam cheias de clientes. A Cookie Jar era ponto de encontro dos moradores, o lugar que as pessoas escolhiam para se inteirar de fofocas e planejar o dia enquanto tomavam um café preto em canecas brancas grossas e comiam cookies recém-saídos do forno.

A cafeteira de aço inoxidável reluzia e Hannah sorria ao enchê-la de água e medir a quantidade de café. Lisa tinha lavado o aparelho na véspera, recuperando seu antigo esplendor. Lisa era um presente de Deus no que dizia respeito à administração da confeitaria e da cafeteria. Via o que era necessário fazer e fazia sem que ela precisasse pedir, e tinha até inventado algumas receitas de cookie que se somaram às dos arquivos de Hannah. Era uma grande pena que Lisa não tivesse usado sua bolsa acadêmica para cursar uma faculdade, mas o pai, Jack

Herman, estava com Alzheimer e Lisa tinha resolvido ficar em casa para cuidar dele.

Hannah pegou três ovos na geladeira atrás do balcão e os jogou, com casca e tudo, na tigela com o pó de café. Depois os quebrou com uma colher pesada e acrescentou uma pitada de sal. Depois de misturar os ovos e as cascas com o pó de café, Hannah derramou o conteúdo da tigela no cesto e apertou o botão para acionar a cafeteira.

Passados alguns minutos, o café começou a ganhar vida e Hannah se deliciou com seu cheiro. Não existia aroma melhor do que o de café recém-preparado, e todo mundo em Lake Eden dizia que o melhor café era o dela. Hannah pôs o avental bonito de chita que usava para servir os fregueses e cruzou a porta de vaivém para dar instruções a Lisa.

– Asse primeiro os crocantes de gotas de chocolate, Lisa. – Hannah saudou Lisa com um sorriso receptivo.

– Já estão no forno, Hannah. – Lisa desviou o olhar da bancada de trabalho de aço inoxidável, onde pegava a massa com um boleador e botava esferas perfeitamente redondas em uma tigelinha cheia de açúcar. Tinha apenas dezenove anos, era dez anos mais nova do que Hannah, e seu corpo mignon era completamente envolto pelo avental branco de confeiteira que usava. – Agora estou fazendo os cookies de melaço do banquete de premiação dos escoteiros mirins.

De início, Hannah contratara Lisa como garçonete, mas não tinha levado muito tempo para entender que Lisa era capaz de muito mais do que servir café e cookies. No final da primeira semana, Hannah já tinha passado Lisa de meio expediente para horário integral e lhe ensinado a cozinhar. Agora gerenciavam os negócios juntas, em equipe.

– Como seu pai está hoje? – A voz de Hannah tinha um quê de solidariedade.

– Hoje ele acordou bem. – Lisa pôs o tabuleiro ainda não assado de cookies de melaço numa prateleira. – O sr. Drevlow vai levar ele no Grupo da Terceira Idade da Igreja Luterana do Santo Redentor.

– Eu achava que sua família era católica.

– E é, mas o papai não se lembra disso. Além do mais, não vejo problema nenhum em ele ir almoçar com os luteranos.

– Eu também não. E é bom para ele sair e ver os amigos.

– Foi exatamente o que eu disse ao padre Coultas. Se Deus fez o papai ter Alzheimer, Ele precisa ser compreensivo quando meu pai esquece que igreja frequenta. – Lisa foi até o forno, desligou o temporizador e tirou o tabuleiro de crocantes de gotas de chocolate. – Levo assim que esfriar!

– Obrigada. – Hannah tornou a passar pela porta de vaivém e destrancou a porta da cafeteria. Virou a plaqueta de "Fechado" para "Aberto" e verificou se havia bastante troco na caixa registradora. Tinha acabado de arrumar as cestinhas com pacotinhos de açúcar e adoçante quando um modelo recente de Volvo verde-escuro parou na vaga em frente à loja.

Hannah franziu a testa quando a porta do motorista se abriu e ela viu sua irmã do meio, Andrea, descer do carro. Andrea estava lindíssima com seu casaco verde de tweed com gola de pele falsa politicamente correta. O cabelo louro estava preso em um nó reluzente no alto da cabeça e era bem possível que ela tivesse saído das páginas de uma revista de luxo. Embora os amigos de Hannah insistissem em dizer que ela era bonita, só de estar na mesma cidade que Andrea ela já se sentia desmazelada e simplória.

Andrea tinha se casado com Bill Todd, o subdelegado do condado de Winnetka, logo depois de terminar a escola. Tinham uma filha, Tracey, que havia completado quatro anos no mês anterior. Bill era um bom pai quando não estava cuidando da delegacia, mas Andrea não tinha sido feita para ser dona de casa. Quando Tracey tinha apenas seis meses, Andrea decidiu que eles precisavam de duas fontes de renda e foi trabalhar como corretora da Imobiliária Lake Eden.

O sino na porta tilintou e Andrea entrou acompanhada de um jato de ar frio do vento outonal, trazendo Tracey pela mão.

– Graças a Deus que você está aqui, Hannah! Eu tenho um imóvel para mostrar e estou atrasada para o meu horário na Cut 'n Curl.

– Ainda são oito horas, Andrea. – Hannah pegou Tracey, sentou-a em um banquinho junto ao balcão e foi à geladeira para pegar um copo de leite para a menina. – A Bertie só abre às nove.

– Eu sei, mas ela disse que chegaria mais cedo para me atender. Vou mostrar a fazenda dos Peterson agora de manhã. Se eu conseguir vender, vou poder encomendar um carpete novo para o meu quarto.

– A fazenda dos Peterson? – Hannah se virou para encarar a irmã, surpresa. – Quem é que vai querer comprar aquela desgraça?

– Não é uma desgraça, Hannah. É uma casa que precisa de reformas. E meu comprador, o sr. Harris, tem grana para transformar a propriedade num lugar lindo.

– Mas por quê? – Hannah estava genuinamente confusa. A casa dos Peterson estava vazia havia vinte anos. Quando criança, ela passava lá de bicicleta e era apenas uma casa de fazenda velha com dois andares num terreno de vários hectares de matagal abandonado vizinho à Cozy Cow Dairy. – Seu comprador é louco de querer aquela casa. A terra não vale praticamente nada. O velho Peterson tentou cultivar aquelas terras por anos a fio e a única coisa que crescia lá era pedra.

Andrea arrumou a gola do casaco.

– O cliente sabe disso, Hannah, e não dá a mínima. O interesse dele é só na casa. Estruturalmente, ela ainda está boa e tem uma ótima vista para o lago.

– Ela fica exatamente no meio de um buraco, Andrea. Só dá para ver o lago do alto do telhado. O que o seu comprador pretende fazer, subir na escada sempre que der vontade de curtir a vista?

– Não exatamente, mas dá na mesma. Ele disse que vai levantar um terceiro andar e usar a fazenda como um passatempo.

– Um passatempo?

– É a casa de campo das pessoas que moram na cidade e querem ser agricultoras sem trabalhar. Ele vai contratar um agricultor daqui para cuidar dos animais e da terra.

– Entendi – Hannah disse, contendo o sorriso. Segundo sua própria definição, Andrea era esposa por passatempo e mãe por passatempo. A irmã contratava uma mulher para fazer faxina e preparar a comida, e pagava baby-sitters e creches para cuidarem de Tracey.

– Você olha a Tracey para mim, não olha, Hannah? – Andrea parecia aflita. – Eu sei que ela dá trabalho, mas vai ser só uma hora. A Kiddie Korner abre às nove.

Hannah cogitou falar sério com a irmã. Estava administrando um negócio e a loja não era creche. Mas mudou de ideia com uma olhadela para o rosto esperançoso de Tracey.

– Vai lá, Andrea. A Tracey pode trabalhar para mim até a hora de ir para a escolinha.

– Valeu, Hannah. – Andrea deu as costas e se dirigiu à porta. – Eu sabia que podia contar com você.

– Posso trabalhar mesmo, tia Hannah? – Tracey perguntou com sua vozinha suave, e Hannah lhe deu um sorriso tranquilizador.

– Pode, sim. Eu preciso de uma provadora oficial. A Lisa acabou de fazer uma fornada de cookies crocantes com gotas de chocolate e preciso saber se eles estão bons para servir aos clientes.

– Você disse *chocolate*? – Andrea estava na porta e se virou para franzir a testa para Hannah. – A Tracey não pode comer chocolate. Ela fica hiperativa.

Hannah assentiu, mas deu uma piscadela cúmplice a Tracey.

– Não vou me esquecer disso, Andrea.

– Até daqui a pouco, Tracey – Andrea se despediu e jogou um beijo para a filha. – Trate de não dar trabalho para a tia Hannah, hein?

Tracey esperou a porta se fechar e se virou para Hannah.

– O que é hiperativa, tia Hannah?

– É uma palavra que a gente usa para falar de crianças que estão se divertindo. – Hannah saiu de trás do balcão e tirou Tracey do banquinho. – Vamos, meu bem. Vamos lá atrás ver se os crocantes com gotas de chocolate já esfriaram para você provar um.

Lisa estava enfiando outro tabuleiro de cookies no forno quando Hannah e Tracey chegaram. Ela abraçou Tracey, lhe deu um cookie do tabuleiro que esfriava na prateleira e se virou para Hannah com uma expressão perplexa.

– O Ron ainda não apareceu. Será que ele está doente?

– Só se ele adoeceu de repente. – Hannah olhou para o relógio da parede. Eram oito e quinze e Ron estava quase 45 minutos atrasado. – Vi ele duas horas atrás, quando passei de carro pela leiteria, e ele parecia estar muito bem.

– Eu também vi ele, tia Hannah. – Tracey puxava o braço de Hannah.

– Viu? Quando foi isso, Tracey?

– A caminhonete de vaquinha passou quando eu estava esperando em frente ao escritório da imobiliária. O sr. LaSalle me deu tchauzinho e um sorriso esquisito. E aí a Andrea saiu com os papéis e nós viemos ver você.

– A Andrea? – Hannah olhou para a sobrinha, surpresa.

– Ela não gosta mais que eu chame ela de mamãe porque é um rótulo e ela detesta rótulos. – Tracey fez o possível para explicar. – Tenho que chamar ela de Andrea que nem todo mundo.

Hannah suspirou. Talvez fosse hora de ter uma conversa com a irmã sobre as responsabilidades da maternidade.

– Tem certeza de que você viu a caminhonete da Cozy Cow, Tracey?

– Tenho, tia Hannah. – A cabeça loura de Tracey fazia que sim, segura de si. – Ela virou na esquina e entrou no beco. E aí eu ouvi uma pancada bem alta, que nem a do carro do papai. Entendi que veio da caminhonete de vaquinha porque não tinha nenhum outro carro perto.

Hannah sabia exatamente o que Tracey queria dizer. O Ford antigo de Bill estava nas últimas e o escapamento fazia barulho sempre que ele soltava o acelerador.

– O Ron deve estar lá fora dando um jeito na caminhonete. Vou dar uma olhada.

– Posso ir junto, tia Hannah?

– Fica comigo, Tracey – Lisa se pronunciou antes que Hannah tivesse a chance de responder. – Você fica de ouvido ligado no sino e me ajuda com os clientes que entram na cafeteria.

Tracey parecia satisfeita.

– Posso servir cookie para eles, Lisa? Que nem uma garçonete de verdade?

– Claro que pode, mas vai ter que ser um segredo nosso. A gente não quer que seu pai dê uma batida na gente por violar a lei que proíbe trabalho infantil.

– O que é "dar uma batida", Lisa? E por que o papai faria uma coisa dessas?

Hannah sorriu ao vestir a jaqueta e escutar a explicação de Lisa. Tracey questionava tudo, e Andrea enlouquecia. Hannah tinha tentado dizer à irmã que uma mente questionadora era sinal de inteligência, mas Andrea não tinha a paciência necessária para lidar com a filha esperta de quatro anos.

Quando Hannah puxou a porta e saiu, foi recebida por uma forte rajada de vento que quase a tirou do prumo. Fechou a porta, protegeu os olhos do vento e seguiu em frente para dar uma olhada no beco. A caminhonete de Ron estava atravessada na entrada do beco, bloqueando o acesso em ambas as direções. A porta do motorista estava meio aberta e as pernas de Ron pendiam para fora.

Hannah avançou, imaginando que Ron estivesse deitado no banco, mexendo na fiação que passava por baixo do painel. Como não queria assustá-lo e fazê-lo bater a cabeça, parou a alguns metros da caminhonete e o chamou:

– Oi, Ron. Quer que eu chame o guincho?

Ron não respondeu. O vento uivava através do beco, balançando as tampas das lixeiras de metal, e talvez ele não a tivesse ouvido. Hannah se aproximou, o chamou novamente e deu a volta na porta da caminhonete para espiar lá dentro.

O vislumbre que Hannah teve a fez dar um pulo para trás e engolir em seco. Ron LaSalle, o herói do futebol americano de Lake Eden, estava deitado de barriga para cima no banco da caminhonete. O boné branco estava no piso do carro, as encomendas presas na prancheta sacudiam ao vento e um dos saquinhos de cookies de Hannah estava aberto em cima do banco. Havia cookies crocantes com gotas de chocolate espalhados por todos os lados, e Hannah arregalou os olhos quando percebeu que ele ainda segurava um deles.

Então Hannah ergueu os olhos e viu: o buraco horrível, cercado pelo tecido chamuscado de pólvora bem no meio do peito do entregador da Cozy Cow. Ron LaSalle tinha sido assassinado com um tiro.

 **Capítulo 2**

Não era assim que Hannah gostava de atrair clientes novos, mas precisava admitir que o fato de ter encontrado o corpo de Ron tinha feito bem aos negócios. A Cookie Jar estava abarrotada de fregueses. Alguns chegavam a comer cookies de pé e todos queriam saber sua opinião sobre o que tinha acontecido com Ron LaSalle.

Hannah ergueu os olhos quando o sino tilintou e Andrea entrou. Estava tão zangada que seria capaz de matar. Hannah suspirou.

– A gente precisa conversar! – Andrea deu a volta no balcão e pegou-a pelo braço. – Agora, Hannah!

– Agora não posso conversar, Andrea. Tem muitos clientes na loja.

– Estão mais para *vampiros*. – Andrea falava baixo, analisando as inúmeras pessoas que olhavam as duas com curiosidade. Deu um sorrisinho amarelo, um mero esgar dos lábios que ninguém imaginaria ser sincero, e apertou mais a mão em torno do braço de Hannah. – Chame a Lisa para cuidar do balcão e tire uns minutos de descanso. É importante, Hannah!

Hannah concordou. Andrea parecia muitíssimo transtornada.

– Ok. Peça para a Lisa vir para cá e eu encontro você lá nos fundos da confeitaria.

A troca foi realizada rapidamente, e, quando chegou aos fundos da loja, Hannah se deparou com a irmã empertigada num banco junto à bancada de trabalho que ficava no meio da cozinha. Andrea fitava os fornos como se tivesse acabado de descobrir um urso-cinzento hibernando, e Hannah se sobressaltou.

– Algum problema com os fornos?

– Não exatamente. A Lisa falou que quando o temporizador disparar os cookies têm que ser retirados. Você sabe muito bem que eu não sei cozinhar, Hannah.

– Eu cuido disso. – Hannah sorriu ao entregar à irmã uma caixinha de suco de laranja. A irmã ficaria mais à vontade em outro país do que em uma cozinha. As tentativas que Andrea tinha feito de cozinhar sempre rendiam desastres. Até ela voltar a trabalhar e contratar uma cozinheira, a família Todd se alimentava só de pratos congelados.

Hannah pegou um par de luvas de cozinha e tirou os tabuleiros do forno. Pôs para assar os cookies de aveia com passas que Lisa tinha preparado e então puxou outro banquinho para se sentar ao lado da irmã.

– O que foi, Andrea?

– É a Tracey. A Janice Cox, do Kiddie Korner, acabou de me mandar uma mensagem. Disse que a Tracey está falando para os coleguinhas que viu o corpo do Ron.

– É, ela viu mesmo.

– Como você foi capaz, Hannah? – A expressão de Andrea era de quem tinha sido traída. – A Tracey é que nem eu, se impressiona fácil. Isso vai acabar com a psique dela pelo resto da vida!

Hannah esticou o braço e abriu a caixinha de suco de laranja, onde enfiou o canudinho de plástico.

– Dê um gole, Andrea. Você está pálida. Tente relaxar.

– Como é que eu vou relaxar quando você expôs minha filha à vítima de um assassinato?

– Eu não expus. Foi o Bill. E a Tracey só viu o saco com o corpo. Estavam levando o corpo para a van do legista na hora que o Bill veio buscar a Tracey para levar ela para a escolinha.

– Então ela não *viu* o Ron de verdade.

– Só se ela tiver visão de raio X. Você pode perguntar para o Bill. Ele ainda está no beco vigiando a cena do crime.

– Mais tarde eu falo com ele. – Andrea tomou um gole de suco de laranja e suas bochechas voltaram a ter alguma cor. – Desculpe, Hannah. Eu deveria saber que você jamais faria mal à Tracey. Às vezes acho que você é uma mãe melhor para ela do que eu.

Hannah mordeu a língua. Não era hora de dar um sermão em Andrea sobre como criar a filha.

– A Tracey te ama, Andrea.

– Eu sei, mas a maternidade não é instintiva para mim. Foi por isso que contratei as melhores baby-sitters que achei e saí para trabalhar. Achava que se tivesse uma carreira, o Bill e a Tracey ficariam orgulhosos de mim, mas as coisas não estão saindo do jeito que eu imaginava.

Hannah concordou, percebendo a verdadeira motivação para a anormal franqueza da irmã.

– A negociação não deu em nada?

– Pois é. Ele resolveu que a propriedade não era para ele. E quando me ofereci para mostrar outros imóveis, ele não quis nem olhar. Eu queria muito o carpete, Hannah. Era lindo e daria uma cara totalmente diferente ao meu quarto.

– Da próxima vez vai dar tudo certo, Andrea. – Hannah lhe deu um sorriso de incentivo. – Você é uma ótima vendedora.

– Não a ponto de convencer o sr. Harris. Em geral eu identifico a quilômetros de distância o pessoal que só está a fim de olhar, mas estou começando a achar que ele nunca pensou a sério em comprar a fazenda do Peterson.

Hannah se levantou para lhe dar um cookie crocante com gotas de chocolate ainda quentinho, recém-saído do forno. Andrea sempre gostara desses cookies e Hannah pensou que precisava lembrar a Bill que ele não devia mencionar que Ron estava comendo um daqueles antes de morrer.

– Coma, Andrea. Você vai se sentir melhor comendo um tiquinho de chocolate.

– Pode ser. – Andrea deu uma mordida no cookie e deu um sorrisinho. – Amo esse cookie, Hannah. Lembra da primeira vez que você fez um desses para mim?

– Eu lembro – Hannah respondeu, sorridente. Tinha sido num dia chuvoso de setembro e Andrea tinha ficado na escola após a aula para fazer teste para ser animadora de torcida. Como nunca tinham deixado uma aluna do primeiro ano participar da equipe de animadoras de torcida do time principal, Hannah não tinha muita esperança de que Andrea conseguisse a vaga. Portanto Hannah correu para casa para fazer cookies de aveia com gotas de chocolate para a irmã, para aplacar a frustração de Andrea, mas sem averiguar se tinha todos os ingredientes antes de começar a fazer a massa. A lata de aveia estava vazia e Hannah triturou um pouco de flocos de milho para substituí-la. Os cookies ficaram maravilhosos, Andrea foi aceita no grupo de animadoras de torcida e desde então se derramava em elogios aos crocantes com gotas de chocolate.

– Acho que eu realmente não tinha como saber que ele estava só olhando. – Andrea deu outra mordida no cookie e suspirou. – *Parecia mesmo* que a intenção dele era comprar. Até o Al Percy achava. A gente não teve nem que ir atrás dele. Foi ele que procurou a gente!

Hannah se deu conta de que faria bem a Andrea falar de sua decepção.

– Isso faz quanto tempo?

– Na terça faz três semanas. Ele disse que gostava muito da casa, que ela tinha um quê histórico. Levei ele para ver a casa por dentro e ele ficou mais impressionado ainda.

– Mas não a ponto de fazer uma proposta?

– Não, ele falou que precisava resolver uns detalhes primeiro. Entendi que era só uma desculpa e deixei para lá. Às vezes as pessoas não gostam de falar "não", preferem dar uma desculpa boba. Eu jurava que não entraria mais em contato, mas ele me ligou na semana passada e disse que continuava interessado.

Hannah percebeu que um agrado fraternal era necessário.

– Vai ver que ele queria mesmo comprar, mas não tinha como bancar.

– Acho que não é o caso. Ele me disse que dinheiro não é problema, que concluiu que a casa não fazia o estilo dele. E aí entrou no carro alugado e foi embora.

– Ele estava de carro alugado?

– Estava, disse que não queria estragar o Jaguar na estrada de cascalho. Pelo que sei, ele não tem Jaguar nenhum. Se um dia eu me deparar com um cara de peruca outra vez, não vou acreditar em nada do que ele disser! Homem que mente que tem cabelo mente sobre qualquer coisa.

Hannah riu e foi tirar os cookies de aveia com passas do forno. Quando se virou, a irmã já estava pronta para ir embora.

– Tenho que correr – Andrea anunciou. – A mamãe me disse que a sra. Robbins está pensando em se mudar para o Lakeview Senior Apartments. Pensei em dar uma passadinha lá para ver se não convenço ela a me deixar ser a corretora dela.

Hannah se sentiu melhor. Andrea parecia ter recuperado a autoconfiança.

– Vou só dar um oi para o Bill e ver se ele não pode buscar a Tracey na escolinha. E acho que é bom eu achar alguma coisinha para levar para a sra. Robbins. Não seria de bom-tom chegar de mãos abanando.

– Leva esses aqui. São os preferidos dela. – Hannah encheu um saquinho especial com meia dúzia de cookies de melaço. Os sacos pareciam miniaturas de sacolas de compras e tinham alças vermelhas e "The Cookie Jar" escrito em letras douradas.

– Que gentileza a sua. – Andrea parecia grata. – Não digo isso tanto quanto eu deveria, mas você é uma irmã maravilhosa. Não sei o que eu faria se você não tivesse voltado quando o papai morreu. A mamãe ficou uma pilha de nervos e a Michelle não sabia o que fazer com ela. Eu tentei ficar para lá e para cá, mas a Tracey ainda era bebê e eu não estava dando conta de manter esse ritmo. Só pensava em ligar para você e implorar que você voltasse para socorrer todo mundo.

Hannah deu um abraço rápido em Andrea.

– Você fez o certo. Eu sou a irmã mais velha e você era praticamente recém-casada. Eu tinha o dever de ajudar.

– Mas às vezes me sinto culpada por ter ligado. Você tinha sua vida e abriu mão de tudo por nós.

Hannah se virou para esconder as lágrimas que de repente lhe brotavam dos olhos. Talvez perder a venda tivesse sido bom para Andrea. Ela nunca tinha se mostrado tão grata na vida.

– Não precisa sentir culpa, Andrea. Voltar não foi nenhum sacrifício. Eu estava em dúvida sobre lecionar e queria muito fazer alguma coisa diferente.

– Mas você estava tão perto de virar doutora. A esta altura, você poderia ser professora de uma universidade ótima.

– Pode ser. – Hannah deu de ombros, reconhecendo que ela tinha razão. – Mas fazer cookies é bem mais divertido do que dar aula sobre pentâmetro iâmbico ou morrer de tédio em uma reunião de departamento. E você sabe como eu amo a Cookie Jar.

– Então você está feliz aqui em Lake Eden?

– Os negócios vão muito bem, eu tenho uma casa própria e não preciso morar com a mamãe. Tem coisa melhor?

Andrea esboçou um sorriso.

– Nisso você tem razão, principalmente na parte de não morar com a mamãe. Mas que tal um amor?

– Não força a barra, Andrea. – Hannah lhe deu um olhar de advertência. – Se o cara certo aparecer, ótimo. E se não aparecer, tudo bem também. Estou muito bem sozinha.

– Se você tem certeza disso, tudo bem. – Andrea parecia aliviada ao ir em direção à porta.

– Tenho certeza, sim. Boa sorte com a sra. Robbins.

– Vou precisar mesmo. – Andrea se virou para trás dando um sorriso irônico. – Se ela começar a se gabar do filho médico, não sei se consigo não vomitar.

Hannah sabia muito bem do que a irmã estava falando. A sra. Robbins tinha ido à loja de cookies na semana anterior e desfiara elogios para o filho médico. Segundo a mãe dele, o dr. Jerry Robbins estava prestes a descobrir a cura da esclerose múltipla, do câncer e do resfriado comum numa só leva.

– Preciso fazer umas perguntas para você, Hannah. – Bill enfiou a cabeça pela porta da cafeteria e fez um gesto.

– Claro, Bill. – Hannah entregou seu avental a Lisa, pegou duas canecas de café preto e o acompanhou até os fundos da loja. No caminho, ela admirou a camisa de uniforme caramelo que caía bem em seus ombros largos. Bill jogava futebol americano na época da escola e, apesar de nunca ter sido famoso que nem Ron LaSalle, tinha ajudado o time a ganhar várias partidas. Agora sua cintura estava mais redonda, resultado de muitas rosquinhas cobertas de chocolate do Quick Stop, onde parava no trajeto até a delegacia, mas ainda era um homem bonito.

– Obrigado pelo café, Hannah. – Bill desabou em um banco e segurou a caneca entre as mãos para esquentá-las. – Está começando a esfriar lá fora.

– Dá para perceber. Seu queixo está roxo. Você descobriu alguma coisa?

– Não muita. A janela do motorista estava aberta. O Ron deve ter parado a caminhonete e abaixado a janela para bater papo com o assassino.

Hannah ficou um instante matutando.

– Ele não teria abaixado a janela se achasse que corria perigo.

– É provável que não – Bill concordou. – A pessoa pegou ele totalmente de surpresa.

– Você tem algum suspeito?

– Ainda não. E se eu não conseguir achar nenhuma testemunha, a única pista que nós vamos ter vai ser a bala. Ela vai para a balística logo depois da autópsia.

Hannah estremeceu ao ouvir falar em autópsia. Para tirar da cabeça a ideia de que Doc Knight teria que abrir Ron, ela disse:

– Você não precisa contar para ninguém que ele estava comendo um cookie meu quando morreu, né? Isso pode afastar as pessoas, se é que você me entende.

– Isso não é problema. – Bill parecia achar graça pela primeira vez naquela manhã. – Seu cookie não tem nada a ver com a história. O Ron foi baleado.

– Queria ter achado ele antes, Bill. Poderia ter chamado uma ambulância.

– Não faria muita diferença. Parece que a bala atingiu o coração. Só vou ter certeza quando o legista terminar, mas acho que ele morreu na mesma hora.

– Que bom. – Hannah assentiu e então percebeu o que havia dito. – Quer dizer, não é *bom*, mas acho bom que tenha sido rápido.

Bill abriu seu caderninho.

– Quero que você me conte tudo o que aconteceu de manhã, Hannah, mesmo o que você achar irrelevante.

– Pode deixar. – Hannah esperou Bill pegar a caneta e lhe contou tudo, da primeira vez que viu Ron na leiteria até o momento em que descobriu o corpo. Falou para Bill o horário exato em que tinha saído pela porta dos fundos da confeitaria e o horário em que tinha voltado para ligar para a delegacia.

– Você é uma ótima testemunha – Bill elogiou. – Foi só isso?

– Eu acho que talvez a Tracey tenha sido a última pessoa a ver o Ron vivo. Ela falou que estava esperando a Andrea pegar uns documentos no escritório da imobiliária quando a caminhonete do Ron passou. Ela acenou, ele retribuiu, e então ela viu ele dobrar a minha esquina. Deve ter sido por volta das oito, porque a Andrea e a Tracey chegaram na cafeteria logo depois que eu abri e... – Hannah se calou e começou a franzir a testa.

– O que foi, Hannah? – Bill pegou a caneta outra vez. – Você acabou de pensar em alguma coisa, né?

– É. Se a Tracey viu o Ron às oito, ele já estava 25 minutos atrasado.

– Como é que você sabe?

– Era para o Ron ter passado aqui às 7h35. Ele faz uma entrega na escola e vem direto para cá. Eu faço parte do trajeto dele desde que abri a loja e ele nunca se atrasou mais de um minuto.

– Foi por isso que você foi no beco procurar a caminhonete dele?

– Não exatamente. A gente achou que ela tinha pifado. A Tracey disse que ouviu o escapamento logo depois que ele entrou no... – Hannah se calou no meio da frase, os olhos se arregalando, em choque. – A Tracey ouviu, Bill. Ela achou que era o escapamento, mas ela deve ter ouvido o tiro que matou o Ron!

Os lábios de Bill se contraíram e Hannah entendeu o que ele estava pensando. Era aterrador pensar que Tracey estivera tão perto da cena do crime.

– É melhor eu ir lá na leiteria e contar o que aconteceu para o Max Turner – ele disse.

– O Max não está lá. O Ron me falou que ele estava indo para a Conferência de Fábricas de Manteiga dos Três Estados. É em Wisconsin e eu acho que dura uma semana. Se eu fosse você, falaria com a Betty Jackson. Ela é secretária do Max e vai saber como entrar em contato com ele.

– Boa ideia. – Bill tomou o resto do café e pôs a caneca na mesa. – Esse caso é muito importante para mim, Hannah. Eu passei na prova para ser detetive na semana passada e o xerife Grant me encarregou dele.

– Então você foi promovido! – Hannah abriu um sorriso.

– Ainda não. O xerife Grant tem que aprovar, mas tenho quase certeza de que ele vai fazer isso se eu fizer um bom trabalho. Essa promoção faria bem a nós. Eu ganharia mais dinheiro e a Andrea não precisaria mais trabalhar.

– Maravilha, Bill. – A alegria de Hannah por Bill era genuína.

– Você não acha errado usar a morte do Ron de trampolim para a minha promoção?

– De jeito nenhum. – Hannah negou com a cabeça. – Alguém vai ter que pegar o assassino do Ron. Se for você, e assim você conseguir a promoção, vai ser porque merece.

– Você não está dizendo isso só para eu me sentir melhor?

– Eu? Eu sempre digo o que penso, pelo menos quando o assunto é importante. Você já devia saber disso!

Bill sorriu, relaxando um pouco.

– Tem razão. É o que a Andrea diz: tato não é um dos seus pontos fortes.

– Verdade. – Hannah admitiu com um sorriso, mas ainda assim ficou um pouco magoada. Acreditava ter tido bastante tato com Andrea ao longo dos anos. Tinham sido inúmeras as ocasiões em que ficaria feliz de estrangular a irmã e não tinha levado a ideia a cabo.

– Tem mais uma coisa, Hannah. – Bill pigarreou. – Detesto ter que pedir isso, mas as pessoas tendem a conversar na loja e você conhece praticamente a cidade inteira. Você me liga se ouvir alguma coisa que eu deva saber?

– Claro que ligo.

– Obrigado. É só ficar de olhos abertos e ouvidos atentos. Se o assassino do Ron for morador, ele vai acabar dizendo ou fazendo alguma coisa para se entregar. A gente só tem que ser esperto para captar a mensagem.

Hannah concordou. Em seguida, reparou que Bill estava de olho nos tabuleiros de cookies de aveia com passas e se levantou para encher um saquinho para ele.

– Não coma tudo de uma vez, Bill. Você está ficando pançudo.

Depois que Bill foi embora, Hannah pensou no que tinha dito. Andrea tinha razão. Ela não tinha tato. Uma pessoa com tato jamais mencionaria a pança de Bill. Não cabia a ela criticar o marido de Andrea.

Ao cruzar a porta de vaivém e assumir seu posto atrás do balcão, Hannah se deu conta de que tinha cometido uma infração fraterna ainda mais séria. Tinha prometido ajudar Bill a resolver um caso de assassinato que poderia muito bem contribuir para Andrea ficar sem emprego.

Cookie crocante com gotas de chocolate

Preaqueça o forno a 190 ºC,
use a grelha do meio.

1 xícara de manteiga *(250 ml – derretida)*
1 xícara de açúcar refinado
1 xícara de açúcar mascavo
2 colheres (chá) de bicarbonato de sódio
1 colher (chá) de sal
2 colheres (chá) de essência de baunilha
2 ovos batidos *(pode bater com um garfo)*
2 ½ xícaras de farinha *(sem peneirar)*
2 xícaras de flocos de milho *(triture com as mãos)*
1 ou 2 xícaras de gotas de chocolate

Derreta a manteiga, acrescente o açúcar refinado e o mascavo e misture bem. Acrescente o bicarbonato, o sal, a baunilha e os ovos. Mexa bem. Em seguida, acrescente a farinha e misture bem. Coloque os flocos de milho triturados e as gotas de chocolate e misture até a massa ficar uniforme.

Com as mãos, divida a massa em bolas do tamanho de nozes e as espalhe em uma assadeira untada. Na assadeira de tamanho padrão cabem 12 cookies. Achate-os um pouco com uma espátula untada ou enfarinhada.

Asse a 190 ºC por 8 a 10 minutos. Deixe esfriar na assadeira por 2 minutos, depois passe os cookies para uma grade até que esfriem por completo. *(A grade é importante – é o que os deixa crocantes.)*

Rende de 6 a 8 porções, a depender do tamanho do cookie.

(Esses cookies são os preferidos da Andrea desde a época da escola.)

Observação da Hannah: se os cookies se espalharem demais no forno, diminua a temperatura para 175 ºC e não achate a massa antes de colocá-la para assar.

 **Capítulo 3**

— É isso aí, Lisa. Estou pronta para sair. – Hannah fechou o porta-malas do Suburban e deu a volta no carro para se acomodar no banco do motorista. – Volto às quatro, no máximo.

Lisa assentiu, entregando a Hannah uma vasilha com limões lavados até que qualquer germe corajoso o suficiente para pousar nas frutas tivesse se apavorado e fugido.

– Não quer levar mais açúcar para o caso de a limonada ter muita procura?

– Se precisar, eu pego emprestado da cozinha da escola. A Edna vai embora só às três e meia.

Quando Lisa voltou à loja, Hannah deu ré, saiu do beco e tomou o rumo da Jordan High. O nome da escola era uma homenagem ao primeiro prefeito de Lake Eden, Ezekiel Jordan, mas ela desconfiava que a maioria dos alunos acreditasse que a escola havia recebido o nome do jogador de basquete profissional.

A Jordan High e a Washington Elementary ficavam em dois prédios separados, mas ligados por um corredor acarpetado com janelas de vidro insulado que davam para a área externa das escolas. As duas dividiam o auditório e o refeitório para cortar gastos, e tinham um único diretor. A equipe de manutenção era formada por quatro pessoas: duas davam conta dos serviços gerais e as outras duas eram responsáveis pelo pátio e pelas quadras esportivas do ensino médio.

O complexo escolar de Lake Eden funcionava bem. Como a escola primária e o ensino médio eram conectados, irmãos mais velhos estavam sempre à disposição para levar irmãos mais novos para casa se ficassem indispostos ou para acalmar um aluno assustado do jardim de infância que sentisse falta do pai ou da mãe. Esse sistema também era vantajoso para os alunos da Jordan High. Os que estavam no último ano e pretendiam ser professores eram incentivados a usar o tempo livre para atuar como monitores de classe. O treinamento prático precoce tinha feito vários professores graduados voltarem a Lake Eden para lecionar na escola.

Quando virou na Third Street e passou pelo quarteirão destinado à recreação das famílias, Hannah se deu conta de que nenhuma criança pequena estava brincando na Praça Lake Eden. As correntes dos balanços estavam imóveis, o gira-gira ainda estava coberto pelas folhas coloridas caídas de manhã, e embora a temperatura tivesse ultrapassado os cinco graus previstos, ninguém pedalava de triciclo na calçada circular em volta do parquinho.

Por um instante, Hannah ficou encafifada. As mães das crianças pequenas rezavam por um clima como aquele. Mas então se lembrou do que tinha acontecido de manhã e entendeu por que a praça estava deserta. Havia um assassino à solta em Lake Eden. Os pais aflitos não saíam de casa com os filhos para não colocá-los em risco.

Havia uma longa fila de carros parados junto ao meio-fio da Gull Avenue. Estendia-se por três quarteirões, começava e terminava na escola, bloqueava o acesso a garagens particulares e hidrantes, num descaso grosseiro com as leis de trânsito da cidade. Hannah foi avançando lentamente, passando por pais e mães de expressão preocupada que esperavam o sino anunciar o fim das aulas, e ao se aproximar da escola, ela notou que Herb Beeseman, com sua viatura recém-lavada e encerada, havia estacionado na diagonal na entrada dos prédios. Não estava distribuindo multas pelas infrações que aconteciam bem debaixo de seu nariz, e Hannah supôs que tivesse colocado a segurança das crianças de Lake Eden acima dos cofres municipais.

Hannah se esticou entre os bancos e pegou um saquinho de cookies de melaço. Sempre tinha alguns sacos de cookies para essas horas. Então parou ao lado da viatura de Herb e abaixou a janela.

– Oi, Herb. Vou fazer o bufê do banquete dos escoteiros mirins. Tudo bem se eu parar no estacionamento?

– Claro, Hannah – Herb respondeu, de olho no saquinho de cookies que estavam na mão dela. – É só estacionar de acordo com a lei. São para mim?

Hannah lhe deu o saquinho.

– Você está fazendo muito bem em proteger as crianças. Tenho certeza de que os pais estão contentes.

– Obrigado. – Herb pareceu satisfeito com o elogio. – Sua mãe ainda me odeia pela multa que dei a ela?

– Ela não *odeia* você, Herb. – Hannah resolveu que não era hora de contar a Herb do que sua mãe o havia xingado. – Mas ela ainda está meio contrariada.

– Lamento ter sido obrigado a fazer isso, Hannah. Eu gosto da sua mãe, mas não posso deixar as pessoas dirigirem com o pé no acelerador.

– Eu entendo e acho que a minha mãe também entende. Mas ela ainda não está disposta a admitir. – Hannah abriu um sorriso. – Pelo menos a multa rendeu uma coisa boa.

– Que coisa boa?

– Ela parou de tentar me arranjar com você.

Hannah riu ao se afastar de carro. A julgar pela expressão surpresa no rosto dele, Herb não imaginava que a mãe dela o considerasse para o posto de genro.

O portão amplo que separava o estacionamento dos professores do terreno da escola se abriu e Hannah entrou. Ao percorrer a faixa entre as fileiras de carros parados, percebeu a ausência ostensiva de veículos novos ou caros. O magistério não pagava bem o suficiente para luxos e Hannah achava isso vergonhoso. O sistema estava muito errado quando alguém ganhava bem mais fritando hambúrguer em uma lanchonete de fast-food do que lecionando.

A pista asfaltada junto à porta dos fundos do refeitório era coalhada de avisos. Hannah parou do lado de uma placa onde lia-se: "NÃO ESTACIONAR EM HORÁRIO NENHUM POR ORDEM DO DEPARTAMENTO DE TRÂNSITO DE LAKE EDEN". Em letras menores, avisava que os infratores seriam processados de acordo com a lei, mas Herb era o único funcionário do Departamento de Trânsito de Lake Eden e estava vigiando a entrada da escola. Hannah não sentiu culpa por infringir a lei de trânsito da cidade. Estava atrasada e precisava descarregar seus materiais. Em menos de dez minutos, uma horda de escoteiros esfomeados estaria clamando por cookies e limonada.

No instante em que Hannah estacionou o carro, Edna Ferguson abriu a porta da cozinha. Era magra feito um passarinho, tinha seus cinquenta anos e um sorriso acolhedor.

– Olá, Hannah. Estava mesmo pensando que horas você chegaria. Quer uma mãozinha para tirar as coisas do carro?

– Obrigada, Edna. – Hannah lhe entregou uma caixa de suprimentos. – Os escoteiros ainda não chegaram, né?

Edna negou balançando os cabelos presos em uma rede.

– O sr. Purvis chamou a escola inteira para uma assembleia e eles ainda estão no auditório. Se os pais não vierem buscar os alunos, a ideia é de que eles voltem para casa em grupo.

Hannah assentiu, pegando a caixa grande de cookies que Lisa havia preparado, e seguiu Edna cozinha adentro. Ao entrar no ambiente amplo com bancadas que iam de parede a parede e apetrechos enormes, Hannah se perguntou como a última criança do grupo devia se sentir. Todas começavam juntas, sentindo-se seguras por conta do número, mas um a um os amigos se desgarravam, chegavam em casa. Quando a última se afastasse, a criança precisaria fazer o resto do trajeto sozinha, torcendo, rezando para que o assassino não estivesse à espreita atrás dos arbustos.

– Não teve sofrimento, né, Hannah?

Hannah pôs a caixa em cima da bancada e se virou para Edna.

– Quê?

– O Ron. Passei o dia pensando nisso. Ele era um menino tão bacana. Já que era a hora dele, espero que tenha sido rápido e indolor.

Hannah não acreditava que cada um tivesse uma hora para morrer. Pensar assim era como comprar um bilhete de loteria e imaginar que seria sua vez de tirar a sorte grande.

– O Bill me falou que parece ter sido instantâneo.

– Acho que a gente devia agradecer por isso. E pensar que ele esteve aqui minutos antes de ser assassinado! Me dá calafrios!

Hannah pôs os limões em uma das tábuas de corte de Edna e começou a cortá-los em fatias finas como uma folha de papel.

– Então o Ron fez a entrega de hoje?

– Claro. O menino não faltava nunca. Ele era muito meticuloso e se orgulhava do trabalho que fazia.

Hannah acrescentou essa informaçãozinha ao pequeno amontoado de fatos que havia reunido. Ron havia estocado o refrigerador da Jordan High naquela manhã, se isso valia de alguma coisa.

– Você viu ele hoje de manhã?

– Não. Nunca encontro com ele. Eu só chego às oito, e a esta hora ele já passou por aqui há tempos. Mas o refrigerador estava cheio.

Hannah desempacotou a resistente poncheira de plástico e entregou-a a Edna. Só usava a de vidro para eventos formais como casamentos e bailes de formatura. Em seguida, pegou a enorme garrafa térmica de limonada e a tigela de limões fatiados que havia cortado e foi até o refeitório. Já tinham montado uma mesa para os refrescos, coberta por uma toalha de papel azul, e havia um arquivo de papelão na cabeceira de outra mesa coberta.

– O Gil desceu no intervalo para montar tudo – Edna lhe disse. – Pediu para eu dizer para você que ele vai trazer um balão para enfeitar a mesa.

– Ok, vou reservar um espaço para ele. – Com um gesto, Hannah pediu que Edna pusesse a poncheira na mesa. Em seguida, abriu a garrafa térmica e despejou a limonada no recipiente. – Você não notou nada de diferente em como o Ron deixou a cozinha?

– Não dá para dizer que notei. O que tem nesse gelo, Hannah? Está meio turvo.

– Eu fiz com limonada para não diluir a bebida quando o gelo derreter. Faço isso com todas as bebidas que preparo. – Hannah terminou de transferir a limonada e pôs as fatias para boiarem na poncheira. Ao dar um passo para trás para admirar o efeito, reparou que Edna estava de cara amarrada. – Você acha que precisa de mais limão fatiado?

– Não. Está com uma cara bem profissional. Eu estava pensando no Ron.

– Você e todo mundo. Vamos lá, Edna. Preciso arrumar os cookies.

Edna foi com ela até a cozinha e perdeu o fôlego quando Hannah levantou a tampa da caixa.

– Olha só! Que beleza, Hannah.

– Também acho. – Hannah sorria ao dispor os cookies em uma bandeja. Lisa tinha usado glacê azul e amarelo para desenhar o logotipo dos escoteiros mirins. – Foi a Lisa Herman quem decorou. Ela está ficando muito habilidosa com o saquinho de confeitar.

– A Lisa é muito talentosa. A menina é capaz de qualquer coisa que ela enfiar na cabeça, juro para você. É uma pena ela ter precisado abrir mão da faculdade para cuidar do pai.

– Pois é. Os irmãos e irmãs mais velhos queriam levar ele para um asilo, mas a Lisa não achou certo. – Hannah passou para Edna uma caixa com pratinhos de papelão azul, guardanapos dourados e copos de plástico azul. – Leve isso. Eu levo os cookies.

Não demoraram muito para arrumar os pratos, copos e guardanapos na mesa. Depois que tudo já estava pronto, voltaram para a cozinha para tomar um café. Estavam sentadas à mesa de madeira quadrada que ficava no canto da cozinha, esperando a chegada dos escoteiros, quando Edna soltou outro suspiro.

– É uma pena, só isso.

– O Ron?

– É. Aquele pobre coitado estava se esfalfando com as rotas dele. Trabalhava sessenta horas por semana e o Max nem paga hora extra. Estava fazendo mal à saúde dele.

– Foi o Ron que disse isso?

Edna negou com a cabeça:

– Foi a Betty Jackson. Ela estava lá quando Ron pediu ao Max que arranjasse um assistente para ele. Faz mais de seis meses, mas o Max é mão de vaca demais para pagar outro funcionário.

Hannah sabia. Max Turner tinha a reputação de esticar cada trocado até ele gritar de dor. Para quem, segundo os boatos, tinha dinheiro para dar e vender, ele claramente não agia de acordo. Max dirigia um carro novo, mas era seu único luxo. Ainda morava na casa antiga dos pais, nos fundos da Cozy Cow Dairy. Tinha feito umas reformas, mas só por necessidade. Caso contrário, a casa teria desabado em cima dele.

– Acho uma pena que o Ron tenha morrido justamente no dia em que enfim ganhou um assistente.

– O Ron ganhou um assistente? – Hannah se virou para Edna, surpresa. – Como é que você sabe?

– Eu sempre deixo um pote de café instantâneo para o Ron. Ele gostava de tomar alguma coisa para se esquentar depois de sair do frigorífico. Como tinha *dois* copos de café em cima da bancada quando eu cheguei hoje, imaginei que ele tivesse conseguido alguém para ajudar. Mas nunca me passou pela cabeça que o Max fosse contratar uma mulher!

Hannah sentiu a adrenalina pulsar nas veias. Talvez a nova assistente de Ron tivesse testemunhado o assassinato.

– Tem certeza de que a pessoa que virou assistente do Ron é uma mulher?

– Tinha batom no copo. Ela deve ser novinha porque era rosa-choque e essa cor fica pavorosa em gente da nossa idade.

Hannah ficou indignada ao ser posta na mesma categoria que uma mulher no mínimo vinte anos mais velha do que ela. Ela meio que tinha a intenção de chamar a atenção de Edna para o fato, mas achou que seria contraproducente.

– Você lavou os copos, Edna?

– Que nada. Eu joguei no lixo.

– Você jogou *no lixo*?

Edna riu da expressão atônita de Hannah.

– Eram descartáveis.

– Eles podem servir de pista – Hannah informou, e a risada de Edna sofreu uma morte súbita. – O Bill foi encarregado da investigação e vai precisar dar uma olhada neles.

Hannah se virou e foi em direção à lixeira que ficava ao lado da pia, mas antes que começasse a revirá-la, Edna a interrompeu.

– O sr. Hodges esvaziou meu lixo logo depois do almoço. Lamento muito, Hannah. Jamais teria jogado fora se eu soubesse que era importante.

Hannah se deu conta de que tinha sido ríspida.

– Não tem problema. Mas me diga o que o sr. Hodges faz com o lixo.

– Ele joga tudo naquela caçamba laranja que fica no estacionamento. Alguém vai ter que revirar tudo antes de o caminhão de lixo passar.

– Que horas ele passa?

– Por volta das cinco.

Hannah soltou um palavrão a meia-voz. Não poderia ficar parada, deixar que o caminhão de lixo levasse embora pistas importantes. Tentaria falar com Bill, mas se ele não chegasse antes do banquete de premiação se encerrar, ela mesma teria que examinar os sacos de lixo.

– Ótimo trabalho, Hannah! – Gil Surma, chefe dos escoteiros e orientador psicológico da Jordan High, lhe deu um tapinha simpático no ombro. – Que bom que você trouxe uma quantidade a mais. Jamais imaginei que dezoito meninos fossem capazes de comer sete dúzias de cookies.

– Dá menos de cinco para cada um, e eles estão em fase de crescimento. Achei que, como estava fazendo o bufê de um banquete dos escoteiros mirins, era melhor eu fazer jus ao lema dos escoteiros.

Gil demorou um instante. Sob o olhar de Hannah, os cantos dos olhos de Gil começaram a se vincar e ele deu uma risada.

– "Sempre alerta"? Você foi muito esperta!

Hannah sorriu e levou a poncheira para a cozinha. Quando voltou, Gil continuava lá.

– Pode ir, Gil. Eu limpo tudo.

– Não, eu ajudo. – Gil recolheu os pratos e copos de plástico e jogou tudo no lixo. – Hannah?

– Diga, Gil. – Hannah parou para fitá-lo. Gil estava muito sério.

– Foi você que achou o Ron, não foi?

Hannah suspirou. Todo mundo que a encontrava queria saber alguma coisa sobre Ron. Ela estava virando uma celebridade local, mas ser catapultada à fama instantânea em virtude do assassinato de Ron lhe causava uma sensação horrível.

– É, Gil. Fui eu que o achei.

– Deve ter sido desconcertante.

– Não foi exatamente divertido.

– É que eu estava pensando... você passou por uma coisa tenebrosa e talvez queira conversar com alguém. A porta do meu consultório está sempre aberta, Hannah. E eu vou dar o meu melhor para ajudar você a superar esse momento.

Hannah queria responder que não precisava de um psicólogo. Ainda que precisasse, não escolheria o orientador da Jordan High, que lidava com o desgosto da acne e das noites de sábado sem encontros. Mas então se lembrou de que havia

prometido a si mesma que teria mais tato e respirou fundo, se preparando para contar uma mentira.
– Obrigada, Gil. Se eu precisar conversar com alguém, você vai ser a primeira pessoa que vou procurar.

Edna já tinha ido embora quando Hannah juntou seus materiais e levou tudo até o Suburban. Tinha tentado ligar para Bill diversas vezes, mas lhe disseram que Bill estava em campo e não tinham como contatá-lo. Hannah deu uma olhada no relógio. Tinha prometido a Lisa que voltaria até as quatro, e faltavam só cinco minutos. Mas achar o copo com marca de batom era mais importante do que chegar à Cookie Jar na hora.
Hannah deu uma olhada no conjunto de calça e suéter que vestia, o melhor que tinha. Faria o bufê da festa do prefeito naquela noite e havia planejado usá-lo.
As peças de tricô eram bege-claro, mas eram laváveis. Soltando um breve gemido pela quantidade de roupa suja que precisaria lavar assim que chegasse em casa, Hannah arregaçou as mangas do suéter e marchou até a caçamba, preparando o estômago para enfrentar os restos do refeitório que a aguardavam.
A caçamba era enorme. Hannah franziu o nariz diante da fedentina exalada pela lixeira de metal e murmurou um palavrão. A abertura do contêiner batia na altura de suas axilas e seria impossível tirar todos os sacos. Sussurrando outro palavrão, dessa vez um mais exuberante, Hannah voltou para o carro e o emparelhou com a parte da frente da caçamba. Em seguida, subiu no capô vermelho e enfiou o braço na lixeira para pegar o primeiro saco.
A primeira tentativa rendeu guardanapos amassados, pedacinhos de pudim e nacos de algo marrom que parecia ser guisado. Pelo menos sabia o que os alunos tinham almoçado. Hannah estava prestes a pegar a segunda sacola quando lembrou que a lixeira da cozinha era forrada com um saco verde menor. Ela se esticou em cima do capô e tirou os sacos pretos, um por um, afastando-os para o lado. Quase no fundo – ela

deveria ter imaginado que estaria no fundo – viu um único saco verde.

Apesar de se esticar até ficar com o torso inteiro pendurado na beirada da caçamba, as pontas dos seus dedos ainda estavam a uns oito centímetros do saco verde. Hannah suspirou e fez o que qualquer boa cunhada e detetive amadora dedicada faria. Ela se virou para dependurar as pernas na caçamba, tomou fôlego para se concentrar e escorregou pelas entranhas da lixeira.

Agora que estava ali dentro, pegar o saco verde seria simples. Sair da caçamba é que não seria. Hannah precisou empilhar os sacões pretos para subir neles, usando-os como uma escada escorregadia e maleável. Um saco se rompeu com seu peso e ela resmungou ao ver os sapatos afundarem em um atoleiro de guisado. Quando conseguiu sair das profundezas fedorentas e voltou para o capô do Suburban, Hannah entendeu que seu odor se equiparava à aparência.

– O Bill vai ficar me devendo poucas e boas por isso – Hannah rosnou ao desfazer o nó do saco verde e revirar o conteúdo. Depois de vários sacos de pão amassados e um monte de bitucas ilícitas de cigarro, ela achou os dois copos de isopor.

– Consegui! – Hannah vibrou. Ia pegar os copos quando se lembrou que os detetives do cinema e das séries de tevê sempre usavam luvas de proteção e saquinhos para guardar os indícios. Se além do batom houvesse digitais nos copos, é claro que não queria borrá-las. Como não andava com luvas ou saquinhos para coleta de provas quando ia organizar bufês, Hannah se conformou em usar um pacote de pão como luva. Pegou os dois copos, um de cada vez, e os colocou em outro saco de pão vazio.

Com as provas coletadas, Hannah escorregou do capô do carro e se acomodou no banco do motorista. Ao ligar a ignição e sair do estacionamento da escola, se sentiu meio boba pelas precauções exageradas – tomar como exemplo um detetive de tevê era loucura!

Capítulo 4

Lisa está colocando cookies de pasta de amendoim em um saquinho e arregala os olhos quando Hannah surge da porta dos fundos.

– Hannah! O quê...?

– Nem queira saber. Vou tomar uma chuveirada.

– Mas o Bill está aí e precisa falar com você.

Hannah se enfiou no banheiro e pôs só a cabeça para fora.

– Cadê ele?

– Está lá na frente. Está cuidando do balcão enquanto eu preparo a encomenda da sra. Jessup.

– Dê uma caneca de café para ele e peça para ele vir aqui. Eu saio assim que estiver decente.

No instante em que fechou a porta do banheiro, Hannah tirou as peças imundas e enfiou tudo num saco de roupa para lavar. Depois entrou na minúscula cabine de metal que Al Percy havia chamado de "bônus extra" ao lhe mostrar o edifício e abriu a água. Já tinha usado o chuveiro uma vez, quando um saco de vinte quilos de farinha estourou no momento em que o colocava na bancada de trabalho. O chuveiro era minúsculo e apertado, mas funcionava. Quando já estava tão limpa quanto seria possível ficar naquele espacinho estreito, ela fechou a água e saiu, se secando em tempo recorde.

Vestiu a muda de roupa que tinha para emergências: calça jeans velha com a bunda puída e um moletom antigo do Minnesota Vikings que já não era mais roxo, mas sim azul-acinzentado. As letras douradas tinham virado uma mancha descascada, mas pelo menos não cheirava mais a comida podre. Depois de passar um pente de dentes largos no cabelo ruivo arrepiado, ela enfiou os pés em um par de tênis de corrida que não usava desde a última vez em que caíra no papo de "jogging faz bem à saúde" e abriu a porta.

Bill estava sentado em um banco junto à bancada de trabalho. Havia migalhas de cookie na superfície brilhosa, e Hannah supôs que Lisa tivesse lhe dado uns cookies para que não perdesse a paciência.

– Até que enfim – Bill comentou. – A Lisa falou que você estava mais fedida do que o mendigo que fica para os lados do Red Owl. O que foi que aconteceu?

– Eu só estava ajudando você. A Edna Ferguson disse que o Max contratou uma assistente para o Ron. Estava recolhendo os copos que eles usaram para tomar café hoje de manhã.

Bill ficou confuso.

– Mas o Ron não tinha assistente. Eu perguntei para a Betty. Se tinha uma mulher acompanhando o Ron hoje de manhã, ela não foi contratada pela leiteria. A Edna não reconheceu ela?

– A Edna não viu ela. Quando o Ron e a moça foram embora, ela ainda não tinha chegado no trabalho.

– Espere aí. – Bill ergueu as mãos. – Se a Edna não viu a moça, como ela sabia da existência dela?

– Pelos copos. A Edna sempre deixa um pote de café instantâneo para o Ron e hoje de manhã tinha dois copos em cima da bancada. Um deles tinha marca de batom e foi assim que ela percebeu que o Ron estava com uma mulher. Eu recolhi os copos, eles estão ali do lado da lava-louças, no saco de pão.

– Por que a Edna guardou os copos? – Bill parecia intrigado ao se levantar para pegar os copos.

– Ela não guardou. Eu é que peguei eles do lixo do refeitório. Eles estavam bem no fundo e eu tive que entrar na caçamba para conseguir pegar.

— É por isso que você estava fedida que nem um mendigo?

— É isso aí. – Hannah ficou ofegante quando Bill começou a enfiar a mão no saco de pão. – Não encosta neles, Bill! Eu passei por poucas e boas para preservar as digitais.

As sobrancelhas de Bill se ergueram e ele ficou imóvel. Deu uma olhada em seu semblante sério e caiu na risada.

— O laboratório não consegue colher as digitais desse tipo de copo. A superfície é corrugada demais.

— Eu sabia que nunca devia ter me enfiado naquela caçamba! – Hannah lamentou. – E o batom? Você tem como fazer alguma coisa com ele?

— É possível que sim, a não ser que a cor seja tão popular que metade das mulheres de Lake Eden use.

— Não é. – Hannah estava muito segura do que dizia. – A maioria das mulheres ficaria pavorosa com esse rosa-choque.

— E como é que você sabe disso? Nunca vi você de batom.

— É, mas a Andrea comprou um batom desses uma vez e a cor ficou horrível nela. Ela tem todas as outras cores, então imagino que essa não seja muito popular.

— Você tem razão. – Bill esboçou um sorriso. – Bom trabalho, Hannah.

Hannah ficou satisfeita com o elogio, mas depois começou a pensar na logística de encontrar a mulher de Lake Eden que tivesse um batom daquela cor.

— O que é que você vai fazer, Bill? Inspecionar todos os banheiros femininos da cidade?

— Espero não precisar chegar nesse ponto. Vou começar pelas lojas de cosméticos e ver se elas vendem essa cor. Essa mulher, seja quem for, teve que comprar o batom em algum lugar. Isso se chama trabalho de campo, Hannah, e vou precisar da sua ajuda. Você pode até não saber muita coisa sobre batons, mas deve saber mais do que eu.

Hannah suspirou. Ver tinta secar na parede seria mais interessante para ela do que ir a lojas de cosméticos, e o trabalho de campo não lhe parecia muito divertido.

– Você *vai* me ajudar, não vai?

– Claro que vou. Desculpe se não fiquei eufórica, mas revirar o lixo me deixou para baixo.

– Da próxima vez você me liga que eu faço isso. Tenho um macacão na viatura e já estou acostumado com esse tipo de coisa.

– Mas eu *liguei*. Cheguei a deixar recado, mas você não me retornou a tempo. E como a Edna me falou que o caminhão de lixo passava às cinco para esvaziar a caçamba, achei que era melhor eu tomar uma atitude.

Bill esticou o braço para lhe dar um tapinha nas costas.

– Você daria uma ótima detetive, Hannah. Seu mergulho no lixo nos deu a única pista que temos.

Rhonda Scharf, com o corpo roliço de meia-idade envolto em um suéter de angorá azul-bebê que talvez lhe caísse bem quando tinha quinze quilos a menos, se debruçou sobre o balcão de vidro da seção de cosméticos da Farmácia Lake Eden para examinar a marca de batom no copo de isopor branco. Rhonda estava com uma carranca que fazia os cantos da boca cheia de batom se voltarem para baixo, e os cílios longos demais, grossos demais, pretos demais para serem de verdade, tremiam de desgosto.

– Esse batom aí não saiu do meu balcão, não. Eu não poria um produto desses na vitrine nem morta!

Bill deu um empurrãozinho no saco.

– Olhe direito, Rhonda. A gente precisa ter certeza.

– Já olhei. – Rhonda empurrou o saco na direção dele. – Sou eu que atendo todos os pedidos e nunca vendi essa marca nem essa cor.

– Você não tem dúvida nenhuma, Rhonda?

Rhonda negou com a cabeça, o cabelo preto-carvão balançando de um lado para o outro. As mechas se mexiam juntas, como se tivessem sido mergulhadas em cola, e Hannah desconfiou de que Rhonda ganhasse um descontão em spray fixador.

– Está vendo como está borrado? – Rhonda cutucou o saco com a ponta da unha comprida, esmaltada. – Não vendo batom que não seja à prova d'água, e as linhas que eu compro não fazem tons berrantes que nem esse.

Hannah desviou os olhos das cartelas de cores que Rhonda tinha lhe entregado. A avó sempre dissera que uma gota de mel apanha mais moscas que um tonel de vinagre, e ela estava prestes a botar essa máxima à prova.

– A gente precisa muito da sua ajuda, Rhonda. Você é a única expert em cosméticos de Lake Eden.

– Então por que é que você foi na CostMart? Eu sei que foi, Hannah. A Cheryl Coombs ligou para me contar.

– É claro que a gente foi lá – Hannah admitiu. – Nós investigamos todas as lojas de cosméticos da cidade. Mas deixamos a sua por último porque falei para o Bill que você é a pessoa que mais entende de batom por aqui. Sua maquiagem está sempre perfeita.

Rhonda se envaideceu um pouco, dando uma olhada de soslaio para Bill que sem sombra de dúvida foi galanteadora. Como Rhonda estava à beira dos cinquenta anos e Bill ainda não tinha comemorado nem seus trinta, Hannah avaliou que a fofoca contada pela mãe, sobre Rhonda e o motorista da UPS, talvez não fosse tão ridícula quanto ela imaginara.

– Vou fazer o possível para ajudar. – Rhonda deu um sorriso afetado, as lentes de contato violeta fixas em Bill. – O que vocês estão querendo saber?

Hannah suspirou, lembrando de novo da história das moscas e do mel.

– Se você quisesse comprar um batom parecido com esse do copo... e eu sei que você não faria isso, com o bom gosto que você tem e tal... mas *se* fosse comprar, aonde você iria?

– Deixa eu pensar. – Rhonda contraiu os lábios perfeitamente delineados. – Nenhuma loja daqui teria esse tipo de batom, então procuraria em outro lugar. Não que eu fosse procurar, é claro.

Hannah concordou depressa.

– Claro que não. Estamos só fingindo, tentando entender onde a dona desse batom deve ter ido para comprá-lo. Você está ajudando o Bill numa investigação importantíssima, Rhonda, e ele agradece muito.

– Espera aí. – Rhonda semicerrou os olhos. – Tem alguma coisa a ver com o assassinato do Ron LaSalle?

Hannah cutucou Bill, que entendeu a deixa. Ele se aproximou e baixou a voz.

– É sigiloso, Rhonda. A gente só perguntou porque sabe que pode confiar em você.

– Compreendo. – Rhonda esticou o braço para dar tapinhas na mão de Bill. – Se eu quisesse comprar essa cor desse batom tenebroso, teria que procurar a Luanne Hanks.

– A Luanne Hanks? – Hannah se surpreendeu. Luanne era colega de classe de Michelle no ensino médio, mas tinha largado os estudos depois de engravidar. – Eu achava que a Luanne trabalhava na lanchonete do Hal e da Rose.

– Ela trabalha.

– A cafeteria vende batom? – Bill indagou.

– Não, bobinho. – Rhonda piscou os olhos de cílios artificiais. – A Luanne trabalha na cafeteria durante a semana e vende cosméticos da Pretty Girl no fim de semana. Eu já vi ela arrastando a maletinha de amostras cidade afora.

Bill deu um passo para trás, se preparando para ir embora.

– Obrigado, Rhonda. Você deu uma ajuda e tanto.

– Tem mais uma coisa, Rhonda. – Hannah fez uma expressão seríssima. – O Bill ainda não avisou você.

Bill se virou e fitou-a com um rosto totalmente inexpressivo, e Hannah entendeu que precisaria assumir as rédeas. Voltou-se para Rhonda e se lançou de cabeça sozinha.

– É o seguinte, Rhonda. O Bill quer que você não diga nada sobre as perguntas todas que ele acabou de fazer. Se o assassino do Ron descobrir que você ajudou a gente, sua vida vai estar em risco. Não é, Bill?

– É... isso aí! – Bill demorou um pouco para entender, mas Hannah imaginou que ainda estivesse desconcertado com a tentativa de Rhonda de flertar com ele. – Bico fechado, Rhonda. Não esqueça que o assassino do Ron já cometeu o maior crime que existe. Ele não vai perder nada se cometer outro assassinato.

Rhonda ficou tão pálida que Hannah enxergou o ponto onde acabava a base e começava a pele. Rhonda merecia um bom susto por paquerar Bill, mas Hannah não queria ser a responsável pelo estrago se Rhonda desmaiasse e caísse em cima do balcão de vidro.

– Não precisa ficar nervosa, Rhonda. – Hannah esticou o braço para lhe dar um tapinha no braço e ao mesmo tempo segurá-la. – Ninguém ouviu a nossa conversa e nós fomos a todas as lojas de cosméticos da cidade. Pelo que todo mundo sabe, a única coisa que você falou para a gente é que não vende esse tipo de batom.

– A Hannah tem razão – Bill completou. – Você não tem por que ficar com medo, Rhonda. Não vou colocar seu nome nas minhas anotações para proteger sua identidade.

– Obrigada, Bill. – A cor retornava ao rosto de Rhonda. – Não vou dar nem um pio sobre esse assunto. Eu juro.

Hannah ficou aliviada porque Rhonda não daria com a língua nos dentes, mas ela continuava muito pálida.

– Quando o assassino estiver atrás das grades, o Bill vai pedir uma certidão de mérito especial para você. Você ajudou à beça, Rhonda.

Bill ecoou as palavras de Hannah e pegou o saco plástico. Depois de uma última despedida e agradecimento a Rhonda, saíram da loja e entraram na viatura de Bill. Estavam a caminho da loja de Hannah quando Bill caiu na risada.

– O que foi? – Hannah olhou fixo para ele.

– Eu estava aqui pensando como eu faria para pedir uma certidão de mérito especial para a Rhonda se o departamento de polícia não faz esse tipo de coisa.

– Não tem problema – Hannah lhe garantiu. – O Gil Surma tem um monte de certidões em branco para dar aos escoteiros mirins. Eu peço um para ele e você põe o nome da Rhonda.

– Não vai dar certo. O xerife Grant jamais assinaria um prêmio de mentirinha.

– Ele não precisa assinar. – Hannah lhe deu um sorriso. – A gente vai resolver esse caso, Bill. Quando chegar a hora de você dar a certidão à Rhonda, você já vai ser detetive e vai poder assinar sozinho.

Capítulo 5

Hannah pendurou a calça e o suéter num cabide e se esticou para pegar Moishe antes que ele desaparecesse dentro da secadora ainda quentinha.

– Não, nada disso. As secadoras são devoradoras de gatos e eu acho que você já está na sétima vida.

Com Moishe aninhado debaixo do braço, ela usou a outra mão para dobrar uma toalha e a levou até o sofá. No instante em que a colocou ali, Moishe pulou em cima e começou a ronronar.

– Qual o problema de uns pelinhos de gato nas coisas, né? – Hannah perguntou, se abaixando para coçá-lo embaixo do queixo antes de ir buscar o resto das roupas. Cinco minutos depois, estava vestida, pronta para o jantar beneficente do prefeito no centro comunitário.

– Preciso ir, Moishe. – Hannah parou na frente do sofá para se despedir dele. – Vou ligar a tevê para você. Você prefere que eu ponha na A&E ou no Animal Planet?

Moishe deu uma leve abanada de rabo e Hannah entendeu.

– Está bem. Vou botar na A&E. Hoje é dia de *Emergency Vet* no Animal Planet e você não gosta desse programa.

Ela tinha acabado de ligar a tevê quando o telefone tocou. Hannah e Moishe se entreolharam.

– É melhor eu não atender. Deve ser a mamãe de novo.

Hannah ficou ouvindo a reprodução da própria mensagem: "Alô. Aqui é a Hannah. Não posso atender no momento, mas é só você deixar recado que eu ligo de volta. Aguarde o bipe." O bipe soou e a voz da mãe saiu pelo alto-falante.

– Cadê você, Hannah? Já liguei seis vezes e você nunca está em casa. Me liga assim que puser os pés em casa. É importante!

– Você diria que a mamãe está com uma voz meio brava? – Hannah sorriu para Moishe. As orelhas dele estavam achatadas contra a cabeça e o corpo estava eriçado de raiva por ter ouvido a voz da mãe dela. Hannah alisou seus pelos arrepiados e lhe deu mais uma coçadinha. – Não esquenta, Moishe. Ela não vai vir aqui. Ela acabou de repor a meia-calça que você rasgou.

Um ronco saiu da garganta de Moishe, um rom-rom profundo, convencido. Sem dúvida se orgulhava de ter afugentado a mulher que havia rotulado de "cara mau". Hannah riu e foi à cozinha pegar uns petiscos com sabor de salmão para lhe dar antes de sair correndo de casa. Teria que fazer uma parada antes de ir à festa beneficente do prefeito e já estava quase atrasada.

Hannah agradeceu outra vez pela existência de Lisa ao dar partida no Suburban, engatar a marcha a ré e sair de sua vaga. Como um vizinho ficaria com o pai dela naquela noite, Lisa havia se oferecido para levar os cookies e as térmicas de café ao centro comunitário. Quando Hannah chegou, a mesa do lanche já estava arrumada e ela só precisaria sorrir e servir.

A noite havia caído e Hannah acendeu o farol do carro. Depois de sair do prédio, virou na Old Lake Road e pegou o caminho vicinal que dava na casa da família Hanks. Tinha prometido a Bill que à noite conversaria com Luanne para ver se o batom era um dos que ela vendia. O expediente de Luanne na cafeteria terminava às seis, e àquela altura ela já devia estar em casa.

As bétulas forravam as calçadas da Country Road 12, a casca branca refletia a luz dos faróis de Hannah enquanto ela dirigia. Os Sioux usavam casca de bétula para fazer canoas. Quando Hannah estava no primário, sua classe fez um passeio no museu para ver uma delas. A jovem Hannah concluíra que se os indígenas tinham construído canoas tantos anos antes, o feito seria ainda mais fácil com ferramentas modernas. Infelizmente, a mãe descobriu os pedaços descascados no bosque de bétulas do quintal. A canoa ainda não tinha passado da fase de planejamento quando Hannah recebeu o maior sermão de Delores por tentar matar as bétulas, além de uns sopapos do pai por ter surrupiado o melhor canivete que ele tinha.

As luzes de Hannah apontaram para o triângulo refletor pregado em um tronco de árvore na entrada da Bailey Road e ela desacelerou para dobrar a esquina. A Bailey Road era de cascalho porque só dava acesso a três casas. Freddy Sawyer ainda morava no chalé da mãe, à beira da poça que era chamada de Lake Bailey. Freddy era meio retardado, mas se saía muito bem morando sozinho e fazendo bicos para os moradores da cidade. A segunda casa de Bailey Road só ficara pronta no ano anterior. Otis Cox e a esposa tinham construído a casa onde viveriam depois de aposentados no lugar em que ficava o antigo chalé dos pais dele. Disseram a todo mundo da cidade que gostavam de sossego e solidão, mas Hannah imaginava que aquilo tivesse mais a ver com a lei de Lake Eden que proibia mais de três cães por residência. Otis e Eleanor eram loucos por cachorros e agora que viviam fora dos limites da cidade, podiam adotar todos os cães de rua que quisessem.

Hannah abriu um sorriso largo ao passar pela casa aconchegante de três quartos. Os carros iguais de Otis e Eleanor estavam na entrada da garagem, ambos exibindo adesivos novos no para-choque. Eram imitações do velho slogan "I ♥ New York". Diziam: "I ♠ my dog".

A única outra residência de Bailey Road, bem no finalzinho da rua, onde os tratores que tiravam a neve não tinham nem espaço para dar meia-volta, era a casa antiga da família Hanks. Ned Hanks, pai de Luanne, tinha morrido recentemente de hepatite, resultado de anos abusando do álcool. Agora que Ned havia falecido, a casa dos Hanks era ocupada apenas por Luanne, a mãe dela e a filhinha de Luanne, Suzie.

Ao parar em frente à casinha de quatro cômodos, Hannah lembrou da reação esquisita de Luanne a Bill. Ele lhe contou que uma vez tinha parado Luanne porque o carro velho que ela dirigia estava com a luz traseira quebrada, e a impressão que teve foi de que ela estava com um pavor absoluto dele. Hannah não entendeu nada. Bill era um ursinho gigante, de sorriso fácil e modos nada ameaçadores. Era incapaz de matar uma mosca que fosse, e todo mundo de Lake Eden sabia disso.

Hannah realmente não conhecia Luanne tão bem assim. Tinha encontrado a moça algumas vezes, quando Michelle a levava para casa depois da escola, e já a tinha visto na cafeteria, mas nunca tinham trocado mais do que algumas palavras educadas. Ainda assim, Hannah a admirava. Embora tivesse largado o ensino médio no último ano, Luanne continuou os estudos durante a gravidez e conseguiu passar na prova de equivalência para obter o diploma. Luanne trabalhava duro na cafeteria, era sempre simpática e estava sempre arrumada, e agora que o pai havia morrido, era a única responsável pelo sustento da mãe e de Suzie. Apesar dos boatos, ninguém sabia direito quem era o pai da bebê de Luanne. Quem tinha o desplante de perguntar a Luanne recebia um muitíssimo educado "Prefiro não dizer".

Como era de esperar, Hannah tinha levado cookies. Tinha colocado uma dúzia de cookies açucarados à moda antiga num saquinho e o pegou ao descer do Suburban. Hannah sentia no ar revigorante um aroma apetitoso, que cheirou com satisfação. Alguém preparava o jantar e parecia estar fazendo pernil frito e pão.

Foi nítida a surpresa de Luanne quando se deparou com Hannah após ouvir batidas à porta e abri-la.

– Hannah! O que é que você está fazendo aqui?

– Preciso conversar com você, Luanne. – Hannah lhe entregou o saquinho de cookies. – Eu trouxe uns cookies açucarados para a Suzie.

Luanne semicerrou os olhos, e Hannah não tirou sua razão. Ela era praticamente uma estranha, e depois de tudo o que Luanne tinha enfrentado, era natural que desconfiasse das pessoas.

– Que gentileza. A Suzie adora cookie açucarado. Mas por que você precisa conversar comigo?

– O assunto é batom. Você tem uns minutinhos?

Luanne hesitou por um instante, depois disse:

– Entra. Vou servir a janta e depois sou toda sua. Eu já comi na cafeteria.

Hannah entrou em um ambiente retangular amplo. A cozinha ficava de um lado, havia uma mesa de jantar no meio, um sofá, duas cadeiras e uma televisão do outro lado. Apesar de decadente, estava limpíssimo, e dois terços do chão eram forrados por amostras de carpete costuradas numa bela colcha de retalhos maluca.

A sra. Hanks estava sentada à mesa, segurando a bebê de Luanne, e Hannah se aproximou.

– Oi, sra. Hanks. Eu sou a Hannah Swensen. A Luanne estudou com a minha irmã caçula, Michelle.

– Sente, Hannah – a sra. Hanks convidou, dando batidinhas na cadeira ao lado. – Que bom que você veio fazer uma visitinha. Você está querendo um dos batons da Luanne?

Hannah ficou confusa, mas logo se lembrou do que tinha falado à porta. A sra. Hanks tinha um ouvido aguçado.

– Exatamente.

– Por que você não traz um cafezinho para a Hannah, meu bem? – A sra. Hanks gesticulou para Luanne. – Está um gelo lá fora.

Luanne se aproximou para colocar na mesa a travessa de pernil, uma tigela de ervilha e uma cestinha de pão.

– O que você me diz, Hannah? Quer um cafezinho?

– Só se já estiver pronto.

– Está pronto. – Luanne voltou ao fogão a lenha antigo e com o bule de esmalte azul que ficava no canto do fogão ela encheu a xícara. Colocou-a diante de Hannah e perguntou: – Você ainda toma sem nada, né?

– Tomo. Como é que você sabe?

— Sei por causa da cafeteria. A gorjeta é melhor quando eu me lembro desse tipo de coisa. Espera um minutinho que eu vou pôr a Suzie no cadeirão. Aí a gente vai poder conversar sobre o batom.

Luanne pôs a filha no cadeirão e levantou a bandeja. Deu um pãozinho a Suzie e riu quando a menina tentou enfiar tudo na boca.

— Ela ainda não entendeu o conceito de mordida.

— Nessa idade, eles não entendem mesmo — Hannah respondeu com um sorriso.

Luanne pegou o pão e o partiu em nacos. Depois se virou para a mãe.

— Você dá comida para a Suzie, mãe?

— Claro. Vá lá, meu bem. Leve a Hannah para ver o que você tem na sua maletinha de amostras.

Luanne levou Hannah a um dos quartos. Era pintado de amarelo-sol e a cortina da janela era branca com fru-frus. O berço de Suzie ficava encostado em uma parede, e a cama de solteiro, que Hannah imaginava ser de Luanne, ficava encostada na parede oposta. Dois cestos de roupa suja feitos de plástico ficavam no canto e guardavam alguns brinquedos. Havia três livrinhos em cima de uma mesa infantil, e Hannah reparou no punhado de gizes de cera em um frasco de água sanitária cortado para criar um porta-lápis.

— É o cantinho da Suzie — Luanne explicou, apontando a mesa. — Este fim de semana eu vou fazer coelhinhos brancos e azuis em estêncil na parede e pintar a mesinha de azul.

Hannah percebeu que a mesa era mais comprida do que as mesas infantis normais. A altura era perfeita para uma bebê como Suzie e tinha bastante espaço para suas atividades.

— Que mesa perfeita. A Tracey tinha uma pequena, quadrada. Era bonitinha, mas não tinha espaço nem para um livrinho de colorir.

— A da Suzie era uma mesinha de centro. Eu serrei as pernas. Agora só preciso achar alguma coisa que ela possa usar de cadeira.

Hannah se recordou dos objetos na garagem da irmã, todas as roupas, brinquedos e móveis para bebês que Tracey já não usava mais.

– Talvez a Andrea tenha uma cadeira que sirva para a Suzie. Vou ver com ela.

– Não. – Luanne balançou a cabeça. – Sei que sua intenção é boa, Hannah, mas a gente não precisa de caridade. Estamos vivendo muito bem.

Hannah devia ter imaginado que Luanne seria orgulhosa demais para aceitar um presente sem fazer rodeios. Mas o orgulho era sempre contornável, e ao olhar para a mesa, Hannah teve uma ideia.

– Acredite, não é caridade. – Hannah soltou o que torcia para que parecesse um suspiro exasperado. – Eu prometi ajudar a Andrea a limpar a garagem este fim de semana e jogar todas as coisas de bebê da Tracey no lixo.

Luanne ficou em choque.

– No *lixo*? Você deveria levar tudo para o brechó, Hannah. Com certeza alguém vai ficar feliz de comprar as coisas de segunda mão.

– Eu sei, mas as coisas já estão guardadas há alguns anos, e a Andrea está sempre ocupada demais para separar tudo. É mais fácil para ela jogar no lixo.

Luanne ficou pensativa.

– É uma pena imaginar um monte de coisa indo parar no lixo. Eu poderia ajudar a Andrea a separar tudo. A Helping Hands vive precisando de contribuições.

– Você ajudaria? A gente podia trazer tudo para cá e você separaria tudo, caixa por caixa. Mas você tem que prometer que vai pegar tudo o que for útil para a Suzie. Você merece depois de tanto trabalho.

– Faço isso feliz. – Luanne parecia contente com a ideia. – Sente na penteadeira, Hannah.

Luanne apontou a penteadeira à moda antiga pintada em um belo tom de azul. O espelho tinha manchas pretas causadas pelo tempo, e em cima do tampo havia uma maletinha de amostras dos cosméticos Pretty Girl. Uma cadeira dobrável surrada com uma camada de tinta da mesma cor ficava na frente da penteadeira, e Luanne tirou um coelho de pelúcia do assento. Quando Hannah já estava sentada, ela sorriu.

– Você disse que está precisando de batom.

– Estou, sim. – Hannah se convenceu de que não estava mentindo. Já tinha resolvido comprar alguns cosméticos de Luanne. Quem trabalhava tanto para sustentar a mãe e a filha merecia sua ajuda.

– Em que cor você está pensando? – Luanne perguntou.

– Esta cor aqui. – Hannah enfiou a mão na bolsa e tirou o saco com o copo. – Tem alguma igual a essa?

Luanne fitou o copo por um instante e suspirou.

– Você não pode usar essa cor aí, Hannah. Não combina com o seu cabelo.

– Mas não é para mim. – Hannah entabulou a história que havia preparado. Bill avisara que ela não devia mencionar a investigação, mas Hannah inventou um jeito de dar a volta nessa restrição. – A minha mãe adora essa cor. Ela estava me ajudando a tirar o lixo outro dia e viu esse copo com marca de batom.

Luanne ficou aliviada.

– Então é para a sua mãe?

– Exatamente. Ela me disse que tinha um batom parecido e não conseguia mais achar essa cor em lugar nenhum. Pensei em fazer uma surpresa da próxima vez que eu for na casa dela para a Terça do Carboidrato.

– Terça do Carboidrato?

– É assim que eu chamo. Eu janto com a minha mãe toda terça-feira e ela é louca por doce. Ontem à noite a gente comeu uma carne assada havaiana com abacaxi e inhame cristalizado.

Luanne abriu um sorriso.

– Entendi por que você chama de Terça do Carboidrato!

– Você ainda não ouviu tudo. Também tinha banana frita e de sobremesa um bolo de nozes com cobertura de chocolate. A mamãe pôs sorvete em cima do bolo dela.

– Sua mãe parece ser viciada em açúcar. Ela come direto do pacote?

– Não me surpreenderia. – Hannah riu. – Eu sei que ela tem um estoque de brownies com calda de chocolate no congelador e uma gaveta cheia de barras de chocolate de meio quilo. Acho que eu deveria era ficar contente de ela ter convidado a Carrie Rhodes e o filho dela para jantar com a gente. O Norman é dentista.

Luanne lhe lançou um olhar astuto.

– Ouvi falar que o Norman se mudou para cá quando o pai morreu. A sua mãe está tentando juntar você e ele?

– Claro que está. Você sabe como a Delores é. Ela está desesperada para me ver casada e não deixa pedra solteira, divorciada ou viúva sobre pedra.

– E você não quer se casar?

– Eu estou bem do jeito que estou. Precisaria do Harrison Ford e do Sean Connery juntos para mudar de ideia.

– Eu também – Luanne concordou. – Fico feliz que o batom não seja para você, Hannah. Eu detestaria perder a venda, mas já tinha decidido que não deixaria você sair daqui com uma cor que não caísse bem em você. Com esse seu cabelo ruivo lindo, você precisa escolher um tom mais terroso.

– Mas você *tem* batom dessa cor?

– Tenho, claro que tenho. E a sua mãe tem razão. Eu sou a única pessoa de Lake Eden que vende esse tom. Se chama "Paixão Rosa", e eu sempre tenho em estoque por causa de uma moça que mora aqui.

– Que bom, Luanne. Assim eu ganho uns pontos com a minha mãe. – Hannah estava orgulhosa de si. Sabia de onde tinha vindo o batom. Agora precisava fazer Luanne lhe dizer o nome da mulher que o usava. – Me fale da outra mulher que usa ele. A mamãe fica chateada quando dá de cara com alguém usando o mesmo chapéu ou mesmo vestido que ela. Imagino que seja assim com batom também.

– Ah, isso não é problema. Acho que a sua mãe e a Danielle não circulam nos mesmos grupos.

Hannah se concentrou no nome. A única Danielle que conhecia era casada com Boyd Watson, o treinador mais vitorioso que o Jordan High já tinha tido.

– Você está falando da esposa do treinador Watson?

– Ela mesma. Fiquei para morrer da primeira vez que ela encomendou o batom, mas fica bem nela. Tem que ser loira natural para usar essa cor. E o cabelo da Danielle é tão loiro que chega quase a ser branco.

– Tem certeza de que a Danielle Watson é a única mulher da cidade que usa o Paixão Rosa?

– Certeza absoluta. Ninguém mais encomenda ele comigo, e eu sou a única distribuidora da Pretty Girl que tem por aqui.

– Obrigada, Luanne. – Hannah estava grata, mais grata do que Luanne podia imaginar. – Se você tiver um Paixão Rosa, eu vou levar.

– Eu tenho. Espera aí que vou pegar no meu estoque. E aproveitando que estamos aqui, vou fazer uma maquiagem completa para você. Vamos ver se você não vai ficar linda com a base certa, uma cor bonita de sombra e um batom no tom perfeito.

– Está bem – Hannah concordou. Além de ser grosseria recusar, poderia fazer mais perguntas sobre Danielle enquanto Luanne bancava a maquiadora. – A Danielle encomenda muita maquiagem com você?

Luanne pegou uma maleta enorme de amostras e a colocou em cima de uma mesa ao lado da penteadeira. Era bem maior do que uma mala e se abria para os lados, revelando diversas camadas. A primeira continha miniaturas de batom, a segunda tinha potinhos de base e blush, e na terceira havia diversos tons de sombra, delineador e rímel. Frascos de esmalte estavam organizados no fundo da caixa, e uma bandeja que se erguia guardava pinceis, cotonetes e esponjas.

– A Danielle é uma das minhas melhores clientes – Luanne respondeu enquanto pegava um pote de base. – Ela encomenda a linha para teatro.

– Ela faz parte dos Atores de Lake Eden? – Hannah citou o nome da companhia de teatro comunitário que tinha aberto um teatro-restaurante no lugar da antiga sapataria da Main Street.

– Acho que não. – Luanne pegou vários grampos de cabelo antiquados, daqueles que Bertie tinha parado de usar na Cut 'n Curl anos atrás, e afastou o cabelo de Hannah do rosto. – Vamos tirar o seu cabelo da frente.

– Por que a Danielle usa maquiagem para teatro?

– Ela tem um problema de pele. – Luanne começou a passar base no rosto de Hannah. – Fecha os olhos, Hannah. Eu preciso passar nas pálpebras também.

Hannah obedeceu, mas continuou fazendo perguntas.

– Que tipo de problema de pele?

– Manchas e espinhas. Não fala para ninguém que eu disse isso. A Danielle morre de vergonha da situação. Ela me contou que ainda tem espinhas que nem uma adolescente e que não é só no rosto. Também aparecem brotoejas horríveis nos braços e no pescoço.

– E maquiagem de teatro cobre isso?

– Totalmente. A maquiagem para teatro da Pretty Girl cobre quase tudo. Lembra de quando a Tricia Barthel ficou de olho roxo?

– Mmm-hmm. – Hannah fez o possível para responder que sim sem abrir a boca. Luanne aplicava a base a seu lábio superior. Ela se lembrava do olho roxo de Tricia, que declarou a todo mundo ter dado com a cara numa porta, mas Loretta Richardson tinha contado a história verdadeira a Hannah. Loretta disse que sua filha, Carly, tinha jogado um livro de álgebra em Tricia porque ela tinha dado em cima do namorado de Carly.

– A mãe da Tricia ficou chateadíssima porque no dia seguinte tirariam as fotos para a formatura. Ela ligou para me consultar e eu usei a base de teatro da Pretty Girl na Tricia. Cobriu totalmente o hematoma e desde então ela encomenda maquiagem comigo.

– Incrível – Hannah arriscou comentar. Luanne estava maquiando seu queixo. – Eu vi a foto da Tricia quando as fotos saíram no jornal e não vi hematoma nenhum.

– A base para teatro da Pretty Girl cobre tudo, de machucado feio a espinha. – Luanne parecia se orgulhar de seus produtos. – Mas você não precisa disso, Hannah. Sua pele é perfeita. Você deve estar usando a mistura perfeita de hidratante e creme noturno. Se eu fosse você, não mudava nada.

Hannah conteve o sorriso. Não estava pensando em mudar nada, até porque nunca na vida tinha usado um hidratante ou creme noturno. Lavava o rosto com qualquer sabonete que estivesse em promoção no Red Owl sem pensar duas vezes.

– Pode relaxar, Hannah – Luanne disse em tom profissional. – Quando eu terminar, você vai estar mais linda do que nunca.

Capítulo 6

Quando Hannah entrou no centro comunitário, a primeira pessoa que viu foi a mãe. Delores Swensen era o centro das atenções do outro lado do salão, rodeada por um grupo de amigas. No momento em que Hannah a observava, a mãe levantou o braço para mexer no cabelo preto reluzente, e os elegantes brincos de diamantes cintilaram sob a luz do teto. Usava o vestido azul-claro que já tinha estado na vitrine da Beau Monde Fashions e a bolsa e os sapatos combinavam perfeitamente. A mãe de Hannah ainda era uma mulher linda e sabia disso. Aos 53 anos, Delores vencia a batalha contra o tempo, e só Hannah, que tinha ajudado a mãe com as finanças durante alguns meses após a morte do pai, sabia quanto exatamente custava essa luta. Por sorte, Delores tinha uma ótima situação financeira e também tinha recebido a herança dos pais. Delores não tinha como ficar sem dinheiro, mesmo recorrendo a plásticas na barriga e liftings no rosto que custavam caro.

Hannah suspirou ao abrir caminho na multidão. À exceção da cor do cabelo, Andrea lembrava Delores. E Michelle era outra beldade mignon. As duas irmãs mais novas tinham herdado os genes da beleza da mãe. Hannah era a única que tinha puxado ao pai. Fora amaldiçoada com um cabelo ruivo cacheado, indomável, e era no mínimo dez centímetros mais alta que as irmãs. Quando estranhos viam Delores com as filhas, imaginavam que Hannah fosse adotada.

Delores ria de alguma coisa que uma das amigas tinha dito. Hannah esperou o grupo de mulheres se dispersar e se aproximou para cutucar Delores no ombro.

– Oi, mãe.

– Hannah? – Delores se virou para olhá-la. Os olhos se arregalaram, a boca se arredondou num choque e ela largou a bolsa para segurar a mão de Hannah.

– O que foi? – Hannah franziu a testa.

– Não acredito, Hannah! Você está de maquiagem!

Hannah ficou perplexa com a reação da mãe. Tinha decidido usar o resultado do tratamento de beleza feito por Luanne para ir à festa, mas se soubesse que Delores reagiria com tamanho espanto, que ficaria tão boquiaberta, teria parado na Cookie Jar para lavar o rosto.

– Você não gostou?

– É uma mudança e tanto. Não sei *o que* dizer.

– Percebi. – Hannah se abaixou para pegar a bolsa da mãe. – Acho que eu deveria ter lavado a cara antes de vir.

– Não! Na verdade, está ótimo. Você me surpreendeu, Hannah. Eu achava que você nem sabia o que é um delineador.

– Devo ter algumas qualidades que você desconhece. – Hannah sorriu para a mãe. – Fala a verdade, mãe. Você acha mesmo que melhora muito?

– Sem sombra de dúvida! Agora, se eu conseguisse convencer você a se vestir melhor, talvez... – Delores se calou e semicerrou os olhos. – Eu sei que você detesta maquiagem e deve ter alguma razão para ter se dado a esse trabalho. Fale, querida. Você fez isso por causa do Norman Rhodes?

– O Norman não teve nada a ver com isso. Fui ver a Luanne Hanks, e como eu já estava lá, ela me maquiou.

– Ah. – Delores parecia decepcionada. – Bem, eu acho que você ficou ótima. Se você se maquiar e se arrumar mais vai notar uma baita diferença na sua vida.

Hannah deu de ombros e resolveu mudar de assunto antes que a mãe começasse um de seus sermões.

– Você viu a Andrea? Preciso muito falar com ela.

– Ela está por aí. Vi ela perto da mesa do lanche uns minutos atrás.

– Vou atrás dela. – Hannah se preparou para a fuga. – Até mais, mãe.

Hannah esquadrinhou a multidão, mas não viu Andrea. Decidiu procurar a irmã mais tarde e se dirigiu à mesa do lanche, montada no canto do salão. Estava se esquivando da responsabilidade, e Lisa provavelmente estava louca para ir para casa e ver o pai.

– Oi, Hannah. – Lisa sorriu quando Hannah chegou perto da mesa. – Todo mundo ama seu cookie. A sra. Beeseman já voltou quatro vezes para pegar mais.

– Faz sentido. Ela adora tudo que tem chocolate. Você fez um belíssimo trabalho, Lisa. Se você quiser ir embora, eu assumo.

– Não preciso ir, Hannah. Meu vizinho disse que ficaria com o papai até eu chegar em casa. Além do mais, estou me divertindo.

Hannah achou difícil acreditar no que estava ouvindo.

– Você acha que servir café e cookie em um evento político para arrecadar doações é *divertido*?

– É ótimo. Todo mundo vem conversar comigo e é bem simpático. Pode ir, vai circular, Hannah. É bem capaz de você ter ideia para um negócio novo.

– Está bem, mas saiba que você está fazendo hora extra. – Hannah lhe lançou um olhar demorado, firme. Se Lisa achava aquilo divertido, realmente precisava sair mais de casa. – Preciso falar com o Bill. Você viu ele?

– Ainda não. Sua irmã disse que ele ia chegar atrasado. Parece que ele tinha que resolver uma papelada. Quer que eu avise que você está atrás dele quando ele chegar?

– Quero sim, obrigada. – Hannah precisava conversar com Bill sobre Danielle Watson, mas, enquanto isso, talvez conseguisse descobrir por que Danielle estava com Ron quando ele abasteceu o refrigerador da escola. – E a esposa do treinador Watson? Ela veio?

– Os dois estavam aqui minutos atrás. O treinador Watson disse que tinha acabado de chegar de uma colônia para jogadores de basquete. Passou três dias fora.

A cabeça de Hannah girava quando foi atrás de Andrea. O treinador Watson tinha viajado e Danielle estava com Ron de manhã cedinho. Hannah não queria acreditar que Ron fosse do tipo que tinha casos com esposas alheias, mas essa era a conclusão mais óbvia.

Andrea estava ajudando a sra. Rhodes, mas pediu licença quando viu Hannah.

– O que foi que aconteceu? Você está incrível!

– Obrigada, Andrea. Você tem um minutinho?

– Claro que tenho. – Andrea a conduziu até um canto menos movimentado do salão. – Por que você está maquiada?

– A Luanne Hanks me maquiou e eu não tive tempo de lavar o rosto. É por isso que preciso falar com você. Eu estava na casa da Luanne e reparei que tem várias coisas que a filha dela não tem. Fiquei me perguntando se você não tem móveis e brinquedos antigos da Tracey que possa doar para ela.

– Claro que tenho. Guardei tudo que ela deixou de usar à medida que foi crescendo. Eu doaria tudo para a Luanne num piscar de olhos, mas sei como ela é em relação à caridade.

– Isso não vai ser problema. Eu disse que você ia jogar algumas coisas da Tracey no lixo e perguntei se ela não preferiria que você deixasse tudo na casa dela.

– E ela concordou?

– Só depois que eu disse que você não tinha tempo de mexer em todas as caixas e que seria uma pena ver um monte de coisa boa apodrecendo no lixo. Ela vai pegar o que tiver utilidade para ela e levar o resto para o brechó.

– Boa sacada, Hannah! – Andrea lhe deu um tapinha nas costas. – Eu achava que você não tinha nem um tiquinho de malícia, mas pelo jeito *alguma coisa* você aprendeu com a mamãe.

Hannah avistou Danielle Watson do outro lado do salão. Estava em um grupo formado por seu marido, Marge Beeseman, o padre Coultas, Bonnie Surma e Al Percy. Danielle usava um belo vestido azul-acinzentado, e o cabelo louro-claro estava arrumado em um coque estiloso na altura da nuca. Vários cachos suaves caíam junto às bochechas, deixando o penteado menos sério, e os lábios estavam pintados com o batom que agora Hannah sabia ser o Paixão Rosa, da Pretty Girl.

Hannah foi em frente e se aproximou do grupo. O assunto da conversa era Ron LaSalle e isso não a surpreendeu. O assassinato de Ron era a maior notícia de Lake Eden desde que o pequeno Tommy Bensen havia soltado o freio do Ford Escort da mãe e quebrado a vidraça do Banco Mercantil.

– Meu Herbie disse que foi um tiro certeiro no coração. – A sra. Beeseman deu sua contribuição à fofoca. – O Max vai ter que refazer o estofamento da caminhonete porque ficou tudo ensanguentado.

O treinador Watson estava abatido.

– É uma perda enorme para os Gulls. O Ron ia a todos os treinos e era uma grande inspiração.

– Você acha que pode ser vingança por causa do esporte? – Al Percy indagou, as sobrancelhas pretas volumosas quase se encontrando ao serem franzidas. – Afinal, o Ron foi o maior astro dos Gull por três anos seguidos.

O padre Coultas negou.

– Não faz sentido, Al. Todo mundo gostava do Ron, até os meninos dos times rivais.

– Tem razão, padre. – O treinador Watson foi logo concordando. – O Ron era popular porque jogava limpo.

Al continuou de testa franzida, e Hannah entendeu que ele ainda não estava pronto para abrir mão da tese da vingança esportiva.

– De repente não teve nada a ver com o esporte na escola. Pelo que eu soube, foi um assassinato estilo execução, e isso para mim soa a corrupção.

– Corrupção? – Bonnie Surma se eriçou e Hannah se lembrou de que seu sobrenome de solteira era Pennelli. – Você está falando da máfia?

Al confirmou.

– Impossível não é, Bonnie. Todo mundo sabe que é essa gente que cuida das apostas esportivas, e vai ver que recrutaram o Ron para anotar as apostas junto com as encomendas de leite. Pode ser que a receita do Ron tenha sido baixa e tenham mandado matar ele.

– Você é louco, Al. – Era óbvio que Marge Beeseman não media as palavras. – Ron era como a gente e jamais faria algo assim. Além do mais, meu Herbie disse que as vítimas dos matadores da máfia sempre levam um tiro na parte de trás da cabeça. Ou são estrangulados com uma corda, que nem no *Poderoso Chefão*.

Sob o olhar de Hannah, o rosto naturalmente pálido de Danielle adquiriu um tom acinzentado. O sorriso educado se crispou e ela parecia se esforçar para não cair no choro. Ela se virou para o marido, sussurrou algumas palavras e se afastou do grupo. Hannah ficou observando-a cruzar o salão abarrotado e atravessar o corredor rumo ao banheiro feminino.

Era a sua oportunidade, e Hannah não estava disposta a perdê-la. Partiu atrás de Danielle o mais depressa possível. Depois de chegar ao corredor, Hannah foi direto para o banheiro feminino com um único objetivo em mente. Precisava descobrir exatamente o que Danielle sabia a respeito do assassinato de Ron.

Capítulo 7

Quando Hannah se aproximou da porta do banheiro, ouviu um choro soluçante abafado. Talvez não fosse justo tirar proveito de Danielle em seu momento de luto, mas ser justa não era tão importante quanto ajudar Bill a resolver o assassinato de Ron.

Hannah abriu a porta e se deparou com Danielle parada em frente ao espelho largo acima das pias. Enxugava os olhos com um lenço empapado e parecia indefesa e assustada. Quando Hannah entrou no ambiente de azulejos rosa, se sentiu como Simon Legree de *A cabana do Pai Tomás* confrontando Eliza.

– Danielle? – Hannah se lembrou da velha máxima das moscas e do mel e pôs cada gotinha de empatia que conseguiu reunir na voz. – O que foi que aconteceu?

Danielle se virou, parecendo muitíssimo culpada.

– Nada. É só que... hmm... entrou alguma coisa no meu olho, só isso.

– Nos dois? – Hannah falou sem pensar e se arrependeu imediatamente. Não chegaria a lugar nenhum afastando Danielle antes de sequer fazer a primeira pergunta. – Deve ser a poeira. Está ventando à beça hoje. Quer que eu dê uma olhada?

– Não! Hmm... mas obrigada, Hannah. Acho que já dei um jeito.

– Que bom. – Hannah lhe deu seu sorriso mais simpático. Sabia que a desculpa de Danielle era uma mentira deslavada, mas estava disposta a ignorá-la contanto que Danielle lhe contasse o que queria saber. – Que horror a forma como as pessoas estão falando do Ron, não é?
Danielle empalideceu outra vez.
– É, sim.
– Você viu o Ron estes últimos dias? – Hannah prendeu a respiração. Se Danielle confessasse ter ido à escola com Ron, estaria mais perto de reunir os dados necessários para Bill.
– Não. A gente não pede que entreguem lá em casa e eu não esbarrava muito com ele. Preciso ir, Hannah.
– Você acabou de chegar. – Hannah deu um passo para o lado para impedir a passagem de Danielle. – Fica mais um minutinho, Danielle. Se eu fosse você, daria um jeito na maquiagem. Seu rímel está borrado.
– Não está, não. Acabei de olhar. Eu preciso ir mesmo. O Boyd está me esperando e ele não gosta de me perder de vista por muito tempo.
– Por que não? – Hannah percebia o pânico de Danielle, que não fazia sentido.
– Ele... hmm... fica preocupado comigo quando não estou com ele.
Danielle estava bem embaixo da luminária embutida no teto e Hannah notou que em um dos lados do rosto sua maquiagem era muito mais carregada do que do outro. Estaria encobrindo o problema de pele ao qual Luanne havia se referido?
– Depois a gente conversa, Hannah. O Boyd não vai ficar feliz se eu não voltar logo para o salão.
– Ainda não. – Hannah esticou o braço para segurar o braço de Danielle quando ela tentou passar. A tática das moscas e do mel não tinha dado certo e era hora de fazer jogo duro. – Eu sei que você estava com o Ron hoje de manhã e preciso saber por quê.
Danielle arregalou os olhos numa tentativa de parecer inocente, mas as bochechas foram tomadas por um rubor indiscreto.

– Com o Ron? Engano seu, Hannah. Já falei que fazia semanas que não via ele.

– É mentira e você sabe bem disso. Por que você estava na escola com o Ron quando ele foi abastecer o refrigerador?

– Quem disse que eu estava? – Danielle ficou de frente para ela e havia em seu olhar uma provocação clara. Estava nítido que não estava disposta a dar nenhuma informação de mão beijada.

– Ninguém disse, mas eu sei que estava. Seu copo de café ficou na bancada e você deixou a marca do seu batom. Você é a única pessoa de Lake Eden que usa essa cor, Danielle. Você estava tendo um caso com o Ron?

– Um caso? – Danielle pareceu genuinamente chocada. – Que ridículo, Hannah! É verdade que eu estava com o Ron, mas nós éramos só amigos. Ele... hmm... ele me ajudou em momentos difíceis.

A expressão de Danielle era igualzinha à que Hannah tinha visto uma vez na cara de um coelho preso numa armadilha. Ela tinha libertado o coelho, mas Hannah não deixaria Danielle escapar sem que antes desse algumas respostas verdadeiras.

– Deixa eu ver se entendi direito, Danielle. Seu marido estava viajando, você passou a noite com um homem bonito que era só um amigo, e esse amigo acabou sendo assassinado de manhã, uns minutos depois de vocês tomarem café juntos?

– Eu sei que a impressão que dá é péssima. – Danielle suspirou e toda a bravata se dissipou. – Você precisa acreditar no que estou dizendo, Hannah. Foi exatamente isso o que aconteceu.

– O Boyd sabe que você passou a noite com o Ron?

– Não! – Danielle parecia estar passando mal. – Não conte para ele, por favor! O Boyd jamais entenderia!

– Não preciso contar para ele se você for franca comigo. Se você e o Ron não tinham um caso, por que você estava com ele?

Danielle olhou de relance para a porta e para o próprio braço, que Hannah segurava entre os dedos. Ela se arrepiou e então assentiu.

– Está bem. Eu conto, Hannah, mas você tem que respeitar minha privacidade. O... o Boyd não pode ficar sabendo onde eu estava ontem à noite.

– Combinado – Hannah concordou. – Mas se você souber de alguma coisa sobre o assassinato do Ron, vou precisar repassar a informação ao Bill.

– Não tem nada a ver com o assassinato do Ron! Ou pelo menos eu *acho* que não. Eu menti para você, Hannah... Eu e o Ron não éramos só amigos. Ele era meu padrinho no JA.

– JA?

– Jogadores Anônimos. A gente se reúne todas as terças à noite, na faculdade comunitária.

A confissão deixou Hannah desnorteada.

– Você é uma jogadora em recuperação?

– Sou, mas o Boyd não sabe disso. – Danielle esticou o braço e recobrou o equilíbrio se apoiando na parede. – A gente pode se sentar, Hannah? Não estou me sentindo muito bem.

Hannah a levou ao canto do banheiro feminino onde ficavam o sofá e umas cadeiras. Depois que Danielle já estava sentada no sofá, Hannah puxou uma das cadeiras.

– Você disse que o Boyd não sabe do seu vício.

– Não. Ele não é um homem fácil, Hannah. Ele quer uma esposa perfeita. Eu acho que ele pediria o divórcio se descobrisse a verdade.

Hannah desconfiava de que Danielle tivesse razão. O treinador Watson exigia perfeição de todo mundo que o rodeava. Era rigoroso com os jogadores do time quando cometiam erros em campo ou em quadra, e seria ainda mais rigoroso com Danielle. Ela podia até estar exagerando ao dizer que o marido pediria o divórcio, mas Hannah estaria disposta a apostar que ele ficaria bastante contrariado.

– Você disse que vai às reuniões do JA toda terça à noite. O Boyd não pergunta aonde você está indo?

– Eu disse para ele que estava fazendo um curso de arte na faculdade. Precisei mentir para ele, Hannah.

Já era hora de dar uma trégua a Danielle e Hannah sabia disso.

– Entendo. No seu lugar, eu provavelmente faria a mesma coisa. Você foi à reunião do JA ontem à noite?

– Fui, sim.

– E o Ron?

– O Ron também foi. Ele nunca faltava à reunião.

Hannah se concentrou no xis da questão.

– Depois que vocês se encontraram, você voltou para casa com ele?

– Claro que não. Eu achava que o Boyd já teria chegado e que íamos jantar juntos tarde da noite no The Hub. O Boyd adora o bife deles. Diz que a proteína do frango e do peixe não basta para um atleta, e ele sempre faz os meninos comerem carne vermelha aos montes quando estão treinando.

Hannah já tinha visto os meninos dos times do treinador Watson devorando hambúrgueres na lanchonete do Hal e da Rose e achava que não corriam muito o risco de estar com déficit de proteína. Mas Danielle estava divagando, e Hannah precisava recolocá-la nos trilhos.

– Seu marido não chegou ontem à noite, né?

– Não. Quando eu cheguei em casa, o Boyd tinha deixado recado na secretária eletrônica. Dizia que ele tinha resolvido ficar na casa da mãe e que chegaria no dia seguinte, antes do meio-dia. Ele não vê muito a mãe, e eu devia ter aceitado numa boa, mas eu estava achando que ele ia voltar para casa e... e isso me tirou do prumo.

Hannah lhe deu um sorriso instigador.

– É claro. E o que foi que aconteceu depois?

– Abri minha correspondência e achei um cheque que minha mãe me mandou. Nós compramos umas ações juntas e ganhamos uma boa grana quando vendemos essas ações. Se não tivesse recebido o cheque, acho que eu teria ficado bem. Mas olhar aquele dinheiro todo me deu vontade de jogar.

– É compreensível. O que você fez?

– Liguei para o Ron. A gente tem que ligar para o padrinho assim que acha que está em apuros. Mas o Ron não estava em casa e... – Danielle engoliu em seco. – Não me orgulho do que fiz logo depois, Hannah.

Hannah se deu conta de que sabia o que Danielle tinha feito, mas perguntou mesmo assim.

– Você saiu para jogar?

– Saí. – Uma lágrima escorreu pela face de Danielle e ela a enxugou com o lencinho encharcado. – Usei o caixa eletrônico para descontar o cheque e sacar um pouco de dinheiro. E depois fui para o cassino. Foi lá que esbarrei com o Ron.

– O Ron estava jogando no Twin Pines?

– Não. – Danielle foi logo balançando a cabeça. – O Ron era uma rocha, Hannah. Ele tinha vencido completamente o vício. Uma vez ele me disse que não tinha mais o *ímpeto* de jogar.

– Então o que é que ele estava fazendo lá?

– Distribuindo folhetos no estacionamento. Ele olhou para mim e entendeu que eu estava em apuros, então entrou no carro dele e me seguiu até em casa. Achei ótimo ele ter feito isso. O Grand Cherokee do Boyd não estava funcionando bem e eu estava com medo de que quebrasse na volta.

– Você sabe que horas eram?

– Onze horas – Danielle respondeu sem pestanejar. – O relógio de pêndulo que fica no corredor estava badalando quando entrei em casa.

– E o Ron ficou com você?

– Não, ele ficou esperando na esquina. Eu estava péssima, Hannah. Quase arranhei meu Lincoln quando entrei na garagem.

Hannah assentiu e esperou a continuação. Poderia se solidarizar com Danielle, mas aquele não era o momento certo. Ainda precisava arrancar mais informações.

– Entrei para ver se tinha mais algum recado na secretária eletrônica, e depois eu atravessei o beco para me encontrar com o Ron. Ele me levou para o apartamento dele e nós passamos a noite em claro, tomando café. Foi exatamente isso o que aconteceu, Hannah. Eu juro!

– Por que você foi acompanhar ele no trabalho?

– O Ron estava atrasado e só ia ter tempo de me levar para casa mais tarde. Acompanhei ele na rota de entregas domiciliares e depois voltamos à leiteria para ele carregar a caminhonete com os produtos dos clientes comerciais. Só fui com ele a uma parada comercial. Logo depois que a gente abasteceu o refrigerador da escola, ele me deixou em casa.

– Que horas eram quando o Ron deixou você em casa?

– Eram sete e vinte. Olhei o relógio antes de descer da caminhonete. Imaginei que meus vizinhos já estivessem acordados, então me enfiei no beco e entrei em casa pela garagem.

– Você acha que teria reparado se alguém estivesse seguindo a caminhonete do Ron?

– Não sei. – Danielle estava assustada. – Passei o dia inteiro pensando nisso, mas não me lembro de ter visto ninguém atrás de nós.

Hannah se curvou para a frente. Se Danielle soubesse onde Ron pretendia ir depois de deixá-la em casa, a informação seria de grande valia.

– Pense bem, Danielle. O Ron disse aonde ele estava indo quando deixou você em casa?

– Ele não disse nada além de tchau. – A voz de Danielle ficou embargada e ela enxugou os olhos de novo. – Tentei convencer ele a ir ao dentista para ver o dente, mas acho que ele não foi. O Ron fazia questão de ser totalmente confiável e fazer todas as entregas pontualmente.

Hannah ergueu as sobrancelhas.

– Ver o dente? Qual era o problema do dente?

– Acho que tinha quebrado. Ele se meteu numa briga com um leão de chácara quando tentou distribuir folhetos dentro do cassino. O maxilar estava inchado e ele estava com muita dor. Eu fiz ele pôr gelo. Ajuda a desinchar.

Hannah foi remetida à última vez que viu Ron com vida. Ele estava parado ao lado da caminhonete, com a mão no rosto. Achou que ele estava pensativo, mas poderia muito bem estar com a mão no dente quebrado.

– O dente que o Ron quebrou era do lado esquerdo, Danielle?

– Era! – Danielle arfou e olhou fixo para Hannah como se ela tivesse acabado de tirar um coelho do chapéu. – Como é que você sabe?

– Eu vi ele carregando a caminhonete hoje de manhã, a caminho do trabalho, e ele estava com a mão na bochecha esquerda. Mas não vi *você*.

– É porque eu estava abaixada no banco. Não queria que ninguém me visse com o Ron e pensasse coisa errada.

Fazia sentido. Hannah sabia que as fofoqueiras da cidade ficariam em polvorosa se vissem Danielle com Ron.

– Você poderia descrever o leão de chácara que bateu no Ron?

– Eu não estava lá. Aconteceu mais ou menos uma hora antes de eu chegar no cassino. Mas acho que tem como você achar o cara. O Ron me disse que deu uns bons socos no sujeito e que tinha quase certeza de que ele tinha ficado com o olho roxo.

– É só isso que você sabe?

– Só isso, Hannah. – Danielle soltou um longo suspiro. – Você não precisa contar isso ao Bill, né? O Boyd acha que eu passei a noite toda em casa e não quero que ele descubra de jeito nenhum.

Hannah tomou uma de suas decisões impulsivas e torceu para não se arrepender.

– Vou contar o que aconteceu para o Bill, mas não vou usar seu nome, Danielle. Não existe nenhuma razão para ele saber.

– Ai, obrigada, Hannah! Você nem imagina o quanto agradeço. Eu queria ter falado alguma coisa antes, mas...

– Eu entendo – Hannah a interrompeu. – Você não tinha como falar nada sem que o Boyd ficasse sabendo que você estava com o Ron.

Danielle abaixou a cabeça num gesto de concordância. Continuava linda, apesar da maquiagem borrada e dos cílios

grudados por conta das lágrimas derramadas. Hannah ficou pasma com a diferença entre elas. Sempre que chorava, o que não era frequente, seu nariz ficava vermelho feito a luz no alto da viatura de Bill e a pele em volta dos olhos inchava. Era bastante claro que durante a distribuição dos genes da beleza, mulheres como Danielle e Andrea haviam roubado sua cota.
    – Tire uns minutinhos para ajeitar sua maquiagem. – Hannah lhe deu um sorriso estimulante. – Agora o seu rímel está borrado *de verdade*.
    Danielle ficou assustada de novo.
    – Mas o Boyd vai vir me procurar se eu não sair logo.
    – Eu procuro ele e digo que entrou um cisco no seu olho. – Hannah a ajudou a se levantar e a conduziu até o espelho. – Não esquenta, Danielle. Seu segredo está em boas mãos.

    – Eu sei, Moishe. Demorei muito na rua. – Hannah pegou o borrão laranja que se lançou em seus tornozelos quando ela abriu a porta do apartamento. Sua atitude parecia ter apaziguado o felino carente porque ele começou a roncar, soltando um barulho que vinha do fundo da garganta. Ele lambeu a mão dela e Hannah riu. – Agora eu vim para ficar. Preciso só dar um telefonema e depois a gente faz nosso lanchinho e vai para a cama.
    Moishe a seguiu até a cozinha e ficou olhando enquanto ela se servia do vinho branco do garrafão verde de Chablis que ficava na prateleira de baixo da geladeira. Não era nem de longe um vinho de qualidade e Hannah sabia bem a diferença, mas era mais barato do que Sominex. Ela abriu o armário para pegar um dos pratos de sobremesa antigos que a mãe lhe dera de presente de Natal e pôs nele o iogurte de baunilha da marca preferida de Moishe. A mãe ficaria horrorizada se soubesse que os pratos de cristal só eram usados pelo gato que rasgava suas meias-calças.
    – Ok, tudo pronto. – Hannah apagou a luz da cozinha e deixou que Moishe tomasse a dianteira rumo à sala. Ele pulou na mesinha de centro e esperou Hannah botar o prato de

sobremesa na frente dele. – Pode começar, Moishe. Vou tomar meu vinho enquanto converso com o Bill.

Hannah ficou olhando Moishe lamber o iogurte. Não sabia se era um comportamento comum aos felinos porque nunca tinha dividido a casa com um gato, mas Moishe havia aperfeiçoado o ato de comer e ronronar ao mesmo tempo.

Bill ainda não tinha chegado na festa beneficente quando ela recolheu tudo e foi embora, e Hannah supunha que ainda estivesse trabalhando, encarando os formulários em quatro vias que a última lei de redução da papelada exigia. Discou o número da delegacia e se sentiu vitoriosa quando Bill atendeu ao primeiro toque.

– Bill? – Hannah franziu a testa. O cunhado preferido, e único, parecia estar cansado e mal-humorado. – É a Hannah. Consegui identificar a moça do batom rosa, mas não posso dizer quem é ela.

A reação de Bill foi estridente e previsível, e Hannah deixou o telefone na mesa. Sabia que deveria ter sido mais cuidadosa ao dar essa informação, mas já tinha esgotado sua cota diária de tato.

Quando o volume de queixas iradas diminuiu um pouco, Hannah levou o telefone à orelha outra vez.

– Escuta, Bill. Essa mulher não tem nada a ver com o assassinato. Eu apostaria minha vida. E ela e o Ron seguiram caminhos diferentes logo depois de abastecerem o refrigerador da escola. Eu só consegui convencer ela a me contar alguma coisa prometendo que não revelaria a identidade dela.

Os protestos foram menos numerosos dessa vez e Hannah se contentou em afastar o telefone do ouvido. Quando ele parou, ela continuou.

– Não posso romper a promessa que fiz a ela, Bill. Você sabe como é o pessoal de Lake Eden. Se ficarem sabendo que traí a confiança de alguém, ninguém mais vai confiar em mim.

– Não gostei, mas acho que a gente vai ter que fazer do seu jeito. – Bill parecia ter amolecido. – Você pode falar com essa mulher de novo se a gente precisar, não é?

– Claro que posso. Ela colaborou e ficou muito agradecida porque vou guardar segredo da identidade dela.

– Provavelmente vamos chegar mais longe se ela considerar você como uma amiga. Lembre-se, Hannah, não quero que conte a ninguém que está participando da investigação. Você pode falar com a Andrea e com mais ninguém. Não estou pondo seu nome nos meus relatórios. Só estou me referindo a você como minha informante.

– Sua *informante*? – Hannah tomou um gole do vinho nada premium.

– O informante é uma pessoa cuja identidade é protegida pelo investigador. Você deveria ter aprendido isso com essas séries de detetive que você vive assistindo.

Hannah revirou os olhos para Moishe.

– Eu sei o que é um informante. Por que não posso ser sua agente secreta?

– Minha agente secreta? – A ideia provocou a risada de Bill, mas quando se deu conta de que Hannah não ria junto, ele voltou atrás depressa. – Está bem. Considere-se minha agente secreta. O que mais você tem a me dizer?

– A mulher do batom rosa me contou que o Ron brigou no Twin Pines ontem à noite. Ela acha que ele quebrou um dente porque estava com o maxilar inchado. Lembra que eu disse para você que hoje de manhã vi ele com a mão no queixo?

– Certo. Você disse que achava que ele estava pensando em alguma coisa importante. Isso está aqui nas minhas anotações sobre a entrevista.

– Bem, eu me enganei. Ele estava com dor de dente, e era por isso que estava com a mão no rosto.

Houve um instante de silêncio e Hannah ouviu uma caneta riscar o papel. Bill fazia anotações. Por fim, ele disse:

– Faz sentido. Essa mulher sabe com quem o Ron brigou no cassino?

– Não, a briga aconteceu antes de ela chegar. Eu vou tentar descobrir para você, Bill.

– Eu sei que pedi para você bisbilhotar por aí, mas isso não é um jogo, Hannah. – Bill estava preocupado. – O Ron foi morto a sangue frio, e o assassino não vai hesitar em matar você se achar que está na cola dele.

Hannah engoliu em seco, e a imagem do corpo inerte de Ron piscou na tela de sua mente.

– Você está me assustando, Bill. Você acha mesmo que pode ser arriscado?

– É claro que pode. Me prometa que vai tomar cuidado, Hannah. E me ligue assim que descobrir qualquer coisa, mesmo que seja às quatro da madrugada.

– Pode deixar. Boa noite, Bill. – Hannah ficou arrepiada ao desligar o telefone. Vinha pensando no assassinato de Ron como um quebra-cabeça a solucionar, mas Bill a lembrara de que era perigoso tentar descobrir um assassino. Ao terminar o vinho, Hannah decidiu que seria bem mais cautelosa dali em diante.

Um lamento estridente veio da direção da mesinha de centro e Hannah viu que Moishe dava um de seus bocejos incrivelmente largos. Era óbvio que estava na hora de ir para a cama. Ela o pegou, o levou para o quarto e o colocou em cima do colchão.

Já pronta para se deitar, Hannah se enfiou debaixo das cobertas e puxou o colega de quarto para agarrá-lo. Mas Moishe tinha sido solitário por muito tempo. Palavras doces, carícias na orelha e petiscos jamais o transformariam em um gato doméstico manso e amável. Ele permitiu alguns carinhos, mas depois se afastou para se apossar do outro travesseiro de Hannah e a ignorou totalmente, preferindo dormir.

Capítulo 8

Hannah acordou sobressaltada. Teve um pesadelo em que Norman Rhodes, um dentista louco cuja broca parecia um caminhão de lixo dando ré, amolava seu dente. Como ela se recusava a abrir a boca, ele fazia seu trabalho de dentista maligno através de sua bochecha. Ao abrir os olhos, foi um alívio perceber que era só Moishe lambendo seu rosto com sua língua de lixa para acordá-la.

O despertador lhe fazia uma serenata com seus bipes irritantes, e Hannah afastou Moishe para poder esticar o braço e desligar o aparelho. Ainda estava escuro lá fora, mas a luz de segurança na lateral do prédio estava acesa. Como detectava qualquer tipo de movimento, Hannah imaginou que tivesse acendido com um pássaro de inverno arremetendo para bicar o comedouro que ela tinha pendurado na janela.

– Ok, estou me levantando. Eu sei que é hora de botar a comida do gatinho. – Hannah levantou a cabeça do aconchego morno do travesseiro e se sentou. Os pés pendiam da lateral da cama e com os dedos ela procurou as pantufas que deixava ali. Pegou uma, depois a outra, e enfiou os pés no acolchoado cinza que antigamente era azul-bebê.

Quando entrou na cozinha, o café já estava pronto, e Hannah bendisse o temporizador que tinha instalado na tomada da cozinha. Algumas das mulheres mais velhas de Lake Eden chamavam café forte de "plasma sueco" e Hannah concordava com essa definição. Ela não conseguia nem pensar, quem dirá ser funcional, sem antes tomar pelo menos uma xícara. Ela se serviu de uma caneca do líquido escaldante, cheio de cafeína, jogou ração na tigela de Moishe e se sentou à mesa.

Tinha algo muito importante na pauta do dia. Hannah tomou um gole de café na expectativa de desfazer as teias matinais que tinham se formado na sua cabeça durante a noite. Não era um novo bufê para servir. Ela já estava com a agenda cheia naquela semana.

O barulho alto de mastigação tirou Hannah de seu estado de zumbi e ela se virou para Moishe. A ração crocante fazia jus ao nome. Ele mordia com tanta força que parecia que ia quebrar os dentes e...

– O dente do Ron! É isso!

Moishe lhe lançou um olhar assustado e depois tornou a mergulhar o rosto no pote de comida. Hannah sorriu. Ele provavelmente a achava louca por gritar, mas ela tinha acabado de se lembrar do que Tracey tinha lhe dito pouco antes de descobrir o corpo de Ron. Tracey disse que tinha acenado para Ron e que ele lhe dera um sorriso "esquisito". As pessoas ficavam com um sorriso "esquisito" assim que saíam do consultório, principalmente quando o dentista lhes dava uma injeção de novocaína. E Danielle disse que tinha insistido para Ron ir ao dentista.

Hannah pegou o bloquinho amarelo que sempre ficava na mesa da cozinha e fez a anotação. *Ligar para todos os dentistas da cidade. Eles atenderam o Ron ontem de manhã?* Depois sorriu olhando o que tinha escrito. Todos os dentistas? Lake Eden só tinha dois dentistas: Doc Bennett e Norman Rhodes. Doc Bennett havia se aposentado, mas ainda colocava resina no dente de alguns dos pacientes de outrora, e Hannah torcia para que Ron fosse um deles. Não estava nem um pouco entusiasmada com a ideia de ligar para Norman.

Poderia pensar que ela estava dando seguimento à tentativa da mãe de juntá-los e não havia nada mais distante da realidade do que essa ideia.

Foi preciso tomar uma segunda caneca de café, mas enfim Hannah se sentiu pronta para encarar a manhã. Acrescentou outra anotação ao papel – *Ir ao Twin Pines para achar o leão de chácara* – e então arredou a cadeira. Estava na hora de se arrumar para o trabalho.

Como nunca comia no café da manhã, geralmente Hannah ficava pronta para sair em tempo recorde. Tomava uma chuveirada rápida, vestia um jeans desbotado e um moletom florido e voltava correndo para a cozinha para ouvir os recados da secretária eletrônica. Eram todos da mãe. Delores parecia um esquilo tagarela quando ela acelerava a fita, o que divertia Hannah. Sabia que mais cedo ou mais tarde teria que retornar as ligações da mãe, mas poderia deixar isso para quando chegasse na Cookie Jar.

– A gente se vê de noite, Moishe. – Hannah pegou as chaves do quadro de cortiça ao lado do telefone e viu a violeta-africana de relance ao passar pela mesa. As pétalas estavam amarelando e a flor parecia correr um risco iminente de virar pó. Deu de ombros e pegou a planta, levando-a porta afora. Lisa tinha um dedo ótimo para plantas. Talvez conseguisse ressuscitá-la.

Foi só quando estava chegando perto da leiteria que Hannah caiu em si e estremeceu ao passar pelo prédio branco de blocos de concreto encimado pela enorme placa da Cozy Cow. Ron estava morto. Ela nunca mais o veria carregando a caminhonete.

Foi um pensamento sombrio, e Hannah quase ultrapassou o sinal da esquina da Main com a Third. Conseguiu frear a tempo e deu um sorriso culpado para Herb Beeseman, que estava à espreita no beco onde ficava a Cut 'n Curl. Herb apenas balançou o dedo num gesto afável de "não se preocupe", e Hannah suspirou aliviada. Herb estava muito simpático naquela manhã. Poderia ter lhe dado uma multa por dirigir de forma temerária, mas parecia ter achado graça e não se zangou. Os cookies crocantes de melaço que lhe dera na tarde anterior tinham sido um ótimo investimento.

Ao dobrar a esquina e entrar no beco atrás da loja, Hannah se perguntou quem teria rebocado a caminhonete de Ron. Max Turner ficaria furioso se o veículo fosse apreendido e ele ficasse com uma caminhonete a menos para fazer as entregas. Ela manteve distância do lugar onde Ron tinha levado o tiro e por um instante pensou na diferença entre a fachada e os fundos das lojas. No beco não havia canteiros para árvores ou flores, não havia vitrines para exibir os produtos ou placas. Os fundos dos comércios tinham um aspecto institucional, eram meros estacionamentos, com caçambas de lixo e paredes em branco com portinhas a intervalos regulares. Não era um lugar agradável para se morrer, mas isso suscitava outra questão. Haveria um lugar agradável para morrer? E isso teria alguma relevância para o falecido?

Pensamentos mórbidos não a levavam a lugar nenhum, e Hannah atravessou o beco de carro. Se Ron tivesse sido assassinado na avenida, talvez houvesse testemunhas, mas o beco geralmente estava deserto, e ela não tinha visto nenhuma movimentação ali ao chegar na manhã do dia anterior. Embora não estivesse prestando muita atenção, Hannah tinha certeza de que teria reparado caso alguém estivesse rondando as caçambas ou parado perto de uma das portas. Claire Rodgers foi a única pessoa que viu na véspera.

Ao destrancar a porta dos fundos, Hannah decidiu que bateria um papo com Claire. Bill ou um dos outros delegados já devia tê-la entrevistado, mas não haveria mal em lhe fazer mais algumas perguntas. Hannah tinha a desculpa perfeita para falar com Claire. Assim que ela misturasse a massa de cookie, bateria na porta ao lado e daria uma olhada no vestido que Claire queria tanto lhe vender.

Ela acendeu as luzes, ligou os fornos e foi até a pia. Depois de colocar a touca de papel na cabeça e lavar bem as mãos, Hannah pegou o fichário de receitas plastificadas que ficava pendurado em um gancho ao lado da pia. Faria o bufê da reunião do Clube de Romances da Regência de Lake Eden às quatro horas da tarde e precisava fazer uma fornada de cookies de gengibre.

Hannah releu a receita antes de pôr mãos à obra. Também usou um marcador hidrográfico cuja tinta era apagável para riscar os ingredientes à medida que os colocava na tigela. Se ficasse distraída, corria o risco de deixar um ingrediente essencial de fora, e é óbvio que Hannah estava distraída. Não conseguia parar de pensar no assassinato de Ron e nas pistas que tinha reunido nas últimas 24 horas. Na sua opinião, eram dois os suspeitos: o treinador Watson e o leão de chácara não identificado do Twin Pines. Ambos tinham motivos para matar Ron.

Talvez o treinador Watson acreditasse que Danielle estava de caso com Ron, e ciúmes era uma forte razão para cometer um assassinato. E se Ron tinha dado os "belos socos" de que Danielle lhe falara, era possível que o leão de chácara tivesse resolvido seguir Ron e se vingar.

Enquanto Hannah derretia, media e misturava, pensava no primeiro dos suspeitos. Precisava verificar o álibi do treinador Watson, e o Clube de Romances da Regência de Lake Eden seria um bom ponto de partida. A irmã do treinador Watson, Maryann, compareceria à reunião, e Hannah poderia sondá-la em busca de informações.

Identificar o segundo suspeito seria um pouco mais trabalhoso. Hannah estava planejando ir ao Twin Pines à noite para espionar. Descobriria qual leão de chácara tinha brigado com Ron e se tinha um álibi para a hora do assassinato.

Eram 7h25 quando Hannah terminou a tarefa matinal. Além dos cookies de gengibre, tinha preparado duas fornadas de crocantes de gotas de chocolate, três fornadas de cookies de pecã e uma da receita que Lisa inventou chamada cookies supremos de chocolate branco.

– Oi, Hannah – Lisa cumprimentou alegremente ao entrar pela porta dos fundos às sete e meia em ponto. Ela pendurou a jaqueta, enfiou o cabelo na touca de papel e foi até a pia para lavar as mãos. – O que você quer que eu faça primeiro?

Hannah pôs a última tigela de massa no refrigerador e se aproximou de Lisa diante da pia.

– Você se importa de passar o café, Lisa? Eu tenho que dar uns telefonemas. Preparei uma porção de supremos de chocolate branco e você pode assá-los primeiro. Vamos tentar oferecer no cardápio hoje. E ver o que suas mãos de fada podem fazer pela violeta-africana que está ali na bancada. Não quero cumprir pena por maus-tratos a uma planta doméstica.

– Sem problema. Vou arrumar as mesas e trago uma caneca de café para você quando estiver pronto.

Quando Lisa saiu, Hannah pegou o telefone, discou o número de Doc Bennett e ficou ouvindo o toque.

– Doc Bennett.

Doc foi seco, e Hannah olhou para o relógio. Eram 7h45; talvez fosse meio cedo para ligar para um dentista praticamente aposentado.

– Alô, Doc. Aqui quem fala é a Hannah Swensen da Cookie Jar.

– Olá, Hannah. Continua escovando do jeito que eu ensinei?

– Mas é claro! – Hannah ficou aliviada. Agora Doc estava bem mais simpático.

– É uma emergência odontológica, Hannah?

– Não, está tudo bem. – Hannah não tinha conseguido bolar um jeito indireto de fazer sua pergunta, portanto foi logo ao assunto. – Eu estava querendo saber se o senhor viu o Ron LaSalle ontem de manhã, como paciente.

– Meu consultório não estava aberto, Hannah. Ontem tirei folga e fui a Little Falls ver a minha irmã. É melhor você perguntar para o Norman Rhodes. Ouvi dizer que ele chega cedinho quase todo dia e atende sem hora marcada.

– Obrigada, Doc. Vou perguntar. E passe aqui para comer um cookie um dia desses.

Hannah desligou o telefone e suspirou. As coisas nunca saíam como esperava. Agora teria que ligar para Norman.

O aroma de café na loja era estimulante e Hannah foi até lá para encher uma caneca. Ainda não tinha sido totalmente filtrado, mas estava quente e ela o bebericou feliz. Não precisaria ligar para o homem que a mãe tinha escolhido para ela sem antes se reconfortar com uma dose de cafeína.

– O café ainda não está pronto, Hannah. – Lisa se virou para lhe lançar um olhar curioso.

– Não faz mal. – Hannah tomou outro gole da água com sabor de café. Depois pensou no Twin Pines e em como era raro Lisa sair de casa. – Você teria como arrumar alguém para ficar o seu pai hoje à noite? Eu vou ao Twin Pines e pensei em convidar você para me acompanhar no jantar.

– Eu adoraria. Os vizinhos gostam de ficar com o papai agora que a gente comprou aquela tevê grandona. Por que você vai ao cassino?

Hannah se lembrou do aviso de Bill, para que não contasse a ninguém que estava fazendo trabalho de campo para ele.

– Eu nunca fui lá e sempre quis conhecer.

– Eu também. O Herb Beeseman disse que a costeleta é uma delícia.

– Então a gente vai pedir costeleta. E vai pegar todas as moedas do caixa para jogar nas máquinas.

Pois então Lisa andava conversando com Herb. Hannah guardou a informação para futura referência e voltou à confeitaria se sentindo bem melhor. Lisa era uma boa companhia, e pelo que as pessoas sabiam, estavam indo ao cassino apenas para comer costeleta e jogar.

Era hora de ligar para Norman. Hannah pegou o telefone e discou o número do consultório. Se Norman interpretasse mal sua razão para telefonar, Bill ficaria devendo uma a ela. Ela enrolou o cabo no dedo enquanto o telefone tocava várias vezes, até que Norman atendeu.

– Clínica Odontológica Rhodes. Norman Rhodes falando.

– Oi, Norman. É a Hannah Swensen.

– Olá, Hannah. – Norman pareceu contente em ouvi-la.
– Já ligou para a sua mãe?

– Para a minha mãe?

– Ela me ligou hoje para perguntar se eu tinha visto você. Disse que deixou várias recados na sua secretária eletrônica, mas você não retornou as ligações.

– Assumo minha culpa – disse Hannah. – Só ouvi os recados hoje de manhã e estava correndo para sair de casa. Você por acaso não saberia me dizer o que ela queria?

– Não sei. Mas ela me perguntou quais eram minhas intenções em relação a você.

– *O quê?*

– Relaxa, Hannah. A minha mãe é igualzinha. Vai ver que está nos genes. Elas estão sempre tentando controlar nossa vida.

Hannah não perguntaria a Norman qual tinha sido a resposta. Não queria mesmo saber.

– Eu tenho uma pergunta para fazer, Norman. O Ron LaSalle procurou você para uma consulta ontem de manhã?

Houve uma longa pausa e depois Norman suspirou.

– Desculpe, Hannah, mas não posso responder. Todas as informações sobre a consulta de um paciente são sigilosas.

– Então o Ron *era* seu paciente?

Hannah ouviu o som inequívoco de Norman engolindo em seco do outro lado da linha.

– Não foi isso o que eu disse!

– Claro que não.

– Então por que você supôs que ele fosse?

Hannah sorriu, muito orgulhosa de si. Talvez realmente tivesse aprendido alguma coisa com a matéria obrigatória de lógica que havia cursado.

– Se o Ron não fosse seu paciente, você poderia me dizer que não era. Não haveria nada de antiético nisso. Mas você disse que não pode me falar, o que significa que ele era.

Houve outro momento de silêncio e Norman riu.

– Você é sagaz, Hannah. E tem razão. Acho que não faz mal eu dizer logo. O Ron foi minha primeira consulta do dia. Ele chegou com uma dor considerável causada por um molar fissurado.

– Um dente quebrado?

– Sim, em termos leigos. Desculpe, Hannah. Estou com um paciente sentado na cadeira e não posso bater papo. Espere um pouco que vou olhar a minha agenda.

Hannah esperou, trocando o peso de uma perna para a outra. Era importante. Talvez Norman tivesse sido a última pessoa a falar com Ron.

– Hannah? – Norman voltou à linha. – Estou com a manhã inteira agendada, mas não tenho ninguém marcado para uma da tarde. Se você vier nesse horário, conto tudo para você.

– Você quer que eu vá aí?

– Acho que seria melhor, você não acha? A gente não devia falar de um assunto tão delicado por telefone. Eu vou na lanchonete comprar salada e sanduíche e a gente conversa durante o almoço. Preciso perguntar uma coisa muito importante para você.

Hannah fez uma careta. A última coisa que queria era almoçar com Norman, mas se queria ajudar Bill a solucionar o assassinato de Ron, precisava colher todos os dados. E a única pessoa viva que poderia lhe dizer o que tinha acontecido na consulta odontológica de Ron era o dentista.

– Combinado, Norman. – Hannah se dobrou ao inevitável com toda a graça que conseguia reunir. – A gente se vê à uma.

Cookies de gengibre da época da Regência

Não preaqueça o forno por enquanto –
a massa tem que ser refrigerada antes de ir ao forno.

¾ de xícara de manteiga derretida (*175 ml*)
1 xícara de açúcar mascavo
1 ovo grande batido (*ou dois médios, é só batê-los com um garfo*)
4 colheres (sopa) de melaço (*equivale a ¼ de xícara*)*
2 colheres (chá) de bicarbonato de sódio
½ colher (chá) de sal
2 colheres (chá) de gengibre ralado
2 ¼ xícaras de farinha (*não peneiradas*)
½ xícara de açúcar refinado em uma tigela pequena (*para depois*)

Derreta a manteiga e misture ao açúcar. Deixe a mistura esfriar e acrescente o(s) ovo(s). Acrescente o bicarbonato, o melaço, o sal e o gengibre. Misture até a massa ficar uniforme. Acrescente a farinha e misture bem. Deixe a massa esfriar por no mínimo 1 hora. (*Melhor ainda se for de um dia para o outro.*)

Com a massa já fria, preaqueça o forno a 190 ºC. A assadeira será posta na grelha do meio.

Com as mãos, enrole a massa em bolas do tamanho de nozes. Passe as bolinhas em açúcar refinado. *(É só jogá-las na tigela de açúcar e sacudi-la para cobrir as bolinhas.)* Coloque-as em assadeiras untadas. A assadeira de tamanho padrão comporta 12 bolinhas. Amasse-as com uma espátula.

Asse a 190 ºC por 10 a 12 minutos ou até ficarem dourados. Após tirar a assadeira do forno, os cookies devem ser imediatamente transferidos para uma grade para que terminem de esfriar. *(Eles grudam caso fiquem tempo demais na assadeira.)*

* Para medir o melaço, a xícara de medição deve ser untada com um spray desmoldante para que o melaço não grude nas laterais.

Servi no Clube de Romances da Regência da mamãe. Me pediram para fazer alguma comida da época da Regência. Por que não cookies?

(A Tracey adora esses cookies acompanhados de um copo de leite antes de dormir.)

Rende de 6 a 7 dúzias, a depender do tamanho do cookie.

Capítulo 9

A loja estava tão cheia quanto na véspera, e Hannah ficou aliviada quando a calmaria previsível das onze horas chegou. Era a hora do dia que os moradores de Lake Eden consideravam tarde demais para comer um cookie de café da manhã e cedo demais para almoçarem um cookie. O intervalo dava a Hannah um tempo para botar a cabeça no lugar e continuar sua investigação extraoficial mas autorizada pelo delegado. Passou um café, limpou a bancada até que ficasse brilhando e passou pela porta de vaivém para falar com Lisa na confeitaria.

Lisa tinha acabado de tirar a última assadeira de cookies do forno e recebeu Hannah com um sorriso.

– Todos os cookies estão prontos, Hannah. E a sua planta vai sair dessa. Bastou eu molhar bem as raízes.

– Obrigada, Lisa. – Com certo atraso, Hannah se lembrou das instruções que a mãe lhe dera junto com a planta. Violetas-africanas tinham que ser regadas pela base e não por cima. Ela se aproximou da planta e viu que estava bem mais empertigada. – Eu acho que ela precisa é de uma nova cuidadora. Leve ela para casa, Lisa.

Lisa sorriu, visivelmente contente com a oferta.

– Ela é uma híbrida chamada "Deleite de Verona" e vai ficar lindíssima quando florescer. Tem certeza de que você não quer ficar com ela?

– Certeza absoluta. Ela vai ser muito mais feliz com você. Você aguenta firme aí enquanto dou um pulinho aqui do lado para falar com a Claire?

– Claro. – Lisa tirou o avental de cozinheira e pôs o outro, mais elegante, que usava para ficar no balcão. – Pode ir lá, Hannah.

Hannah saiu pela porta dos fundos e tremeu na mesma hora. A temperatura tinha caído pelo menos uns dez graus e as nuvens estavam cinzentas e agourentas. O meteorologista do rádio tinha prometido céu limpo, mas ela ouvia a estação de Minneapolis, que ficava a oitenta quilômetros dali.

O Toyota de Claire estava na vaga e Hannah foi bater à porta dos fundos da Beau Monde Fashions. Às quintas-feiras, Claire só abria a loja depois do meio-dia, mas era óbvio que estava lá.

– Oi, Hannah. – Claire a saudou com um sorriso. – Entre, vou mostrar para você aquele vestido lindo. Tive que tirar ele do cabide ontem. A Lydia Gradin quis provar, mas não ficaria bem nela. E a Kate Maschler também ficou de olho.

Hannah sentiu uma culpa imediata. Por causa dela, Claire tinha perdido uma possível venda.

– Você devia ter deixado uma delas comprar, Claire. Eu ainda nem provei o vestido.

– Mas você vai provar. E vai ficar perfeito. Venha, Hannah. Vou pegar para você.

Hannah suspirou e entrou na salinha minúscula dos fundos da loja. Uma tábua de passar roupa estava montada no canto, ao lado de uma pilha de caixas de vestidos que seriam colocados em ordem. O ar estava quente. Era óbvio que Claire estava passando um novo carregamento, e Hannah foi atrás dela, passando por araras de roupas recém-chegadas e dando a volta em uma máquina de costura montada para fazer ajustes. Estava franzindo a testa quando atravessou o vão da cortina que separava a sala dos fundos da loja de vestidos. Sabia que teria que provar o vestido que Claire havia escolhido para ela. Seria uma grosseira se recusar.

– Aqui! – Claire abriu o armário onde ficavam os vestidos mais caros e pegou o cabide em que estava pendurado um vestidinho preto de seda. – Não é uma gracinha?

Hannah concordou. O que mais poderia fazer? Para ela, parecia um vestido normal, mas não entendia nada de moda e Claire era a especialista.

– Vá lá provar. – Claire a levou a um dos provadores apertados. – Quer que eu ajude?

– Não, obrigada. Eu dou conta. – Hannah entrou no provador elegante de Claire e fechou a porta. – Você está aí, Claire?

– Estou aqui. – A voz de Claire entrou pela janelinha acima da porta. – Quer que eu puxe o zíper para você?

– Não, não precisa. Eu só queria saber se você viu alguém no beco ontem de manhã.

– Só você, Hannah. O Bill já me fez essa pergunta e eu disse a mesma coisa para ele.

– E mais tarde? – Hannah abriu o zíper do jeans e deixou a calça se amontoar em volta dos tornozelos.

– Eu só sai quando ouvi aquela comoção toda.

Hannah chutou o jeans para um canto ao lado do espelho e tirou o moletom.

– Tem certeza? Você disse que estava abrindo um novo carregamento. Você não saiu para jogar as embalagens na caçamba de lixo?

– Eu não acho que... Saí, sim! – Claire parecia surpresa. – Tem razão, Hannah. Eu desmontei algumas caixas de papelão e levei elas lá para fora. E *tinha* uma pessoa no beco. Um sem-teto estava encolhido na porta do brechó, esperando a loja abrir.

– Você tem ideia de que horas eram? – Hannah perguntou ao tirar o vestido preto do cabide.

– Devia ser umas quinze para as oito. Quando voltei aqui para dentro, passei um vestido e a Becky Summers ligou para perguntar se eu já tinha terminado de fazer os ajustes do terninho novo dela. Dei uma olhada no meu relógio e lembro de ter pensado que só a Becky teria coragem de me ligar duas horas antes de eu abrir a loja, então devia ser oito horas.

– Como era o sem-teto?

– Tenho certeza de que você já deve ter visto ele pela cidade, Hannah. Ele é alto e tem o cabelo espetado. É de um tom ruivo horroroso... – Claire se calou e parecia constrangida ao tornar a falar. – Não é que nem o seu, Hannah. O seu é de um tom avermelhado lindo. O cabelo desse cara é tão vermelho que beira o laranja, feito o de um palhaço.

Hannah acrescentou essa informação a seu banco de dados enquanto erguia o vestido sobre a cabeça e enfiava os braços nas mangas. Ela se saracoteou, a seda deslizou no corpo e ela esticou o braço em direção às costas para alcançar o puxador do zíper. O vestido coube perfeitamente, Claire tinha um olho bom para tamanhos.

– Coube, Hannah? – A voz de Claire atravessou a janelinha outra vez.

– Feito uma luva. – Hannah respirou fundo e se olhou no espelho. A estranha que retribuía seu olhar parecia espantada. O vestido não só cabia nela como ficava deslumbrante. E Hannah nunca tinha ficado deslumbrante na vida.

– Gostou?

Hannah demorou um tempo para recobrar a voz.

– Está... hmm... está ótimo.

– Saia um pouquinho para eu ver se vou precisar fazer algum ajuste.

– Não vai precisar. – Hannah arrancou o tênis Nike predileto dos pés. Não combinavam com sua nova imagem. E então ela abriu a porta e saiu do provador.

Claire ficou boquiaberta ao vê-la.

– Eu sabia que ele ficaria perfeito, mas não imaginava que fosse transformar você numa femme fatale. Você tem que levar, Hannah. Dou um descontão. Esse vestido foi feito para você.

– Acho que você tem razão. – Havia espanto na voz de Hannah quando Claire a conduziu ao espelho triplo e ela examinou o próprio reflexo. Estava sofisticada, linda e extremamente feminina.

– Você vai querer, não vai, Hannah?

Hannah se virou para o espelho de novo. Semicerrando os olhos, a mulher que a encarava de volta lembrava um pouco a Katharine Hepburn. Seu primeiro ímpeto foi pedir que Claire embalasse o vestido, o preço não era problema, mas a realidade se intrometeu. O preço *era* um problema e ela sabia disso.

– É claro que vou querer, mas não sei se tenho como pagar. Quanto ele custa?

– Esqueça o que eu falei sobre o desconto. Vou fazer para você o preço de custo. Só me prometa que não vai falar para ninguém quanto foi.

– Combinado – Hannah prometeu. – Quanto é?

– No varejo é 180, mas eu faço por noventa.

Hannah não vacilou. Um vestido daqueles só aparecia uma vez na vida.

– Vendido. Eu nunca vou ter onde usar esse vestido e ele provavelmente vai ficar pendurado no meu armário pelo resto da minha vida, mas você tem razão. Eu preciso dele.

– É assim que se fala! – Claire parecia muito satisfeita. – Mas como assim você não vai ter onde usar? A festa anual dos Woodley é amanhã à noite.

Hannah se espantou. Tinha enfiado o convite em uma gaveta e se esquecido do assunto.

– Você acha que eu devia ir com esse vestido?

– Vou falar para todo mundo que seus cookies são horríveis se você não for com ele – Claire ameaçou. – Amanhã você vai deixar todo mundo de queixo no chão, Hannah. E sábado de manhã seu telefone não vai parar de tocar nem um segundo.

Hannah riu. Talvez Claire fosse vidente e seu telefone não parasse de tocar nem um segundo. Mas 99 por cento dos telefonemas seriam de Delores tentando descobrir quem era o homem que ela estava tentando impressionar.

Hannah enfiou a caixa com o vestido no Suburban e voltou à confeitaria com uma expressão perplexa no rosto. Tinha gastado dinheiro à beça ajudando Bill a investigar o assassinato de Ron. Tinha desembolsado cinquenta dólares nos cosméticos de Luanne e noventa no vestido de Claire.

Quando estava passando pela bancada de trabalho, o telefone começou a tocar. Hannah berrou para Lisa que atenderia e pegou o fone.

– Cookie Jar. É Hannah quem está falando.

– Oi, Hannah. – Era Bill, e ele estava com uma voz abatida. – Só queria saber como você está. Estou aqui na leiteria fazendo interrogatórios.

– Descobriu alguma coisa nova?

– Nada. Todo mundo chegou às sete e meia e a esta hora o Ron já tinha carregado a caminhonete e saído.

– E o Max Turner? Você já falou com ele?

– Não. Espere só um segundinho, Hannah. – Houve um longo intervalo e Bill voltou à linha. – A Betty acha que ele volta ainda hoje. Eu disse para ela me arrumar o número que eu ligo para ele para contar do Ron. E você? Tem alguma coisa para me contar?

– Tenho, e pode ser que seja importante. Conversei com a Claire Rodgers e ela se lembrou de ter visto um sem-teto no beco por volta das 7h45. Ele estava encolhido na porta do brechó e ela o descreveu para mim.

– Deixa eu pegar meu caderno. – Houve outra pausa e então Bill se pronunciou de novo. – Pronto. Pode falar.

– Ele usava uma roupa larga e tinha um cabelo bem vermelho espetado para cima. A Claire disse que já tinha visto ele pela cidade.

– Muito bem, Hannah. – Bill estava satisfeito. – Vou na distribuição de sopa da Bible Church para ver se alguém sabe quem é ele. E vou ver também com o brechó. Vai ver que abriram a porta para ele. Mais alguma coisa?

– Talvez, mas não tenho certeza. O Ron foi ao dentista para ver o dente quebrado de que eu tinha falado, e foi por isso que ele se atrasou na rota. Ligo para você assim que eu tiver mais informações.

Hannah desligou o telefone e o pegou de novo para ligar para a mãe. Não tinha como evitar Delores para sempre. Quando chamou e ninguém atendeu, ela abriu um sorriso. A mãe havia saído e Hannah deixou um breve recado.

– Oi, é a Hannah. Estou só retornando suas ligações. Imagino que você tenha saído. A gente se vê na reunião do Clube do Romance da Regência.

Hannah tinha acabado de desligar quando Lisa enfiou a cabeça pela porta de vaivém.

– A sua irmã está aí, Hannah.

– Peça para ela vir aqui e trazer duas canecas de café – Hannah orientou, indo até a bancada para empilhar meia dúzia de cookies supremos de chocolate branco. Não tinham sobrado muitos e ela desconfiou de que a receita nova de Lisa tivesse sido um sucesso. Depois sentou-se no banquinho e ficou pensando que nova crise teria levado Andrea à Cookie Jar pelo segundo dia seguido.

– Oi, Hannah – Andrea a cumprimentou. – Aqui está o seu café. – Ela pôs as duas canecas na bancada, viu os cookies e pegou um antes de sequer se acomodar. – Esses cookies novos são divinos. Está todo mundo elogiando e já está esgotado lá na frente. A Lisa me deu o último enquanto eu esperava.

Hannah sorriu.

– Fico muito feliz que eles tenham feito esse sucesso todo. A Lisa passou muito tempo testando essa receita.

– São da Lisa? – Andrea ficou surpresa. – Que engraçado. Ela não me disse nada.

– É de esperar. A Lisa ainda é uma confeiteira meio acanhada.

– Bem, ela não precisa ser. Esses cookies estão um arraso. – Andrea pegou outro.

– O que traz você aqui, Andrea? – Hannah se preparou psicologicamente para outra crise fraternal. – Acabei de falar com o Bill e tive a impressão de que ele está bem. A Tracey está bem, não está?

— A Tracey está ótima. Está tudo ótimo. Eu só tenho outra visita para fazer às três e passei aqui só para dar um oi.

Hannah ergueu as sobrancelhas. Andrea nunca passava *só para dar um oi*.

— Hoje à noite eu estou ocupada, mas posso chegar em casa às oito e meia. É muito tarde para deixar a Tracey?

— Por que eu deixaria a Tracey? — Andrea ficou confusa. — Do que é que você está falando, Hannah?

— Você não precisa de baby-sitter hoje à noite?

— Não. — Um leve rubor tomou as bochechas de Andrea. — Eu realmente ando me aproveitando demais de você, né?

— De jeito nenhum. — Hannah negou com a cabeça. — Eu adoro ficar com a Tracey. Ela é uma menina ótima.

— Sei, mas só de vir aqui você já imaginou que eu precisasse de alguma coisa. Não sou uma irmã muito boa, Hannah. Só peço as coisas e nunca dou nada de volta.

Hannah ficou incomodada. A conversa estava ficando séria demais para seu gosto.

— Ah, é? Você me incentivou a abrir a Cookie Jar. Eu diria que isso é dar muito de volta.

— Você tem razão. Eu sugeri isso *mesmo*. — Por um instante, Andrea ficou contente. — Mas eu realmente devia fazer mais por você, Hannah. Você me ajuda o tempo inteiro e nunca sei como retribuir o favor. Pode me pedir qualquer coisa que eu faço.

De repente Hannah teve uma ideia brilhante.

— Isso está prestes a mudar. Se você quer mesmo fazer alguma coisa por mim, pode me acompanhar até o dentista. Estou marcada para uma hora da tarde.

— É claro que acompanho, mas eu não sabia que você tinha medo de dentista.

— Eu tenho, sim, acredite — Hannah disse com um sorriso no rosto —, principalmente porque o dentista é o Norman Rhodes.

Andrea ficou boquiaberta.

– Mas a mamãe disse que tentou juntar vocês! Por que é que você vai fazer tratamento odontológico com ele?

– Eu não vou. Pouco antes de o Ron ser assassinado, ele se consultou com o Norman. Eu liguei hoje cedo e ele confirmou que atendeu o Ron, mas se negou a discutir o assunto por telefone. Disse que me contaria tudo se eu fosse almoçar com ele no consultório.

Andrea ergueu as sobrancelhas.

– Que dissimulado. E seu medo é de que ele esteja aproveitando a oportunidade para dar em cima de você?

– Não, não é isso. Ele me pareceu genuinamente legal ao telefone, mas eu não quero de jeito nenhum ficar sozinha com ele.

– Por que não? A não ser que... – Andrea se calou e arregalou os olhos. – Você acha que o Norman é *suspeito*?

Hannah deu de ombros.

– Não, mas não dá para descartar essa possibilidade. O Norman foi uma das últimas pessoas a verem o Ron com vida, e só vou saber se ele tem um álibi quando perguntar a ele.

– Eu vou com você – Andrea concordou depressa. – Ele não vai poder tentar nada a gente com nós duas lá. E enquanto você almoça e enche ele de perguntas sobre o Ron, eu dou uma bisbilhotada para ver se acho alguma pista.

– Hmm... talvez não seja uma boa ideia, Andrea.

– Por quê? Sou uma ótima bisbilhoteira, Hannah. Eu bisbilhotava as coisas da mamãe o tempo inteiro e ela nunca descobriu. Além do mais, estou ajudando o Bill, e a esposa deve ajudar o marido.

– Pode ser perigoso, Andrea.

– Não se a gente acertar um horário e não passar dele. Por quanto tempo você acha que consegue manter ele ocupado?

Hannah levou a pergunta a sério.

– No máximo uns vinte minutos.

– Vou precisar de mais tempo. Que tal meia hora?

– Vinte e cinco minutos e nem um segundo a mais – Hannah declarou com firmeza. – Digo que aceito almoçar no consultório dele e seu tempo começa no instante em que eu fechar a porta.

– Combinado. A gente sincroniza os relógios antes de entrar e eu prometo não ser flagrada.

– Espero que não seja mesmo. Acho que é ilegal. – Hannah já estava começando a se arrepender de ter pedido a companhia de Andrea.

– Como é possível que só olhar as coisas dos outros seja ilegal? E também não vou roubar nada, Hannah. Caso eu ache algum indício, vou deixar exatamente onde estava e a gente conta para o Bill.

– Continuo sem saber se é uma boa ideia.

– Talvez não seja, mas a gente precisa fazer alguma coisa para ajudar o Bill a solucionar o assassinato do Ron. Ele não vai ver problema, não quando eu explicar a ele. Combinado?

Hannah concordou, apesar da relutância. Se Bill descobrisse que ela tinha deixado Andrea bisbilhotar o consultório de Norman, ele veria problema à beça. Primeiro ele a mataria e só depois a questionaria.

Capítulo 10

Hannah garfou uma folha de alface romana e conseguiu olhar o relógio. Só cinco minutos tinham se passado desde que ela fechara a porta do consultório e Norman já tinha lhe contado tudo sobre a consulta de Ron.

O relato de Norman não guardava surpresa nenhuma. Ron chegara reclamando de dor e Norman lhe dera uma injeção de xilocaína. Ron não queria arrumar o dente de uma vez porque estava sem tempo, mas tinha prometido voltar ao consultório assim que acabasse as entregas. É claro que não tinha voltado. Ron fora assassinado antes de o efeito da anestesia passar.

– O Ron parecia nervoso com alguma coisa? – Hannah fez outra pergunta da lista que havia preparado em sua cabeça.

Norman mastigou e engoliu.

– Não. Estava aflito para voltar logo ao trabalho, mas era só isso.

– Ele contou como foi que quebrou o dente?

– Ele disse que tinha se metido numa briga, mas não fiz pressão para que ele me contasse os detalhes. Agora eu acho uma pena não ter feito.

– Não faz mal, Norman. – Hannah lhe deu seu sorriso mais simpático. – Você não tinha como saber que o Ron sairia daqui e levaria um tiro.

– Acho que não. Mas eu queria ter prestado mais atenção. Poderia ter feito mais perguntas enquanto o examinava. Ele passou pelo menos uns vinte minutos na cadeira.

– Acho que não serviria de nada. De boca aberta e com aquela borrachinha cobrindo a língua, ele não teria como contar muita coisa.

– É látex – Norman corrigiu, e havia uma faísca de humor em seus olhos. – Você tem razão, Hannah. A gente aprende sobre conversar com o paciente na faculdade em Procedimentos Odontológicos 1. Jamais faça uma pergunta que não possa ser respondida com *aham* ou *hã-hã*.

Hannah gargalhou. O senso de humor de Norman era uma grata surpresa. Talvez ele não fosse tão ruim assim, afinal. E sem dúvida tinha reformado a clínica do pai. As paredes de tom verde institucional da sala de espera tinham recebido uma camada de amarelo ensolarado, as venezianas empoeiradas e desbotadas tinham sido substituídas por cortinas com fitas e estampa de girassol, e o antigo sofá cinza e as cadeiras com espaldar duro tinham dado lugar a um novo conjunto de móveis que ficaria bem em qualquer sala de estar de Lake Eden. Só não tinha trocado os exemplares de revistas antigas empilhadas no novo revisteiro de madeira acoplado à parede.

– Você melhorou muito este lugar, Norman. – Hannah esquadrinhou o consultório com um olhar de apreço. Não tinha trocado a mesa antiga do pai, mas ela havia recebido um acabamento em tom claro de carvalho e a parede tinha sido pintada com uma tinta azul-claro. Ela olhou para o carpete azul-escuro que ia de parede a parede e fez uma pergunta que nada tinha a ver com o assassinato de Ron. – Você instalou esse mesmo carpete nas salas de exames?

Norman balançou a cabeça.

– Impossível. O chão dessas salas tem que ser lavável. Eu troquei o linóleo e pintei as paredes, e foi basicamente isso.

– E as janelas?

– Encomendei umas venezianas verticais de tecido, mas elas ainda não foram entregues. E estou procurando pinturas novas para pendurar nas paredes.

– Faz bem. Aquela gravura de Rockwell, do menino na sala de espera do dentista, me deixava morta de medo quando eu era pequena.

– Eu também morria de medo – Norman confessou com um sorriso. – Ele parecia tão infeliz com aquele guardanapo enorme pendurado no pescoço. Eu falava para o meu pai que não achava uma boa propaganda da odontologia indolor, mas ele achava engraçado. Piada de dentista, imagino eu.

– Tipo, melhor quebrar o molar do que quebrar a moleira.

– Essa era uma das preferidas do meu pai. – Norman riu e pegou outro cookie de pecã do saquinho que Hannah tinha levado. – Esses cookies estão uma delícia, Hannah.

– Obrigada. Da próxima vez eu deixo a casca para você arrumar uns pacientes novos.

– Eu já estou cuidando disso, Hannah. No fim do ano, vou dar de presente latinhas de caramelo com o número do meu consultório gravado na tampa.

Hannah riu, mas lembrou que precisava retomar as perguntas. Norman parecia bem diferente ali no consultório, e ela estava de fato curtindo o encontro.

– Você notou alguma coisa estranha no Ron quando ele chegou? Qualquer coisa?

– Não. Contei para você tudo que eu lembro. Queria poder ajudar mais, mas para mim o caso do Ron parecia só uma emergência odontológica normal.

– Você me liga na mesma hora caso se lembre de alguma coisa?

– Claro – Norman concordou. – Eu sei que você está ajudando seu cunhado a resolver esse caso, mas não tenho mais nenhuma informação para dar.

– Só um pouco, Norman. Eu não contei para ninguém que estou ajudando o Bill. Como é que você sabe?

– Ninguém fica *tão* curioso assim sobre uma consulta de vinte minutos no dentista – Norman destacou. – E quando sua mãe falou que o marido da sua irmã estava trabalhando no caso, eu liguei os pontos.

– Por favor não conte para ninguém, Norman.
– Pode relaxar, Hannah. Não vou entregar você. Tem mais alguma pergunta para me fazer? Ou agora eu posso fazer uma pergunta?
– Tenho mais uma. – Hannah respirou fundo. Precisava descobrir se Norman tinha um álibi para o horário do assassinato de Ron. – Apareceu algum outro paciente logo depois que você tratou o Ron?
– Só um. Foi outro molar fissurado, mas como era uma coroa, foi fácil de resolver. Entre a hora em que ela chegou e que foi embora, foram menos de trinta minutos.
Hannah sentiu um alívio esquisito porque Norman tinha um álibi. Estava realmente começando a gostar dele. Só precisaria verificar com a segunda paciente da manhã e Norman seria inocentado.
– Preciso saber o nome dela, Norman.
– Você não sabe?
– Como é que eu saberia? Norman, eu sei que sua lista de pacientes é sigilosa, mas só preciso do nome dela. Preciso perguntar se ela viu o Ron quando chegou aqui.
Norman abriu um sorriso.
– Imagino que você ainda não tenha retornado os telefonemas da sua mãe.
– Retornei, sim. Ela não estava em casa e eu deixei recado na secretária eletrônica. O que a minha mãe tem a ver com isso?
O sorriso de Norman se alargou.
– Achei que a esta altura ela já tivesse contado para você. A minha segunda paciente foi sua mãe.
– Que ótimo! – Hannah soltou um longo suspiro. – Minha mãe me deixou mais de dez recados afirmando que tinha uma coisa importante para me dizer, mas ela *sempre* tem uma coisa importante para me dizer. Ela falou com você sobre ter visto o Ron?
– Sim, mas ela não viu ele exatamente. E ela só se deu conta de que isso era importante quando chegou em casa depois da festa beneficente do prefeito. Ela viu a

caminhonete do Ron indo embora quando estacionou em frente ao consultório.

Hannah decidiu que verificaria a informação com a mãe no Clube do Romance da Regência, mas sua sensação era de que Norman tinha um álibi incontestável. Se Delores estava com ele, era impossível que tivesse seguido e assassinado Ron. Isso instigou em Hannah o desejo de que houvesse um jeito de interromper Andrea no meio da bisbilhotagem.

– Então, Hannah?

– Então o quê? – Hannah ergueu os olhos para ele, assustada.

– Está pronta para ouvir a minha pergunta?

– Claro que estou. O que foi, Norman?

– Eu estava na faculdade de Odontologia quando meus pais se mudaram para cá e só visitei eles umas poucas vezes. Não sei muita coisa sobre Lake Eden.

– Não tem muito o que saber. – Hannah sorriu.

– Mas fui convidado para a festa dos Woodley e minha mãe falou que é o maior evento social do ano. Ela nunca tinha tido a oportunidade de ir. Meus pais sempre tiravam férias na última semana de outubro e sempre viajavam. Ela diz que eu preciso ir e tentar conseguir novos clientes para a clínica.

– Sua mãe tem razão. Todas as pessoas importantes de Lake Eden são convidadas e a festa é ótima. Eu acho que você devia ir, Norman. Você precisa conhecer todas as famílias da cidade se quiser que seu consultório faça sucesso.

– Então eu vou. Me fale dos Woodley. Não conheço eles.

Hannah deu uma olhadela no relógio outra vez e se surpreendeu porque os vinte minutos já tinham passado.

– Delano Raymond Woodley é um dos caras mais ricos de Lake Eden. É dono da DelRay Manufacturing, que emprega mais de duzentos trabalhadores da cidade.

– Delano? – Norman reparou no nome. – A família Woodley tem alguma ligação com os Roosevelt?

– Não, mas eles bem que queriam ter. Pelo que eu soube, a mãe e o pai de Del eram de classe média. A mãe só queria dar um nome famoso ao filho. Deve ter dado certo, porque o Del se casou com uma socialite de Boston. O nome dela é Judith e a família dela é da alta sociedade.

– Judith, não é Judy?

Hannah deu risada.

– Uma vez chamei ela de Judy e ela quase arrancou minha cabeça. Ela vem de uma família "tradicional", mas uma das amigas da minha mãe deu uma pesquisada e descobriu que o pai da Judith esbanjou a grana toda. A Judith só ficou com o status, e para ela isso é o que mais importa.

– Então ele é um alpinista social rico e ela é uma sangue azul pobretona que casou com ele por dinheiro?

– Acertou na mosca. Eu não saberia explicar melhor.

– Você vai na festa deles, não vai?

Hannah pensou no vestido novo e sorriu.

– Claro que vou. Eu vivo direitinho, mas ainda compro vinho de galão e uso copo de requeijão. Essa é a minha chance de tomar Dom Pérignon em taça de cristal.

– Você tem acompanhante?

– Você só pode estar de brincadeira! – Hannah achou graça. – Pense bem, Norman. Você viu minha mãe em ação na noite de terça. Você acha mesmo que ela tentaria me juntar com todos os caras da cidade se eu já tivesse acompanhante para ir à maior festa do ano?

Norman deu de ombros, mas estava sorridente.

– Imagino que não. Quer ir à festa comigo, Hannah? Assim sua mãe para de pegar no seu pé.

Hannah queria não ser tão petulante. Tinha se metido em apuros de novo por ser linguaruda. Agora Norman sabia que ela não tinha acompanhante e pedia para acompanhá-la. E ela realmente não sabia o que dizer.

Norman esticou o braço e deu tapinhas na mão dela.

– Poxa. Vai ser bom para nós dois. Eu busco você de carro, assim pode beber quanto Dom quiser e pode me apresentar a todo mundo que você achar indispensável eu conhecer.

Hannah pensou rápido. Parecia não existir uma saída educada, e talvez ir à festa dos Woodley com Norman não fosse tão terrível assim. Ele era engraçado, parecia gostar dela e talvez a mãe se acalmasse por um tempo.

– Certo, combinado.

Hannah respirou aliviada quando Norman a acompanhou até a sala de espera e Andrea estava lá. A irmã estava sentada no sofá novo, folheando uma *National Geographic*.

– Olá. – Andrea lhe deu um sorriso sincero. – O almoço foi bom?

– Foi muito bom. – Norman sorriu e se virou para Hannah. – A festa dos Woodley começa às oito. Pego você às sete e meia?

– Sete e meia está ótimo. – Hannah percebeu o olhar assustado de esguelha de Andrea e entendeu que precisaria dar explicações. – Você quer meu endereço?

– Eu tenho. Foi bom ver você, Andrea. Será que nos vemos na festa?

Andrea sorriu para agradar a Norman.

– Sim. Eu e o Bill não vamos perder por nada no mundo. Tchau, Norman. Também foi bom encontrar você.

Elas foram até o carro de Hannah num silêncio absoluto, e Andrea se sentou no banco do carona. Mas assim que Hannah se enfiou atrás do volante e fechou a porta, Andrea segurou o braço da irmã.

– Você estava só brincando, né? Você não vai na festa *com ele*!

– Vou, sim – Hannah confirmou.

– Mas você *não pode*!

Hannah ligou o carro, olhou para trás para verificar se nenhum carro estava chegando e ganhou a rua.

– Por que não?

– Porque ele pode ser o assassino do Ron!

– Ele não é. – Hannah passou à segunda marcha. – O Norman tem um álibi. Ele estava tratando uma paciente quando o Ron foi assassinado.

Foi um balde de água fria para Andrea, e ela fez cara feia.

– Está bem. Ele pode até *não ser* o assassino do Ron, mas você não deveria sair com ele de jeito nenhum!

– Relaxe, Andrea. Não é um encontro de verdade nem nada do tipo. Ele só vai me buscar para a gente ir junto para a festa. O Norman é um cara legal.

– Não é, não. Você não é de se enganar quanto às pessoas, mas dessa vez errou feio. Enquanto você almoçava e marcava um encontro com esse... essa pessoa que você acha legal, eu fazia umas descobertas valiosas no almoxarifado dele. Tenho provas contra Norman Rhodes.

– Que provas? – Hannah tirou os olhos da pista por um instante para fitar a irmã. Andrea parecia muito orgulhosa de si.

– Eu mostro para você assim que a gente chegar na Cookie Jar.

Hannah ergueu as sobrancelhas e usou toda sua força para dobrar a esquina da Third com a Main.

– Você vai *me mostrar*? Você não roubou nada do consultório do Norman, né, Andrea?

– Não foi exatamente um roubo. Eu sei que prometi não pegar nada, mas era bom demais para deixar para trás. – Andrea se recostou e abriu um sorriso presunçoso. – Vou falar uma coisa, Hannah. A mamãe não fez nenhum favor quando apresentou o Norman para você. E ele não é o homem que ela pensa que é!

Hannah não fez mais nenhuma pergunta. Estava claro que a irmã não lhe diria mais nada até que chegassem na Cookie Jar. Ela virou no beco, desviou o olhar quando passou pelo lugar onde Ron tinha dado seu último suspiro e estacionou na vaga.

Ao se aproximarem da porta dos fundos, Andrea sorria feito o gato de Cheshire, e Hannah começava a ficar nervosa. Torcia para que Andrea tivesse achado algo banal, como uma queixa de um paciente reclamando de superfaturamento ou um monte de contas que não tinham sido pagas.

– Avisa para a Lisa que você voltou e que precisamos ficar a sós – Andrea recomendou enquanto pendurava o casaco. – Vamos, é importante.

Hannah não queria discutir. Entrou na loja, pediu a Lisa que por favor cuidasse do balcão por mais alguns minutos e pegou duas canecas de café. Andrea não estava precisando de cafeína, pois já estava bastante animada, mas Hannah imaginou que precisaria de um estímulo antes de tudo aquilo acabar. Ela correu até os fundos da loja, deixou as canecas de café em cima da bancada e se acomodou no banco ao lado da irmã.

– Pronto, Andrea. Isso já se prolongou demais. Diga logo.

Andrea estava claramente curtindo o momento. Abriu a bolsa com um floreio, pegou um envelope pardo grande e o empurrou em direção a Hannah.

– O que é isso?

– Abra – Andrea instruiu. – E depois eu quero ver você repetir que o Norman é *legal*.

Cookies de pecã

Preaqueça o forno a 175 ºC,
use a grelha do meio.

1 xícara de manteiga *(250 ml)*
3 xícaras de açúcar mascavo*
4 ovos batidos *(pode ser com um garfo)*
1 colher (chá) de sal
1 colher (chá) de bicarbonato de sódio
3 colheres (chá) de essência de baunilha
2 xícaras de pecãs cortadas em pedaços pequenos
4 xícaras de farinha

Derreta a manteiga e acrescente o açúcar mascavo. Misture bem e deixe esfriar. Acrescente os ovos batidos e misture. Acrescente o sal, o bicarbonato, a baunilha e as pecãs. Misture bem. Acrescente a farinha e misture até a massa ficar uniforme.

Com as mãos, faça bolas com a massa. *(Do tamanho de uma noz com casca.)* Distribua 12 bolinhas em uma assadeira untada de tamanho padrão. Achate-as com uma espátula. *(Depois de borrifar desmoldante na espátula ou de untá-la.)*

Asse a 175 ºC por 10 a 12 minutos. Deixe os cookies na assadeira por um instante e depois transfira-os para a grade até esfriarem.

* Não há necessidade de ter açúcar mascavo em casa. É fácil fazê-lo com açúcar branco e melaço, usando ⅛ de xícara de melaço para cada 3 xícaras de açúcar refinado. Basta acrescentar o melaço ao açúcar branco e misturar até que fique totalmente uniforme.

(O fato de sua receita pedir açúcar mascavo escuro ou claro não é um problema – você só precisa misturar o melaço até o mascavo ficar da cor certa.)

(Norman Rhodes adora este cookie, assim como Bill.)

Rende de 8 a 10 dúzias, a depender do tamanho do cookie.

Capítulo 11

Hannah não conseguia dizer nada. A língua parecia estar colada ao céu da boca. Ela fitava a pilha de polaroides e piscava sem parar. Não, não estava imaginando. As imagens continuavam ali. Não havia rostos, as fotos eram somente de torsos femininos, e todas as mulheres estavam nuas da cintura para cima.

– Hannah? – Andrea pegou a mão dela. – Você está se sentindo bem?

Hannah respirou fundo e fez que sim com a cabeça.

– Quem são *elas*?

– Pacientes. Dá para ver onde ele tirou as fotos por causa do fundo. – Andrea espetou o dedo no alto da foto. – Está vendo esse retrato na parede? Fica na sala que o Norman usa para fazer limpeza dos dentes. Eu verifiquei.

– Essa mulher posou para o Norman na cadeira do consultório?

– São *essas mulheres*. – Andrea espalhou as fotos para que Hannah as examinasse. – E imagino que elas não tenham exatamente posado. Está vendo esses cilindros ao lado da cadeira? Um é de oxigênio e o outro é de óxido nitroso.

– Gás hilariante?

– Estudei isso na aula de química. Se você misturar direito, vira anestésico. É muito usado por dentistas. Mas se você diminuir o oxigênio, a pessoa perde a consciência. Umas baforadas dessa mistura incrementada e essas mulheres teriam desmaiado.

– Ele nocauteou essas moças e tirou fotos delas nuas?

– É a impressão que me dá. Quando elas recobram a consciência, não se lembram de nada.

Hannah balançou a cabeça.

– Não dá para acreditar que o Norman faria uma coisa dessas. Ele me parece tão... normal.

– É o que as pessoas sempre dizem sobre os pervertidos. Você já viu essas entrevistas nos jornais. Os vizinhos todos dizendo que é inacreditável, que o cara sempre pareceu muito normal.

Hannah pestanejou e examinou as imagens de novo. Ainda não conseguia acreditar que Norman tivesse tirado aquelas fotos.

Pegou a pilha de polaroides e as revirou mais uma vez.

– Será que essa aqui...

– O quê? – Andrea se virou para olhar para a irmã quando ela se calou de repente.

– Ela está com uma corrente dourada, e esse pingente... tenho certeza de que já vi ele antes.

Andrea pegou a foto para dar uma segunda olhada.

– Tem razão. Eu também já vi. É a cruz celta, não é?

– É isso mesmo! – Hannah arregalou os olhos quando reconheceu a retratada. – Não foi o Norman quem tirou essas fotos, Andrea.

– Não foi?

– Seria impossível. Essa é a srta. McNally, que foi nossa professora de matemática na sétima série. E faz três anos que ela foi embora de Lake Eden para se casar.

Andrea contemplou a foto, em choque.

– A srta. McNally era a única pessoa que usava uma cruz dessas. O *pai* do Norman deve ter tirado essas fotos. O que é que a gente vai fazer?

O cérebro de Hannah trocou de marcha.

– Para começar, não vamos contar para ninguém que isso existe. O pai do Norman é falecido. É tarde demais para alguém tomar uma providência contra ele. Trazer isso a público só deixaria a mãe dele atordoada e as mulheres envergonhadas.

– Faz sentido – Andrea concordou logo. – Você acha que o Norman sabe o que o pai dele fazia?

– Não sei. Onde foi que você achou essas fotos?

– Elas estavam no almoxarifado. Achei em uma caixinha debaixo de um monte de raios x antigos. Estava uma imundice, Hannah. Devia ter um dedo de poeira em cima dessas radiografias e... – Andrea se calou, percebendo o que tinha acabado de dizer. – O Norman não sabe, Hannah. Era poeira demais. Tenho quase certeza de que tem pelo menos um ano que ninguém encosta naquela pilha de radiografias.

Hannah suspirou aliviada.

– Que bom. Você acha que conseguiu pegar todas as fotos?

– Acho que sim. Despejei tudo o que tinha na caixa dentro do envelope e devo ter passado pelo menos uns cinco minutos procurando mais. – Andrea esticou o braço para recolher as fotos e virá-las para baixo. – O que é que a gente faz com elas, Hannah?

– A gente destrói. Vou jogar na minha lareira hoje à noite.

– Não pode – Andrea objetou. – Ela é a gás. Você não pode queimar nada na sua lareira. Quem sabe a gente não pica tudo? Eu poderia fazer isso no trabalho, mas o Al viria me perguntar o que é.

– Vamos tentar um removedor de manchas industrial – Hannah sugeriu ao descer do banquinho. – É o que eu uso para tirar as manchas de ferrugem da pia do meu banheiro e ainda tem um pouco no frasco. Dizem que tira qualquer tipo de coisa de qualquer tipo de superfície.

Andrea acompanhou Hannah até a pia e ficou observando-a despejar um bocado de removedor de manchas na cuba de aço inoxidável da pia. O líquido caiu em uma das fotos e Hannah mexeu nela com o cabo de uma colher de bambu. Levou mais ou menos um minuto, mas acabou que a foto ficou branca.

– Deu certo! – Andrea parecia surpresa. – De onde você tirou essa ideia?

– Eu vi algo assim num filme. Vai, Andrea. Você põe as fotos e eu mexo.

Em menos de cinco minutos as fotos de nudez desapareceram, deixando para trás papéis totalmente brancos. Hannah puxou a tampa do ralo, passou as fotos debaixo de água corrente e jogou a bagunça toda no lixo.

– Acho melhor eu voltar para o escritório. – Andrea olhou para o relógio. – Tenho que pegar as chaves e uns panfletos antes da visita.

Hannah lhe deu um leve abraço.

– Obrigada pela ajuda toda, Andrea. Você é uma ótima bisbilhoteira e fico contente de você ter achado essas fotos antes de o Norman ou da mãe dele dar de cara com elas.

– Eu também. – Andrea lhe deu um sorriso radiante e foi até a porta de vaivém. Ela parou, esticou a mão para empurrá-la e se virou para trás. – Hannah?

– Sim?

– Acho que você deve ir à festa dos Woodley com o Norman. Eu me enganei. Ele é chato, mas *é* um cara legal.

Hannah conseguiu manter o sorriso educado no rosto enquanto a palestrante convidada enaltecia as virtudes da Inglaterra da época da Regência, quando homens eram "cavalheiros" e mulheres eram "damas no verdadeiro sentido da palavra". A senhora rechonchuda de cabelo grisalho e vestido amarelo com babados, uma professora de Inglês aposentada da Grey Eagle que tinha escrito três romances ambientados na Regência, declarou que ficava estarrecida e triste com a "falta deplorável de fibra moral" da juventude atual. Encerrou o discurso sugerindo que pais e mães se guiassem pelas normas rígidas da alta sociedade que tinha existido "nas costas de Albion" no início do século XIX e se esforçassem para incutir "valores da Regência" na prole.

Houve um ensaio de aplausos tímidos quando a palestrante se retirou do palco e a reunião começou. Enquanto arrumava a mesa do lanche, Hannah se perguntava o que os adolescentes de Lake Eden fariam se as mães tentassem levá-los de volta a uma época sem carros e videogames, para não falar na inexistência de contraceptivos. O matricídio dispararia e Bill teria um trabalho danado.

Hannah começou a servir o café e arrumou as travessas abarrotadas de cookies de gengibre. Havia pesquisado o período, mas eram pouquíssimas as receitas publicadas à época e nenhuma delas era de cookies. Tinha até folheado a coleção que a mãe tinha de romances da Regência na tentativa de encontrar alguma menção a sobremesas, mas só tinha achado referências vagas a "pudins", "compotas de frutas" e "bolos de sementes". Depois de concluir que precisava chegar a um meio-termo, Hannah fez uma lista de ingredientes que já existiam na época da Regência e descobriu que uma pessoa arrojada conseguiria fazer cookies de gengibre. Se as pessoas da época faziam cookies ou não faziam, era outra história, mas a possibilidade existia.

A reunião foi encerrada, e Hannah ficou aliviada ao perceber que a palestrante tinha saído de fininho. Que bom. A mulher parecia saber muito sobre o período da Regência, e Hannah não gostava da ideia de ser desmascarada como uma fraude. Em sua maioria, as participantes do clube não levavam a sério a questão da autenticidade. Gostavam de ler romances ambientados na Regência e discuti-los, mas as reuniões do clube eram acima de tudo uma desculpa para sair de casa, fofocar e lanchar com as amigas.

No instante em que o martelo foi batido, houve um rangido de cadeiras sendo arrastadas e uma corrida até a mesa de lanches. Hannah estava preparada. Tinha chá e café, tanto o normal como o descafeinado, e suas melhores travessas de prata abarrotadas de cookies. Ao servir bebidas quentes em xícaras de porcelana fina – de flores azuis para o descafeinado e de flores rosas para o normal –, Hannah pensou no telefonema que havia recebido de Bill antes de ir embora da loja. O sem-teto, cujo nome era "Blaze", já não era suspeito. Pouco depois de ser visto por Claire, o sem-teto tinha sido levado pelo reverendo Warren Strandberg para tomar o café da manhã na Bible Church. No momento da morte de Ron, Blaze devorava panquecas com ovos mexidos na frente do reverendo, de vários voluntários da igreja e de outros sem-teto.

– Os cookies estão uma maravilha, Hannah. – A sra. Diana Greerson, esposa do presidente do banco local e alpinista social por excelência, empunhava uma xícara de chá de ervas em uma das mãos e na outra segurava o cookie mordiscado, com o dedo mindinho levantado.

– Que bom que você gostou, Diana. – Hannah apontou para a travessa. – Pode pegar outro.

– Ah, não posso. Eu como feito um passarinho, sabe?

A ideia de um abutre avançando sobre uma carcaça lampejou diante dos olhos de Hannah. Da última vez que tinha feito o bufê de um evento que contara com a presença de Diana, ela a tinha visto enfiar pelo menos meia dúzia de cookies de tâmara na bolsa.

Enquanto servia e oferecia café ou chá às mulheres de Lake Eden, Hannah ficava de olho na mãe. Antes de sequer ter idade para frequentar o jardim de infância, já tinha descoberto que o rosto de Delores era um barômetro. Se os olhos faiscavam, a tempestade de críticas era iminente. Se os lábios estavam voltados para cima, o encontro das duas seria ensolarado, recheado de elogios. Se houvesse um vinco entre as sobrancelhas perfeitas, uma chuva de perguntas cheias de juízo de valor estava prestes a cair. Até uma expressão suave queria dizer alguma coisa. Era um aviso de mudanças súbitas, e Hannah sabia que precisava estar preparada para tremer sob a censura gélida da mãe ou desfrutar do calor de sua aprovação.

Hannah encheu uma xícara de café normal para Sally Percy, a esposa do patrão de Andrea, e de novo deu uma olhada no final da fila. O que viu a fez relaxar pela primeira vez naquele dia. A mãe estava ao lado de Carrie Rhodes e as duas abriram sorrisos largos quando seus olhares cruzaram com o dela. Hannah entendeu na mesma hora que Norman já tinha anunciado o plano de irem juntos à festa dos Woodley. Era o velho caso de "eu sei, você sabe, e eu sei que você sabe".

À medida que a fila serpenteava lentamente em sua direção e Hannah se concentrava em trocar palavras agradáveis com todo mundo que servia, ela se deu conta de que Delores e Carrie pareciam estar enfrentando uma leve divergência de opiniões. Não estavam discutindo. O clima era amistoso demais para isso. Mas Hannah ouviu algo que parecia: "Mas eu realmente queria. Seria muito bom para o Norman" de Carrie, e "Não, ela jamais aceitaria isso vindo de você" de Delores. Então a voz de Carrie chegou aos ouvidos de Hannah: "Eu vou pedir o ramo de flores. De que tipo ela gosta?". E Delores respondeu "Ela adora girassol, mas não ficaria legal. Que tal orquídea?".

Quando Delores e Carrie chegaram à mesa de Hannah e pararam ao lado dos garrafões de café, ambas estavam com o mesmo sorriso de "pinto no lixo", uma expressão muito útil que Hannah tinha aprendido folheando os romances da Regência da mãe. Carrie aceitou uma xícara de chá de ervas, Delores quis café preto, e então Delores se aproximou da filha.

— A gente acabou de vir da Beau Monde e a Claire falou que você comprou um vestido novo para ir à festa dos Woodley.

— É verdade, mãe. — Não foi uma surpresa para Hannah que a mãe soubesse de sua última compra. Era praticamente impossível ter segredos em uma cidadezinha do tamanho de Lake Eden.

— Eu queria pagar o vestido para você, minha querida. A gente pode pensar nele como um presente de aniversário adiantado.

Hannah ficou espantada. A mãe não costumava ser tão generosa.

— É muita bondade sua, mãe, mas o meu aniversário é em julho e ainda faltam oito meses.

— Então está bem, é de Natal. É que eu estou tão feliz de você ter comprado uma peça que é "o último grito da moda", minha querida. A Claire disse que ficou divino em você, e todo mundo sabe que a Claire tem um ótimo gosto. Você precisa deixar que eu reembolse o valor. Eu insisto.

Hannah conteve o sorriso, pois essas reuniões do clube sempre faziam a mãe soltar expressões da época da Regência, mas ela não olharia os dentes do cavalo dado. Delores podia se dar ao luxo de ser generosa. O avô de Hannah tinha investido bastante na incipiente Minnesota Mining and Manufacturing Company, e ao longo de anos as ações da 3M tinham se multiplicado mais vezes do que Hannah seria capaz de contar.

– A Claire disse para você quanto paguei no vestido?

– Eu perguntei, mas ela falou que era um segredo entre vocês duas. Quanto foi, minha querida? Eu passo um cheque.

Hannah suspirou ao ouvir o tropel do cavalo dado galopar em direção ao sol poente. Não podia contar à mãe qual tinha sido o preço do vestido. Tinha prometido a Claire não mencionar o valor.

– Não posso contar, mãe. A Claire me fez o preço de custo e eu prometi não contar a ninguém quanto paguei.

– Nem para *moi*?

– Nem para você, mãe. – Hannah achou difícil continuar séria. A mãe ficava igualzinha à Miss Piggy quando falava de si mesma como *moi*.

Carrie se aproximou para cochichar no ouvido de Delores e a mãe voltou a sorrir.

– Que ideia excelente. Você vai precisar comprar uma bolsa e um par de sapatos novos, Hannah. Por que você não me deixa pagar a conta deles?

– Eu tenho minha clutch preta, mãe. Que você me deu dois anos atrás. E acho que meu scarpin preto está perfeito... – Hannah se calou e começou a franzir a testa ao lembrar que precisava trocar a sola do único par de sapatos pretos que tinha. – Você acertou na mosca, mãe. Preciso de um par de sapatos novo.

– Então eu compro um para você. Escolha um par italiano, minha querida. São os únicos que duram. E você tem que dar pelo menos duas voltas na loja para ter certeza de que eles não machucam. Eu posso ir ao shopping com você para ajudar a escolher.

Hannah estremeceu ao lembrar do último passeio no shopping que tinha feito com a mãe. Delores queria que ela comprasse um casaco chique em vez da jaqueta multiuso que ela tinha escolhido.

– Não precisa, mãe. Eu sei que você anda muito ocupada. E por falar nisso, como está o seu dente?

– Meu dente? – Delores ficou assustada e Hannah mordeu o lábio para não sorrir. A mãe por acaso achava que as fofocas só corriam em uma direção? – Agora ele está bom, minha querida. O Norman é um dentista maravilhoso. Eu contei para você que vi o Ron LaSalle indo embora de caminhonete?

– Não, mas o Norman contou. Você não falou com o Ron, né?

– Ele estava saindo quando cheguei, e só vi a traseira da caminhonete dele. Até onde eu sei, podia nem ser o Ron. – A mãe parecia bastante confusa. – Você acha que devo informar isso ao Bill?

– Sem sombra de dúvida. O Bill está tentando esclarecer todos os atos do Ron na manhã em que ele morreu, e o que você viu pode servir de alguma coisa.

Carrie sentiu um leve calafrio.

– É assustador pensar que uma pessoa que todo mundo conhecia foi baleada em plena luz do dia nas nossas ruas.

– Eu sei. – Delores suspirou. – Na minha opinião, a culpa é do Herb Beeseman. O rapaz passa o dia distribuindo multas e nunca está onde precisaria estar. Se ele enfiasse o caderninho de anotações no bolso, de onde nem deveria tirá-lo, talvez ele tivesse chegado a tempo de salvar a vida do Ron!

Hannah sabia que era melhor ficar de boca fechada, mas foi impossível.

– O Herb foi contratado para garantir que as leis de trânsito de Lake Eden sejam cumpridas, não para patrulhar as ruas à caça de possíveis assassinos.

— Ela tem razão, Delores. — Carrie declarou antes de se virar para Hannah. — Deve ter sido horrível para você, querida. Imagine uma coisa dessas acontecendo bem no quintal da sua loja!

Delores não foi muito solidária.

— A Hannah aguenta esse tipo de coisa. Ela sempre foi forte. Puxou a mim. Não é verdade, Hannah?

Hannah conseguiu manter os lábios bem fechados. Ouvir isso justamente da mulher que tinha desmaiado ao ver um esquilo morto quando abriu a porta dos fundos de casa!

— É melhor a gente ir, Delores. — Carrie a cutucou. — Você sabe que as mulheres mais velhas ficam chateadas quando alguém impede a fila de andar.

Hannah ficou a um triz de perder a paciência. À exceção da sra. Priscilla Knudson, avó do pastor luterano, Carrie era a mais velha do grupo.

Depois de servir as outras mulheres que ainda estavam na fila, Hannah pegou a travessa de cookies e circulou pelo ambiente para se misturar com as participantes. Mais algumas pessoas aceitaram os doces. Os cookies de gengibre faziam sucesso. Ela tinha acabado de servir Bertie Straub, a proprietária e cabeleireira da Cut 'n Curl, quando entreouviu partes da conversa de Maryann Watson, a irmã do treinador Watson, com uma das secretárias da DelRay, Lucille Rahn.

— Você não faz ideia do quanto meu irmão é generoso com a Danielle — Maryann confidenciou. — Ele pagou uma verdadeira fortuna no presente de aniversário dela.

Lucille deu uma mordiscada no cookie.

— É sério? Dá para bancar um presente caríssimo com um salário de professor?

— Ele passou o ano todo economizando. Ela está fazendo trinta anos e ele queria dar um presente especial. Pediu que eu fosse com ele no Mall of America na terça à noite para ajudar na escolha. Juro que a gente foi em todas as joelharias no shopping até encontrar a joia que ele queria.

Hannah retomou o modo de dona de bufê invisível, deixando a travessa na cabeceira da mesa e se ocupando da reorganização dos cookies amontoados. Nenhuma das mulheres parecia reparar nela, mas Hannah ouvia cada palavra que diziam.

– O que foi que ele comprou? – Lucille estava muito curiosa. – Pode me contar, Maryann.

Maryann se aproximou, prestes a lhe contar o saboroso segredo. Parecia totalmente alheia a Hannah. Garçons, empregadas e funcionárias de bufê sempre ouviam todas as fofocas, querendo ou não.

– Ele comprou um anel lindíssimo de rubi para ela, mas você não pode contar para ninguém. É para ser surpresa.

Lucille ergueu as sobrancelhas.

– Rubi? Deve ter sido caro *mesmo*.

– E foi – Maryann confirmou balançando a cabeça. – Custou mais de mil dólares. E o Boyd ainda pagou um extra para gravar a parte de dentro do anel.

– Foi por isso que você não foi na reunião beneficente da igreja na terça à noite?

– Foi, a gente teve que ficar lá porque o anel só ficaria pronto de manhã. O Boyd pediu que eu levasse o anel para a minha casa para garantir, e você sabe o que *isso* quer dizer.

Lucille ficou totalmente confusa.

– O que isso quer dizer?

– Que a Danielle deve bisbilhotar as coisas dele.

– Não me surpreende. A Jill Haversham foi professora da Danielle na terceira série e disse que todas as meninas da família Perkins eram enxeridas.

– Eu nunca vou entender por que o Boyd se casou com ela. – Maryann deu um longo suspiro. – Ele poderia ter ficado com qualquer uma, e ele também não *precisava* ter ficado, sabe? Mas acho que cada um tem seu gosto.

– É o que dizem. Vocês ficaram na casa da sua mãe?

– Ficamos, e eu acho que ela ficou muito feliz de nos ver. O Boyd saiu para comprar donuts para a gente comer de café da manhã e voltou com uma caixa enorme. Assim ela ficaria com o resto. A gente não sabe se ela está se alimentando direito agora que está sozinha.

Hannah segurou o sorriso. Não acreditava que comer donuts de café da manhã se encaixasse na categoria de "se alimentar direito", mas quem era ela para falar alguma coisa. Tinha muitos clientes que comiam cookies de café da manhã.

– Ela está muito só, agora que o papai morreu – Maryann continuou – e fica andando de um lado para o outro da casa. O bairro dela está sendo industrializado e isso também não é bom.

– Onde ela mora? – Lucille indagou.

– Logo depois da saída de Anoka, na 94. Era um subúrbio sossegado antes de abrirem a autoestrada, mas agora a situação está degringolando. Eu e o Boyd achamos que ela deveria vender a casa e se mudar para um daqueles prédios bacanas para idosos.

Lucille ergueu as sobrancelhas.

– Ela não prefere se mudar para a sua casa ou para a casa do Boyd?

– A minha casa não tem espaço para isso. Você já esteve no meu apartamento. Eu mal tenho espaço para me virar. A casa do Boyd é bem espaçosa, mas eu acho que a Danielle não quer ficar com ela. Não que ele tenha dito alguma coisa. Ele seria incapaz de tocar no assunto, sabe? O Boyd é leal à mulher dele como um cachorro é leal ao dono. Trata ela que nem uma princesa, dá roupas caras e compra tudo o que ela possa querer. Ele comprou até a casa, sabe, e eu vou falar uma coisa: deve ser um escoadouro.

– Financeiramente?

– A hipoteca deles deve ser exorbitante, e tem sempre alguma coisa para arrumar. O Boyd tenta fazer tudo sozinho, mas ele também não é encanador nem eletricista. Eu acho que a Danielle não dá o devido valor ao esforço dele, mas esperar o quê, com a família que ela tem?

– Ela não trabalha, né? – Lucille perguntou.

– Claro que não. Ela não levantaria nem um dedo para ajudar a família. O Boyd diz que não *quer* que ela trabalhe, mas eu acho que ele está só acobertando o fato de que ela é preguiçosa demais para se segurar num emprego.

Hannah já tinha ouvido críticas demais a Danielle. Ela pegou a travessa, pôs no rosto o sorriso de "aceita um cookie?" e foi cutucar o ombro de Maryann.

– Mais cookies, moças?

– Oi, Hannah. – Maryann parecia surpresa em vê-la. – Os cookies estão maravilhosos, querida. E pensar que são receitas próprias! Eu tinha acabado de comentar que estão uma delícia, não é, Lucille?

Lucille sorriu.

– Que sorte a nossa que voltou para a cidade, Hannah. Não sei nem como o Clube de Romances da Regência de Lake Eden conseguiu servir lanche sem você.

– Obrigada. Que bom que vocês gostaram dos cookies. – Hannah esperou que Maryann e Lucille pegassem mais um cookie e se dirigiu a outra mesa. O Mall of America só abria às onze, e o treinador Watson tinha ficado com a irmã até então. Mais um suspeito estava eliminado, e se sua sorte funcionasse conforme o esperado, o leão de chácara do Twin Pines também teria um álibi. E ela estaria de volta à estaca zero.

Hannah suspirou ao terminar de servir os cookies e voltar para pegar as garrafas de café e de chá. Resolver crimes não era tão fácil quanto os filmes faziam parecer.

Capítulo 12

Hannah entrou no estacionamento do Tri-County Mall e, franzindo a testa, se virou para Lisa.

– *Detesto* fazer compras!

– Não vai ser tão horrível assim, Hannah. Você só precisa de um par de sapatos. E sua mão foi muito gentil de querer pagar por eles.

– Ah, é? – Hannah se voltou para ela de sobrancelhas erguidas. – Os presentes da minha mãe sempre são condicionados. Os sapatos têm de ser italianos e o salto não pode ter mais de sete centímetros.

Lisa deu de ombros.

– Sapato italiano é bom e você nunca usa salto alto.

– Mas eu ainda não terminei. Não posso comprar nada que não seja de couro de boa qualidade, materiais sintéticos estão proibidos, e eu tenho que pedir que o vendedor dê garantia de que a cor não vai desbotar se o sapato molhar. Ela me fez prometer que vou calçar os sapatos e dar duas voltas na loja para ter certeza de que não vão machucar os meus pés.

– Não é tão difícil assim. Vamos lá, Hannah. O shopping fecha às sete e já são seis e meia.

Hannah suspirou e desceu da picape. Nevava um pouquinho e a temperatura tinha caído dez graus desde que o sol havia se posto. Ela não gostava de ir ao shopping nem na melhor das épocas, e aquela era a pior. O estacionamento estava apinhado de carros, tinha pouco tempo e precisava comprar os sapatos naquela noite. Na opinião de Hannah, a visita apressada ao shopping para comprar algo de última hora só poderia ser um desastre.

Lisa abriu caminho pelo estacionamento molhado e entrou pela porta dos fundos da Sears. Elas atravessaram os departamentos de ferragens, de tintas e de eletrodomésticos e aceleraram o passo ao percorrer o carpete verde que dava na porta que se abria para o shopping.

Ao entrar na enorme área em forma de cápsula, os olhos de Hannah foram atraídos para o gigantesco trenó vermelho e as oito renas empinadas de plástico. Piscou duas vezes e se virou para Lisa.

– Ainda não é nem Halloween e eles já fizeram a decoração de Natal!

– Eles põem os enfeites no começo de setembro. Acho que tem muita gente que prefere adiantar a compra dos presentes de Natal, e esse pessoal compra mais se o shopping estiver decorado.

– O seu pai já viu?

– Eu trago o papai todo domingo. Tem a Oficina do Papai Noel no lobby do Dayton's e ele fica completamente fascinado. Ele já deve ter visto os enfeites uma meia dúzia de vezes, mas sempre chama a minha atenção para o que os elfos estão fazendo.

– Esse é o lado bom do Alzheimer. Sempre que seu pai vê alguma coisa, ele acha que está vendo pela primeira vez. – As palavras saíram da boca de Hannah antes que pudesse ponderá-las, e ela estremeceu ao se dar conta de que parecia leviana. – Desculpe, Lisa. Não quis fazer piada dessa doença horrorosa.

– Não faz mal, Hannah. Você *tem que* fazer piada dela. Eu também faço. E podia ser bem pior. O papai não sente dor nenhuma e se esqueceu de todos os problemas. Em geral, ele se diverte bastante.

– Por onde a gente começa? – Hannah decidiu que era hora de mudar de assunto.

– Vamos ao Bianco's. É uma loja nova. A Rhonda Scharf apareceu outro dia e ouvi ela dizer para a Gail Hanson que eles têm uma seleção de produtos melhor do que qualquer outra loja de sapatos.

Hannah seguiu Lisa em meio à multidão de clientes sem reconhecer nem um rosto sequer. Não se surpreendeu. O Tri-County Mall ficava a mais de trinta quilômetros de Lake Eden e servia a todas as cidadezinhas a um raio de sessenta quilômetros. Viu muitos meninos adolescentes com o casaco do time Little Falls Flyer e um grupo de meninas risonhas, paradas ao lado da locadora de vídeo, vestindo moletom da Long Prairie High School.

Lisa se enfiou numa loja bem-iluminada que exibia a bandeira italiana como pano de fundo da vitrine. Fileiras de sapatos forravam as prateleiras acopladas às paredes, e de quando em quando um mostruário redondo de plástico se projetava com um par de sapatos que ficavam na altura dos olhos. Hannah foi atrás dela e reparou logo em um par de sapatos pretos quase no fundo da loja. Tinham saltos baixos, provavelmente eram feitos de couro e pareciam ser confortáveis.

– Eu acho que vou querer esses, Lisa. – Hannah se aproximou para mostrar os sapatos. – Parecem ser o que eu estava procurando.

– São simples demais, Hannah. Você precisa de alguma coisa mais refinada para usar com o seu vestido lindo.

– Mais refinado, quanto? – Hannah não estava disposta a se dobrar tão fácil. Os sapatos pretos combinariam com quase tudo, e para ela o simples era bom.

– Prove este aqui. – Lisa pegou um par da prateleira e o entregou a Hannah. – Vai ficar perfeito. Confie em mim.

"Confie em mim" era a expressão que a mãe tinha usado num Natal ao convencer Hannah a comprar uma saia de veludo ridícula, e Hannah ficou desconfiada ao examinar os sapatos. Cumpriam todas as exigências, mas a tira fina de couro que se fechava em volta do tornozelo chamaria a atenção para suas pernas.

– É só provar, Hannah. Se você não gostar, você escolhe outra coisa.

– Está bem. – Ir às compras com Lisa era bem parecido com ir às compras com a mãe. – Eu uso 39.

– Vou chamar o vendedor.

Lisa se apressou e voltou logo depois com um homem de cabelo preto e bigode. Ele usava uma calça branca e uma camiseta listrada e era o retrato perfeito da ideia que Hannah tinha de um gondoleiro veneziano.

– Este é o Tony – Lisa o apresentou. – Ele vai nos ajudar.

Em tempo recorde, os pés de Hannah foram medidos e Tony já tinha posto os sapatos em seus pés. Hannah se levantou devagar, deu alguns passos e abriu um sorriso. Lisa tinha razão. Os sapatos ficariam perfeitos com o vestidinho preto.

– Vou levar.

– Calma aí – Lisa exortou. – Você tem que passear pela loja antes. Você prometeu.

Hannah suspirou e andou de um lado para o outro nos corredores. Ficou satisfeita de ter feito isso, pois reparou em uma placa ao lado do caixa que anunciava que o segundo par de sapatos sairia por cinco dólares. Ela correu para perto de Tony e apontou para a placa.

– O segundo par sai por cinco dólares?

– É isso mesmo. Ainda estamos na promoção de inauguração da loja. Você quer dar uma olhada em um segundo par?

Hannah negou e apontou para Lisa.

– Não, *ela* quer e eu que vou pagar. Ela vai querer provar... – Hannah olhou ao redor. Tinha notado que Lisa olhava fixo para um par de sapatos assim que entraram na loja e que estava com uma expressão desejosa no rosto. Ela encontrou os sapatos, um par de sandálias douradas com salto bem alto, e foi correndo pegá-los e entregá-los a Tony. – Ela quer provar este aqui.

– Você vai gastar seu dinheiro à toa – Lisa replicou. – São lindas, mas eu não tenho nem onde usar essas sandálias.

– E daí? Eu quero dar elas de presente para você. Toda mulher precisa de um par de sapatos fantástico de vez em quando, mesmo que seja para ficar dentro do armário.

– Mas Hannah...

– Não se esqueça de que sou sua patroa – Hannah a interrompeu. – E estou mandando que você fique com esses sapatos.

Lisa caiu no riso.

– Você venceu. Tem o 37 desse par, Tony?

O Twin Pines ficava a apenas quinze quilômetros do Tri-County Mall e a neve ainda caía quando Hannah parou em uma vaga recém-desocupada perto da entrada. Não nevava muito, mas ela se perguntava como seria ficar presa no cassino no meio de uma nevasca. Talvez tivesse sido uma boa ideia não levar nenhum de seus cartões de crédito.

– É enorme, Hannah. E parece ser legal. – Os olhos de Lisa miraram os letreiros de neon quando se aproximaram da porta, e havia em seu rosto uma admiração infantil. – Que bom que você me chamou para vir junto. Eu nunca tinha entrado num cassino.

Um leão de chácara estava parado ao lado da entrada principal e Hannah prendeu a respiração. Torcia para que Lisa tivesse idade suficiente para jogar. Então viu uma placa onde lia-se: "JOGO PERMITIDO SOMENTE PARA PESSOAS ACIMA DE 18 ANOS". Suspirou aliviada. Virou-se para dar outra olhada no leão de chácara. O rosto dele não tinha arranhões e hematomas e não tinha nem sinal de olho roxo. Era impossível que tivesse sido o alvo dos socos de Ron, e Hannah resolveu esperar até depois do jantar para fazer alguma pergunta sobre o leão de chácara que tinha trabalhado na noite de terça-feira.

– Que restaurante bonito! – Lisa sorriu, alegre, quando uma garçonete as levou a uma mesa de madeira no salão de aspecto rústico. – Olha só essas tapeçarias indígenas na parede. Que lindas.

– São lindas mesmo. – Hannah olhou as tapeçarias de cores radiantes. Embora tornassem aconchegante o ambiente cavernoso revestido de lambris de madeira, as tramas não eram nada parecidas com as tapeçarias Sioux que tinha visto em uma ida ao museu. Talvez os jogadores não dessem muita importância à autenticidade.

– O que você acha de a gente seguir a recomendação do Herb e pedir a costeleta? – Lisa tirou os olhos do cardápio. Estava impresso em um tipo de plástico que lembrava casca de bétula e a capa tinha um bonequinho palito em uma tenda indígena.

– Acho uma boa. Se o Herb recomendou, deve ser boa. Ele tinha o dom de sempre descobrir o melhor prato do cardápio quando éramos colegas de classe na escola.

Quando as costeletas chegaram, estavam macias e suculentas, banhadas em um molho que para Hannah lembrava fumaça aromática de madeira e tomates doces recém-colhidos. Enquanto comiam, vez por outra limpando as mãos nos guardanapos úmidos providenciados pela garçonete, Hannah pensava no melhor jeito de identificar o leão de chácara que tinha brigado com Ron. Se fizesse perguntas aos gerentes, eles ficariam paranoicos quanto a possíveis processos. Precisava pensar em uma desculpa que não fosse intimidante para convencê-los de que precisava do nome do segurança.

Quando limparam as mãos pela última vez e dividiram uma torta excelente feita de cranberry, Hannah já sabia muito bem o que fazer. Ela pagou a conta, deixou Lisa acomodada diante de uma máquina caça-níqueis com os trocados da Cookie Jar e saiu em busca do gerente.

Depois de ser encaminhada a diversos funcionários, Hannah enfim achou um segurança que concordou em levá-la ao escritório do gerente. O guarda era alto, de ombros largos, e ficou totalmente impassível ao bloquear o painel com o corpo e digitar a senha no tecladinho que abria a porta de um corredor interno.

Hannah deu um sorriso simpático quando ele lhe indicou a porta, mas o sorriso não foi retribuído. Era óbvio que a conduta taciturna era uma das maiores exigências para o cargo de segurança de um cassino.

Quando chegaram à porta de fato, o guarda bateu duas vezes e a abriu.

– Uma tal de srta. Swensen quer falar com o senhor. Disse que é assunto pessoal.

Uma voz de dentro da sala mandou Hannah entrar e ela pisou no escritório. A sala era ampla e a decoração era linda. Três paredes eram em um tom marfim e a quarta era pintada de um belo vermelho chinês. Tinha um sofá de seda marfim e duas poltronas em volta de uma mesinha de centro de laca preta com dragões dourados marchetados. A decoração era esquisita para um cassino com temática indígena, e Hannah ficou surpresa. Não se via nenhum tecido ou artefato indígena.

Um homem mais velho de cabelo grisalho bem arrumado se levantou da poltrona atrás da mesa laqueada.

– Srta. Swensen? Meu nome é Paul Littletree, sou o gerente do cassino. Não quer se sentar?

– Obrigada – Hannah respondeu antes de se acomodar no assento diante da mesa dele, uma linda poltrona laqueada preta com estofado de seda vermelho chinês.

– Pode ir, Dennis. – Paul Littletree acenou, dispensando o segurança.

Hannah esperou a porta se fechar e entabulou o discurso que havia preparado.

– Isso me causa muito constrangimento, sr. Littletree. Acho que meu irmão deu uma descompensada da última vez que esteve aqui. Meus pais me mandaram aqui para que eu pedisse desculpas e propusesse o reembolso por qualquer prejuízo que ele tenha causado.

– Quando foi isso?

– Na noite de terça. Quando ele chegou em casa, contou para a minha mãe que tinha se metido numa briga com um dos seus leões de chácara. – Hannah abaixou os olhos e tentou parecer envergonhada pelos atos do irmão imaginário. – A gente acha que foi por causa da nova namorada dele. Ela faz parte de um movimento de oposição aos jogos e convenceu ele a vir aqui distribuir folhetos. Meu irmão ficou só com uns arranhões e hematomas, mas meus pais pediram que eu averiguasse se o leão de chácara está bem.

— É o Alfred Redbird. Reparei que estava com alguns machucados e de olho roxo quando voltou do estacionamento.

— Eu peço mil desculpas. — Hannah deu um longo suspiro. — É claro que vamos cobrir todas as despesas médicas e ressarcir ele pelo trabalho que perdeu.

— É muita gentileza, mas isso não é necessário. O Alfred só precisou de uns band-aids.

— Que bom saber disso. A minha mãe está morta de preocupação. O sr. Redbird conseguiu terminar o expediente na noite de terça?

— Não — Paul Littletree riu —, mas isso não teve nada a ver com o seu irmão. A esposa dele ligou à meia-noite e o Alfred foi embora para levar ela ao hospital. O primeiro filho deles nasceu às oito da manhã do dia seguinte.

Hannah sorriu, embora sua vontade fosse de fechar a cara. O leão de chácara parecia um suspeito cada vez menos viável.

— Ainda assim eu gostaria de me desculpar pessoalmente. Ele está trabalhando hoje?

— Não, eu dei o resto da semana de folga remunerada. Ele volta na segunda-feira, e a essa altura ele já vai estar acostumado a ser pai. Relaxe, srta. Swensen. Seu irmão não causou nenhum prejuízo, mas receio que tenhamos que proibir a entrada dele no cassino durante um tempo.

— Eu não tiro a sua razão. Este lugar é ótimo, sr. Littletree. Vim com uma amiga e acabamos de comer uma costeleta no seu restaurante. Estava uma delícia.

— Que bom que vocês estão aproveitando a noite conosco. — Paul Littletree se levantou da cadeira e Hannah entendeu que o encontro estava encerrado. — Diga a seus pais que agradecemos a preocupação. E volte logo.

Quando Hannah saiu do escritório, o segurança a aguardava. Estava com a mesma expressão sisuda ao escoltá-la até o salão do cassino, e Hannah lutou contra o ímpeto de fazer alguma coisa para abalar sua compostura. Se um dia ele resolvesse se mudar para a Inglaterra, teria uma vaga garantida entre os guardas do Palácio de Buckingham.

Lisa estava exatamente onde Hannah a havia deixado, sentada em frente ao mesmo caça-níqueis. Havia uma pilha de moedinhas numa bandeja e Hannah ficou surpresa.

– Você está ganhando, Lisa?

– Acho que estou uns dois dólares no lucro. – Lisa deu uma olhada na bandeja. – Por que você não joga? É divertido à beça.

– Vou jogar, mas só uns minutinhos. Quero voltar para casa antes das nove. Eu vou só pegar uns trocados.

– Pegue esses daqui. – Lisa apanhou algumas moedas da bandeja e entregou-as a Hannah. – Quem sabe não dão sorte para você?

A máquina ao lado de Lisa estava desocupada e Hannah se sentou. Seu último suspeito tinha sido eliminado. Se o leão de chácara estava com a esposa no hospital, era impossível que tivesse baleado Ron. Enquanto Hannah puxava a manivela e perdia sua primeira moedinha, ela se perguntava o que as pessoas viam de tão fascinante nos caça-níqueis. Elas não eram muito interativas, mas o homem do outro lado do corredor afagava sua máquina com a mão esquerda enquanto puxava a manivela com a direita.

Deve ser superstição, Hannah concluiu e, ao olhar as pessoas ao redor, ela se deu conta de que todas faziam alguma coisa para tentar mudar a sorte. A moça de vestido vermelho falava com a máquina, murmurando apelidos carinhosos à medida que os rolos giravam. O senhor de camisa polo segurava a manivela até os rolos pararem de girar e só depois a soltava, fazendo-a voltar ao lugar com um solavanco. A jovem morena de suéter rosa fechava a mão esquerda em cunha na saída da bandeja de moedas como se assim pudesse mandá-las cair. Hannah se divertia ao voltar a atenção para a própria máquina. Tudo era mecanizado. Será que não percebiam que nada do que fizessem mudaria o resultado?

Instigada pela ideia de que quanto mais cedo fossem embora, mais cedo ela chegaria em casa para ver Moishe e se aconchegar na própria cama, Hannah reparou que era possível enfiar cinco moedas na máquina antes de puxar a manivela. Que bom. Ela se livraria do dinheiro cinco vezes mais rápido. Hannah se concentrou em colocar várias moedas, puxar a manivela e esperar a hora de pôr mais moedas.

– Não é divertido à beça, Hannah?

Lisa se virou para lhe dar um sorriso e Hannah o retribuiu. Muito divertido. Na sua opinião, o único benefício que poderia obter ao lidar com o caça-níqueis era um possível fortalecimento dos músculos do braço direito.

Hannah enfiou as últimas cinco moedas na máquina. Mais uma puxada da manivela e terminaria. Ela deu um tranco na manivela e se virou para Lisa para perguntar se ela estava pronta para ir embora, mas uma sirene disparou, luzes vermelhas piscaram e sua máquina começou a cuspir moedas.

– Você deu sorte! – Lisa saltou da cadeira e saiu correndo para ver a chuva de moedas quicando. – Quantas moedas você pôs?

Hannah ficou olhando a avalanche de moedas tilintando na bandeja de metal.

– Todas! Eu só queria acabar logo para a gente ir para casa.

– Você conseguiu, Hannah! – Lisa ficou boquiaberta ao olhar os números que piscavam acima da máquina. – Você acabou de ganhar 1.942,00 dólares!

Hannah fitou os números berrantes com uma perplexidade absoluta. Depois olhou para os rolos e viu que todos estavam alinhados, exibindo a mesma figura. Não era nenhuma surpresa que as pessoas gostassem de jogar nas máquinas caça-níqueis. No fim era bem mais divertido do que ela havia imaginado.

Capítulo 13

— Ei, Moishe. Que tal um rango? – Hannah jogou a bolsa no sofá e carregou Moishe até a cozinha. Deixou o casaco na cadeira, pôs Moishe ao lado da tigela de comida e derramou uma porção generosa de Meow Mix. Em seguida, se lembrou de que tinha acabado de tirar a sorte grande no caça-níqueis e abriu uma extravagante lata de atum para também despejá-la no pote. Moishe era mais importante para ela do que qualquer outro macho de sua vida. Devia usufruir dos frutos de sua sorte.

Ela já tinha compartilhado o prêmio com Lisa. Hannah tinha lhe dado um bônus de duzentos dólares, fazendo-a prometer que compraria um vestido elegante que combinasse com os sapatos novos. Lisa não queria aceitar a quantia, mas depois que Hannah a convenceu de que jamais se sentaria diante de um caça-níqueis se Lisa não tivesse insistido, ela aceitou o dinheiro.

Hannah fez uma conta de cabeça na volta para casa, levando em consideração o dinheiro que já tinha gastado investigando o assassinato de Ron para ajudar Bill. Mesmo depois de subtrair o valor da maquiagem de Luanne, do vestido de Claire e do que tinham gastado no Twin Pines, ainda saía com mais de mil dólares de lucro.

Enquanto Moishe mastigava e ronronava para demonstrar satisfação, Hannah foi até o telefone da cozinha para ligar para Bill e contar que tinha eliminado o leão de chácara da lista de suspeitos. Bill não estava em sua mesa na delegacia, mas ela deixou um recado lá e outro com Andrea, que prometeu pôr um bilhete ao lado do telefone. Hannah desligou com a sensação de dever cumprido e foi para o quarto vestir o conjunto de moletom largo comprado na época em que a calefação tinha quebrado, no inverno anterior.

Dez minutos depois, Hannah estava sentada em seu canto preferido do sofá, tomando vinho e agarrando Moishe. Ele sempre ficava ávido por carinho quando ela passava algumas horas fora de casa, e esta noite não foi exceção. Acariciou o queixo do gato até ele ronronar de prazer e cantou a musiquinha boba que tinha feito para ele. Hannah nunca tinha sido afinada, porém Moishe curtia a cantoria se ela continuasse o cafuné. Talvez fosse ótimo o fato de morar sozinha. Se alguém a ouvisse cantar que adorava seu "meninão forte", ela seria trancafiada num hospício.

O prédio tinha tevê a cabo de graça e Hannah passou os canais. Eram cinquenta, mas ainda assim não havia nada para assistir. Ela se conformou com um documentário sobre ciência forense. Talvez aprendesse alguma coisa. Mas o especialista só falava dos últimos avanços em tecnologia de digitais. Hannah ficou ouvindo seus comentários sobre o uso de uma cola em temperaturas abaixo de zero para extrair as digitais da pele da vítima e depois trocou para o canal de filmes clássicos. Estava passando *Klute: o passado condena*, que ela já tinha visto, mas como não estava mais a fim de ficar trocando de canal, deixou a tevê ligada no filme.

Hannah passou um tempo pensando no crime, mas achou isso deprimente. Sua investigação não tinha rendido nada de bom. O copo com batom a princípio era promissor, e tinha conseguido descobrir que Danielle estivera com Ron pouco antes do assassinato. Mas o que Danielle lhe contou se mostrou irrelevante, no final das contas. Tinha averiguado o treinador Watson, cuja motivação teria sido o ciúme, mas ele estava com Maryann na casa da mãe no momento do assassinato de Ron. Norman já não era suspeito, agora que Delores tinha confirmado seu álibi, e o sem-teto visto por Claire estava tomando café da manhã no momento decisivo. O leão de chácara com quem Ron tinha brigado no Twin Pines seria inocentado assim que Bill falasse com o hospital, e Hannah havia zerado sua lista de suspeitos. Precisava pensar em outros, mas não sabia nem por onde começar.

Ela pegou um bloquinho que deixava ao lado do sofá e repassou a lista de nomes: treinador Watson, Norman, Blaze e Alfred Redbird. Suspirou e riscou todos eles. Depois de reconsiderar, acrescentou Danielle, mas ela não achava de verdade que Danielle tinha atirado em Ron. Ainda assim, resolveu conferir se ela tinha um álibi.

Hannah folheou a lista amarela até achar o número de Danielle. Se o treinador Watson atendesse, bastaria desligar.

Danielle pegou o telefone depois do segundo toque e Hannah suspirou aliviada.

– Oi, Danielle. É a Hannah Swensen. Você pode falar?

– Espera um minutinho, Hannah. – Hannah ouviu Danielle dizer alguma coisa a Boyd sobre encomendar cookies e voltou ao telefone. – A gente vai precisar de cinco dúzias para a festa de Halloween da minha turma de artes, Hannah. Eu estava pensando em alguma coisa com glacê de laranja.

– Sem problema – Hannah respondeu depressa. – Se eu fizer perguntas para você responder sim ou não, tudo bem?

– Sim.

– Ótimo. Você viu alguém ou deu algum telefonema depois que o Ron deixou você em casa na quarta-feira de manhã?

– Sim. Eu adoraria provar, Hannah, mas não consigo ir tão cedo na quarta-feira de manhã. O moço da Sparklettes entrega a nossa água entre oito e nove horas e eu tenho que estar em casa para abrir a porta.

– Você consegue pensar num jeito de me dizer exatamente que horas ele esteve aí?

– Eu também detesto essas entregas de manhãzinha. Na semana passada ele apareceu às oito e quase que eu não acordo.

– Obrigada, Danielle. – Hannah desligou e fez uma anotação ao lado do nome de Danielle. Ela verificaria com o motorista da Sparklettes e, caso realmente tivesse entregado a água de Danielle às oito, poderia riscá-la da lista.

Era outro beco sem saída. Hannah suspirou e tentou pensar em algo positivo. Supunha-se que pensamentos positivos incitassem sonhos bons e ela não queria repetir os pesadelos da noite anterior. Pelo menos estava se dando muito bem com Andrea ultimamente. Talvez todos os ressentimentos antigos estivessem se dissipando com o passar dos anos e elas pudessem se tornar amigas de fato.

Hannah precisava admitir que não tinha facilitado a vida das irmãs na escola. Andrea tinha ouvido muitas críticas dos professores porque Hannah era uma aluna que só tirava nota dez. Em vez de competir com o histórico escolar de Hannah, Andrea se jogou nas atividades extracurriculares. Tinha estrelado peças teatrais, cantado solos em apresentações musicais e editado o jornalzinho e o anuário da escola. E sem dúvida Andrea era mais popular com os meninos do que Hannah tinha sido. As noites de sexta e sábado de Andrea foram agitadas desde primeiro ano até a formatura.

Hannah suspirou. Só podia se vangloriar de dois encontros durante todos os anos de ensino médio. Um tinha sido na casa dela, para estudar com um colega de classe que estava prestes a tomar bomba em química, e Delores precisou dar várias indiretas para ele aceitar levar Hannah para comer uma pizza como agradecimento pela nota que o salvou da reprovação. O outro tinha sido com seu acompanhante no baile de formatura. Mais tarde, Hannah descobriu que o pai tivera que prometer um emprego de meio expediente em sua loja durante o verão para que Cliff Schuman aparecesse em sua porta com um buquê de flores na mão.

A faculdade foi outra história. Não era tratada como pária porque tinha lido os clássicos e sabia quem eram Wittgenstein e

Sartre. Na faculdade, a capacidade de resolver uma equação de cabeça não era considerada uma falha de caráter, e ninguém a subjugava por saber o número atômico do einstênio. É claro que havia um grupo de meninas lindíssimas com cabeça de vento que faziam os garotos virar o pescoço, mas a maioria era reprovada ou abandonava os estudos para fazer carreira como esposas.

Hannah enfim começou a ter uma vida amorosa no segundo ano de faculdade. Saiu com um estudante de História alto demais, magrelo demais, durante alguns meses. Depois houve um estudante de artes intenso, que confidenciou que vivia em celibato pouco depois de ela começar a pensar que rolava algo mais entre eles, além de um mestrando que queria a opinião dela sobre sua dissertação. O amor verdadeiro, ou talvez o tesão verdadeiro, só foi encontrá-la em novembro do segundo ano de pós-graduação. Foi quando Hannah imaginou ter encontrado sua alma gêmea.

Bradford Ramsey era professor assistente no seminário de poesia de Hannah, e na primeira vez que assistiu à aula dele, ela se encantou. Não era por seu jeito de falar nem pelo modo como lia as estrofes de Byron ou Keats. Eram seus olhos azul-escuros incríveis, penetrantes.

Encontros sociais com o professor depois da aula eram malvistos pela direção, a não ser que vários alunos estivessem presentes, mas Brad dava seu jeito de quebrar as regras. Hannah já tinha ido à sala dele para várias reuniões entre aluna e professor. Depois que ele lhe disse que acreditava estar apaixonado por ela, Hannah acabou no apartamento dele, entrando de fininho na portaria às onze da noite com o rosto encoberto pelo capuz do casaco. Aquela noite, e as noites seguintes, foram inesquecíveis. Hannah descobriu que o sexo era muito mais divertido do que ela achava que seria. Mas a última noite que passou com o belo professor foi inesquecível de um jeito que ela jamais imaginaria. A noiva dele chegou para lhe fazer uma visita surpresa, Brad entrou em pânico e Hannah foi obrigada a desocupar a cama dele saindo pela escada de incêndio gelada.

Hannah rompeu a relação e se declarou mais sábia após a experiência, mas isso não amenizou a situação. Ver o antigo namorado andar pelo campus com um bando ruidoso de meninas jovens e impressionáveis em seu encalço era uma dor quase grande demais. Foi um alívio quando Andrea pediu que ela saísse da faculdade e voltasse a Lake Eden para ajudar a resolver as questões do pai. Não que Hannah tivesse desistido dos homens. Estava só dando um tempo, esperando alguém digno de amor e confiança aparecer. Enquanto isso, tinha a família, o trabalho e o gato fiel. E embora a cama fosse solitária e às vezes desejasse ter alguém sem patas peludas para agarrar, ela lidava bem com a situação.

O telefone tocou e Hannah esticou o braço para atendê-lo.
– Oi, Bill. Já não era sem tempo.
– Como você sabia que era eu?
– Quem mais seria? Minha mãe nunca me liga a esta hora e a Andrea disse que estava indo dormir uma hora atrás. Você descobriu alguma novidade sobre o Ron?
– Nadica de nada. – Bill parecia abatido. – O Ron parecia não ter inimigos, ele não devia muito dinheiro a ninguém e não tem nenhuma movimentação na conta bancária dele que não tenha explicação. Não consegui nada.

Hannah foi logo se solidarizando:
– Nem eu. Falei com o gerente do cassino e acho que a gente vai ter que eliminar o leão de chácara da lista de suspeitos. O nome dele é Alfred Redbird e você devia falar com o hospital. A esposa dele deu à luz naquela manhã. Se ele estava ao lado dela o tempo inteiro, é impossível que tenha matado o Ron.
– Certo. – Bill parecia ainda mais desanimado. – Eu não tenho mais pista nenhuma, Hannah. Se tivéssemos uma motivação para o crime, teríamos como seguir em frente, mas nem isso a gente tem.

Os olhos de Hannah foram atraídos pela tela da televisão. Ainda estava passando *Klute* e isso lhe deu uma ideia.
– Talvez a gente *tenha* uma motivação. E se o Ron viu alguma coisa naquela manhã, alguma coisa que pudesse

incriminar o assassino? Essa poderia ser a razão para ele ter sido baleado.

– E o Ron foi morto antes de ter a chance de implicar seu assassino em outro crime? – Bill ficou um bom tempo em silêncio e Hannah entendeu que ele estava pensando na possibilidade. – Talvez você tenha razão. Mas como é que a gente faz para descobrir o que o Ron viu?

– Eu vou voltar à minha fonte, a do batom rosa. Ela vai poder me dizer se alguma coisa anormal aconteceu naquela manhã.

– Está bem. – Houve outro longo silêncio e depois Bill soltou um suspiro. – Talvez seja melhor você pedir que ela tome cuidado. Se você tiver razão e se ela tiver visto o que o Ron viu, o assassino pode ir atrás dela.

– Ele não vai, não. Eu sou a única pessoa que sabe de quem se trata e essa moça tem certeza de que ninguém viu ela junto com o Ron. Se o assassino quisesse matar ela, já teria matado a esta altura.

– Pode ser.

Bill não parecia convicto e Hannah franziu a testa. Pelo bem de Danielle, ela torcia para ter razão.

– Você tem me dado uma ajuda e tanto, Hannah. Aliás, você sabia que a sua mãe viu o Ron indo embora do consultório do Norman antes de entrar para fazer uma consulta?

– O Norman me contou. Interroguei ele, mas ele falou que o Ron só ficou na cadeira por vinte minutos. Ele deu uma injeção de xilocaína no Ron por causa do dente quebrado e o Ron ia voltar depois para terminar o tratamento. Eu procuro você assim que falar com a minha fonte. Tenho certeza de que ela vai na festa dos Woodley. E se você quiser falar com o Norman, ele também vai estar lá.

– A Andrea me contou que você vai à festa com o Norman. É sério?

– Sério? Com *o Norman*?

– Eu estava só provocando, Hannah. Vejo você na festa, aí a gente troca uma ideia.

Hannah desligou o telefone e a televisão. Pegou Moishe, levou-o para o quarto e o colocou no travesseiro que lhe foi destinado na primeira noite que passou no apartamento. Em seguida, voltou para pegar a taça de vinho, apagou as luzes e se sentou na poltrona velha que ficava em frente à janela do quarto. A neve continuava caindo e criava adoráveis halos em torno dos postes à moda antiga enfileirados nos caminhos de tijolos entre os prédios. Era o retrato perfeito do inverno, digno de Currier & Ives. Segundo seu professor de artes na faculdade, as pessoas que viviam em lugares quentes adoravam cenas invernais, com suas vastidões cintilantes de neve ininterrupta e luzes amarelas se derramando pelas janelas das casas aconchegantes, aquecidas. Os moradores de Minnesota que compravam arte geralmente evitavam cenas invernais. Hannah não se surpreendia. Os invernos de Minnesota eram longos. Por que alguém compraria um quadro que fosse um lembrete constante do frio de gelar os ossos, da neve densa que precisavam tirar do caminho e da necessidade de usar roupas térmicas só para tirar o lixo?

Hannah já tinha tomado o último gole de vinho e estava prestes a se levantar para se enfiar debaixo das cobertas quando reparou que um dos carros no estacionamento reservado às visitas estava em marcha lenta, o cano do escapamento cuspindo uma nuvem branca contra o céu escuro. O farol estava apagado e ela achou aquilo estranho, a não ser que o motorista estivesse demorando muito a se despedir da pessoa com quem havia se encontrado. Via apenas uma pessoa, uma figura corpulenta atrás do volante que supunha ser um homem. Enquanto observava, viu um reflexo brilhar em duas lentes redondas em frente ao rosto dele. Binóculos? Ou óculos? Hannah não conseguia saber de longe, mas ficou nervosa com o fato de não haver mais ninguém dentro do carro.

Hannah fitava o carro, tentando memorizar sua forma. Era um carro pequeno, compacto, de cor escura, mas estava tão longe que não conseguia identificar o fabricante. O teto parecia mais claro do que o chassi, e Hannah presumiu que estivesse coberto de neve. O carro estava parado já havia um tempo, e o motorista parecia observar o prédio dela.

Havia apenas quatro apartamentos em seu prédio. Phil e Sue Plotnik viviam no apartamento de baixo e não havia nem sombra de razão para alguém ficar dentro de um carro estacionado observando a casa deles. Phil estava em casa naquela noite. Tinha visto o carro dele na garagem ao chegar e tinha ouvido o bebê recém-nascido do casal chorar baixinho ao subir a escada. Os outros vizinhos de Hannah eram igualmente desinteressantes. A sra. Canfield, uma viúva idosa, morava no andar de baixo, ao lado dos Plotnik. Vivia com o dinheiro da aposentadoria do marido e dava aulas de piano durante a semana. Em cima dela moravam Marguerite e Clara Hollenbeck, duas irmãs de meia-idade que nunca tinham se casado e eram muito ativas na Igreja Luterana do Santo Redentor. Pelo que Hannah sabia, não havia nem sinal de fofoca sobre elas, a não ser a história de que uma vez tinham lavado as toalhas do altar com uma blusa vermelha de Clara e as toalhas tinham ficado rosa.

Hannah ficou arrepiada ao fitar o carro e seu motorista imóvel. O homem só podia estar observando um apartamento: o dela.

O assassino de Ron! O pensamento ocorreu a Hannah como um raio de pavor. Bill tinha pedido que ela fosse cuidadosa ao fazer perguntas e acreditava ter sido. Mas e se o assassino tivesse a ideia equivocada de que ela estava prestes a pegá-lo? As palavras de Bill voltaram para assombrá-la: *se ele já matou uma vez, não vai hesitar em matar outra.*

A luz de segurança estava acesa de manhã. Hannah teve um calafrio ao se lembrar. Achara que um pássaro tinha alçado voo, mas talvez tivesse se enganado. Será que o assassino de Ron tinha tentado entrar no prédio?

Hannah engoliu em seco apesar do nó na garganta causado pelo medo, respirou fundo e se obrigou a ser racional. Ela realmente detestaria ligar para Bill e tirá-lo da cama aconchegante. Bill correria até lá para questionar o sujeito, mas ela se sentiria uma idiota se o motorista tivesse uma ótima razão para estar ali. Mas que razão alguém poderia ter para estar sozinho dentro do carro, na calada da noite, na neve?

Ficou alguns minutos refletindo e só conseguiu chegar a uma conclusão plausível. O motorista tinha ficado preso fora do apartamento. Mas por que estaria no estacionamento para visitas se fosse morador? A garagem era bem mais quente.

Hannah não acreditava estar correndo nenhum risco. Bill tinha instalado a fechadura recomendada pela polícia assim que ela se mudou para lá e colocado trancas extras em todas as janelas. Ela tinha até um sistema de alarme, instalado pelo dono anterior, que disparava uma sirene e sinos barulhentos, e duas travas eletrônicas com senha, uma na porta da frente e outra no quarto. Hannah nunca tinha se dado o trabalho de ligá-las, mas esta noite as ligaria. Não tinha nascido com sete vidas como o companheiro felino.

Estava prestes a ir até o teclado para ativar o sistema quando teve uma ideia brilhante. No momento em que lhe veio à cabeça, Hannah deu um salto e revirou o armário à procura da câmera. Tiraria uma foto do carro. Estava bem debaixo do poste de luz e a placa ficaria visível. Ela entregaria o filme a Bill de manhã.

A câmera estava sem filme e ela precisou fazer uma busca frenética para achar um rolo. Hannah desligou o flash pois sabia que a luz se refletiria em sua vidraça, e usou o zoom para tirar várias fotos do carro. Depois ativou o sistema de segurança e se sentou na poltrona. Tinha feito tudo o que era possível, menos alertar Bill, mas nunca conseguiria dormir em paz. Era mais fácil se resignar com uma noite inteira de vigilância.

Poucos minutos depois, munida de uma xícara de café fresco e uma caixa de biscoitos de queijo cheddar, Hannah tornou a se acomodar na poltrona. Ela se alternava entre mastigar e beber, e Moishe abriu o olho bom para lhe lançar um olhar curioso e logo voltou a dormir.

– Que belo gato de guarda você é! – Hannah reclamou. E então ouviu o barulho de outro carro chegando no estacionamento das visitas. Quando ele passou debaixo de um dos postes antiquados, Hannah reconheceu o Cadillac amarelo de Bernice Maciej.

Bernice, que morava no prédio bem em frente ao de Hannah, fez a curva para estacionar ao lado do carro coberto de neve. Ela desceu, o homem desceu e eles se abraçaram no estacionamento. Hannah digitou a senha para desativar o sistema de segurança e abriu a janela para escutar a conversa. Ouviu Bernice dizer:

– Desculpa, meu bem. Eu não imaginei que fosse sair tão tarde.

E o homem respondeu:

– Não faz mal, mãe. O trânsito estava bom e eu cheguei antes do previsto.

Sentindo-se uma completa idiota, Hannah fechou a janela, ajustou o despertador e se enfiou embaixo das cobertas. Tirou Moishe do ninho que ele tinha feito em seu travesseiro e o colocou no travesseiro dele.

– Devo estar ficando paranoica – Hannah murmurou ao esticar o braço para acariciar o pelo macio de Moishe. – Eu devia ter seguido seu exemplo e me enfiado antes na cama para dormir.

Capítulo 14

Hannah despertou na manhã seguinte com um péssimo humor. Estava acostumada a viver sem as oito horas de sono recomendadas, mas a noite tinha sido muito agitada, e alguns dos sonhos tinham sido perturbadores. O assassino de Ron a perseguia com um Cadillac amarelo parecidíssimo com o de Bernice. Já o último pesadelo não tinha sido tão horrível assim. Tinha sonhado que um monstro peludo a segurava e fazia cócegas nela. Àquela altura, Hannah já sabia o que o sonho queria dizer. Moishe tinha invadido seu travesseiro. Ela tinha conseguido acordar para afastá-lo, e o resto da noite tinha sido de relativa paz.

Havia uma lista no bloquinho que ficava na mesa de cabeceira e Hannah acendeu a luz para lê-la. As palavras *Sonhos macios* estavam escritas com sua letra no alto da folha. Devia ter sonhado com cookies outra vez.

Ah, sim. Hannah abriu um sorriso. Agora se lembrava do sonho. Estava fazendo o bufê de uma recepção na Casa Branca e o presidente, um jovem Abraham Lincoln, tecia elogios a seus cookies. A esposa dele, Barbara Bush, pedia a receita e ela a anotava bem ali, no Salão Oval.

Hannah gargalhou. Abraham Lincoln e Barbara Bush. Achava que não devia se surpreender. Era sonho, afinal. Mas *tinha* anotado a receita. Talvez seu inconsciente tivesse bolado um doce delicioso.

As palavras eram um garrancho caótico. É óbvio que não tinha feito o esforço de acender a luz. Hannah conseguiu distinguir a palavra *manteiga* e um pouco depois *açúcar*. Entre as duas havia um rabisco que parecia *pesca*. Devia ser *pêssegos*, e cookies de pêssego era uma ideia curiosa. Também entendeu que *marche* era marshmallow, e *cuco* poderia ser tanto cacau quanto coco. Podia fazer alguns experimentos com os ingredientes e ver no que ia dar.

Hannah levou o bloquinho até a cozinha e se serviu de uma xícara fragrante de café. Depois de vários goles revigorantes, reparou que havia outra linha rabiscada no final da receita. Dizia: *D – perguntar não com*.

Ao ouvir um gemido melancólico vindo de perto da tigela de comida, Hannah se levantou para servir ração ao gato. Enquanto enchia o outro pote de Moishe de água filtrada, pensava na anotação cifrada. O "D" era de Danielle, Hannah tinha quase certeza. Mas o que era "perguntar não com"?

A ideia lhe veio numa sacada brilhante. Sua cabeça tinha feito hora extra na noite anterior. Queria lembrar a si mesma que devia perguntar a Danielle se em algum momento, durante a noite e a manhãzinha que tinham passado juntos, Ron tinha ido a algum lugar sem Danielle.

Hannah pôs o pote de água de Moishe no tapete emborrachado do Garfield e voltou para a mesa para terminar o café. Se a véspera e a antevéspera eram um prenúncio do que estava por vir, o dia seria movimentado. Pegou o bloco, virou a página e fez uma lista de coisas a fazer.

A primeira coisa que Hannah escreveu foi *Sparklettes*. Precisava telefonar para descobrir a que horas a água de Danielle tinha sido entregue na manhã de quarta-feira. Se o que ela tinha dito era verdade, estaria fora da lista de suspeitos.

Hannah fez outra anotação: *Herb – Lisa*. Queria encurralar Herb Beeseman a caminho do trabalho e convencê-lo a ligar para Lisa e convidá-la para a festa dos Woodley. Ficaria em cima da hora, mas Hannah tinha quase certeza de que Lisa aceitaria. Quando Hannah perguntou, na véspera, Lisa respondeu que tinha sido convidada para a festa dos Woodley, mas não pretendia ir. Não por causa do pai – um dos vizinhos tinha se oferecido para ficar com ele –, mas porque Lisa não queria de jeito nenhum ir sozinha à maior festa do ano. Tampouco queria acompanhar Hannah e Norman, e foi então que Hannah decidiu convencer Herb a chamar Lisa.

O terceiro item da lista era *Lisa – vestido*. Hannah pretendia levar Lisa à Beau Monde no horário em que a confeitaria ficava vazia, entre onze e meio-dia. Ela colaria um aviso na porta e caso alguém estivesse louco de vontade de comer um cookie, poderia chamá-la na loja vizinha.

A linha seguinte dizia: *Avisar Claire*. Ela correria até lá de manhã, enquanto Lisa assava os cookies, para avisar a Claire que o vestido que Lisa escolhesse estaria "em liquidação" e custaria sessenta dólares. Ela cobriria a diferença depois, quando Lisa não estivesse perto.

Moishe soltou outro gritinho e Hannah percebeu que a tigela de comida estava vazia outra vez. Ele produzia resíduos felinos normais, mas não parecia estar engordando. Talvez fizesse aeróbica quando ela não estava em casa.

– Ficou lindo em você – Claire anunciou quando Lisa saiu do provador com um vestido vinho. – O que você achou, Hannah?

Hannah riu.

– Você pergunta *para mim*? Você é quem sabe, Claire. Quantas vezes você não teve vontade de me dizer que meu gosto todo está na boca?

– Tantas vezes que já perdi a conta. – Claire deu uma risadinha e se virou para Lisa. – O que você acha, Lisa?

– Não sei bem. Eu adorei esse, mas a cor do esmeralda é maravilhosa.

– Pena que não dá para levar os dois pelo preço de um. – Hannah piscou para Claire na esperança de que ela entendesse a indireta. Era pouco provável. A Beau Monde era uma butique, e Claire se considerava uma consultora de moda, algo muito acima de uma dona da loja ou vendedora. Hannah duvidava que sua vizinha da alta moda já tivesse sequer cogitado uma liquidação em que a cliente pagasse um e levasse dois vestidos.

– Que engraçado você dizer isso, Hannah. – Claire surpreendeu Hannah percebendo a deixa sem nem pestanejar. – Por coincidência eu acabei de baixar o preço desses dois vestidos. O forro do corpete do vestido vinho tem uma pequena imperfeição, e o botão nas costas do verde não é exatamente da mesma cor do vestido.

Lisa arregalou os olhos.

– Eu nem reparei!

– Você pode até não ter reparado, mas eu reparei. E me recuso a deixar minhas clientes pagarem o preço cheio por uma peça que não está cem por cento perfeita.

– Quanto eles estão custando agora? – Lisa indagou.

Hannah prendeu a respiração. Se Claire mencionasse um preço baixo demais, Lisa desconfiaria de que estavam mancomunadas.

– Os dois estão por sessenta. É um terço do preço normal. Acredite, Lisa, você vai me fazer um favor se levar os dois. Devolver peças ao meu fornecedor é uma dor de cabeça.

– Então eu levo os dois. – Lisa estava tão empolgada que sua voz ficou estridente.

– Só tem uma condição. – Claire ficou seríssima. – Você tem que me prometer que não vai contar para ninguém quanto eles custaram. Se outras mulheres descobrirem que você pagou só sessenta dólares num vestido da Beau Monde, elas vão me pedir descontos especiais.

– Não vou contar a ninguém. E mesmo se eu contasse, ninguém acreditaria. Obrigada, Claire. Hoje realmente é meu dia de sorte!

Enquanto Lisa vestia a roupa que usava no trabalho, Hannah corria até a Cookie Jar. Não fazia nem quinze minutos que tinha saído, mas já havia várias pessoas esperando na porta. Uma delas era Bill, e Hannah o puxou de canto depois de atender os fregueses.

– Por que você não bateu na porta ao lado para falar comigo? Eu só estava ajudando a Lisa a escolher um vestido.

– Não faz mal. Você não descobriu nada de novo, né?

– Desde a última vez que falei com você, ontem à noite, não descobri nada. – Hannah balançou a cabeça. Tinha ligado para o escritório da Sparklettes e confirmado o álibi de Danielle, mas não tinha por que contar isso a Bill. – Você verificou o leão de chácara?

– A enfermeira da maternidade disse que ele ficou no hospital até as nove da manhã de quarta-feira. Eu só passei aqui para lembrar que a festa da delegacia é amanhã. Você vai fazer os cookies para a gente, né?

– Claro que vou. Está na minha agenda. – Hannah o levou até os fundos e apontou para o enorme calendário pendurado na parede.

– De que tipo você vai fazer?

– Preto e branco. Eu bem que podia começar a preparar a massa agora.

– Preto e branco?

– São cookies de chocolate cobertos com açúcar de confeiteiro – Hannah explicou. – Criei a receita na semana passada e o nome vai ser uma homenagem aos carros novos do seu pelotão.

– O pessoal vai gostar de saber. Você vai assar eles agora?

– Não, só amanhã de manhã. A massa tem que esfriar de um dia para o outro. Levo eles para a delegacia antes do meio-dia.

– Foi também por isso que eu vim. O xerife Grant está com um cara novo e disse que eles vão vir aqui buscar os cookies.

– Um cara novo?

– Ele vai chegar amanhã de manhã. O xerife Grant contratou um detetive excelente que era da Polícia de Minneapolis.

– Por que um detetive de Minneapolis aceitaria vir para cá? – Hannah ficou pasma. – A mudança deve significar um corte enorme no salário dele.

– Eu sei. A gente ganha só metade do que os caras de Minneapolis ganham, mas ouvi dizer que ele queria se mudar para cá por motivos pessoais.

– Motivos pessoais?

– É, ele queria sair de Minneapolis. Eu sei que a esposa dele faleceu. Imagino que queira recomeçar a vida num lugar em que não ficasse se lembrando dela.

Fazia sentido, mas ainda assim Hannah ficou preocupada. O condado de Winnetka era grande, mas a delegacia realmente precisava de *dois* detetives novos?

– Eu tenho muito o que aprender com esse cara, Hannah. Vou ter a oportunidade de observar os métodos dele, e ele já solucionou vários casos difíceis.

Hannah concordou e pegou as tigelas onde misturava os ingredientes, arrumando-as em uma fileira. Ficou bastante atordoada com o que Bill tinha acabado de lhe dizer. A contratação desse cara novo como detetive não era um bom sinal no que dizia respeito à promoção de Bill.

– Você tem tempo de ficar de olho na loja para mim enquanto eu preparo a massa? A Lisa já deve estar chegando e eu pago você em cookies.

– Claro. – Bill abriu um sorriso largo. – Estou no meu horário de almoço.

Depois que Bill já tinha saído, Hannah pegou os ingredientes do cookie batizado de preto e branco. Enquanto trabalhava, pensava no novo detetive. Bill tinha dito que ele havia perdido a esposa, e Delores sem dúvida miraria no novo homem disponível da cidade.

Hannah se esforçou para praticar o pensamento positivo enquanto misturava a massa. Tinha ganhado uma bolada na véspera, e se a sorte não virasse, o novo colega de Bill não seria do tipo que a mãe consideraria para o papel de genro. Infelizmente, para Delores qualquer homem ambulante sem condenação por algum crime era um candidato viável.

Cookie preto e branco

Não preaqueça o forno por enquanto –
a massa tem que ser refrigerada antes de ir ao forno.

2 xícaras de gotas de chocolate
¾ de xícara de manteiga *(175 ml)*
2 xícaras de açúcar mascavo *(ou açúcar branco misturado com 2 colheres de chá rasas de melaço)*
4 ovos
2 colheres (chá) de essência de baunilha
2 colheres (chá) de bicarbonato de sódio
1 colher (chá) de sal
2 xícaras de farinha *(não peneiradas)*
Aproximadamente ½ xícara de açúcar de confeiteiro em uma tigela pequena

Derreta as gotas de chocolate com a manteiga. *(Aqueça no micro-ondas por 2 minutos, em potência alta, e depois misture até ficar uniforme.)*

Misture o açúcar e deixe esfriar. Acrescente os ovos, um de cada vez, incorporando-os à mistura. Acrescente a baunilha, o bicarbonato e o sal. Acrescente a farinha e misture bem.

Deixe a massa na geladeira durante no mínimo 4 horas. *(Melhor ainda se for de um dia para o outro.)*

Na hora de assar os cookies, preaqueça o forno a 175 ºC e use a grelha do meio.

Com as mãos, faça bolas de massa do tamanho de nozes. *(Faz bagunça – use luvas de plástico se preferir.)* Passe as bolinhas de massa no açúcar de confeiteiro até cobri-las por inteiro. *(Se a massa ficar quente demais, leva-a de volta para a geladeira até que possa manuseá-la.)*

Ponha as bolinhas em uma assadeira untada. A assadeira de tamanho padrão comporta 12 bolinhas. *(Elas vão se achatar depois de assadas.)* Asse a 175 ºC por 12 a 14 minutos. Deixe esfriar na assadeira por 2 minutos, depois transfira os cookies para a grade até esfriarem.

Fiz este cookie para a festa da delegacia do condado de Winnetka, em homenagem às quatro viaturas novas.

Rende de 6 a 8 dúzias, a depender do tamanho do cookie.

Capítulo 15

Hannah recuou para avaliar seu reflexo. O vestido novo era lindíssimo. Tinha prendido o cabelo ruivo arrepiado com a fivela ébano que a irmã mais nova, Michelle, tinha lhe enviado da feira de artes e joias que faziam no campus da Macalester, e a bem da verdade o penteado tinha ficado bonito. E Lisa tinha razão. Os sapatos novos estavam perfeitos. Hannah estava sofisticada pela primeira vez na vida, e achou isso meio chocante. Também estava sexy, o que era ainda mais chocante, e torcia para que Norman não achasse que estava usando aquele vestido só para ele.

Moishe miou de seu cantinho na cama e Hannah se virou para lhe dar um joinha.

– Você tem razão. Eu sei que nunca tinha ficado tão bonita na vida. É uma mudança e tanto, né?

Moishe tornou a soltar um miado e Hannah supôs que ele não estivesse curtindo a mudança. O gato também sabia que ela sairia outra vez e tampouco curtia essa ideia. Ela passou um tiquinho de perfume Chanel nº 5 que a garota com quem dividia o apartamento na época da faculdade tinha lhe dado anos antes e foi à cozinha para amansar a fera com quem compartilhava o teto.

Alguns petiscos para gatos depois e Moishe voltou a ser feliz. Hannah andava de um lado para o outro, à espera de Norman. Não ousava se sentar. O vestido novo era preto e todas as poltronas do apartamento estavam tomadas por pelos laranja. Estava cruzando a sala de estar pela décima sexta vez quando o interfone tocou.

– Fica! – Hannah usou a voz impositiva que os adestradores de cães da televisão usavam e Moishe se assustou. Provavelmente não funcionava com gatos, mas não havia perigo de que Moishe escapasse quando ela abrisse a porta. Ele estava com o pote cheio de comida e entendia que tinha sorte.

– Oi, Hannah. – Norman parecia meio tenso ao lhe entregar uma caixa da floricultura. – Hmm… É para você.

Hannah sorriu e o convidou a entrar com um gesto. Para sua surpresa, Norman estava bem melhor no traje de baile do que imaginava que ficaria.

– Obrigada, Norman. Vou só pegar meu casaco e a gente pode ir.

– É melhor você pôr as flores na água primeiro. – Norman apontou para a caixa. – A minha mãe queria que eu desse para você uma daquelas pulseiras com flores, mas eu disse a ela que não estamos indo a um baile de formatura.

Hannah riu e o conduziu à cozinha, onde pegou um vaso. Ela o encheu de água, abriu a caixa e sorriu ao pegar um buquê grande de margaridas rosas, brancas e amarelas.

– Obrigada, Norman. Elas são lindas, e sou muito mais elas do que uma pulseira.

– Você não tinha me contado que tem um gato. – Norman fitava Moishe, que tinha levantado a cabeça das profundezas de sua tigela de comida para examinar o estranho que invadia sua cozinha.

Hannah enfiou as flores no vaso às pressas e se virou para Norman, alarmada.

– Desculpe. Eu nem pensei em contar. Você não tem alergia, né?

– Nenhuma. Minhas pessoas preferidas são os gatos. Como ele se chama?
– Moishe.
– Em homenagem ao Moshe Dayan?
– Isso mesmo. Ele é caolho.
– Que nome perfeito. – Norman se curvou e esticou o braço. – Venha cá me conhecer, garotão.

Hannah ficou admirada quando Moishe se aproximou de Norman e se esfregou em sua mão. Aquele gato nunca tinha sido sociável. Norman acariciou o queixo dele e ela ouvia o ronronado do outro lado da cozinha.

– Ele *gostou* de você.
– Parece que sim.

Hannah ficou olhando Norman pegar Moishe no colo e fazer cócegas em sua barriga, coisa que Moishe geralmente detestava. Mas o gato se refestelava nos braços de Norman e aquele parecia o ápice de sua alegria.

– É isso, Moishe. A gente precisa ir. – Norman o carregou até a sala de estar e o colocou em cima do sofá. – Você deixa a tevê ligada para ele?

Hannah confirmou, torcendo para que Norman não a achasse louca.

– Faz companhia para ele quando eu não estou em casa.
– Faz sentido. Eu cuido disso enquanto você pega o seu casaco. De que canal ele gosta?
– Qualquer um menos o Animal Planet porque fica passando programa de veterinário e ele odeia veterinário. – Hannah foi ao armário e pegou o casaco que tinha escolhido, um cashmere de segunda mão achado na Helping Hands. Quando ela voltou para a sala, a testa de Norman estava franzida. – Algum problema, Norman?
– Eu estou chateado comigo mesmo porque esqueci de dizer como você está linda. Eu devia ter falado logo. A minha mãe daria um chilique se ficasse sabendo.

Hannah riu.

– A minha mãe também. A Delores me obrigou a prometer para ela que eu diria como *você* está bonito e eu esqueci. Se a gente esbarrar com elas na festa, é melhor a gente não falar disso. O que você acha?

– Ótimo. – Norman abriu a porta e esperou Hannah passar. – Hmm... Hannah?

– Que foi? – Hannah girou a chave duas vezes na fechadura e eles desceram a escada rumo ao térreo.

– A gente vai esbarrar com elas na festa. A bem da verdade, a gente vai ver as duas antes da festa.

Hannah estremeceu.

– Não me diga que nós vamos buscar elas!

– Não exatamente. Eu já busquei as duas antes de passar aqui para pegar você. Elas estão esperando a gente no banco de trás do meu carro.

Hannah se sentiu como se estivesse presa em uma máquina do tempo no trajeto até a mansão dos Woodley. Parecia ter voltado a ser criança, sendo arrastada pela mãe a uma festa. Para piorar a situação, a mãe de Norman estava com uma câmera e tinha anunciado em tom alegre que queria tirar fotos. Hannah temia que a noite se tornasse um suplício, mas seria ainda pior do que havia previsto.

A mansão dos Woodley brilhava com suas luzes, e quando eles passaram na frente da casa um manobrista de paletó vermelho se aproximou para pegar o carro de Norman. Outro atendente do estacionamento abriu as portas e Hannah e as mães receberam ajuda para descer do carro e subir os degraus rumo à entrada.

Hannah olhou ao redor ao entrar no vestíbulo de braços dados com Norman. O salão tinha sido decorado para o evento com fileiras sem fim de flores tropicais. É claro que eram importadas. Aves-do-paraíso, flamboyants e mimos-de-vênus não cresciam em Minnesota nem no verão. Tinham sido transportadas de lugares mais quentes, e Hannah sabia que o preço delas devia ter sido ultrajante.

Havia uma harpista sentada em um recanto, tocando música clássica. Hannah achou simpático. Ninguém melhor do que Judith Woodley para dar um toque de classe desde o instante em que cruzassem o limiar da porta.

– Seu casaco, madame? – Uma bela recepcionista, de uniforme verde-escuro e avental branco cheio de fru-frus, ajudou Hannah a tirá-lo. – A senhora não gostaria de se refrescar no toalete feminino?

– Sim, obrigada – Hannah respondeu antes de se voltar para Norman. – Vou só passar uma almofaça no cabelo.

Norman riu da referência à escova usada para esfregar cavalos.

– Eu *gosto* do seu cabelo, Hannah.

– Madame? – A recepcionista encostou no braço dela. – Queira me acompanhar, por favor.

Hannah combinou de se encontrar com Norman no bar e foi atrás da recepcionista. Era uma morena bonita que Hannah não reconhecia, embora acreditasse já tê-la visto na festa do ano anterior. Os Woodley sempre contratavam pessoas de fora para trabalhar nas festas. Judith reclamava que as meninas da cidade eram simplesmente incapazes de receber treinamento para um evento tão especial. Hannah se virou para a moça e perguntou:

– Você não é de Lake Eden, né?

– Sou de Minneapolis, madame. Trabalho na Parties Plus, o serviço que a sra. Woodley usa.

– É uma distância e tanto só para uma festa – Hannah comentou com um sorriso simpático.

– Ah, mas isso não é problema. A sra. Woodley providencia o nosso transporte, e esta festa aqui é daquelas que não dá para perder. Faz três anos que eu venho.

– Eu estava achando que tinha reconhecido você do ano passado. Por que esta festa é melhor do que as outras?

– É um trabalho de cinco dias, e a gente pode usar a piscina fechada e o spa. A sra. Woodley chega a providenciar até as refeições durante nossa estadia. Para a gente é quase uma festa também.

Hannah estava jogando verde, mas nunca se sabia quando uma informação como aquela viria a calhar.

– Imagino que seus trabalhos habituais não sejam tão legais assim.

– De modo algum. Em geral a gente chega e vai embora em menos de seis horas e trabalha que nem cachorro durante a festa. A sra. Woodley sempre dá tempo de sobra para a gente preparar tudo.

Hannah estava curiosa.

– Faz quanto tempo que você chegou?

– Cheguei na terça de manhã. Passamos dois dias fazendo faxina e ontem nós montamos as mesas e deixamos todas as taças e pratos prontinhos. Hoje a gente só precisa ajudar no serviço de bufê.

– Quando é que vocês vão embora?

– Assim que a gente terminar a faxina, amanhã de manhã. Em geral a gente já está na estrada ao meio-dia. Eu chego em casa no máximo às duas, mas a sra. Woodley paga a diária inteira.

Elas tinham chegado ao toalete feminino e Hannah entrou para fazer um levantamento dos danos. O cabelo estava direitinho, e ela só precisou arrumar alguns cachos soltos. Em seguida, retocou o batom que Luanne Hanks tinha afirmado ser perfeito para ela e saiu para encontrar Norman.

Ele estava parado junto ao bar, quase perdido no mar de pessoas mais altas. Ao caminhar na direção dele, Hannah ficou contente que seus saltos não passavam dos sete centímetros.

– Oi, Norman. Voltei.

– E chegou na hora certa. – Norman deu o braço a ela e a afastou da multidão. – Nossas mães estão vindo nesta direção. Vamos lá cumprimentar os Woodley.

A fila de cumprimentos não estava longa, e Hannah e Norman assumiram seus lugares no final dela. Enquanto iam se aproximando dos anfitriões, Hannah admirava o vestido de Judith Woodley. Era de seda lilás e o corpete era enfeitado com pérolas minúsculas. O cabelo castanho-claro estava preso em um coque primoroso no alto da cabeça e ela estava encantadora, como de hábito. Sorria e batia papo com os convidados e parecia muito animada. Já Del estava com uma carranca surpreendente, e Hannah reparou que estava com olheiras.

– Hannah. – Judith estendeu a mão. – Que prazer vê-la.

Hannah sentiu um ímpeto insano de responder que era um prazer ser vista, mas se conteve. Revirou a cabeça em busca de algo adequado a dizer e puxou um elogio clássico.

– Você está linda, Judith. Eu não fazia ideia de que a Claire tinha vestidos tão lindos assim na loja.

– A Claire? – Judith arregalou os olhos verdes e Hannah entendeu que tinha enfiado o pé na lama. – Este vestido não é da Beau Monde, Hannah. O Billy fez para mim.

– Billy?

– Billy Blass. Ele é um grande amigo meu. E estou vendo que este ano você veio com um acompanhante. Que bom.

Hannah ficou constrangida e apresentou Norman aos Woodley, fazendo questão de mencionar que Norman tinha chegado para assumir o consultório odontológico do pai. Passaram mais um instante conversando com os Woodley e depois seguiram em frente.

– Billy Blass. – Norman riu ao dar o braço a Hannah. – Será que ele chama ela de Judy?

Hannah deu uma risada satisfeita. A festa poderia ser divertida se Norman continuasse fazendo piadas. Ela aceitou uma taça de champanhe de um garçom que passava por ali e eles ficaram alguns minutos perambulando no meio da multidão, saudando os conhecidos. Depois foram ver a mesa de aperitivos.

– Caviar. – Norman apontou para a substância que parecia uma tapioca preta em uma enorme tigela de cristal aninhada em uma tigela ainda maior de lascas de gelo.

– É beluga – Hannah o informou. – Eu perguntei no ano passado e o garçom declarou que os Woodley jamais serviriam outro.

Era óbvio que Norman estava impressionado, pois aceitou uma torrada cheia de caviar oferecida pelo garçom e sorriu de expectativa ao levá-la à boca. Depois olhou para Hannah e gelou.

– Desculpe, Hannah. Eu devia ter perguntado. Você quer caviar?

– Não, obrigada. Eu sei que beluga é o melhor caviar que existe, mas fui criada à beira de um lago. Para mim, continua sendo só ova de peixe.

Enquanto Norman se ocupava do caviar, Hannah examinava o restante do bufê. Já tinha ouvido falar que Judith contratava o melhor de Minneapolis. Hannah acreditou ao passar diante de rosbifes com fatias exatamente do mesmo tamanho, travessas de presunto de Smithfield, uma posta inteira de salmão sobre uma camada de endro e vários pratos enormes de frango fatiado e peito de peru. Havia uma travessa de prata de aspargos macios com as pontas para fora, formando uma roda gigantesca com a molheira de prata com molho holandês no centro e uma enorme tigela de cristal cheia até a borda de cenouras glaceadas. Hannah dedicou apenas uma olhadela rápida às batatinhas vermelhas fervidas com seus paletós coloridos e aos ovos de codorna picantes. Sua área de interesse era a mesa de doces.

Os doces eram lindíssimos. Havia pedacinhos de bolo com glacê decorados com florezinhas comestíveis, uma série de trufas em uma travessa cheia de pétalas de rosa, morangos cobertos de chocolate com os cabinhos intactos e uma cesta grande de prata repleta de cookies açucarados. Com seu interesse profissional instigado, Hannah escolheu um cookie para provar.

O cookie se desmanchava na boca, como devia ser, mas estava meio seco. A explosão de manteiga prevista, que estouraria em suas papilas gustativas, não acontecia. Também não sentiu o gosto de baunilha, e Hannah franziu a testa. Os cookies eram bonitos, mas não tinham gosto de nada.

– Com licença? – A dona do bufê, vestida com um terninho caro, se aproximou de Hannah para lhe abrir um sorriso nervoso. – Foi impossível não reparar na sua reação aos cookies. Não gostou?

Hannah pensou no tato. Depois pensou em novos negócios. Os negócios venceram e ela concluiu que não faria bem nenhum à fornecedora caso faltasse com a verdade. Ela chegou mais perto e abaixou a voz para ninguém mais ouvi-la.

— Os cookies são uma decepção. Espero que não tenha sido você quem fez.

— Você não mede palavras, né? — A moça parecia achar graça.

— Não mesmo. Foi você quem fez?

— Não. Comprei de um fornecedor.

Hannah ficou aliviada. Pelo menos não teria que dizer à moça que a receita dela era ruim.

— Pare de comprar dele. Ele usa gordura barata em vez de manteiga e pega leve demais na baunilha. E também passa do ponto na hora de assar. Provavelmente assa com o forno numa temperatura baixa demais para impedir que dourem e deixa os cookies tempo demais no forno.

— Como é que você sabe que eles usam gordura?

— Não tem gosto de manteiga — Hannah explicou. — Cookie de açúcar sem manteiga é que nem carro sem gasolina. Parece bom, mas não dá certo.

A moça riu.

— Gostei do argumento. Como é que você descobriu que o tempo de forno é exagerado?

— Fácil. Eles estão mais secos que serragem. Prove um... você vai ver.

— Eu já provei e você tem razão. Você trabalha com comida?

— Só cookies. Tenho uma loja chamada The Cookie Jar. Se me der seu cartão, eu mando uma caixa com amostras de um bom cookie com açúcar para você.

A moça enfiou a mão no bolso e entregou um cartão a Hannah.

— Eu vinha pensando em mudar de fornecedor. Você tem estrutura para encomendas fixas?

— Depende da encomenda. — Ao abrir a bolsa e enfiar o cartão lá dentro, Hannah lamentou não ter cartões de visita à mão. Não os considerava relevantes até aquele momento. — Se você gostar dos cookies, me ligue que a gente conversa. Vou deixar meu cartão com as amostras.

Depois que a moça se afastou, Hannah se virou para Norman. Viu que ele estava parado atrás dela, a alguns metros de distância, e sorria de orelha a orelha.

– O que foi, Norman?

– Você. Você é incrível, Hannah. – Norman lhe deu o braço e a levou a um canto com mesinhas arrumadas onde as pessoas podiam se sentar para jantar. – Se eu corresse atrás de negócios novos que nem você, teria que ampliar o consultório e pôr uma porta giratória.

Hannah riu.

– Acho que você tem razão. No que diz respeito a cookies, eu sei que sou a melhor e não tenho vergonha de dizer isso a ninguém. Mas eu quase me embananei, Norman. Nunca tinha pensado em encomendar um cartão de visita.

– Você não tem cartão de visita?

Hannah fez que não com a cabeça.

– É que eu não achava importante. Eu disse à moça que mandaria com os cookies, então acho que vou precisar encomendar alguns.

– Eu faço uns para você no computador – Norman ofereceu. – É assim que faço os meus.

– Obrigada, Norman. – Ao se aproximarem das mesas, Hannah pensou outra vez em como Norman era legal. Então alguém se levantou e acenou, e Hannah reconheceu Lisa e Herb. – Olha a Lisa ali. Ela é minha assistente na loja. E você já deve conhecer o Herb Beeseman. É o nosso delegado.

– Delegado? Eu pensava que ele cuidava do trânsito.

– Ele cuida, mas o serviço não paga muito bem. O Herb foi o único candidato ao cargo e deixaram ele escolher o próprio título. Ele sempre teve fascínio pelo Velho Oeste.

– Entendi. Bom, vamos lá dar um oi.

Lisa e Herb tinham se apossado de uma mesa para quatro pessoas e Hannah e Norman ficaram um tempo com eles.

Os dois homens imediatamente entabularam um papo sobre o problema de tráfego na Main Street e Hannah se virou para Lisa.

– Você está maravilhosa, Lisa. Está se divertindo?

Lisa sorriu e Hannah percebeu que seus olhos brilhavam de tanta empolgação.

– Eu vi a sua mãe e a sra. Rhodes. Elas perguntaram se eu tinha visto vocês.

– Se elas perguntarem de novo, você mente.

Lisa riu.

– Você não vai ter como evitar as duas eternamente. A sra. Rhodes me disse que ela quer tirar umas fotos do Norman com você para guardar de lembrança.

– Eu sei. Esse é um dos motivos para evitar as duas.

– É melhor você sorrir e aguentar firme. – Lisa se curvou e abaixou a voz. – O Herb não está lindo de terno?

Hannah deu uma olhada em Herb. Usava um terno preto que parecia de faroeste e ela teve a impressão de que era uma roupa que o delegado Dillon usaria em um casamento refinado na série *Gunsmoke*. Caía tão bem que Herb poderia ter sido um dos manequins da vitrine de uma loja antiquada de roupas masculinas. Era uma mudança e tanto em comparação com o uniforme caramelo amassado que usava sempre.

– Está mesmo.

Naquele exato instante uma figura alta em outro terno de corte impecável chamou a atenção dela e Hannah ergueu as sobrancelhas.

– Não acredito! Aquele ali é o Benton Woodley.

– O filho dos Woodley?

– É. Eu achava que o herdeiro legítimo ainda estava no leste tentando comprar o diploma em uma faculdade da Ivy League.

Lisa encarou Hannah com curiosidade.

– Parece que você não gosta muito dele.

– Não gosto. Ou pelo menos não gostava. – Hannah soltou um longo suspiro ao se lembrar dos baldes de lágrimas que Andrea tinha derramado quando Benton rompera com ela. –

A Andrea namorava ele na época do ensino médio. Será que ela já está sabendo que ele voltou para a festa?

– Talvez seja uma boa você avisar. Eu sei que ela hoje é casada, mas é sempre meio constrangedor a gente esbarrar num ex-namorado.

– Boa ideia. Você já viu ela?

– Ela estava perto das mesas do bufê há alguns minutos.

– Obrigada, Lisa. Vejo você mais tarde. – Hannah se levantou e esperou um intervalo na conversa. Quando ele aconteceu, cutucou o braço de Norman. – Preciso achar a Andrea. Quer vir comigo?

– Claro.

Norman se despediu de Herb e Lisa e eles se dirigiram ao lado oposto do salão. Estavam cruzando o espaço que serviria de pista de dança quando Hannah ouviu alguém chamar seu nome.

Hannah interrompeu os passos e se virou para a voz calorosa e simpática. Era Benton Woodley e ele lhe sorria.

– Quem é esse? – Norman olhou para Benton e se virou para ela cheio de curiosidade. – Um ex-namorado?

– É, mas não meu. Venha, Norman. Eu apresento vocês.

Ela só precisou de um instante para fazer as apresentações. Enquanto Benton batia papo com Norman, Hannah se perguntava se ele tinha frequentado a mesma escola de etiqueta que a mãe. Era educado, parecia interessado em saber do consultório de Norman e disse que ela estava deslumbrante. O riquinho mimado, sabe-tudo, tinha crescido e virado um anfitrião perfeito.

– Bom saber que você reabriu o consultório do seu pai, Norman. A gente nunca sabe quando vai precisar de uma consulta. – Benton parecia sincero e Hannah teve vontade de rir. Seria capaz de apostar que se Benton precisasse de um dentista, pegaria um avião para se consultar com o dentista mais chique e mais caro do país. – E como vai você, Hannah?

Hannah deu seu melhor sorriso de festa.

– Tudo ótimo, Benton. Eu não via você há anos. Veio só para a festa?

– Não, meu pai anda mal de saúde. – Benton abaixou a voz e deu um passo adiante. – Eu vim para ajudar ele nos negócios.

Hannah se lembrou das olheiras sob os olhos de Del. Talvez Benton estivesse falando a verdade.

– Espero que não seja nada grave.

– Não, é que ele tem trabalhado demais. Agora que eu voltei para dar uma força, ele vai melhorar.

– Você veio para ficar? – Hannah ficou surpresa. Tinha a impressão de que Benton detestava Lake Eden na época em que morava lá.

– Por um tempo. E é uma maravilha estar de volta. Eu sempre gostei da atmosfera daqui, a cidade tem um ar simpático, de cidade pequena. E isso me lembra que eu esbarrei com a Andrea e o marido dela há alguns instantes e ela mencionou que você agora tem uma loja. Me pareceu uma lojinha peculiar. Faço questão de dar uma passada lá uma hora dessas.

Hannah ficou arrepiada. A loja era uma loja, não uma "lojinha peculiar". O tom de voz de Benton sugeria que se tratava de um negócio que uma socialite abriria como passatempo. Hannah abriu a boca para lhe dizer que tinha trabalhado muito para tornar a Cookie Jar lucrativa, mas se lembrou da necessidade de ter tato a tempo de se conter.

– Foi um prazer conversar com você, Benton, mas a gente precisa achar minha mãe.

Norman esperou até estarem a alguns metros de distância.

– Você quer achar sua mãe?

– Claro que não. Eu só queria sair de perto do Benton antes de pular no pescoço dele.

Norman sorriu.

– "Lojinha peculiar"?

– Acertou na mosca. – Hannah ficou impressionada. Para um dentista, Norman era ligeiro. – Vamos atrás da Andrea. Eu preciso muito falar com ela.

Encontraram Andrea e Bill perto das mesas do bufê, e pela expressão satisfeita no rosto de Bill, Hannah desconfiou que estivesse prestes a se servir do segundo ou terceiro prato de comida.

– Oi, Hannah. Prazer em ver você, Norman – Bill os cumprimentou. – Que banquete, hein?

Hannah se virou para Norman.

– Você faz companhia ao Bill, Norman? Preciso muito conversar com a Andrea um minutinho.

Bill lhe deu um sorriso conspiratório e por um instante Hannah ficou confusa. Então se deu conta de que Bill devia achar que ela estava lhe dando uma oportunidade de questionar Norman sobre a consulta odontológica de Ron.

Hannah deu o braço à irmã e a levou a um lugar relativamente isolado no canto do salão.

– Desculpe, Andrea. Eu vim avisar você no instante que vi o Beton, mas já era tarde demais.

– Me avisar?

– É. – A julgar pela expressão confusa no rosto da irmã, Hannah soube que era melhor explicar. – É que eu achei que você poderia ficar constrangida ao topar com o Benton de novo.

Andrea a encarou por um instante e depois abriu um sorriso.

– Entendi. Que gentileza a sua, Hannah, mas ver o Benton não me incomodou nem um pouco. Faz séculos que superei.

– Que bom! Eu nunca gostei da postura dele e continuo não gostando. Sabia que ele chamou a Cookie Jar de "lojinha peculiar"?

Andrea suspirou e balançou a cabeça.

– Deixa o Benton para lá. Ele sempre foi esnobe. Ele contou que voltou para ajudar o pai na DelRay?

– Foi o que ele disse.

– Ele disse a mesma coisa para a gente, mas é mentira. Ele estava cutucando a unha com o polegar quando disse isso.

– Quê?

– É o que o Benton faz quando está mentindo – Andrea esclareceu. – Eu reparei nisso quando a gente namorava e foi bem útil. É um daqueles gestos inconscientes que as pessoas fazem quando estão tentando enganar alguém.

– O Benton contou outras mentiras para você?

– Ele disse que estava feliz de voltar a Lake Eden e que estava louco para trabalhar na DelRay.

– E ele estava cutucando a unha quando disse isso?

– Sem parar. Ele só não cutucou quando disse que eu estava deslumbrante.

– Você está sempre deslumbrante. – Hannah sorriu para a irmã, mas estava pensando que Benton tinha lhe dito exatamente a mesma coisa. Talvez fosse bom que só agora ficasse sabendo da cutucada que servia como detector de mentiras. – Ele falou quanto tempo faz que ele chegou?

– O Bill perguntou. O Benton disse que chegou de avião na quarta e pegou um carro para ir para a casa dele.

– Ele estava cutucando nessa hora? – Hannah estava curiosa.

– Não deu para ver. Ele se virou para o Bill para responder. A gente pode mudar de assunto, Hannah? O Benton Woodley me mata de tédio.

– Claro. – Como Andrea era muito observadora, Hannah decidiu lhe perguntar sobre Danielle Watson. – Eu conversei com a esposa do treinador Watson na festa beneficente do prefeito. O que você acha dela?

– Da Danielle? – Andrea ficou pensativa. – Ela me parece gente fina, mas acho impossível não ter pena dela.

– Por quê?

– Porque o Boyd é muito controlador. Eu já vi os dois em festas e ele não gosta que ela fique fora de seu campo de visão. Deve ser sufocante. Aposto que a Danielle tem que pedir permissão para ir ao banheiro.

Hannah lembrou que Danielle havia cochichado no ouvido do marido antes de se afastar dele na festa do prefeito.

– Acho que você tem razão.

– Eu tenho certeza disso. Graças a Deus que o Bill não é assim!
– Teria dado certo se fosse?
– De jeito nenhum! – Andrea riu e apontou um canto do enorme salão. – Ali a Danielle. Eu acho que o Boyd não se importa com a grana que ela gasta em roupa. Esse vestido pêssego que ela está usando, eu vi no shopping e sei que custa mais de quinhentos dólares.
– Cadê ela? – Os olhos de Hannah percorreram o salão.
– Ali, ao lado do hibisco florido. Ela está ali com um sorrisinho educadíssimo no rosto, esperando o Boyd terminar a conversa com a rainha Judith.

Hannah abriu um sorriso. A irmã tinha passado a chamar Judith Woodley de "rainha Judith" logo depois de começar a namorar Benton.

– Já vi.
– Eu não entendo mulheres como a Danielle. Ela tem um corpão e está sempre se escondendo. Ou o Boyd é ciumento ou ela morre de vergonha do corpo que tem.

Hannah se deu conta de que a irmã tinha razão. Nunca tinha visto Danielle usar nada minimamente revelador. A roupa desta noite não era exceção. O vestido pêssego tinha mangas compridas e gola alta chinesa.

– Você e o Bill podem distrair o Norman um pouquinho? Eu preciso muito conversar com a Danielle.
– Está bem. Mas não demora muito. Se o Norman começar a falar que eu preciso fazer limpeza nos dentes, vou correr para as montanhas.
– Ele não vai falar isso. O Norman não é assim. Ele tem um ótimo senso de humor. É só você conhecer ele melhor que vai passar a gostar dele.
– Se você diz.

Andrea deu de ombros e voltou à mesa enquanto Hannah ia em direção a Danielle. Quando Hannah se aproximou, viu que o treinador Watson estava numa conversa animada com Judith Woodley, e a julgar pela expressão séria de seu rosto,

Hannah imaginou que estivesse tentando arrumar uma doação para comprar novos uniformes para o time.

– Preciso conversar com você, Danielle. – Hannah chegou perto para reivindicá-la antes que o treinador se aproximasse. – Venha ao toalete comigo.

– Mas estou esperando o Boyd. Ele mandou eu ficar aqui e vai ficar bravo se eu sair sem...

– É importante, Danielle – Hannah a interrompeu. – Diga para ele que você precisa retocar a maquiagem ou sei lá o quê.

– Tem alguma coisa errada com a minha maquiagem?

– Não, ela está ótima. Eu só preciso conversar com você sobre um amigo que nós temos em comum.

Danielle a encarou por um momento e ela entendeu.

– Está bem, Hannah. Vou só avisar ao Boyd e acompanho você.

Passado menos de um minuto, Hannah encontrou com Danielle no toalete feminino. Estava com sorte. O ambiente amplo estava deserto e ela passou a tranca na porta.

– Preciso de mais informação, Danielle.

– Mas já contei tudo o que sei. Você não devia trancar a porta, Hannah. Vai que alguém precisa entrar.

– A pessoa espera. Você me disse que esteve com o Ron das onze da noite até as sete e vinte da manhã do dia seguinte.

– Isso mesmo. Estive. Eu falei a verdade.

– Não tenho dúvidas disso, mas preciso que você lembre bem do tempo que passou com o Ron. Você viu alguém? Qualquer pessoa que seja?

– Não. Todos os clientes de entrega domiciliar ainda estavam dormindo e não encontramos ninguém na escola. Foi por isso que eu disse que iria com ele. O Ron jurou que ninguém me veria.

– O Ron em algum momento saiu do seu campo de visão?

Danielle franziu a testa ao pensar.

– Só quando ele estava carregando a caminhonete, mas não tinha ninguém por perto.

– Então o Ron não encontrou ninguém?

– Não, eu acho que... – Danielle se calou e arregalou os olhos. – Espera aí! Depois que o Ron carregou a caminhonete para fazer a rota comercial, ele teve que entrar de novo na leiteria para pegar outra caixa de lápis com o logotipo da Cozy Cow. Ele estava deixando um lápis junto com cada uma das encomendas, era um troço promocional. Quando ele saiu, disse que era melhor o Max ir logo, senão se atrasaria para a Conferência de Fábricas de Manteiga.

– Então o Ron viu o Max? – Hannah sentiu uma pontada de emoção. – Que horas foi isso?

– Seis e quinze. Ron pediu que eu verificasse se ele estava no horário certo. Ele era muito organizado, Hannah. Ele... ele calculava tudo minuto a minuto para não se... se atrasar.

A voz de Danielle ficou embargada e Hannah esticou o braço para lhe fazer um afago no ombro. Danielle não podia chorar agora – não tinham tempo.

– Você está ajudando à beça, Danielle. O Ron ficaria orgulhoso de você.

– Você tem razão. Acho que ficaria mesmo. – Danielle respirou fundo e soltou um suspiro trêmulo.

– Você sabe por que o Max estava na leiteria àquela hora da manhã?

– Ele teve uma reunião no escritório.

– O Max teve uma reunião às seis e quinze da manhã?

– Foi o que o Ron disse. Eu não sei quem estava com ele, Hannah. O Ron não falou.

Hannah respirou fundo. Queria ter tempo para pensar de que forma esse novo dado se encaixava no quadro geral, mas poderia fazer isso depois.

– Tente se lembrar de como estava tudo na leiteria quando o Ron foi até lá para recarregar a caminhonete. Você viu algum carro no estacionamento?

– Eu sei que o carro do Ron estava lá. Foi onde a gente estacionou quando chegou lá, às quatro da madrugada. Não sei depois, Hannah. O estacionamento fica nos fundos, atrás do prédio. Quando o Ron voltou para recarregar a caminhonete, ele parou na lateral do prédio. É lá que fica a plataforma de carga.

– E quando vocês foram embora? Vocês deram a volta no prédio?

Danielle negou.

– Tem espaço para o carro dar meia-volta, e foi isso o que o Ron fez. A gente não passou pelo estacionamento.

– Obrigada, Danielle. – Hannah foi à porta para abrir a tranca. – Você tem ajudado muito.

Danielle deu um sorrisinho tímido a Hannah.

– Eu me sinto péssima por não ter perguntado ao Ron quem estava com o Max no escritório.

– Não faz mal.

– Mas é importante, não é?

– Talvez seja, mas você não tinha como saber. Além do mais, a gente pode perguntar ao Max.

– É verdade. – Danielle ficou bastante aliviada. – É melhor eu voltar para perto do Boyd. E imagino que você tenha que voltar para perto do Norman.

Depois que Danielle saiu, Hannah se sentou em um banco estofado em frente ao espelho e pensou no que tinha descoberto. Ron tinha visto Max às seis e quinze, em reunião com alguém no escritório. Podia ser alguma coisa ou podia não ser nada. Só o tempo diria.

Capítulo 16

Hannah grunhiu ao se aproximar da mesa de Andrea e Bill. Delores e Carrie tinham dado um jeito de achá-los, e as duas mães estavam impacientes. Ela teve vontade de dar meia-volta rumo ao toalete feminino, mas a mãe levantou a mão e fez que não com o dedo. Era tarde demais. Tinha sido avistada.

– Você chegou, querida! – Delores abriu um sorriso. – Já estamos prontos para tirar as fotos.

– Que maravilha. – A resposta de Hannah soou sarcástica até para seus próprios ouvidos, e ela sorriu para atenuar as palavras. Deu uma olhada em Norman. Ele não parecia estar chateado com a futura sessão de fotos, mas talvez fosse uma daquelas pessoas com a sorte de ser fotogênica. Hannah sabia que não era. Nenhum truque de iluminação ou instrução do fotógrafo a deixava bonita na fita da Kodak.

As mães tomaram a dianteira a caminho do outro lado do salão. Norman deixou Hannah para dar o braço à mãe e Bill seguiu o exemplo com Delores. Hannah puxou Andrea um pouquinho para trás para se desculpar.

– Desculpe, Andrea. Não foi minha intenção demorar tanto.

– Não faz mal. Você tinha razão, Hannah. O Norman disse algumas coisas muito engraçadas. A gente estava se divertindo até as mães nos acharem. Elas querem que a gente também pose.

– Que bom. – Hannah ficou muito feliz de ter companhia na desgraça. – Quem sabe você não me deixa bonita por osmose ou coisa assim?

Andrea riu.

– Poxa, Hannah. Você sabe que está linda hoje. Esse vestido ficou tão perfeito em você que fez até o seu cabelo ficar bonito.

– Obrigada... ou não. – Hannah sorriu. Então percebeu que a brigada das mães entrava no corredor que dava no toalete feminino. – Aonde é que elas estão indo?

– Não sei direito. A sra. Rhodes disse que ela achou o cenário perfeito para as fotos. Eu só espero que a gente não entre em algum lugar onde a gente não deveria entrar.

O grupo parou no final do corredor e esperou Hannah e Andrea chegarem. Em seguida, Carrie abriu a porta e gesticulou para que entrassem no ambiente espaçoso forrado de estantes de livros. Tinha um estilo masculino, com sofás e poltronas de couro, uma enorme mesa de madeira e gravuras de caça nas paredes. Havia uma lareira incrível feita de pedra num canto, e Hannah ficou olhando para ela, encantada.

– É o escritório do Del Woodley – Carrie anunciou.

– A gente pode entrar aqui? – Bill estava bastante incomodado. – Assim, não é proibido para os convidados, né?

Carrie negou com a cabeça.

– Eu perguntei para ele, e ele disse que não tinha problema nenhum.

Hannah trocou um olhar divertido com Andrea. A mãe de Norman era muito parecida com Delores. Não só Carrie tinha ido ao único baile formal de Lake Eden com uma câmera como tinha perguntado ao anfitrião se poderia usar um de seus aposentos particulares para tirar fotos.

– Fique ali do lado da lareira com o Bill. – Delores indicou Andrea. – A gente vai primeiro tirar as suas, só para garantir caso o Bill tenha que atender a um chamado.

Hannah ficou olhando a irmã posar com Bill. Em seguida, Carrie resolveu que os dois casais deviam ficar juntos, e Hannah e Norman se juntaram a eles. Foram obedientes na organização – Hannah e Andrea na frente, Norman e Bill atrás, enquanto Carrie fotografava sem parar. Então ela tirou outra série com os quatro enfileirados como soldados, as "meninas" no meio, ladeadas pelos dois "meninos".

– Vamos tirar umas no sofá – Delores sugeriu. – Sempre fica bom.

Hannah aguentou mais fotos, se perguntando quando o filme da mãe de Norman chegaria ao fim. Assim que o martírio acabou, ela teve que puxar Bill para o canto e deixá-lo a par de tudo. Bill estava refazendo os passos de Ron na manhã do assassinato e não sabia que ele tinha entrado na leiteria às seis e quinze e visto Max Turner no escritório. Talvez aquilo não tivesse nada a ver com o assassinato, mas era uma nova informação e Bill poderia interrogar Max quanto à reunião matutina.

– Você me parece distraída, querida. – Delores levantou o dedo para ela. – Se concentre em ficar bonita e diga xis.

– Cheeseburger – Hannah murmurou sem abrir a boca e Andrea deu risada.

– Você está se mexendo, Andrea – Delores avisou. – A Carrie não tem como focar se você ficar se mexendo.

Hannah revirou os olhos no instante em que a mãe de Norman tirou a foto. Será que Delores não sabia que a maioria das câmeras atuais tinha autofoco? Se tivesse que suportar mais um minuto de flashes e advertências sobre sorrisos da mãe, explodiria de raiva.

– Melhor tirar essa de novo. – Delores se virou para Carrie. – Eu acho que a Hannah saiu de olho fechado.

Quando Hannah estava a um triz de se rebelar, Norman se levantou e ergueu as mãos.

– Chega, mãe. Sente no sofá com a sra. Swensen para eu tirar umas de vocês.

– Que bela jogada – Hannah murmurou para Andrea quando foram para um canto e ficaram vendo Norman tirar fotos das mães. – Vamos falar para a mamãe que o batom dela está torto?

Andrea ficou horrorizada com a ideia.

– Não faça isso! Senão ela vai ter que pegar o espelho para arrumar e aí a gente vai gastar mais tempo ainda.

Hannah ia ressaltar que já tinham tirado fotos suficientes para forrar toda a parede dos fundos da loja quando ouviu um bipe baixinho. Virou para Bill e indagou:

– É o seu pager?

Bill tirou o aparelhinho do bolso. Deu uma olhada no visor e fechou a cara.

– Preciso atender.

– Você não vai ir embora, né? – Andrea o segurou pela manga. – A gente ainda nem dançou.

Bill lhe deu um abraço de leve.

– Eu sei, mas o despachante mandou o código de emergência. Onde fica o telefone mais próximo?

– Aqui. – Hannah apontou para o aparelho ao lado do sofá. – Vá logo, Bill. A gente quer saber o que está acontecendo.

Bill discou o número e falou com alguém na delegacia. Hannah escutava sua parte da conversa, mas *Está bem, agora mesmo* e *Vou fazer isso* não lhe diziam muita coisa.

– Houve um acidente grave na interestadual – Bill informou quando desligou o telefone. – Estão chamando todo mundo.

– Eu levo você até lá? – Andrea propôs.

– Não, você fica. Eu pego carona com um dos caras. – Bill lhe afagou o ombro. – Se divirta por mim, combinado?

Ao reparar na expressão chateada no rosto de Andrea, Hannah duvidou que ela fosse se divertir sem Bill, mas a irmã assentiu.

– Combinado, amor. Se cuide. Nos vemos em casa.

Depois que Bill foi embora, eles voltaram para a festa em bando. Hannah tinha visto Norman rebobinar o filme e colocá-lo no bolso e estava curiosa.

– Você vai deixar o filme na loja de conveniência, Norman?

– Não. – Norman balançou a cabeça. – Eu mesmo vou revelar o filme quando chegar em casa. Acabei de terminar meu quarto escuro.

– Você é fotógrafo?

– Sou só um amador. Fui picado por esse mosquitinho quando estava em Seattle. É um bom passatempo. Eu levo as fotos na Cookie Jar amanhã no meu horário de almoço para você ver.

A orquestra tocava quando chegaram no salão de baile e Norman tirou Hannah para dançar. Hannah não podia se recusar sem parecer rude e se pegou aguentando uma valsa agoniante de tão lenta. Norman era, na melhor das hipóteses, um dançarino titubeante, e Hannah queria muito conduzir. Mas como não queria deixar Norman chateado, suportou a dança com um sorriso no rosto.

Quando a dança acabou, Norman a levou de volta para a mesa de Andrea e das mães. Estavam ali, paradas, conversando, quando Hannah avistou Betty Jackson. Queria perguntar se ela sabia da reunião matutina de Max Turner, mas Bill não iria gostar que arrastasse Norman junto.

– Quer dançar de novo, Hannah? – Norman propôs, esticando o braço.

Hannah tentou não estremecer com a ideia. Não queria dançar com Norman outra vez de jeito nenhum. Tentava pensar numa desculpa diplomática quando teve uma ideia brilhante.

– Por que você não chama a Andrea? Eu ouvi ela dizer ao Bill que queria dançar.

– Boa ideia. – Norman se virou para Andrea com um sorriso. – Que tal, Andrea? Quer dançar?

Andrea lançou um olhar magoado para a irmã ao dançar com Norman e Hannah entendeu que precisaria se explicar. Destacaria que dançar com Norman, por pior que fosse, ainda era melhor do que ficar com as mães.

Betty estava perto da orquestra, batendo o pé ao ritmo da música. Parecia estar a fim de dançar, mas era pouco provável que algum dos homens da cidade a chamasse. Betty era o que Hannah e as amigas de escola tinham a indelicadeza de chamar de "peso-pesado". Devia pesar quase 150 quilos e não era conhecida pela graciosidade na pista de dança. Uma vez, o pai de Hannah tinha brincado que um homem precisaria de sapatos de aço para dançar com Betty, e mais de um homem de Lake Eden tinha acabado com o pé machucado depois de uma dancinha obrigatória com ela.

Como sempre, Betty usava uma roupa com listras verticais. Alguém devia ter lhe dito que elas afinavam, e talvez realmente afinassem uma pessoa menos corpulenta. As listras de Betty eram largas naquela noite, e eram verde-escuras e vinho. As cores eram bonitas, o que não impedia Betty de parecer uma tenda de circo. Ao se aproximar dela, Hannah jurou a si mesma que começaria uma dieta e perderia os cinco quilos adquiridos no último Natal.

– Oi, Betty – Hannah cumprimentou com alegria. Como não havia mais ninguém por perto, era óbvio que os homens da cidade temiam por seus pés, e Hannah sacou que jamais teria uma oportunidade melhor do que aquela de interrogar Betty sobre a reunião de Max.

Betty esticou o braço para dar tapinhas no braço de Hannah.

– Você está linda esta noite, Hannah.

– Obrigada. – Hannah sabia que a boa educação mandava retribuir o elogio, mas o que poderia dizer? Então ela viu os sapatos de Betty e achou uma resposta. Adorei os seus sapatos. Ficaram perfeitos com o vestido.

Betty sorriu, aparentemente satisfeita.

– Alguma novidade sobre o pobre coitado do Ron?

– Nada por enquanto. Que bom que encontrei você, Betty. Precisamos conversar sobre o Max.

Betty engoliu em seco e seu rosto empalideceu.

– Eu sabia! Tem alguma coisa errada, não tem?

– Errada? – Hannah ficou confusa. – Por que você acha que tem alguma coisa errada?

– O Max ainda não ligou e essa atitude não é típica dele. Ele é um gerente muito atuante. No ano passado ele me ligava três vezes por dia.

– Não tem nada de errado, pelo que eu sei – Hannah lhe garantiu. – Eu só estava me perguntando se ele já soube do Ron, só isso.

Betty abanou o rosto com a mão.

– Você quase me fez infartar. Eu devo estar imaginando coisas, mas é muito estranho que o Max não tenha ligado. A Shirley, da Mielke Way Dairy, disse que o Gary liga todo dia de manhã.

– O Gary mencionou ter visto o Max na conferência?

– Não. E a Shirley não tem como ligar para perguntar porque o Gary não diz a ela onde está hospedado. – O rosto de Betty se encrespou num sorriso largo e ela chegou mais perto de Hannah. – O Gary é solteiro e essa é a grande chance que ele tem de se divertir um pouquinho, se é que você me entende. Pelo menos é isso o que a Shirley acha.

– A Shirley deve ter razão. Você acha que o Max está fazendo a mesma coisa?

– O Max? – Betty ficou completamente pasma. – Se você conhecesse ele como eu conheço, nem cogitaria essa possibilidade. O Max só tem dois prazeres na vida: dinheiro e mais dinheiro.

Hannah soltou uma risada conveniente, embora já tivesse ouvido esse comentário sobre Max milhões de vezes.

– Você sabia que o Max teve uma reunião cedinho, na quarta-feira, no escritório dele?

– Teve? – Betty pareceu genuinamente surpresa. – Mas ele ia embora às cinco e meia, e esse horário é tenebroso para alguém fazer uma reunião. Você tem certeza?

– Foi o que eu ouvi dizer.

Betty refletiu um pouco e deu de ombros.

– Tudo é possível, principalmente se tem a ver com dinheiro. Eu sei que o Max esteve no escritório cedinho. Pediram que ele fizesse a palestra de abertura e eu datilografei a fala dele na noite de terça. Deixei os papéis na minha mesa e eles não estavam mais lá quando cheguei na manhã seguinte.

– Tem certeza de que foi o Max quem pegou?

– Absoluta. Ele deixou um bilhetinho lembrando que eu precisava encomendar pastas novas para o arquivo.

Hannah resolveu não contar a Betty que Max ainda estava na leiteria às seis e quinze. Esse fato só serviria para preocupá-la.

– Você tentou ligar para o Max na conferência?

– Claro que tentei. Me disseram que ele não está hospedado no Holiday Inn, mas eu nem imaginava que ele estivesse lá. O Max é muito exigente e detestou a suíte do ano passado. Ficava ao lado da máquina de gelo.

– E os outros hotéis da cidade?

– Eu liguei, mas todos dizem que ele não está hospedado.

– O Max não poderia estar dividindo o quarto com alguém?

– O Max? – Betty riu com tanta força que os seios grandes balançaram. – O Max não é do tipo que divide. Ele sempre fica sozinho.

– Você pediu que chamassem ele pelo alto-falante da conferência?

– Claro que pedi. Hoje tem um banquete grandioso e eu liguei antes de sair de casa. O Max não me atendeu.

Hannah franzia a testa à medida que uma ideia se formava em sua cabeça.

– O Max foi dirigindo sozinho até Wisconsin?

– Foi. O Gary Mielke pediu para ir de carona com ele, mas o Max não quis. E se você está achando que ele sofreu um acidente, eu já verifiquei com as patrulhas das duas estradas e não houve acidente nenhum. Eu realmente acho que ele já deveria ter ligado a esta altura e estou preocupada.

Hannah ficou preocupada com Betty e se perguntou se Max teria ao menos chegado à conferência.

– Você disse que o Max não quis dar carona a Gary Mielke. Você sabe por quê?

– Sei, mas não posso contar. – Betty começou a girar a alça da bolsa vinho, um grande sinal de incômodo. – É... hmm... sigiloso.

– Se você quer que eu tente achar o Max para você, é melhor me contar. Prometo não falar para ninguém.

– Está bem, Hannah. – Betty girou a alça da bolsa outra vez e Hannah ficou pensando se a tira fina de couro não ia se partir. – A Mielke Way é a nossa maior rival, e o Max está tentando dar um jeito de assumir o controle das operações do Gary. É por isso que ele não queria dar a carona.

– Então o Gary não sabe dos planos do Max?

Betty lhe deu um olhar que gritava "*sua idiota*".

– O Max só fala das coisas depois que o acordo já está fechado. É assim que ele age.

– Mas o Max falou para você?

– Não exatamente. Eu por acaso peguei a extensão no meu escritório quando o Max estava discutindo com uma firma de empréstimos a compra da promissória de um dos empréstimos do Gary.

Hannah não acreditou que Betty tivesse pegado a extensão por acaso. Betty era fuxiqueira e por isso era um contato tão valioso.

– O Max já tinha feito alguma coisa parecida?

– Está de brincadeira? Ninguém fica rico que nem o Max vendendo creme de leite e manteiga.

– Como é que você tem certeza?

– Não dá para ficar vinte anos trabalhando para um homem sem pescar uma palavra aqui e outra ali. O Max é um tubarão no que diz respeito a comprar empresas, executar hipotecas e lucrar muito com elas.

Hannah ia fazer outra pergunta quando viu Andrea lhe acenando. Fez um afago no braço de Betty e pediu desculpas.

– A Andrea está me esperando e eu tenho que ir. Obrigada, Betty.

– Mas e o Max? Você acha que ele está bem?

– Eu vou descobrir – Hannah prometeu, e em seguida ponderou rapidamente os novos fatos descobertos. Ron tinha visto Max na quarta de manhã e agora Ron estava morto. E era para Max estar na Conferência de Fábricas de Manteiga, mas ninguém o tinha visto e ele não tinha telefonado. Será que Max tinha baleado Ron e fugido do país? Era uma possibilidade evidente. Também era plausível que Max estivesse se escondendo na conferência e ligasse para Betty quando a agitação passasse. Se Max acreditasse estar a salvo, talvez até voltasse à cidade de cara lavada e se fingisse de chocado e pesaroso quanto ao crime que tinha custado a vida de Ron.

– O que foi, Hannah? – Betty estava aflita.

– Estava só pensando. Quando é que o Max volta?

– Na terça à noite.

Se Max decidisse ligar, Betty poderia lhe contar das perguntas que ela tinha feito. Ele ficaria de sobreaviso e embarcaria no primeiro avião rumo a terras estrangeiras. Hannah não podia permitir que isso acontecesse. Precisava manter Betty de boca calada de uma forma ou de outra.

– Acabei de me dar conta de uma coisa, Betty. É melhor você não mencionar que conversou comigo. Se o Max souber que a gente andou falando dele, vai ficar muito chateado.

– É verdade – Betty concordou.

– Se ele ligar, não mencione que eu falei da reunião para você. Ele vai achar que andei bisbilhotando a vida dele. Estou preocupada com o seu emprego.

– Você tem razão, Hannah! – Betty arregalou os olhos. – O Max me demitiria se achasse que eu ando fazendo fofoca sobre ele, mesmo que isso não seja verdade!

– Exatamente. Se alguém perguntar do que a gente estava falando, diga que a gente estava só batendo um papo furado sobre o bufê. Eu vou dizer a mesma coisa.

– Obrigada, Hannah. – Betty parecia muito grata. – Não quero arriscar meu emprego de jeito nenhum. Eu amo trabalhar na leiteria. Minha boca é um túmulo... pode ter certeza disso.

– A minha também. – Hannah se afastou, segura de que Betty não comentaria sobre a conversa. Ela também tinha acabado de descobrir uma nova ferramenta maravilhosa de intercâmbio social. Era a intimidação, e ela funcionava. E se o olhar furioso de Andrea era indício de alguma coisa, Hannah sabia que ela mesma tomaria uma dose de seu veneno.

Andrea suspirou ao atravessarem o corredor juntas. Continuava infeliz por ter sido largada dançando com Norman por tanto tempo, mas quando Hannah cochichou que estava fazendo trabalho de campo para Bill, Andrea se acalmou um pouco.

– Eu continuo sem acreditar que você deixou o Norman conversando com as irmãs Hollenbeck. Você sabe muito bem que elas não vão passar menos de quinze minutos tagarelando no ouvido dele.

– Eu estou contando com isso. O Norman disse que queria que eu apresentasse ele a possíveis pacientes, e a Marguerite me pareceu interessadíssima em clarear os dentes. Se ela fizer o clareamento, vai contar para as amigas todas da igreja e elas vão fazer igualzinho.

– O banheiro feminino é aqui. – Andrea parou em frente à porta.

– Eu sei, mas foi só desculpa. Preciso que você dê um telefonema para mim, Andrea. Você é muito melhor de lábia do que eu.

– Você pode repetir o que acabou de dizer? – Andrea riu e Hannah entendeu que os últimos resquícios de raiva tinham sumido. – Para quem eu vou ligar?

– Para o Holiday Inn de Eau Claire, Wisconsin. É onde estão fazendo a Conferência de Fábricas de Manteiga dos Três Estados.

– Você quer que eu fale com o Max Turner? – Andrea estava muito relutante. – Não acho uma boa ideia, Hannah. O Bill ainda não falou com ele e ele não está sabendo do Ron.

– Não quero que você fale com o Max. Quero que você ponha o Gary Mielke, da Mielke Way Dairy, na linha. Preciso que ele me dê algumas informações.

Andrea ficou desconfiada.

– O Bill sabe disso?

– Não. Acabei de descobrir uma coisa com a Betty e tenho que confirmar com o Gary.

– Mas era para você... Quer dizer, o Bill não devia ser quem...

– O Bill não está aqui e eu estou – Hannah interrompeu. – Pode ser importante, Andrea. Não posso ficar esperando o Bill voltar de onde o acidente aconteceu. Vamos usar o telefone do escritório do Del. É reservado e os Woodley podem muito bem pagar uma ligação interurbana para Wisconsin.

Andrea pensou um instante.

– Está bem, eu ligo. O Bill sempre diz que com a minha lábia eu convenço qualquer um a fazer qualquer coisa.

Hannah tomou a dianteira a caminho do escritório e acomodou Andrea atrás da mesa de Del Woodley. Depois se instalou no sofá e ouviu a irmã convencer o recepcionista do hotel a sair de seu posto para ir atrás de Gary Mielke. Bill tinha razão. Andrea conseguiria induzir qualquer um a fazer qualquer coisa, e saber disso tirou um peso enorme dos ombros de Hannah. Talvez Bill até quisesse que Andrea largasse o emprego, mas a irmã usaria a lábia para que ele a deixasse continuar negociando imóveis.

Capítulo 17

Hannah estava com a cara fechada quando chegou ao salão com Andrea. As descobertas confirmavam suas desconfianças. Max Turner não estava na Conferência de Fábricas de Manteiga. Ele daria a palestra de abertura, mas não tinha comparecido e Gary Mielke o substituíra. Gary tinha chegado no Holiday Inn na noite de terça-feira para encontrar alguns amigos. Tinha saído tarde para jantar e passado a noite com "outras pessoas". Hannah não perguntou se essas "outras pessoas" eram homens ou mulheres. Não tinha importância. A questão é que Gary Mielke tinha um álibi e era impossível que tivesse algo a ver com o sumiço de Max ou o assassinato de Ron.

– Vamos logo, Hannah. – Andrea lhe deu o braço. – A gente precisa salvar o Norman das irmãs Hollenbeck antes que ele fique louco.

– Eu sei. Eu só queria poder ir para casa e ficar matutando. Alguma coisa está me escapando.

– Depois. Eu vou junto e você me conta suas teorias. O Bill vai chegar tarde em casa, de qualquer forma.

– Como é que você sabe? – Hannah se virou para ela, surpresa.

– O reverendo Knudson me disse.

– Como é que *ele* sabe?

– O xerife Grant bipou ele há uns minutos. Falou que algumas das vítimas do acidente precisavam de assistência espiritual.

– Ih. – Hannah estremeceu. – Eles só chamam o reverendo quando a coisa está feia.

– Pois é. O xerife Grant chamou *os três*. O reverendo Knudson está indo para lá, e o padre Coultas e o reverendo Strandberg pegaram carona com ele.

Hannah entendeu que devia ter sido um engavetamento enorme. Só um desastre dessa magnitude faria os três clérigos da cidade entrarem no mesmo carro. O padre Coultas não falava com o reverendo Knudson desde a vitória dos luteranos sobre os católicos em uma partida de softball, e o reverendo Strandberg tinha sido denunciado pelos outros dois, em seus círculos pessoais, como um fanático religioso.

Encontraram Norman ainda conversando com as irmãs Hollenbeck. Ele fez um gesto para que esperassem só um instante e se voltou para Marguerite.

– Vejo você amanhã às dez, srta. Hollenbeck. Tenho certeza de que vai ficar satisfeita com essa técnica nova. É completamente indolor, e você vai sair do consultório tão linda que sua irmã não vai nem reconhecer você.

Hannah aguardou até que ganhassem distância e se virou para Norman.

– *Sua irmã não vai nem reconhecer você*?

– Eu sei. Talvez eu tenha pegado meio pesado, mas sei que ela vai ficar feliz. Então, que tal você aparecer para fazer...

– Pode esquecer, Norman – Hannah o interrompeu. – Eu sei que você está nessa tentativa de recrutar clientes, mas nem tente. Que tal a gente ir lá no bufê antes que eles guardem tudo?

Andrea, captando a tentativa de Hannah de desviar o assunto da odontologia para a comida, concordou.

– Boa ideia. Eu comi um pouquinho com o Bill, mas já estou com fome outra vez.

Norman deu o braço a Hannah.

– Por mim, tudo bem. Minha mãe está numa onda de ser saudável e não cozinha mais nada além de frango e peixe. Se eu não comer carne vermelha logo, vou perder todos os meus músculos fabulosos.

Andrea deu uma gargalhada gostosa e depois deu o braço a Norman.

– Sabe de uma coisa? Estou começando a gostar de você, Norman.

– É o que todo mundo diz. – Norman ficou cheio de si. – Minha tendência é ir conquistando as pessoas aos poucos.

– Feito mofo? – tanto Hannah como Andrea disseram em uníssono antes de cair no riso com Norman.

Enquanto enchia o prato de comidas diversas, Hannah ponderava os novos fatos descobertos durante a noite. Gary Mielke tinha lhe dito que fazer a palestra de abertura era uma honra e que Max jamais perderia essa oportunidade de livre e espontânea vontade. Gary também lhe disse que tinha procurado Max ao perceber que o crachá dele ainda estava na cabine da recepção. Como era impossível entrar em qualquer um dos encontros sem o crachá, supôs que Max estivesse doente e por isso não tivesse comparecido.

Hannah seguiu Norman e Andrea até uma mesa e começou a comer. Enquanto isso, pensou no que tinha acontecido na manhã do assassinato de Ron. Ele tinha visto Max em uma reunião às seis e quinze. Tinha até mencionado esse fato a Danielle. Mas essa tinha sido a última vez que alguém tinha visto o dono da Cozy Cow Dairy. Ela precisava descobrir quem tinha se reunido com Max, o que parecia impossível.

Andrea e Norman conversavam enquanto comiam, mas Hannah estava em silêncio. Estava ocupada demais pensando onde estaria Max. Realmente não sabia muita coisa sobre a vida pessoal dele e não sabia nem se tinha amigos. Precisava se lembrar de perguntar isso a Betty.

Hannah acabou de comer e limpou a boca com o guardanapo. Baixou os olhos para o prato e se surpreendeu ao ver que não tinha sobrado nem uma migalha.

— Você deve ter adorado esse bacalhau com patê de tomate — Andrea comentou, reparando no prato vazio de Hannah.

— Era bacalhau? — Hannah fez careta. Nunca tinha gostado de bacalhau e tinha horror a patê de tomate. — Achei que fosse gelatina!

Norman ficou encafifado.

— Você parece preocupada, Hannah. Está acontecendo alguma coisa?

— Não, não está acontecendo nada. — Hannah entendeu que precisaria dar uma explicação. Não queria que Norman pensasse que não estava curtindo sua companhia. — Eu estava pensando no Max. Preciso muito falar com ele.

— O Max Turner? — Norman a encarou, sobressaltado. — Aconteça o que acontecer, não feche nenhum acordo comercial com esse cara!

— Por quê? — Hannah ficou intrigada com o tom raivoso na voz de Norman.

— Ele comeria você viva! Eu poderia contar várias histórias de... — Norman se calou e ficou constrangido. — Desculpe. São águas passadas, mas ainda morro de ódio sempre que escuto o nome desse cara.

Hannah esticou o braço para tocar na manga da camisa de Norman.

— Conte para a gente, Norman.

— Meu pai pegou um dinheiro emprestado com o Max Turner e esse foi o maior erro que ele cometeu na vida. Ele tinha montado o consultório fazia pouco tempo e precisava montar a segunda sala de exames. Equipamento odontológico é um negócio caríssimo e ele não tinha grana para isso.

— Por que o seu pai não foi ao banco pedir um empréstimo empresarial? — Andrea questionou.

— Ele foi, mas ouviu que não estava no ramo há tempo suficiente para estabelecer uma base de lucro. O Max Turner disse que aceitava a casa dos meus pais como garantia, embora eles tivessem acabado de comprá-la e ainda não tivessem quitado nem o valor de mercado do imóvel. Ele falou que bastava eles converterem a hipoteca à de quinze anos e pagar todas as parcelas da casa. Ele chegou a oferecer um empréstimo só com juros sobre o custo do equipamento, amortizando o valor com pagamentos mais altos sempre que eles tivessem um mês bom.

Andrea estremeceu.

– Ih. Eu sei uma coisa ou outra sobre empréstimos, e esse aí era bom demais para ser verdade.

– E era mesmo, mas meus pais não sabiam. Meu pai acreditou no Max quando ele disse que queria incentivar novos negócios em Lake Eden e que a cidade estava mesmo precisando de outro dentista.

– O que foi que aconteceu? – Hannah indagou, apesar de já imaginar como a história acabava. Betty tinha falado que Max era um tubarão.

– O Max esperou meus pais estarem a um ano de quitar a casa. Então ele exigiu o valor inteiro do empréstimo.

– Isso é lícito? – Hannah perguntou.

– É. Tinha uma cláusula que autorizava o Max a exigir o pagamento antecipado do empréstimo. E como era um empréstimo pessoal, as regras normais não se aplicavam.

– Que horror, Norman. – Andrea estava com uma expressão bastante solidária. – Mas a sua mãe ainda é dona da casa, não é?

– É, sim. O papai me ligou em pânico e disse que era possível que perdessem a casa e os negócios. Eu estava trabalhando numa clínica odontológica grande de Seattle na época e consegui um empréstimo por meio da cooperativa de crédito. Mandei o dinheiro e eles pagaram o Max um dia antes de o prazo vencer.

Hannah ficou enojada. *Tubarão* era uma palavra amena demais para Max Turner. Ficou pensando quantos moradores de Lake Eden Max teria quase levado à ruína. Tinha a sensação de que tudo isso tinha alguma coisa a ver com o assassinato de Ron, mas não conseguia entender como as peças se encaixavam.

– Vocês não vão contar isso a ninguém, né? – Norman pediu. – A minha mãe ainda tem vergonha dessa história. Ela cairia morta se alguém descobrisse que eles foram ingênuos a esse ponto.

– Não vamos contar – Hannah prometeu. – Agora isso é assunto encerrado. Ninguém precisa saber.

Norman estava aliviado ao se levantar e arredar a cadeira.

– Vocês me deem licença, mas é melhor eu dançar com a minha mãe. Ela me fez jurar que tiraria ela para dançar. E como sou um cara muito legal, vou dançar com a mãe de vocês também.

– Norman? – Hannah se levantou e pegou o braço dele. – Você ficaria muito chateado se eu fosse embora agora? Preciso fazer uma coisa que não pode esperar. Você pode ficar. A Andrea me leva para casa.

– Está bem. – Norman não parecia arrasado, e isso feriu um pouco o ego de Hannah. – Tem alguma coisa a ver com o assassinato do Ron? – ele perguntou.

– Tem, sim. Desculpe, mas não posso falar mais nada.

– Vá lá, Hannah, mas é bom a gente pensar numa ótima desculpa para as nossas mães. Eu estou achando que uma dor de cabeça não vai dar conta.

– Que tal uma enxaqueca? – Andrea sugeriu. – Enxaqueca sempre dá certo para mim.

Hannah negou com a cabeça.

– Eu não tenho enxaqueca e a mamãe sabe disso.

– Não, mas eu tenho. – Andrea se virou para Norman. – É só você dizer para as nossas mães que eu estava tão mal que implorei para a Hannah me levar para casa e ficar comigo até o Bill chegar.

– Essa vai dar certo – Norman disse. – Mas e se ela ligar e você não estiver em casa?

– Não faz mal. – Andrea estava com uma expressão triunfante. – A mamãe sabe que sempre que estou com enxaqueca eu desligo o telefone. Eu já falei para ela que não aguentava o toque do aparelho.

Norman deu tapinhas nas costas de Andrea.

– Que esperteza. Acho que vocês vão sair ilesas dessa. Eu vou atrás das nossas mães e falo com elas.
– Norman? – Hannah se lembrou da etiqueta a tempo. – Obrigada por essa noite maravilhosa. Eu me diverti à beça.
– Eu também. É melhor você ir logo, Hannah. E pegue o braço da Andrea para fingir que você está ajudando ela. As mães estão vindo aí e elas parecem estar prontas para a guerra.

Andrea se sentou atrás do volante e elas percorreram o longo e sinuoso acesso para carros. Quando chegaram na entrada do casarão, ela se virou para Hannah.
– Para onde a gente vai?
– Para a minha casa. Você pode me deixar lá.
– Deixar lá? – Andrea freou com força e o carro deslizou até parar do começo da pista. – Como assim, *deixar lá*?
Hannah suspirou. Tinha despertado o interesse de Andrea pelo caso de Bill e devia ter imaginado que isso lhe traria problemas.
– Tenho que fazer uma coisa que pode ser arriscada. Não quero você metida numa enrascada.
– Mas tanto faz se *você* se meter em uma enrascada?
– Claro que não. Eu vou tomar cuidado. Mas você tem marido e filha. Você tem que pensar neles.
– Eu *estou* pensando neles e vou junto. – Andrea a olhava com raiva. – A gente está falando da promoção do Bill. Se eu tiver como ajudar, vou ajudar.
– Mas, Andrea... você sabe que o Bill ficaria...
– Eu me entendo com o Bill – Andrea a interrompeu. – Bem, para onde a gente está indo?
Hannah suspirou e entregou os pontos. Não tinha como enfrentar Andrea quando ela cismava com alguma coisa, e essa cisma era colossal.
– Primeiro a gente vai trocar seu carro pelo meu Suburban. Eu tenho duas lanternas daquelas grandonas no porta-malas. Depois a gente vai na casa do Max Turner.

– Por que a gente vai lá?
– Porque o Max não foi para a conferência quando tinha que ir. Ele ainda estava no escritório às seis e quinze, numa reunião com alguém. O Ron viu eles.
– E daí?
– E daí que o Max não tem um álibi para a hora da morte do Ron. A gente sabe que ele não estava na conferência e ninguém o vê desde as seis e quinze da manhã de quarta-feira.
– Entendi. Você acha que o Max matou o Ron e depois fugiu. Mas por que o Max mataria o Ron?
– Pense no que o Norman acabou de nos contar que você vai ter um motivo plausível.
Andrea ficou calada por um instante.
– Entendi. Você acha que o Ron ouviu o Max fechar algum acordo comercial esquisito? E o Max seguiu e matou o Ron para que ele não contasse a ninguém? Mas como é que você sabe que o Ron viu o Max?
Hannah franziu a testa. Deveria ter imaginado que Andrea faria essa pergunta.
– Minha informante me disse.
– Sua *informante*?
– Na verdade, ela é mais uma testemunha. A mulher do batom rosa me contou. Ela não viu o Max nem a outra pessoa, mas quando o Ron voltou para a caminhonete, ele comentou que o Max estava no escritório, em reunião com alguém.
Andrea passou um tempão olhando para fora através do para-brisa e depois se virou para Hannah com a testa franzida.
– Tem uma coisa que eu não entendo. O Norman disse que aquilo que o Max fez era lícito. Por que o Max mataria o Ron se os acordos comerciais dele fossem lícitos?
– Não sei – Hannah confessou. – O que eu *sei* é que a gente precisa revistar a casa do Max.
Andrea pisou no acelerador.
– Você está coberta de razão. Sua casa primeiro?
– Isso.

Elas foram até o condomínio de Hannah. Não tinham percorrido nem dois quilômetros quando Andrea caiu na gargalhada.

– Qual é a graça? – Hannah perguntou.

– Você. Revistar a casa do Max não vai ser nada arriscado. O Max não é burro. Se ele for o assassino do Ron, não vai estar escondido lá, esperando alguém juntar as peças e aparecer para prendê-lo.

– É verdade.

Andrea tirou os olhos da pista para lhe lançar um olhar curioso.

– Então por que você disse que seria arriscado?

– Porque a casa do Max vai estar trancada a sete chaves e o Bill vai matar a gente se formos presas por arrombamento.

Capítulo 18

Hannah dobrou a esquina e entrou na via de acesso, passando em frente à Cozy Cow Dairy nesse trajeto. O imenso edifício de blocos de concreto estava deserto àquela hora da noite e sua tinta branca reluzia sob o clarão de milhares de watts das lâmpadas instaladas nos postes de seu perímetro. As luzes de segurança eram desnecessárias. Nenhum ladrão sensato invadiria uma leiteria para furtar manteiga ou barris de creme de leite, mas Hannah imaginava que Max tivesse conseguido um desconto no seguro ao providenciar a iluminação do prédio.

– Este lugar é assustador à noite. – A voz de Andrea tremia um pouco, e Hannah desconfiou de que a irmã tivesse mudado de ideia sobre o pedido para acompanhá-la. – O Max não tem turno da noite?

– Não. Os funcionários só têm serviço depois que os carros-tanques chegam das fazendas, de manhã. Só quem chega antes das sete e meia são os entregadores.

– Estou me sentindo meio ridícula vestida desse jeito. – Andrea olhou para o moletom preto e o jeans que Hannah tinha insistido que ela vestisse. – Sua calça fica larga demais em mim. Tive que dobrar a barra três vezes e usar um alfinete na cintura. E esse moletom de capuz está com cheiro de que acabou de sair do lixo. Por que a gente precisava botar essa fantasia de ladrão, hein? A casa do Max fica a quase um quilômetro da estrada. É impossível alguém ver a gente.

— Desculpe, Andrea. Meu guarda-roupa não é tão variado quanto o seu. Essas roupas eram as únicas que eu tinha que meio que cabiam em você, e achei que você não quisesse ficar de vestido de festa.

Andrea soltou um suspiro profundo.

— Você tem razão. É que estou um pouco nervosa, só isso. Eu não paro de pensar que o Bill vai ficar bravo se nós formos pegas.

— Não vamos ser. Eu já disse, se a gente tiver que arrombar o prédio, deixa que eu arrombo. E se o pior acontecer, você pode falar para ele que tentou me impedir, mas eu não quis escutar.

— Ele vai adorar a justificativa. — Andrea suspirou de novo e estremeceu quando se depararam com um sulco na pista. — Com a grana que o Max tem, seria de imaginar que ele nivelasse a entrada do prédio de vez em quando.

Elas ficaram mais um minuto em silêncio. Ao se aproximarem da casa de Max, Hannah apagou os faróis do carro e percorreu o resto do caminho somente com a luz do luar.

— Ele não deve estar por aí. Não tem luz nenhuma acesa — Andrea sussurrou quando Hannah parou em frente à garagem de Max e desligou a ignição. — Eu bem que falei que o Max não estaria em casa.

— Eu não achava que ele estaria, mas vou tocar a campainha só por desencargo de consciência.

— E se alguém atender? — Andrea parecia amedrontada.

— Quem?

Andrea teve um calafrio.

— Sei lá. Alguém.

— Aí eu penso no que dizer. — Hannah desceu do Suburban e foi até a campainha, desejando ter a autoconfiança que demonstrava. Se Max atendesse, teria que dar muitas explicações. No entanto, Max não atendeu e Hannah voltou para o carro com um sorriso no rosto. – Não tem ninguém. Vamos, Andrea. Vamos dar uma olhada na garagem. A gente espia pela janela.

– Como? – Andrea saltou do Suburban e olhou para as janelas estreitas que formavam uma faixa no alto do portão da garagem. – Elas são altas demais para nós.

– Isso não é problema. – Hannah subiu no capô do Suburban e com um gesto pediu que Andrea lhe passasse a lanterna. Apontou o feixe potente para a faixa de janelas e o que viu a deixou boquiaberta.

– O que foi? – Andrea sussurrou. – O que é que tem lá dentro, Hannah?

Hannah desceu tentando não aparentar a surpresa que sentia.

– O carro do Max está aí.

– Se o carro dele está aí, ele deve estar em casa! – Andrea ficou tão perplexa que esqueceu de sussurrar. – Vamos cair fora, Hannah!

O instinto de Hannah de fugir dali era tão forte quanto o da irmã, mas era superado pelo senso de dever.

– A gente não pode ir embora assim. Se o Max está aí, pode ser que esteja doente, ferido ou... coisa pior.

Andrea arfou e Hannah soube que ela tinha entendido a referência a "coisa pior".

– Largue de ser boba, Hannah. Vamos chamar o Bill.

– Vá você. A chave está na ignição. Eu vou entrar para ver como o Max está.

– Ma... mas... – Andrea começou a gaguejar e Hannah se deu conta de que estava apavorada. – Eu não posso deixar você aqui sozinha, Hannah. E se o Max estiver morto e o assassino dele estiver aí dentro?

– Se o Max estiver morto, o assassino já está bem longe daqui. Tenha um mínimo de bom senso, Andrea. Se você matasse alguém, passaria dois dias inteiros em casa com ele?

– Não – Andrea admitiu. – Mas é impossível não ter a sensação de que alguma coisa muito ruim vai acontecer. Lembra do Charlie Manson?

– Isso foi na Califórnia. Fique aqui de vigia por mim. Se algum carro chegar perto da entrada da casa, você toca a campainha.

– De jeito nenhum, Hannah. Não quero ficar aqui sozinha.

– Então você vem comigo. – Hannah sabia que estavam desperdiçando um tempo precioso. – Decida logo, Andrea. Eu vou entrar.

– Eu vou com você. É melhor do que ficar aqui fora sozinha. Como é que a gente vai entrar?

– Eu ainda não sei. – Hannah recuou para avaliar a casa. Não havia um jeito fácil de entrar. – Acho que vou ter que quebrar a janela.

– Não faça isso. O Bill diz que muita gente deixa aberta a porta que liga a garagem à casa e é assim que os ladrões entram. Quem sabe o Max não deixou ela destrancada?

– Que bom, mas como é que a gente vai entrar na garagem do Max sem o controle remoto? A porta da garagem dele é automática. Eu vi o aparelhinho quando olhei lá dentro.

– Eu sei como. – Andrea estava cheia de si. – Uma vez o nosso controle remoto não estava funcionando e eu vi o que o Bill fez. Ele puxou a maçaneta com muita força e o portão deslizou um pouquinho, o suficiente para eu entrar me arrastando. Acho que puxando juntas a gente consegue.

– Vale a tentativa. A gente acha alguma coisa para escorar o portão depois de levantar ele.

– Que tal essas caixas? – Andrea indicou os caixotes de madeira para leite à moda antiga amontoados num canto do acesso da garagem.

– Vai servir. – Hannah foi pegar um caixote. Ela o deixou do lado do pé e depois segurou a maçaneta da porta da garagem. – Vem cá me ajudar a levantar. Se a gente conseguir abrir a porta, eu chuto o caixote com o pé.

Precisaram de algumas tentativas, mas conseguiram abrir quase trinta centímetros de porta. Hannah a manteve aberta com o caixote de leite e deu um passo para trás para analisar a fresta.

– É muito pequena. Acho que não dá para a gente passar.
– Eu passo. – Andrea parecia amedrontada, mas conseguiu sorrir para Hannah. – Eu visto 36. É só você me passar a lanterna depois que eu entrar.

Hannah ficou olhando a irmã se esticar na entrada da garagem, num canto da porta, onde a abertura era maior, e se arrastar até o outro lado. Andrea não queria arrombar a casa, mas lá estava ela, invadindo a garagem escura.

– Pronto, estou dentro. – Andrea enfiou a mão para fora. – Passe a lanterna.

Hannah a entregou e ficou observando a luz enfraquecer à medida que Andrea adentrava a garagem. Alguns instantes depois, a porta da garagem começou a se abrir suavemente e Hannah entrou.

– Hannah? – Andrea apontou o carro de Max com o feixe de luz da lanterna. – Acho melhor você dar uma olhada nisso.

Por um instante Hannah não entendeu do que a irmã estava falando. Não parecia haver nada errado com o Cadillac novo de Max. Mas então ela reparou que havia um saco transparente de roupa pendurado no gancho do banco de trás. Duas malas estavam ao lado do carro, como se alguém tivesse planejado colocá-las lá dentro depois, e havia uma pasta no banco do carona.

– O Max estava colocando as coisas no carro, mas não terminou a tarefa. – Andrea apontou para as malas.

– Porque alguma coisa ou alguém o impediu – Hannah enunciou a conclusão óbvia. Max pretendia ir à Conferência de Fábricas de Manteiga. Seus ternos estavam pendurados no saco transparente, as malas estavam prontas para serem colocadas no porta-malas e a pasta estava no banco. – Acenda a luz da garagem, Andrea.

Quando a garagem foi inundada de luz, Hannah deu a volta no Cadillac e abriu a porta do carona. Viu a pasta de Max e respirou fundo. A carteira dele estava ali dentro e ela a pegou.

– Você acha mesmo que é uma boa ideia bisbilhotar os objetos pessoais dele?

Hannah se virou para lhe lançar um longo olhar demolidor.

– Por que não? Você não parecia incomodada com isso no consultório do Norman.

As bochechas de Andrea ficaram vermelhas e ela calou a boca. Não deu mais nem um pio quando Hannah abriu a carteira e contou quanto dinheiro tinha.

– Mil e duzentos em dinheiro, carteira de motorista e um porta-cartões recheado – Hannah enumerou.

– Então o Max não matou o Ron e fugiu. – Andrea parecia muito segura do que dizia. – Ele poderia até deixar os cartões de crédito e a carteira de motorista, principalmente se tivesse medo de ser rastreado. Mas o dinheiro? O dinheiro ele teria levado.

– Você tem razão. – Hannah folheou a papelada guardada na pasta e pegou a programação da Conferência de Fábricas de Manteiga. Uma linha marcada em amarelo dizia: *Palestra de abertura de Maxwell Turner: 10h.*

– Veja isso, Andrea.

Andrea fitou a linha destacada.

– A palestra que o Max não fez.

– Eu queria saber onde ela está. – Hannah franziu a testa. – A Betty falou que trabalhou até tarde na terça datilografando o texto. Ela deixou em cima da mesa para o Max e os papéis não estavam mais lá quando ela chegou, na manhã de quarta.

Andrea ficou confusa.

– Não está na pasta do Max?

– Não. Vamos dar uma olhada na casa.

A impressão era de que a última coisa que Andrea queria na vida era entrar na casa de Max.

– A gente tem que entrar?

– Eu acho que sim. O Max pode ter deixado para trás alguma coisa que nos dê uma pista de onde ele está.

– Certo – Andrea concordou apesar da relutância. – Você não acha melhor a gente se armar, só para garantir?

– Boa ideia. – Hannah pegou um martelo de unha da bancada junto à porta e deu a Andrea um martelo de borracha.

Os martelos não seriam páreo para um assassino armado, mas tinha quase certeza de que não havia ninguém dentro da casa. Se a atitude de se munirem de ferramentas de carpintaria deixava Andrea mais segura, Hannah não via problema nisso.

Hannah tentou girar a maçaneta da porta que ligava a garagem à casa, mas ela não se abria.

– Ah, que ótimo! O Max *trancou* a porta. Vê para mim se as chaves dele não estão no Cadillac? Tenho a impressão de que vi elas na ignição.

Andrea foi correndo ao Cadillac e voltou com as chaves. Ela as entregou a Hannah e ficou olhando a irmã abrir a porta.

Hannah entrou na cozinha, acendeu a luz e se sobressaltou um pouco ao topar com a geladeira.

– Bela cozinha. Acho que o Max tem uma queda por vacas.

Todos os puxadores redondos do conjunto de armários da cozinha eram pintados de preto e branco feito uma vaca holandesa. Havia uma coleção de vaquinhas de porcelana em poses diversas nas prateleiras da estufa para plantas acima da pia e um enorme prato com borda de vacas saltitantes pendurado acima do fogão. Havia ímãs de vacas na porta da geladeira, uma cremeira e um pote de açúcar de vaquinha na mesa e um pote de biscoitos de vaca na bancada. Um cão de pastoreio ficaria doido na cozinha de Max com todas aquelas vacas.

– É um pouco exagerado para o meu gosto – Andrea comentou –, mas acho que o Max precisava fazer algo com o monte de coisas de vaca que ganha das pessoas. Esse é o problema de fazer coleção. Quando as pessoas descobrem que você anda colecionando uma coisa, elas não perdem a chance de dar o troço de presente para você.

Havia um cheiro estranho de queimado na cozinha e Hannah reparou que a luz vermelha da cafeteria estava acesa. Esticou a mão para desligá-la e se deu conta de que o vidro estava vazio, havia apenas uma borra escura que já tinha sido café no fundo do recipiente.

– O Max deixou a cafeteira ligada.

— Não coloque água nela assim — Andrea avisou. — Uma vez eu fiz isso e o jarro quebrou.

Hannah deixou o jarro de vidro em cima do fogão de Max para esfriar. Então notou uma garrafa térmica na bancada, ao lado do pano de prato com bovinos felizes pastando na superfície felpuda verde. A garrafa estava vazia e sem tampa.

— O plano do Max devia ser voltar aqui. Ele passou um café para encher a garrafa térmica. Provavelmente queria levar a garrafa na viagem.

Andrea ficou enjoada ao contemplar a garrafa térmica vazia e Hannah entendeu que ela estava pensando no que teria acontecido com Max. Pegou o braço da irmã e a levou da cozinha com puxadores de vaca para a sala de estar vazia.

Hannah acendeu a luz, mas não havia sinal de que alguém tivesse pisado ali desde que Max tinha saído, na quarta-feira de manhãzinha. Ela olhou para a irmã — a expressão nauseada continuava em seu rosto — e decidiu que era melhor tomar uma providência logo. O rosto de Andrea estava pálido, as pernas bambas, e ela parecia estar prestes a desmaiar.

— Andrea? Eu preciso que você me ajude — Hannah pediu no mesmo tom de voz que Delores usava quando as mandava limpar o quarto. — Você já tinha vindo aqui na casa do Max?

Andrea piscou uma, duas vezes, e então se virou para Hannah. Estava desorientada e muito assustada.

— O que foi que você perguntou?

— Você já tinha vindo aqui na casa do Max?

Andrea confirmou. A cor começava a voltar ao seu rosto agora que Hannah tinha lhe dado outra coisa na qual se concentrar.

— O Al me mandou aqui com uma papelada no outono passado. O Max tinha comprado um imóvel em Browerville e o Al preparou a documentação para ele.

— Você se lembra de como a casa era naquela época?

— Claro que lembro. Sou corretora de imóveis. — A voz de Andrea estava menos titubeante. — O Max chegou a fazer uma visita guiada comigo. Foi logo depois que ele fez a reforma e eu queria ver como tinha ficado. Eu achava que talvez mais para a frente ele quisesse pôr o imóvel à venda e se mudar para uma casa maior na cidade.

Hannah sorriu e lhe deu um tapinha no ombro.

– Eu sabia que podia contar com você. Olha bem se não tem nada que pareça estar fora do lugar. O que você acha da sala? Está como estava na época?

Andrea olhou ao redor.

– Está tudo igual, menos o sofá. Ele tinha um sofá preto com almofadas de vaca. Está vendo aquele quadro ali, em cima da lareira? Ele me contou que foi a mãe dele que pintou a partir de uma fotografia antiga. Aquele ali é o avô do Max, em frente à primeira leiteria.

– Não sabia que a mãe do Max era artista. – Hannah observava a pintura. Não era muito boa.

– É óbvio que não era. – Andrea estava recuperada a ponto de abrir um sorriso. – É um daqueles desenhos para a pessoa pintar. Faziam muito sucesso nos anos 1950. Ela mandou a fotografia e eles mandaram de volta uma tela com os espaços numerados para ela saber que cor usar em cada um deles. Eu nem sei de onde tirei forças para não falar para o Max o quanto essa pintura é horrível.

Ao chegar mais perto, Hannah enxergou os números atrás da tinta e duvidou de que o avô de Max tivesse um dezessete tatuado na testa.

– Vamos dar uma volta pela casa. Você me avisa se perceber alguma coisa de que não se lembra.

Com Andrea em seu encalço, Hannah atravessou o corredor a passos rápidos e percorreu todos os cômodos da casa. Andrea reparou nas cortinas novas na sala de lazer, a nova arrumação dos móveis no escritório e o papel de parede novo na sala de jantar. O quarto de Max tinha sido pintado desde que Andrea o vira. Ele tinha trocado a paleta de cores do azul para o verde, e no chão do quarto de hóspedes havia um novo tapete trançado. Todos os ambientes tinham no mínimo uma vaca, de uma forma ou de outra.

– Como é que você se lembra de como tudo estava? – Hannah indagou. Ela estava pasma com a quantidade de informação que Andrea tinha acumulado com uma única visita à casa de Max.

Andrea deu de ombros, modesta.

– Sempre tive um olho bom. Era assim que eu sabia quando a mamãe tinha entrado no meu quarto. Se ela tivesse mexido em alguma coisinha, eu percebia.

– E não tem nem uma coisinha sequer fora do lugar na casa do Max? – Hannah continuava a conversa enquanto davam uma volta completa e retornavam à cozinha. Não queria que Andrea pensasse no que podia ter acontecido com Max.

– Não que eu esteja percebendo, a não ser... – Andrea parou junto à porta que ligava a cozinha à garagem e esticou o braço para tocar em um gancho vazio ao lado da porta. – Espera aí, Hannah. Era para ter uma chave pendurada aqui.

– Que tipo de chave?

Andrea fechou os olhos por um instante e os abriu de repente.

– Era uma chave de metal azul com chaveiro de vaca. Estava aqui quando o Max me mostrou a cozinha. A vaca era uma fofura, era marrom e branca com uma...

– Você sabe de onde era a chave? – Hannah interrompeu a descrição da irmã.

– Da leiteria. O Max disse que usava ela quando ia para o trabalho a pé e não queria levar o molho de chaves todo. Disse que pegava só a chave e o controle da porta da garagem e... – Andrea se calou e se virou para Hannah. – É o que ele deve ter feito na manhã de quarta! Quando eu voltei no carro dele para pegar as chaves, reparei que o controle da porta não estava preso no quebra-sol.

– Eu acho que você tem razão. O Max começou a levar as coisas para o carro na quarta de manhã, mas não teve tempo de terminar tudo antes da reunião. Ele deixou a pasta aberta porque ainda precisava pegar a palestra que a Betty tinha datilografado. O plano dele era voltar quando a reunião acabasse e ir embora para a conferência. Mas o Max não voltou. A última vez que foi visto foi no escritório da Cozy Cow. O rastro dele termina na leiteria.

Andrea ficou arrepiada.

– Estou torcendo para você não dizer o que eu acho que vai dizer.

– Vou dizer, sim. – Hannah fechou a garagem e fez um gesto para que a irmã saísse pela porta da frente da casa de Max. – Não nos resta alternativa. Vamos ter que revistar a leiteria.

Capítulo 19

Hannah deu partida no Suburban, pegou o saquinho de cookies que sempre tinha no banco de trás e o entregou a Andrea.

– Coma um. Você está precisando de chocolate. Vai fazer você se sentir melhor.

– Não preciso de chocolate nenhum. Eu preciso é de um psiquiatra! Só um psiquiatra para descobrir por que concordei com essa sua ideia disparatada, idiota, de... de... – Andrea se calou, atarantada demais para prosseguir. Em seguida, enfiou a mão no saquinho, pegou um cookie e o devorou como uma selvagem. Mastigou, engoliu e suspirou. – Estão uma delícia, Hannah.

– O nome desse cookie é delícia de cereja com chocolate. A mamãe me deu a ideia da receita quando me contou que sempre que ela estava brava com o papai ele dava para ela cerejas cobertas de chocolate.

Andrea tirou outro do saquinho e deu uma mordida enorme.

– Você tem certeza absoluta de que a gente precisa entrar na leiteria?

– Absoluta. – Hannah virou a esquina da rua de Max e entrou no estacionamento da Cozy Cow.

– A gente não pode *tentar* ligar para o Bill primeiro?

– Ele já está cheio de coisa para fazer – Hannah respondeu. Parou o carro no canto mais escuro do estacionamento e se virou para a irmã. Andrea já parecia estar bem melhor e suas mãos não tremiam mais. – Relaxe, Andrea. O Max não está aí. É impossível que esteja. A Betty ou algum outro funcionário já teria achado ele a esta altura. A gente vai só procurar pistas no escritório dele.

– É verdade. – Andrea conseguiu dar um sorriso inseguro.

– Então você vai entrar lá comigo?

– Eu é que não vou ficar sozinha no estacionamento, não com um assassino à solta! E a gente não vai arrombar nem nada disso. Você está com as chaves do Max.

– Exatamente. – Hannah sabia que não era hora de lembrar a Andrea que tinham arrombado a garagem de Max para conseguir as chaves. – Pegue as lanternas. Não quero acender as luzes lá dentro. Alguém pode ver da estrada.

Andrea esticou o braço para pegar as lanternas no banco de trás.

– Você fica me devendo uma fornada inteira de cookies por essa, Hannah. Vou querer essas tais delícias de cereja com chocolate.

– Combinado. – Hannah pegou sua lanterna da mão de Andrea e desceu do carro. A temperatura havia caído na última hora e ela tremia ao atravessarem o estacionamento em direção à porta dos fundos. Hannah olhou as chaves sob o clarão das luzes de segurança e agradeceu a Max por ter rotulado cada uma delas. Escolheu a que dizia "porta dos fundos" e estava prestes a enfiá-la na fechadura quando Andrea arfou.

– O que foi? – Hannah se voltou para a irmã.

– Acabei de pensar numa coisa. E se a leiteria tiver um sistema de segurança? A gente pode acabar disparando o alarme.

– Você está de brincadeira? O sistema de segurança de um lugar enorme feito esse custaria uma fortuna. Você acha mesmo que o Max gastaria essa dinheirama toda?

– Não, talvez não. – Andrea soltou um suspiro audível.
– Vai em frente, Hannah. Foi só uma ideia que passou pela minha cabeça, só isso.

Hannah não mencionou que tinha pensado a mesma coisa. Tinha até olhado a data de nascimento de Max na carteira de motorista. Se houvesse uma trava eletrônica com senha junto à porta dos fundos, seu plano era apertar os números dois, três e quarenta e nove. Tinha lido em algum lugar que a maioria das pessoas usava a data de nascimento como senha nos sistemas de alarme. Se campainhas começassem a tocar e sirenes a berrar, correriam de volta para o Suburban e iriam embora o mais rápido possível.

A chave girou, a porta se abriu e Hannah entrou. Não havia trava eletrônica, não havia luzes vermelhas piscando, buzinas, retinidos ou barulheira. Que bom. Seria atípico de Max desembolsar uma grana extra num sistema de alarme, mas Hannah não tinha como ter cem por cento de certeza de que não era o caso.

– Vamos lá, Andrea. – Hannah fez um gesto para a irmã.
– O escritório dele fica no final deste corredor, à direita.

Andrea deu um passo para o lado, cautelosa.

– Como é que você sabe?

– Eu fiz a excursão quando estava na sexta série. Viemos aqui em um passeio da escola e o Max mostrou tudo para a gente.

– A gente não fez esse passeio quando eu estava na escola. – Andrea ficou um pouquinho irritada.

– Eu sei. A escola parou com as excursões depois da minha classe. Acho que teve alguma coisa a ver com o Dale Hoeschen. Ele tropeçou numa caixa e quase caiu num barril de creme de leite.

Andrea abriu um sorriso. Era óbvio que já estava mais animada.

– Eu sabia que tinha algum motivo para não gostar do Dale.

Hannah tomou a dianteira, atravessando o corredor rumo à parte principal da leiteria. Era enorme e cavernosa, não era um espaço confortável de se explorar à noite. As lanternas delas eram potentes, mas os dois feixes de luz não serviam para combater as sombras que se avultavam. Hannah tinha certeza de que o ambiente pareceria totalmente normal caso pudessem acender as luzes, mas várias fileiras de janelas de vidro salpicavam a fachada do prédio e ela não queria correr o risco de que alguém na estrada reparasse nas luzes.

– Tem certeza de que você sabe o que está fazendo? – A voz de Andrea tomava um volume anormal naquela quietude.

– Eu acho que sim – Hannah respondeu. – Era para ter outro corredor... está aqui. – Hannah apontou a luz da lanterna para a entrada do segundo corredor. – O escritório do Max é na segunda porta à esquerda. O da Betty é na primeira porta.

Quando entraram no segundo corredor, Hannah reparou que Betty havia afixado os cronogramas de entrega em um quadro de cortiça ao lado da porta. Havia o nome dos motoristas e suas rotas estavam assinaladas com os horários de cada entrega. O nome de Ron ainda estava em seu roteiro. Betty devia estar esperando as ordens de Max para trocar o nome do motorista.

A sala de Max ficava exatamente onde Hannah lembrava e era identificada com uma placa de latão na porta. Hannah abriu a porta, entrou e examinou as paredes com a lanterna. Não havia janelas que dessem para fora do prédio. Se fechassem a porta, poderiam acender as luzes.

– Entre e feche a porta – Hannah disse à irmã.

Andrea entrou depressa e fechou a porta.

– Que bom. Está assustador ali fora.

Hannah concordou. Suas pernas ainda estavam meio bambas, mas resolveu fazer pouco disso por causa da irmã.

– É só porque é um prédio grande e está escuro. Pode acender a luz. Deve ter um interruptor do lado da porta.

– Tem certeza? – Andrea estava muito tensa.

– Absoluta. Eu verifiquei e não tem janela nenhuma. Ninguém vai reparar na luz se a porta ficar fechada.

Andrea localizou o interruptor e um instante depois a luz forte que vinha do lustre do teto inundou a sala. As duas irmãs deram um suspiro aliviado ao olhar ao redor. O escritório de Max era imenso e a decoração era de bom gosto, com um carpete cinza-escuro que ia de parede a parede e um tecido fino amarelo-claro nas paredes. Vários quadros de flores emoldurados tinham sido pendurados em lugares estratégicos, e os móveis estofados, revestidos de uma estampa listrada em coral, verde-escuro e dourado, seguiam a mesma paleta de cores das gravuras de flores.

– É uma bela mistura de cores – Andrea comentou. – A única coisa que não combina é a cadeira do Max.

Hannah olhou para a cadeira giratória antiga de couro marrom que ficava atrás da mesa moderna de estilo executivo.

– Acho que o Max estava pensando mais no conforto do que no estilo.

Duas cadeiras menores para visitantes ficavam de frente para a mesa, e entre elas havia uma mesinha redonda. Havia um conjunto de móveis dispostos em um canto da sala e três portas: aquela por onde tinham entrado, outra que Hannah imaginava que se abrisse para o escritório de Betty e uma porta antiga com acabamento grosseiro no meio da parede dos fundos.

– Que porta é essa? – Andrea apontou para a única porta que não combinava com a decoração.

– Ela dá na leiteria antiga – Hannah explicou –, aquela do retrato que a mãe do Max pintou. É a porta original, e o Max falou sobre isso quando fizemos a excursão. Disse que a leiteria antiga era histórica e que tinha decidido preservá-la, apesar de ter saído mais caro incorporar o edifício a seu projeto de expansão. Disse que era a contribuição dele à história desta região.

Andrea riu.

– E você acreditou?

– Acreditar no quê?

– O Max não manteve a leiteria antiga intacta por bondade. Ele conseguiu uma baita isenção fiscal por ter preservado um prédio histórico. Basta ligar uma das paredes do prédio original à nova construção.

– Eu não devia nem ficar surpresa. – Hannah só balançou a cabeça. – Todo mundo sempre disse que o Max é um empresário sagaz.

Andrea se abaixou para tocar no carpete aveludado.

– O Max deve ter gastado parte da grana que economizou neste carpete. É o mais denso que existe e andar nele é como andar numa nuvem. Eu queria pôr um desses no meu quarto, mas cheguei à conclusão de que a manutenção daria muito trabalho. Você pisa e ele fica marcado. E é pavoroso de tão caro. Por esse preço, deveriam fazer um carpete mais fácil de limpar.

Hannah percebeu uma agenda de capa de couro no aparador ao lado da porta e foi até lá para folheá-la. Na quarta-feira, estava escrito: *Conferência FM*. Reconheceu a letra de Betty. Havia outra anotação em cima, feita no que Hannah imaginava ser o garrancho de Max. Dizia: *Reunião W.*

– Olha, Hannah. – Andrea insistia. – Está vendo essas pegadas no carpete?

Hannah olhou para o chão e viu os passos marcados no tecido denso.

– Você é um gênio, Andrea. Se você não tivesse falado nisso, eu teria pisado em cima delas. Venha, mas fica encostada na parede. Vamos ver se a gente acha alguma pegada em frente à mesa do Max.

Abraçada à parede, Hannah seguiu adiante até ficar de frente para a mesa de Max. Andrea estava bem atrás dela, e Hannah apontou os rastros diante de uma das cadeiras.

– Ali! É uma prova de que alguém esteve com o Max.

– E a gente sabe que o Max esteve aqui. Está vendo as marcas das rodinhas da cadeira dele?

– Estou vendo – Hannah confirmou antes de indicar outra série de rastros. – Mas estou mais preocupada com essas.

Andrea analisou as reentrâncias no carpete felpudo.

– Elas vão até aquela porta ali.

– Da leiteria original. O Max deve ter levado a visita até lá. É melhor a gente averiguar.

– Por que ele levaria alguém lá?
– Ele disse que usava o prédio como depósito de registros antigos – Hannah explicou. – Vamos. Vamos ver se ela abre.

Com Andrea em seu encalço, Hannah abriu a porta e achou o interruptor. Apontou para as prateleiras de arquivos que forravam o pequeno prédio de tijolos.

– Acho que ele continua usando como depósito.
– Esse é o cofre original? – Andrea indicou um cofre antigo num canto.
– Deve ser. Tem cara de velho. – Hannah se aproximou para examinar a portinha do cofre. Estava aberta, mas não parecia danificada. – O Max deve ter aberto por alguma razão.

Enquanto Hannah revirava seu conteúdo, ficava comentando seus atos para que Andrea entendesse o que estava fazendo.

– Não tem nenhum sinal de roubo nem nada assim. Tem uma pilha de dinheiro e uma caixa de joias. – Hannah abriu a caixa e olhou o que havia ali dentro. – É um par de abotoaduras de ouro. Parecem antiguidades. Vai ver que eram do avô do Max. E tem um relógio de bolso e um anel de diamante masculino. Tem também um Rolex. Deve ser relativamente novo. Acho que ainda não fabricavam esse relógio quando o pai do Max era vivo. Acho que não vi cofre nenhum na casa do Max, então imagino que ele guarde os objetos de valor dele aqui.

Seus olhos foram atraídos por alguns papéis grampeados em uma das prateleiras e Hannah esticou o braço para pegá-los.

– Aqui o discurso que a Betty datilografou para o Max, estava em cima dessas caixas. O Max deve ter pegado da mesa da Betty antes de vir para cá.

Hannah deixou o discurso de lado e abriu um dos arquivos. Havia documentos que pareciam ser de um acordo de empréstimo. Arregalou os olhos ao ler o nome.

– Achei os documentos de empréstimo assinados pelos pais do Norman. Tem o carimbo "quitado" e a rubrica do Max. Espere um segundo que vou dar uma olhada nesses documentos. Quero ver se tem mais alguém conhecido.

"– Aqui o do Frank Birchum. – Hannah deu uma olhadela no conteúdo de outro arquivo. – E nos documentos dele tem o carimbo 'hipoteca executada'. A família Birchum foi embora há uns seis anos, não foi?"

Andrea não respondeu e Hannah franziu a testa.

– Andrea? Você conheceu os Birchum, né? Eles moravam do lado do Quartel do Corpo de Bombeiros e o Frank era dono da serraria antes de a família Hedin assumir o negócio. Você lembra quando eles foram embora da cidade?

Não houve resposta, e Hannah se virou para olhar o que a irmã estava fazendo. Andrea estava parada ao lado da porta e parecia ter criado raízes. Seu olhar estava vidrado no lado oposto da sala.

– Andrea? – Hannah se aproximou para segurar o braço da irmã. Deu uma leve sacudida nela, mas a sensação era de que Andrea não tinha nem percebido. – Você está me assustando, Andrea. Fale comigo!

Mas Andrea não deu nem um pio. Apenas tremia e olhava fixo para o outro lado da sala com uma expressão horrorizada no rosto. Hannah se virou e olhou na mesma direção que a irmã. Não era nenhum espanto que Andrea estivesse atônita. Um par de pés saía de uma das prateleiras de caixas de arquivos!

– Não saia daqui. – Hannah se deu conta de como era desnecessário pedir que não saísse, mas não sabia mais o que dizer. – Eu vou lá olhar o que é aquilo.

Embora já esperasse o pior, o que Hannah viu foi chocante. Era Max, e ele estava deitado de costas. Havia um furo, muito parecido com aquele que tinha visto na camiseta da Cozy Cow Diary usada por Ron, no meio de seu peito. E os olhos de Max estavam esbugalhados, olhando para o nada, assim como os de Ron.

Max estava morto. Hannah não precisava que um médico lhe dissesse isso. O sangue na camisa estava completamente seco e Hannah supôs que estivesse morto há algum tempo, provavelmente desde a reunião da quarta de manhã.

Hannah voltou para perto da irmã e segurou-a pelo braço. Não havia um jeito bom de dizer aquilo.

– É o Max e ele está morto. Vamos atrás do Bill.

– Bill. – Andrea conseguiu enunciar o nome dele.

– Isso. Vamos, Andrea. A gente vai até o lugar onde aconteceu o acidente e acha ele. E a Tracey? Você precisa ir para casa para ficar com ela?

Andrea fez que não com a cabeça. Foi um movimento espasmódico, quase maquinal, mas Hannah ficou aliviada. Pelo menos ela reagia.

– Com a Lucy. Noite inteira. Fazenda.

– Que bom. – Hannah entendeu o que Andrea tentava dizer. Lucy Dunwright era amiga de Andrea, e sua filha, Karen, tinha a idade de Tracey. Tracey passaria a noite com Karen na fazenda da família.

Hannah olhou de relance para o cofre e tomou uma de suas decisões impetuosas, daquelas que volta e meia viravam uma encrenca. Aquilo ali era a cena de um crime e todos os documentos de Max seriam considerados indícios. Hannah sabia que não podia encostar em nada, mas Norman tinha lhe dito que a mãe morreria de vergonha caso alguém descobrisse os documentos que tinham assinado com Max. Fazia mais de cinco anos que o empréstimo tinha sido quitado. A data estava correta nos documentos. Não tinha nada a ver com o crime e não havia razão para mais ninguém ficar sabendo daquilo.

Hannah levou apenas um segundo para pegar o arquivo e enfiá-lo na parte da frente do casaco. Pegou a lanterna e segurou a mão de Andrea.

– Vamos lá, Andrea. Vamos embora.

Andrea estava em choque e quanto antes saísse dali, melhor. Hannah a puxou até o escritório de Max e a conduziu pelas bordas do carpete e porta afora. Percorreram o mesmo caminho que tinham feito ao entrar, cruzando um espaço aberto amplo e saindo pelos fundos. Hannah a levou até o Suburban e abriu a porta do carona. Colocou Andrea no carro, deu a volta e entrou.

– Coma outro cookie, Andrea. – Hannah pôs o saquinho no colo da irmã. – Vai fazer bem para você.

Andrea tirou um cookie do saquinho. Fitou o doce por um instante e deu uma mordida. Hannah ligou o carro e saiu do estacionamento, virando na via expressa a caminho da interestadual. Não devia ser complicado achar Bill. Ouvia sirenes ao longe e bastaria ir em direção ao som.

Já tinham percorrido cerca de oito quilômetros quando Andrea soltou um barulho esquisito. Hannah se virou para encará-la e fez um afago em seu braço.

– Pode ficar tranquila, Andrea. Eu estou vendo as luzes piscando ali na frente. A gente já está chegando.

Andrea assentiu e depois repetiu o barulho. Hannah se deu conta de que era uma risada, e à medida que o ouvia, ele se transformava em uma risadinha normal.

– O que foi, Andrea? Você não vai ficar histérica agora, né?

– Não. – Andrea deu outra risadinha. – Eu estou mesmo me sentindo bem melhor. Detesto admitir, mas talvez você tenha razão. Deve ser o chocolate.

– Chocolate ajuda. – Hannah exprimiu sua teoria de novo, de que a cafeína e as endorfinas do chocolate acalmavam os nervos e davam uma sensação de bem-estar. E então começou a pensar em Bill e na fúria dele quando ela lhe contasse que tinham arrombado a casa de Max, revirado a leiteria e encontrado o cadáver de Max.

– Andrea? – Hannah se virou para a irmã. – Acho que preciso de uma dose do meu próprio veneno. Quero um cookie desses.

Cookie delícia de cereja com chocolate

Preaqueça o forno a 190 ºC,
use a grelha do meio.

1 xícara de manteiga derretida *(250 ml)*
2 xícaras de açúcar refinado
2 ovos
½ colher (chá) de bicarbonato de sódio
½ colher (chá) de fermento químico
½ colher (chá) de sal
2 colheres (chá) de essência de baunilha
1 xícara de cacau em pó
3 xícaras de farinha de trigo *(não peneirada)*
2 potes de 285 gramas de cerejas marasquino*
2 xícaras de gotas de chocolate
½ xícara de leite condensado

Derreta a manteiga e acrescente o açúcar. Deixe a mistura esfriar e acrescente os ovos. Misture bem e depois acrescente o bicarbonato, o fermento, o sal, a baunilha e o cacau em pó, misturando à medida que acrescentar cada ingrediente. Acrescente a farinha e misture bem. *(A massa ficará dura e um pouco quebradiça.)*

Drene as cerejas e retire os cabinhos. Reserve a calda.

Faça bolinhas do tamanho de nozes com a massa. Coloque 12 bolinhas em um tabuleiro untado de tamanho padrão. Aperte o meio delas com o polegar para criar um buraco fundo. *(Caso a vigilância sanitária esteja por perto, use a parte arredondada de uma colher!)* Ponha uma cereja em cada buraco.

Em banho-maria, sobre uma panelinha com água fervendo em fogo brando, misture as gotas de chocolate e o leite condensado. Deixe em fogo baixo até as gotas derreterem. *(Você também pode fazer isso no micro-ondas, mas vai ter que ficar mexendo para a mistura não endurecer.)*

Acrescente cerca de ⅛ de xícara da calda da cereja e misture até virar uma cobertura grossa. Se a cobertura engrossar demais, acrescente mais calda pouco a pouco. *(Teste com uma colher de chá. Se não pingar é porque a cobertura está grossa demais.)*

Ponha uma colher de cobertura no centro de cada um dos cookies, em quantidade suficiente só para cobrir a cereja. Não deixe escorrer para os lados.

Asse a 175 ºC por 10 a 12 minutos. Deixe esfriar no tabuleiro por 2 minutos, depois transfira os cookies para a grelha para que terminem de esfriar.

* Quem não gosta de cereja pode substituí-la por pedacinhos bem escorridos de abacaxi e usar o suco para afinar a cobertura. Também é possível usar pecãs partidas ao meio ou macadâmias e afinar a cobertura com café frio ou com água. Caso não tenha nada para usar por cima, ponha uma gota da mistura de chocolate nos buracos. Também fica bom.

Rende de 7 a 8 dúzias, a depender do tamanho do cookie.

Deveria haver uma travessa desses cookies em todos os consultórios psiquiátricos – dois cookies delícia de cereja com chocolate tiram qualquer um da depressão.

Capítulo 20

Hannah serviu em duas taças o vinho gelado do galão verde que ficava na prateleira de baixo da geladeira e as levou para a sala. A irmã estava sentada no sofá, ainda atordoada, mas com as bochechas mais coradas. Moishe estava aninhado em seus braços e Hannah o ouvia ronronar enquanto Andrea, desatenta, acariciava a cabeça dele. O felino residente era sinistro. Parecia sentir que Andrea precisava de um alento e se esforçava para imitar um gato de colo. Hannah entregou uma das taças a Andrea e disse:

– Aqui. Beba um pouco.

– O que é isso? – Andrea desconfiou da taça com haste.

– Vinho branco. Não me pergunte sobre a marca. Tenho certeza de que você nunca ouviu falar.

Andrea pegou a taça e, como uma especialista, degustou o líquido jogando-o de um lado para o outro da boca.

– É um vinho de boa linha. – Em seguida, tomou um golinho. – É leve e um pouquinho frutado, com um laivo de carvalho. Não é um Chardonnay de verdade, mas é bem interessante. Gostei.

Hannah apenas sorriu e guardou os comentários para si. Se Andrea descobrisse que o vinho tinha saído da CostMart de Lake Eden, e que um galão mal fazia cócegas em uma nota de dez dólares, ela diria que era vinagre puro.

— Acho que é produção doméstica. — Andrea tomou outro gole. — Acertei?

Hannah resolveu que era hora de mudar de assunto.

— Você é incrível com o Bill. Eu continuo sem acreditar que ele não ficou bravo comigo.

— O Bill não aguenta me ver chorar. — Andrea deu um sorriso presunçoso. — Ele sucumbe quando minha boca começa a tremer.

— E você sabe fazer ela tremer?

— Claro que sei. — O sorriso de Andrea se alargou. — Eu aprendi logo depois que a mamãe me deu meu primeiro sutiã. Não tem um homem não caia nessa.

— Você é incrível — Hannah disse com uma admiração genuína. Com sua manha para lidar com homens apaixonados, Andrea tinha conseguido evitar que as duas ouvissem o merecido sermão.

Hannah tinha feito o possível para explicar as coisas a Bill. Tinha dito que estavam tão preocupadas com Max que foi impossível não irem ver como ele estava. E então, vendo que o Cadillac de Max estava meio carregado para a viagem rumo à Conferência de Fábricas de Manteiga dos Três Estados, a única alternativa que tinham era de usar a chave dele para revirar seu escritório na leiteria, o último lugar onde tinha sido visto.

O relato não tinha funcionado. Bill ainda ficara chateado com o fato de Hannah ter arrastado a esposa dele para uma situação possivelmente arriscada. Mas Hannah fizera a pergunta: não era uma sorte que tivessem achado o corpo de Max antes que as pistas esfriassem?

Bill relutou, mas acabou concordando, entretanto definiu algumas regras básicas. Da próxima vez que Hannah resolvesse seguir uma pista, teria que consultá-lo antes. Hannah prometeu que faria isso e estava falando sério. Achar dois cadáveres já tinha sido muito para uma vida só. Mas então Bill começou a perguntar por que exatamente elas não tinham ido à cena do acidente antes e Andrea passou a tremer a boca. Um olhar para o semblante de Andrea prestes a cair no choro bastou para Bill se comover. Ele abraçou Andrea e lhe disse que depois pegaria uma carona até o condomínio de Hannah para levá-la para casa. E em seguida garantiu que não estava zangado nem com ela nem com Hannah.

– O Moishe é um bichinho que tranquiliza a gente. – Os dedos de Andrea tocaram no ponto sensível atrás da orelha de Moishe e ele ronronou ainda mais alto. – É incrível o quanto ele é manso, se a gente pensar no tipo de vida que tinha antes. Ele está aqui sentado ronronando. Eu não sabia que ele era esse amorzinho todo.

Hannah não ia contar a Andrea como Moishe agia quando estava caçando. Ela duvidava que algum roedor ou ave não voadora fosse capaz de descrevê-lo como um amorzinho.

– Preciso falar sobre o sr. Harris com você, Andrea. Você falou que ele já estava esperando no terreno dos Peterson quando você chegou lá, na manhã de quarta-feira?

– Isso. Me encontrei com ele às nove e meia, mas ele falou que tinha chegado bem antes. – Andrea pensou nisso por um instante e arregalou os olhos. – Você acha que ele viu alguma coisa?

Hannah deu de ombros.

– Depende da hora que ele chegou lá. Ele não falou se ele conhecia o Max ou o Ron, né?

– Não. Ele disse que não conhecia ninguém em… – Andrea ficou paralisada e encarou Hannah quando teve o lampejo. – Você acha que o sr. Harris matou o Max e o Ron?

– O horário bate, mas até onde a gente sabe, o sr. Harris não tinha um motivo. Eu gostaria muito de discutir o assunto com ele. Você não tem o telefone da casa dele, por acaso?

– Claro que tenho. Sou corretora de imóveis. Estou sempre com o número dos clientes. Passe a minha bolsa. Não quero incomodar o Moishe.

Hannah foi pegar a bolsa da cadeira perto da porta e a entregou a Andrea. Quando a irmã a abriu, Hannah ficou admirada com sua organização. A maquiagem de Andrea estava em uma bolsinha transparente, assim seria fácil achar o produto que procurava, as chaves estavam presas a uma correia de couro e a carteira estava acomodada em um bolsinho de couro lateral. Havia até um bolsinho interno para os óculos de que Andrea precisava para ler, mas que se recusava a usar.

Andrea enfiou a mão em outro compartimento e pegou um caderninho de endereços. Virou na página certa e o entregou a Hannah.

– Aqui. Você não vai ligar para ele agora, né?

– Para que deixar para amanhã o que a gente pode fazer hoje?

– Mas já é quase meia-noite. O que é que você vai falar?

– Ainda não sei, mas vou pensar em alguma coisa. – Hannah pegou o telefone. – Relaxe, Andrea. Não vou tocar no seu nome.

Enquanto discava o número, Hannah ponderava suas opções. Era mais provável que o sr. Harris lhe desse informações se ela tivesse alguma credencial. Poderia dizer que era repórter do *Lake Eden Journal*, mas o tiro poderia sair pela culatra. Se o sr. Harris tivesse algo a esconder, simplesmente desligaria na cara de quem declarasse trabalhar no jornal da cidade. Quando o telefonema foi atendido, Hannah tomou uma decisão abrupta. O sr. Harris não teria a audácia de desligar na cara da polícia.

– Alô?

A voz do outro lado da linha parecia grogue, como se ela o tivesse acordado, e Hannah deu o melhor de si para dar a impressão de que tinha um cargo oficial.

– Sr. Harris? Desculpe acordar o senhor, mas quem fala é a srta. Swensen da Delegacia de Polícia do condado de Winnetka. Estamos investigando um crime ocorrido na Cozy Cow Diary na manhã de quarta-feira, entre seis e quinze e oito horas. Precisamos saber se o senhor por acaso não viu nada que possa ter a ver com o crime. Soube que o senhor estava pelas redondezas neste horário?

– Estava, sim. O que foi que aconteceu?

Hannah sorriu. O sr. Harris parecia disposto a colaborar.

– Não posso dar detalhes, mas preciso saber a que horas o senhor chegou em Lake Eden e o que viu enquanto estava lá.

– Deixe eu pensar. Cheguei em Lake Eden lá para as quinze para as sete e fui direto para a fazenda dos Peterson. Eu vi, sim, uma coisa estranha, mas não sei se vai ter alguma serventia.

– Me conte assim mesmo, sr. Harris. – Hannah manteve o profissionalismo da voz.

– Quando eu estava perto da leiteria, um carro estava saindo da entrada da garagem. O motorista estava com uma baita pressa. Ele derrapou na linha que separava as pistas e eu tive que dar uma guinada para desviar dele.

– O senhor disse "ele", sr. Harris. O motorista era homem?

– Não sei direito. Eu não vi. O quebra-sol estava abaixado.

– Ótimo. – Hannah pegou o bloquinho e a caneta que ficavam na mesinha de centro e fez uma anotação. – O senhor poderia descrever o carro?

– Era um compacto preto com adesivo de uma locadora de automóveis na janela. O adesivo era branco com letras vermelhas, mas não vi o nome da empresa. Eu sempre uso a Herz. Minha firma tem um desconto especial com eles.

– Então o senhor não tem carro próprio, sr. Harris? – Hannah piscou para Andrea. A pergunta não tinha nada a ver com a investigação, mas queria saber se ele tinha falado a verdade para Andrea.

– Eu tenho um Jaguar vintage, mas prefiro não dirigir ele fora da cidade. Que bom que não fui com ele na quarta-feira! Esse outro motorista só não bateu no meu carro por um triz. Eu bem que queria que o delegado Beeseman tivesse aparecido para multar o sujeito.

Hannah ergueu as sobrancelhas e fez outra anotação.

– O senhor conhece o delegado Beeseman?

– Conheço. Ele viu meu carro estacionado na frente do terreno dos Peterson e veio me perguntar o que é que eu estava fazendo ali.

Hannah anotou o nome de Herb.

– A que horas foi isso, sr. Harris?

– Uns minutinhos depois das oito. Eu estava ouvindo rádio e o noticiário das oito tinha acabado de começar.

– O senhor ajudou muito, sr. Harris. – Hannah se virou para piscar para Andrea antes de fazer a última pergunta. – Pode ser que isso não tenha nada a ver com o nosso caso, mas o senhor poderia me contar por que resolveu não comprar a casa dos Peterson?

Por um instante Hannah imaginou que o sr. Harris fosse se recusar a responder, mas então ele pigarreou.

– Minha noiva disse que queria viver no campo, mas ela rompeu nosso noivado na noite de terça. Foi por isso que cheguei tão cedo em Lake Eden. Eu não estava conseguindo dormir e pensei que talvez me sentisse melhor dirigindo. Acho que eu devia ter falado para a sra. Todd por que resolvi não comprar a casa, mas eu não queria de jeito nenhum discutir o assunto.

– É totalmente compreensível. – Hannah escreveu no bloquinho e o passou a Andrea. – Obrigada, sr. Harris. Agradecemos sua colaboração.

Andrea esperou Hannah desligar o telefone e apontou para a anotação.

– O sr. Harris ia comprar a casa dos Peterson para a namorada?

– Foi o que ele disse. Ela rompeu o noivado na noite de terça. Você teria vendido o imóvel se ela tivesse aguentado mais um dia.

– Poxa. Não dá para ganhar todas. – Andrea deu de ombros e tomou o último gole de vinho. – Depois de tudo o que vivi esta noite, acho que mereço outra taça de vinho. É um vinho excelente, Hannah. No começo eu ainda estava na dúvida, mas ele se sustenta bem. Você tem mais, não tem?

Hannah foi pegar mais uma taça de Château Tampa de Rosca para a irmã. Se Andrea quisesse tomar um porre, Hannah não via problema. Só esperava que, quando Bill chegasse, ele não precisasse colocar Andrea no ombro e carregá-la escada abaixo feito um saco de aniagem.

A noite não foi pacata, nem de longe, e quando o despertador de Hannah disparou às seis da manhã, sua sensação era de que tinha acabado de fechar os olhos. Seus sonhos tinham sido repletos de buracos de bala, sangue e pernas duras e frias saltando de trás de sofás, cadeiras e estantes. Sonhou até com uma vaca – uma enorme Guernsey homicida que corria atrás dela pulando cercas e passando perto de barris de creme de leite borbulhante.

Hannah gemeu e se sentou na cama. O dever chamava. Precisava assar a encomenda de cookie preto e branco para a festa da delegacia.

Ao se arrastar até a cozinha, pisando leve para evitar as esfregadas matinais de Moishe em seus tornozelos, ela pensava no novo detetive, astro do Departamento de Polícia de Minneapolis. Será que ele aprovaria o jeito como Bill lidava com o caso de homicídio duplo? Era óbvio que o xerife Grant estava impressionado com o novato. Segundo Bill, ele tinha marcado uma entrevista no mesmo dia em que a candidatura chegara à caixa de correspondências.

– Aqui o seu café da manhã, Moishe. – Hannah despejou ração seca no pote de Moishe e lhe serviu água fresca. Em seguida, foi à cafeteira aos trancos e barrancos e pegou sua primeira xícara do dia. Devia ser viciada em cafeína. Ela não funcionava de jeito nenhum sem um café para acordar, ou três, de manhã. Só torcia para que a FDA e o conselheiro do presidente no combate às drogas jamais classificassem o café como uma droga, pois viraria uma criminosa.

Tinha dias que era fácil viver no piloto automático. Hannah não queria acordar a ponto de admitir a exaustão que sentia. Tomou só uma xícara de café fumegante, o bastante para não cair no sono e se afogar no chuveiro, e depois voltou para o quarto para se arrumar para o trabalho. Depois de tomar banho e se vestir, ela esvaziou o resto do café na térmica que tinha ganhado de Bill no Natal. Encheu de novo a tigela de comida de Moishe, pegou o casaco e as chaves e saiu no frio antes do amanhecer.

O sopro de ar gelado com que Hannah foi saudada fez seus olhos se abrirem de supetão. Sua respiração formava nuvens brancas e ela tremeu durante todo o trajeto rumo à garagem. Estava na hora de pegar as roupas de inverno pesado.

A garagem estava deserta, os carros formavam fileiras retas contra as paredes de concreto pintado. Hannah correu até o Suburban e pulou para dentro do carro, girando a chave na ignição duas vezes antes de o carro pegar. Também estava na hora de ligar o carro na tomada.

O aquecedor fez efeito mais ou menos na hora que ela virou na Old Lake Road. Hannah esticou o braço e mexeu nas duas saídas de ar para virá-las em sua direção. Enquanto percorria a rua escura, ligou o rádio, e as vozes empolgadíssimas de Jake e Kelly, a dupla doida que apresentava o "Jornal da Escuridão e Meia" da KCOW atacou seus ouvidos. Ela passou para as canções melódicas da WEZY e pensou nas siglas peculiares das estações de rádio de Minnesota. Se a emissora ficava a leste do rio Mississippi, o nome da estação começava com W. Se ficava a oeste do Mississippi, começava com K. A mesma regra valia para os canais de televisão. Era tudo controlado pela Comissão Federal de Comunicações. Hannah ficou se perguntando o que os burocratas fariam se uma estação construísse uma ponte sobre o Mississippi e instalasse sua emissora no meio dela.

Fazendo questão de não olhar para a leiteria ao passar pelo local, Hannah chegou ao centro da cidade. Não queria de jeito nenhum ser lembrada do corpo inerte de Max tão cedinho. Avistou Herb Beeseman a um quarteirão de sua loja e fez sinal para que ele parasse. Trocando o resto dos cookies delícia de cereja com chocolate por informações, ela confirmou que ele tinha falado com o sr. Harris na fazenda dos Peterson às oito da manhã de quarta-feira.

Hannah estacionou em sua vaga às 6h45. Depois de trancar o carro, ela ligou o aquecedor de motor na tomada e abriu a porta dos fundos da confeitaria. Hannah foi recebida pelo aroma doce de chocolate e abriu um sorriso. Depois do cheiro de café, o de chocolate era seu preferido.

Depois de acender as luzes, ligar os fornos, pôr a touca na cabeça e lavar as mãos na pia, Hannah pegou a tigela onde misturava as massas. Precisava fazer uma fornada dos cookies açucarados à moda antiga para mandar de amostra à mulher responsável pelo bufê da festa dos Woodley.

Hannah pegou a garrafa térmica para se servir de café e leu a receita enquanto ingeria mais cafeína. Misturar massa de cookie era uma coisa que nunca fazia no piloto automático. Já tinha feito isso uma vez e acabara se esquecendo de um ingrediente essencial em todos os cookies: açúcar.

Quando a massa estava pronta, Hannah a cobriu com plástico filme e a guardou no refrigerador. A massa do cookie preto e branco estava bem fria, ela pegou a tigela e a levou até a bancada de trabalho. Assim que acabou de enrolar bolinhas de massa em número suficiente para assar dois tabuleiros de cookies, Lisa entrou pela porta dos fundos.

Hannah olhou para o relógio. Eram apenas sete e meia, e o horário dela aos sábados era oito horas.

– Oi, Lisa. Você chegou meia hora adiantada.

– Eu sei. Achei que você poderia precisar de ajudar com os clientes agora de manhã. A loja vai encher.

– Vai?

– Pode apostar. Todo mundo vai aparecer querendo descobrir o que você sabe sobre o Max.

Hannah ergueu as sobrancelhas, surpresa.

– Como foi que *você* descobriu rápido desse jeito?

– Eu estava ouvindo Jake e Kelly e eles disseram que o Max havia falecido. Aqueles dois são loucos. Ficaram fazendo piada ruim de vaca e chamaram isso de homenagem a Max.

– Piada ruim de vaca? – Hannah tirou os olhos da massa que enrolava e passava no açúcar de confeiteiro.

– Sabe como é – Lisa explicou ao pendurar o casaco no gancho perto da porta. – "Por que o fazendeiro Brown comprou uma vaca marrom? Porque queria leite achocolatado." Essa foi a melhor. O resto foi tão ruim que nem me lembro mais. Quer que eu faça o café e arrume as mesas na loja?

Hannah respondeu que sim e enfiou as duas primeiras assadeiras de cookies no forno. Ajustou o temporizador para doze minutos e voltou à bancada para enrolar mais massa. Lisa tinha razão. A Cookie Jar receberia uma enxurrada de clientes naquela manhã. E quando ficassem sabendo que tinha sido ela a descobrir o corpo de Max, não sobraria nem uma cadeira vazia. Hannah suspirou ao passar mais bolinhas no açúcar. Se desse o azar de descobrir um terceiro corpo, provavelmente teria que comprar o prédio ao lado para ampliar a loja.

Cookies açucarados à moda antiga

Não preaqueça o forno por enquanto – a massa tem que ser refrigerada antes de ir ao forno.

2 xícaras de manteiga derretida *(500 ml)*
2 xícaras de açúcar de confeiteiro *(não peneirado)*
1 xícara de açúcar refinado
2 ovos
2 colheres (chá) de essência de baunilha
1 colher (chá) de raspas de limão *(opcional)*
1 colher (chá) de bicarbonato de sódio
1 colher (chá) de cremor de tártaro *(é essencial!)*
1 colher (chá) de sal
4 ¼ xícaras de farinha de trigo *(não peneirada)*

½ xícara de açúcar refinado em uma tigela pequena *(para depois)*

Derreta a manteiga. Acrescente os dois tipos de açúcar e misture. Deixe esfriar até ficar em temperatura ambiente e junte os ovos, um de cada vez. Depois acrescente a baunilha, as raspas de limão, o bicarbonato, o cremor de tártaro e o sal. Misture bem. Acrescente a farinha pouco a pouco, misturando até incorporar.

Deixe a massa esfriar durante pelo menos uma hora. *(Não tem problema se for de um dia para o outro.)*

Antes de assar os cookies, preaqueça o forno a 165 °C e coloque na grelha do meio do forno.

Com as mãos, enrole a massa em bolinhas do tamanho de nozes. Passe as bolinhas em uma tigela de açúcar refinado. *(Para as festas, misture 2 partes de açúcar branco para 1 parte de açúcar colorido – verde no Dia de São Patricio, vermelho e verde no Natal, multicolorido nos aniversários.)* Distribua 12 bolinhas em uma assadeira untada de tamanho padrão. Achate as bolinhas com uma espátula untada.

Asse a 165 °C por 10 a 15 minutos. *(Eles devem ficar meio dourados.)* Deixe a assadeira esfriar por 2 minutos, depois transfira os cookies para uma grelha até que esfriem. Você pode decorá-los com glacê usando um saco de confeitar ou deixá-los como estão.

Servi esses na festa beneficente do coral, decorados com notas musicais feitas de glacê de chocolate – ouvi elogios entusiasmados!

Rende de 8 a 10 dúzias, a depender do tamanho do cookie.

Capítulo 21

Hannah tinha acabado de deixar a responsabilidade de assar os cookies nas mãos de Lisa e se servido de uma xícara de café quando o telefone tocou.

– Deve ser minha mãe. Só ela me liga a esta hora da manhã.

– Quer que eu atenda? – Lisa se ofereceu, prestativa, embora estivesse com as mãos cobertas de açúcar de confeiteiro.

– Não, só serviria para adiar o inevitável. – Hannah pegou o aparelho e fez a saudação de praxe. – The Cookie Jar. Você está falando com a Hannah.

– Que bom que encontrei você, meu amor. Prometi para as meninas que eu veria se você tem espaço na agenda na segunda quinta-feira de dezembro.

Hannah esticou o fio do telefone, foi até o calendário e virou as folhas até chegar a dezembro. Ninguém agendava com *tanta* antecedência, e Hannah sabia que a mãe estava só jogando verde para colher informações sobre Max Turner.

– Estou livre, mãe.

– Que bom. Entrei para um grupo novo.

– Faz bem. – Hannah deu a resposta mais acertada. Ela realmente deveria ser mais grata. Delores havia se tornado muito participativa depois do falecimento do marido, e seus grupos sempre marcavam com Hannah para fazer o bufê dos eventos. – Qual é o nome do grupo, mãe?

– Clube de Costura de Lake Eden, minha querida. Os encontros são às quintas nos fundos da Tecidos da Trudi.

Obediente, Hannah anotou todos os dados, mas ficou encasquetada. Pelo que ela sabia, a mãe nunca tinha pegado um alfinete na vida.

– Você agora está *costurando*, mãe?

– Deus me livre e guarde! Eu consegui dois teares num leilão no mês passado e elas me deram o título de membro honorário. Eu vou só para socializar.

– Quantos grupos são agora?

– Doze. Quando seu pai morreu, a Ruth Pfeffer disse que eu precisava encontrar outros interesses. Estou só seguindo o conselho dela.

– Você está levando a sério o conselho da Ruth? – Hannah estava em choque. Ruth Pfeffer, uma das vizinhas da mãe, tinha se oferecido para orientar pessoas enlutadas no centro comunitário depois de fazer apenas um curso de dois créditos na faculdade comunitária. – A Ruth é uma maluca... foi você mesma quem disse... e ela não tem qualificação para orientar ninguém. Me surpreende que ela não tenha sugerido que você pulasse numa fogueira para ir junto com o papai!

Delores riu.

– Você tem razão, querida. Mas até na Índia esse ritual é ilegal.

– Muito bem, mãe – Hannah a elogiou. De vez em quando, o senso de humor de Delores entrava em ação, e era nesses momentos que Hannah mais gostava da mãe. – Que tipo de cookie você vai querer?

– Que tal as delícias de cereja com chocolate? A Andrea me falou que eles são espetaculares.

Hannah anotou e então se deu conta do que a mãe tinha dito. Andrea tinha provado os cookies pela primeira vez na noite anterior. Se tinha falado deles para Delores, deveria ter sido mais cedo.

– Você ligou para a Andrea hoje de manhã, mãe?

– Liguei, querida. Batemos um papo ótimo. Aliás, acabei de desligar a chamada com ela.

Hannah arregalou os olhos. A irmã *não* era uma pessoa matutina.

– Você ligou para a Andrea antes das oito? No sábado?

– Claro que liguei. Eu queria saber se ela estava bem. A pobre coitada parecia estar péssima. Ela disse que ainda estava com a cabeça mareada por causa daquela enxaqueca tenebrosa.

Hannah abriu um sorriso. Não era nenhuma surpresa que a cabeça de Andrea ainda estivesse mareada. Ela tinha tomado quatro taças daquele "vinhozinho safado" antes de Bill chegar para levá-la para casa.

– Preciso desligar, mãe. Está tarde e eu tenho que arrumar tudo para abrir a loja.

– Você hoje só abre às nove. E o Max Turner? Eu ouvi no rádio que ele apareceu morto.

Hannah revirou os olhos para Lisa, que tentava não demonstrar que se divertia com sua tentativa de encerrar a conversa.

– É verdade, mãe.

– Eu sei que não é legal falar mal dos mortos, mas o Max fez muitos inimigos aqui em Lake Eden. Acho que ninguém vai derramar lágrimas por ele.

– Sério? – Hannah ponderou que ela sabia muito bem do que a mãe estava falando, mas queria ouvir aquilo nas palavras de Delores. – Por quê?

– Ele não era um cara bacana, Hannah. Não quero que você saia repetindo o que eu vou dizer, mas ouvi falar que várias famílias perderam a casa por culpa do Max Turner.

– Sério? – Hannah se esforçou para dar a impressão de que era a primeira vez que ouvia isso.

– Ele era um... – Delores se calou, e Hannah entendeu que ela estava tentando achar a palavra certa. – Qual é o termo para isso, Hannah? Eu sei que tem alguma coisa a ver com peixe.

– Era um tubarão?

– É isso aí. Você tem um vocabulário tão rico, querida. Acho que deve ser porque você lia muito quando era pequena. O que será que vai acontecer com os empréstimos agora?

– Não sei – Hannah respondeu, pensando que precisava perguntar a Bill se ele tinha achado algum documento com os empréstimos atuais no amontoado de arquivos confiscados do cofre de Max. Mas esses documentos serviriam apenas para *eliminar* suspeitos. Se Max tinha sido assassinado por conta de um empréstimo vigente, provavelmente o assassino teria pegado os documentos.

– Eu já recebi quatro telefonemas sobre o Max agora de manhã – Delores informou. – A cidade toda está falando nisso, e todo mundo tem uma história para contar.

Hannah teve uma ideia e abriu um sorriso. Delores participava de uma dúzia de grupos e ouvia todas as fofocas. E se a mãe tivesse ouvido sobre um empréstimo feito por Max, um nome que não estivesse em nenhum dos arquivos que Bill tinha pegado do cofre? Essa pessoa poderia muito bem ser a assassina de Max.

– Você me faria um favor, mãe?

– Claro, querida. É só falar.

– Você me liga se ouvir alguém discutindo acordos comerciais com o Max? É importante. Eu preciso muito saber.

– Está bem, meu amor. Tenho certeza de que vai ter falatório… sempre tem. Mas eu não entendo por que é tão import... – Delores se calou e Hannah a ouviu ofegar. – Eles não deram nenhum detalhe sobre a morte do Max no rádio. Ele foi *assassinado*?

Hannah suspirou. Às vezes Delores era perspicaz demais para seu gosto.

– Eu não posso falar nada sobre isso. Colocaria em risco a promoção do Bill.

– Então minha boca é um túmulo. Pode contar comigo, Hannah. Eu jamais faria alguma coisa que pudesse prejudicar a carreira do Bill. Mas vou *surtar* se não puder contar para a Carrie!

– Eu sei, mas a notícia vai ser divulgada a qualquer instante. Deixe o rádio ligado.
– Como é que você sabe? O Bill contou para você ou...
– Delores ofegou de novo. – Não me diga que foi você quem descobriu o corpo do Max!
– Eu não posso mesmo falar disso, mãe.
Houve mais um longo intervalo e Delores suspirou.
– Você precisa parar com isso, Hannah. Você vai espantar todos os homens solteiros se não parar de descobrir gente assassinada. Só um detetive especialista em homicídios poderia se interessar por você desse jeito!
– Imagino que você tenha razão. – Hannah sorriu. Talvez achar cadáveres não fosse tão ruim assim, afinal. – Agora eu preciso mesmo desligar, mãe. Não esqueça de me ligar se você ouvir alguma coisa, combinado?
Hannah desligou e se virou para Lisa.
– Nunca vi alguém falar mais do que ela.
– As mães são assim – Lisa respondeu, mas estava muito séria. – Eu não tive como não ouvir a conversa. O Max foi assassinado?
– Foi, infelizmente.
– Não me surpreende. Ele *era* um tubarão. Um dos meus vizinhos quase pegou um empréstimo com ele, mas o meu pai deu uma olhada nos documentos e disse para ele não assinar. Ele acabou pegando um empréstimo no banco.
Hannah ia perguntar o nome do vizinho, mas se deu conta de que não interessava. Se o vizinho não tinha assinado a papelada, não tinha motivos para matar Max.
– Por que você não se senta um pouco, Hannah? São só oito e meia e você já está com uma cara péssima. E você devia pensar seriamente em tirar um dia de folga. Você sabe que eu dou conta sozinha.
– Obrigada, Lisa. Estou muito tentada a aceitar. – Hannah se sentou no banquinho junto à bancada de trabalho e pensou na folga. Poderia ir para casa, escovar Moishe, ver um pouco de tevê e ligar para a loja milhões de vezes para saber o

que estava acontecendo. Era melhor ficar ali mesmo, no meio do alvoroço. – Valeu pela proposta, mas eu não conseguiria descansar.

– Ok, mas se você mudar de ideia, é só falar. O que você quer que eu faça depois do cookie preto e branco?

– Os cookies açucarados à moda antiga – Hannah respondeu. – Já vai ter esfriado até lá. Tem só uma porção de massa.

– Você quer que eu passe eles no açúcar branco, ou quer que eu misture?

– Só no branco. Quando eles estiverem frios, você pega os doze que estiverem mais bonitos e embrulha eles para entrega. Eu prometi que mandaria uma caixa de amostra para a responsável pelo bufê da festa dos Woodley.

Lisa ficou contente.

– Novos negócios?

– Quem sabe. Você ainda não falou nada da festa. Se divertiu?

– Foi fantástico, Hannah. Eu nunca tinha ido a uma festa tão chique. Foi uma pena a gente ter precisado ir embora cedo.

– O Herb foi chamado à cena do acidente?

– Não, mas ele achou que precisava ir mesmo assim. Pedi para ele me deixar em casa antes de ir. Não quis ficar sozinha na festa. Depois ele me ligou e disse que foi um milagre ninguém ter morrido. Dezessete carros! Dá para imaginar?

– Infelizmente, dá. É melhor eu ir para a loja, Lisa. Está quase na hora de abrir.

Ao atravessar a porta de vaivém, Hannah pensou no enorme engavetamento em que quase se metera no ano anterior, na interestadual. Bastou um trecho coberto de gelo, um lapso de atenção e vários motoristas próximos demais. Ela tinha entrado no acostamento para não bater no caminhão do mercado Red Owl que estava à sua frente e tinha considerado uma sorte acabar em uma vala de neve fofa.

A manhã estava escura e Hannah acendeu as luzes. Não estava ansiosa pelo inverno sombrio em que o sol nascia às nove e se punha às quatro. Era ainda pior para quem, assim como Phil Plotnik, trabalhava à noite na DelRay Manufacturing. Estava escuro quando ele saía para trabalhar e escuro quando chegava em casa, e se o sol não aparecesse no fim de semana, não o via nunca.

Um carro parou em frente à loja e Hannah reconheceu o calhambeque de Bill. Ela correu para abrir a porta e analisou a expressão dele sob a luz que atravessava as janelas quando ele se aproximou da porta. Ele sorria e Hannah ficou aliviada. Bill não era do tipo que guardava rancor e estava claro que a havia perdoado por envolver sua esposa na investigação da véspera.

– Oi, Hannah. – Bill entrou e pendurou o casaco numa fileira de ganchos junto à porta. – Eu descobri qual foi a locadora de carros que o cliente da Andrea viu. O nome da empresa é Compacts Unlimited.

Hannah se enfiou atrás do balcão para servir uma caneca de café a Bill.

– Nunca ouvi falar.

– É uma empresa pequena. A sede fica em Minneapolis e eles têm um total de catorze garagens espalhadas pelo estado. Falei com a mulher que cuida das reservas. Ela disse que a empresa não alugou carro para ninguém com endereço de Lake Eden, mas ela vai me mandar a lista de todo mundo que usou os serviços deles nas últimas duas semanas.

– Quando?

– Assim que possível. Ela não sabe como reunir os dados dos outros escritórios, mas disse que vai chamar o especialista em computação deles.

– Então você vai receber a lista hoje?

– Duvido muito. O cara da computação está de folga este fim de semana, mas ela está tentando achar ele. – O olhar de Bill se desviou para os cookies atrás do balcão. – São dos crocantes com gotas de chocolate?

Hannah confirmou e serviu dois cookies. Não era hora de lembrar que ele deveria ficar de olho na balança.

– Você já conseguiu dar uma olhada nos arquivos que estavam no cofre do Max?

– Mmm. – Bill engoliu. – O Max fez um bando de empréstimos a um bando de gente. Alguns eram antigos, mas achei dez que estavam vigentes. São mais dez suspeitos que eu vou ter que averiguar.

Hannah balançou a cabeça.

– Eu acho uma perda de tempo. Se alguém matou o Max para reaver os documentos do empréstimo, não deixou a papelada para trás.

– É um bom argumento. O que você acha que eu deveria fazer com eles?

– Uma lista dos nomes e trancar tudo no arquivo de provas.

Bill ficou confuso.

– Para que fazer uma lista dos nomes se nenhuma dessas pessoas é suspeita?

– Para poder comparar com as fofocas que a gente ouvir. Se alguém falar de um dos empréstimos vigentes do Max e o nome *não* estiver na lista, pode ser um indício de quem é o assassino.

– Quanta astúcia, Hannah. Vou fazer isso assim que chegar na delegacia. Você pensou em alguma outra coisa que eu deveria fazer?

– Não exatamente, mas pelo menos a gente tem uma teoria.

– É aquela mesma que você me falou outro dia?

– A mesma. Eu estava assistindo *Klute* quando tive essa ideia. A gente vai saber se ela está certa assim que saírem os resultados da balística.

– Vai levar um tempo, mas conversei com o Doc Knight agora de manhã. Ele tem um olho bom e me disse que parece ser o mesmo tipo de bala que matou o Ron.

Hannah riu.

– *Isso* eu poderia ter dito a ele!

– Eu também. Lake Eden é uma cidade pequena demais para ter dois assassinos. Me fala a sua teoria de novo, Hannah. Quero ver se tudo se encaixa.

Hannah se serviu de café e se sentou no banquinho atrás do balcão.

– O Ron viu o Max com o assassino às seis e quinze da manhã de quarta-feira. Depois que o Ron foi embora, o assassino matou o Max. O assassino ficou com medo de que quando o corpo do Max fosse encontrado, Ron juntasse dois mais dois e o identificasse. Foi por isso que ele foi atrás do Ron e o matou.

– Mas a mulher do batom rosa não disse que eles não estavam sendo seguidos?

– Ela disse, mas isso não quer dizer que seria impossível. Lembre que a rota do Ron estava na parede ao lado da sala da Betty. O assassino pode ter olhado e ido atrás dele mais tarde.

– Faz sentido. – Bill deu outra mordida no cookie e ficou pensando enquanto mastigava. – Então você está dizendo que o Ron foi assassinado só porque estava no lugar errado na hora errada?

– É isso. Se o Ron não tivesse entrado na leiteria para pegar mais uma caixa de canetas da Cozy Cow, ele estaria vivo.

Bill estremeceu.

– Que azar! Tem certeza de que o Max foi assassinado por ter concedido um empréstimo?

– Eu não tenho certeza de nada, mas é a tese que mais faz sentido. O cofre da leiteria antiga estava aberto e a gente não tem como saber se estava faltando alguma coisa. Acho que nem a Betty sabe o que tinha lá dentro.

– Ela não sabe. – Bill afirmou com uma expressão orgulhosa. – Liguei para ela hoje de manhã para perguntar. Ela falou que só o Max sabia a combinação e que nunca tinha visto ele abrir o cofre. Eles guardavam todo o dinheiro da leiteria em um cofre novo que fica na sala dela.

– Como a Betty está?

– Ela vai ficar bem. Em geral, ela tira folga no fim de semana, mas ela disse que ia trabalhar, que alguém precisava estar lá para responder às perguntas dos funcionários e atender o telefone. A gente tem que dar crédito a ela, Hannah. A Betty ficou muito chateada quando eu dei a notícia sobre o Max, mas ela vai deixar o luto pessoal de lado e continuar a lidar com as coisas do jeito que o Max gostaria, mesmo que para isso tenha que fazer hora extra.

Hannah não conseguiu conter o sorriso. Era impossível que Betty fosse perder o fim de semana na leiteria por altruísmo. Para Betty, o ápice da felicidade era ouvir as fofocas em primeira mão, e os telefones não iriam parar no gancho.

– Ela falou mais alguma coisa?

– Ela me deu o nome do advogado do Max e eu verifiquei com ele quem vai ser o herdeiro. Essa é outra boa motivação, sabia?

– Tem razão, Bill. Nem tinha pensado nisso. O que o advogado disse?

– O Max deixou tudo para o sobrinho dele que mora em Idaho. O advogado vai entrar em contato com ele hoje para dar as instruções sobre o que fazer.

– E aquelas pegadas no carpete? Deu para descobrir alguma coisa sobre o assassino por elas?

– Na verdade, não. Eles fotografaram porque era parte da cena do crime, mas não havia nenhuma pegada nítida.

– E o W na agenda do Max? Você tem alguma pista sobre isso?

Bill negou e esticou a caneca para pedir que ela a enchesse de novo.

– Eu olhei todos os arquivos, mas não tinha nenhum nome com W. E a gente não sabe se W é do sobrenome, do nome ou se é de algum apelido. Quando a gente tiver um suspeito, vamos poder usar isso como prova circunstancial, mas é bem complicado limitar os suspeitos agora.

O telefone tocou e Hannah pegou o aparelho para atender.

– Cookie Jar. É Hannah quem está falando.

– Hannah. Que bom que eu encontrei você. É o Norman.

– Oi, Norman. – Hannah franziu um pouco a testa. Não queria embarcar em outra conversa longa justamente durante o que poderia ser sua única oportunidade de conversar com Bill naquele dia. – Quais as novas?

– Revelei o filme da festa. Posso levar cópias para você ao meio-dia, se você estiver aí.

– Eu trabalho aqui. Onde mais eu estaria? – No instante em que disse essas palavras, Hannah se deu conta de que tinha sido ríspida. Norman só estava tentando ser legal. E se Norman fosse lá ao meio-dia, ela poderia lhe entregar os documentos do empréstimo da mãe. – Desculpe, Norman. Estou no meio da correria. A gente se vê ao meio-dia. Vou guardar os melhores cookies para você.

Quando Hannah desligou, percebeu que Bill sorria.

– Que foi?

– O Norman acabou de convidar você para outro encontro?

– Não, ele só quer me mostrar as fotos da festa. – Hannah resolveu mudar logo de assunto. A expressão de Bill estava bem parecida com a de sua mãe quando bancava a casamenteira. – O Norman é só um amigo, então pode tirar essa ideia da cabeça. Me fale mais sobre o detetive novo que veio de Minneapolis. Eu nem sei como ele se chama.

– Mike Kingston. Falei com o ex-parceiro dele, que disse que ele é um ótimo policial e um cara muito bacana.

– Você ainda não conheceu ele?

Bill fez que não com a cabeça.

– Não, mas vi a foto dele no arquivo com as fichas dos funcionários. Ele tem cara de ser legal. Eu contei da esposa dele, não contei?

– Você disse que ela morreu e foi por isso que ele quis se mudar para cá.

– Bem, eu descobri mais coisa. Ela era enfermeira e foi baleada quando estava voltando do Hospital Geral de Hennepin para casa. Duas gangues rivais estavam se enfrentando e ela ficou no meio do fogo cruzado. Estava grávida de quatro meses do primeiro filho deles.

– Que horror! – Hannah estremeceu. – Pegaram o atirador?

– Claro que pegaram. Reuniram o pelotão inteiro para trabalhar no caso. Mas da primeira vez que foi processado, ele escapou por uma questão técnica. Alguém errou no mandado de busca e o juiz indeferiu o caso.

– Eles processaram uma segunda vez? – Hannah não entendia o que Bill estava dizendo. Não era proibido julgar alguém pelo mesmo crime duas vezes?

– Pegaram ele por outro assassinato. O Mike e o parceiro dele trabalharam nesse caso. Fizeram questão de que tudo estivesse dentro dos conformes e conseguiram a condenação. O cara está cumprindo prisão perpétua sem direito a condicional.

– Que bom. Mas aposto que esse tal Mike Kingston vai ser bem caxias com os procedimentos policiais.

– Parece que vai. Ele vai ser meu novo supervisor e eu vou ter que ser bem cuidadoso perto dele. A Andrea vai me ajudar com os relatórios hoje à noite para garantir que eles estejam perfeitos.

– Eu também posso ajudar, se você precisar – Hannah foi logo se oferecendo. – Quando é que ele começa?

– Na segunda de manhã. Ele já alugou um apartamento e trouxe a mudança hoje de manhã cedinho. Amanhã estou de folga e vou ajudar ele a arrumar a casa.

Hannah não teve como não caçoar dele.

– Você acha que o levantamento de caixas e de cervejas vai ajudar vocês a terem uma relação de trabalho melhor?

– Mal não vai fazer. Quando a gente terminar, vamos jantar lá em casa.

– A Andrea *vai cozinhar*? – Hannah ergueu as sobrancelhas. A irmã era a única pessoa que ela conhecia incapaz de fazer sequer um café solúvel.

– Claro que não! – Bill riu. – A gente vai pedir uma pizza. Por que você não aparece para jantar com a gente? Você não tem compromisso amanhã à noite, tem?

– Bem, meu plano era... – A cabeça de Hannah entrou em parafuso em busca de uma desculpa.

– Poxa, Hannah. Quem sabe você não tira umas conclusões sobre a personalidade dele e me dá umas dicas?

Bill fez a cara à qual Hannah nunca tinha sido capaz de resistir – que ela, às escondidas, chamava de basset hound suplicante. Soltou um longo suspiro e cedeu.

– Está bem. Eu levo a sobremesa.

– Valeu, Hannah. – Bill realmente parecia grato. – Só lembre de não mencionar o caso. Não quero que o Mike fique sabendo que recrutei uma civil para me ajudar.

– Não se preocupe. Não vou falar nada.

Bill se dirigiu à porta. Ia abri-la quando se virou para lhe dar um sorriso.

– Esqueci de dizer que a Delores vai amanhã à noite. Ela quer conhecer o Mike.

Hannah semicerrou os olhos enquanto a porta se fechava. As coisas estavam começando a fazer sentido. Delores tinha comentado que o único homem que Hannah conseguiria atrair seria um detetive especialista em homicídios, caso ela não parasse de descobrir cadáveres. Bill tinha lhe contado toda a história de Mike, pintando-o como um homem tristíssimo que mexeria com o coração de qualquer mulher. Além disso, Bill tinha praticamente implorado que ela fosse comer a pizza com eles, assim poderia lhe dar dicas sobre a personalidade de Mike. Certo. Claro.

Hannah deu um suspiro profundo e foi virar a plaquinha de "Fechado" para "Aberto". Bill tinha armado para ela e tinha feito isso como um profissional. Só lhe restava uma única conclusão. Bill andava fazendo um curso intensivo de casamenteiro com a esposa e a sogra.

Capítulo 22

Dois minutos depois de virar a plaquinha para "Aberto", os fregueses de Hannah começaram a chegar. Ela bateu papo, serviu café e pegou cookies durante duas horas, sem parar. A notícia havia vazado e todo mundo a quem servia queria saber o que ela sabia a respeito do assassinato de Max e sua relação com o de Ron.

– Você acha que o assassino é o mesmo, Hannah? – Bertie Straub estava com uma expressão aflita ao mastigar um cookie de melaço. Tinha vindo da Cut 'n Curl para obter informações sobre as últimas novidades e transmiti-las às suas clientes de cabelo azul que fofocavam sob os secadores de metal reluzente.

– Deve ser. Seria possível uma cidadezinha do tamanho de Lake Eden ter dois assassinos?

– Foi *você* que descobriu o corpo do Max? – Bertie baixou a voz e percorreu o salão com os olhos para se certificar de que ninguém escuta. – Pode me contar, Hannah. Eu juro que não conto para ninguém.

Hannah reuniu todas as suas forças para manter uma expressão solene no rosto. Contar a Bertie seria equivalente a ligar para a KCOW e divulgar o fato através das ondas radiofônicas.

– Não posso dizer nem que sim nem que não, Bertie. Todos os fatos são parte de uma investigação em andamento.

– Foi você! Dá para ver pela sua cara! – Bertie fez um gesto como se estivesse arrepiada e Hannah se perguntou se ela teria ingressado na companhia de teatro de Lake Eden. – Foi muito horrível, Hannah?

– É sempre horrível quando alguém perde a vida. – Hannah repetiu a frase educada que já tinha usado inúmeras vezes naquela manhã.

– Vão pegar ele logo, não vão? Juro para você que eu não consegui pregar os olhos desde que soube do Ron. E pensar que tem um assassino entre a gente!

– Tenho certeza de que vão, Bertie. O Bill está cuidando do caso e ele é um ótimo detetive.

Hannah foi poupada de outros questionamentos pela chegada de Lisa, que trazia mais cookies em uma travessa. Lisa percebeu a expressão frustrada da patroa e piscou.

– Telefonema da sua mãe, Hannah, e ela disse que é urgente. Por que você não vai lá na cozinha atender? É mais tranquilo. E leve um café para tomar.

– Tenho que ir, Bertie. – Hannah lançou um olhar agradecido a Lisa, encheu a caneca de café e cruzou a porta de vaivém. Tinha respondido a tantas perguntas que estava zonza e ainda eram só onze horas da manhã.

Ela estava prestes a se sentar no banquinho da bancada de trabalho quando o telefone tocou. Hannah atendeu sem nem pensar e ouviu a voz entusiasmada da mãe.

– Hannah? É você?

– Eu mesma, mãe. – Hannah tomou um gole de café. – Você deve ser vidente.

– O quê, meu bem?

– Nada. O que eu posso fazer por você?

– Você já viu as fotos que a Carrie tirou na festa dos Woodley?

– Ainda não. – Hannah deu uma olhada no relógio. – O Norman disse que traria elas ao meio-dia para eu ver.

– Bem, você vai ter uma agradável surpresa. Tem uma sua que está ótima. Você parece outra pessoa. O Norman prometeu fazer uma cópia ampliada para eu emoldurar.

Hannah fez o possível para não rir. Ela estava ótima? Parecia outra pessoa? Nada como uma mãe para destruir a autoconfiança da filha.

– Eu preciso ir, querida. Já estava de saída, mas queria falar com você antes.

– Obrigada, mãe. Mais tarde a gente conversa. – Hannah resmungou ao desligar o telefone. Talvez devesse seguir o conselho de Lisa e folgar o resto do dia. Já tinha ouvido tudo o que tinha para ouvir da clientela. Ficaria ali para ver a fotografia "ótima" dela e depois iria para casa para se concentrar em coisas importantes. Se ela se esforçasse muito, talvez conseguisse solucionar o caso de Bill antes que Mike Kingston entrasse em campo.

– O que você acha, Hannah? – Norman olhava para ela examinando as cópias que ele tinha levado. – Essa primeira é a predileta da sua mãe.

Hannah suspirou, fitando a cópia. Seus olhos estavam semicerrados, o sorriso torto e o cabelo estava arrepiado sobre a orelha esquerda.

– Não é exatamente a melhor foto minha que já vi na vida.

– Eu sei – Norman se solidarizou. – Tem uma outra sua que é bem melhor, mas minha mãe conseguiu cortar seu braço esquerdo.

– Me mostre. – Andrea pegou a cópia. Tinha chegado uns cinco minutos antes, acompanhada de Tracey.

Hannah olhava enquanto Andrea analisava a foto. Dava para perceber, pela ruguinha de concentração entre as sobrancelhas da irmã, que Andrea pensava em algo bom para dizer. Devia ter sido uma luta, pois Andrea levou pelo menos trinta segundos para reagir.

– Você parece um pouco mais magra do que parece normalmente. E seu vestido está lindo.

– Eu acho que a tia Hannah está linda. – Tracey sorriu para Hannah. – Talvez não tão linda quanto agora, mas está linda.

– Quanta diplomacia. – Hannah piscou para Andrea. – A Tracey está mostrando potencial.

Andrea riu e esticou o braço.

– Vamos ver as outras.

Hannah fitou a fotografia seguinte. Era de Andrea e Bill, e ambos estavam fabulosos em seus trajes formais. Andrea era muito fotogênica, já as fotos de Hannah sempre lembravam aquelas do "antes" nas propagandas de maquiagem.

Olharam as cópias uma por uma, com Hannah as passando para Andrea depois de vê-las. Felizmente, os clientes estavam sossegados com seus cafés e cookies e ninguém foi até o balcão para interrompê-los. Hannah pegou aquela que Norman havia mencionado e *realmente* ela havia saído melhor. Estava sentada no sofá com Norman em pé atrás dela, e era uma pena que seu braço esquerdo tivesse sido cortado do enquadramento. A mãe de Norman tinha conseguido centrar a foto de um jeito tão ruim que quase metade era tomada pela cabeceira da mesa ao lado do sofá.

Hannah ia passá-la para Andrea quando reparou em uma pilha de livros e papéis em cima da mesa. Havia uma pasta branca no alto da pilha e algo escrito em letras vermelhas. Aproximou a foto do rosto, forçou um pouco os olhos e leu: "Compacts Unlimited". Um dos membros da família Woodley tinha alugado o tipo de carro que o sr. Harris vira sair da Cozy Cow na manhã dos assassinatos!

– O que foi, Hannah? – Andrea percebeu a expressão assustada que devia ter passado por seu rosto.

– Nada, mas eu gostei muito dessa aqui. – Hannah se virou para Norman e perguntou: – Posso ficar com ela?

– Claro que pode. Mas por que você quer logo *essa*?

Hannah pensou rápido. Não tinha como errar se recorresse à vaidade de Norman.

– Você saiu muito bem nela.

– É? – Norman se debruçou para examinar a cópia. – Eu não acho.

– Mas eu acho. Eu queria muito ficar com ela, Norman.

Norman pegou a foto e a examinou com um olhar crítico.

– Vou fazer outra cópia para você. Dá para eu fazer uns truques com o negativo na sala escura.

– Não, ela está boa assim. – Hannah arrebatou a foto das mãos dele. – Eu gosto dela exatamente como está.

Andrea a encarou.

– Você quer ficar com a foto em que seu braço saiu cortado?

– Se está bom para Vênus, está bom para mim. – Hannah lançou um olhar de advertência à irmã.

– Posso enquadrar de outra forma, cortar a mesa e ampliar para focar só na cara da gente – Norman sugeriu. – Quer que eu faça isso?

– Claro que quero. Mas quero ficar com essa mesmo assim.

Norman encolheu os ombros e se virou para Andrea.

– E você? Vai querer uma cópia de alguma foto?

– Eu adoraria ficar com essas. – Andrea lhe entregou duas fotos.

O sino tilintou quando a porta se abriu e o xerife Grant entrou, seguido por um homão, o mais intimidante que Hannah já tinha visto na vida. Era alto, tinha bem mais que 1 metro e 80, e tinha um cabelo louro-avermelhado, olhos azuis penetrantes e bigode. Tinha porte de atleta e só as rugas profundas do rosto o impediam de ter uma beleza clássica. Fez-se um rumor de conversas entre os clientes sentados às mesas e Hannah entendeu o motivo. Fazia séculos que Lake Eden não recebia um homem tão gato.

– É ele! – Andrea a cutucou. – É o Mike Kingston.

– Eu sei. – Hannah sorriu. A irmã tinha dito uma obviedade. Mike Kingston estava com o xerife Grant. Quem mais poderia ser?

— Hannah. — O xerife Grant se aproximou do balcão. — Este aqui é o Mike Kingston. Ele vai trabalhar na delegacia a partir de segunda.

Hannah engoliu em seco. Nunca tinha ficado pouco à vontade perto de homem nenhum, mas Mike Kingston era uma exceção. No instante em que o vira, seu coração havia acelerado e ela se deu conta de que não conseguia olhar para ele. Respirou fundo, forçou sua voz a não tremer e disse:

— É um prazer conhecê-lo, delegado Kingston.

— Mike.

A voz dele era grave e calorosa e combinava com seu tamanho. Hannah teve uma reação puramente física que não experimentava desde que seu professor traíra a convidara para ir à casa dele. Ela foi logo se virando para fazer as apresentações, rezando para ninguém perceber o efeito que estar dividindo o ambiente com Mike Kingston causava nela.

— Esta é a minha irmã, Andrea Todd, e a minha sobrinha, Tracey. E este aqui é o Norman Rhodes. Ele acabou de assumir o consultório odontológico do pai dele. Sei que vocês estão com pressa, então vou correndo lá atrás para pegar os cookies.

Enquanto Mike Kingston se virava para trocar apertos de mão com Andrea e Norman, Hannah fugiu para a confeitaria. Já a salvo atrás da porta de vaivém, se enfiou no banheiro e jogou água fria no rosto. Se só de encontrar Mike Kingston já era essa comoção, como aguentaria a pizza do dia seguinte, tendo que conversar direito com ele?

Como nunca foi de fugir dos problemas, Hannah resolveu que nada melhor do que o momento presente para enfrentar a questão. Mike Kingston a acharia maluca se sempre que entrasse na Cookie Jar ela se escondesse em um ambiente diferente. Ela saiu do banheiro, pegou a caixa de cookie preto e branco que tinha feito para a festa e atravessou a porta de vaivém rumo à loja.

Mike Kingston se virou para lhe dar um sorriso e Hannah perdeu o fôlego. Torcia para não estar olhando fixo que nem uma tiete adolescente que ficasse cara a cara com o astro do rock predileto.

– É muita gentileza sua ter feito esses cookies para nós, Hannah. O xerife Grant me contou que você faz isso todos os anos.

– Faço. – Hannah ficou aliviada. Ele parecia não ter percebido o quanto estava atordoada, o que era bom. – Também faço o piquenique de verão. É um churrasco no lago Eden em que cada um leva a própria carne, e eu faço a limonada e os cookies.

– Deve ser ótimo. Nada como um churrasco à beira de um lago.

– É bom a gente ir logo, Mike.

O xerife Grant se virou para o mais novo pupilo e Hannah viu a admiração em seus olhos. Ele precisava olhar para cima. Mike Kingston tinha pelo menos 1 metro e 90 e o xerife Grant tinha mais ou menos 1 metro e 70. O mais novo membro da delegacia do xerife do condado de Winnetka fazia Hannah se sentir mignon, e nunca na vida tinha se sentido mignon.

– Até mais, Hannah.

Mike Kingston acenou e Hannah sorriu. Parecia ser um cara legal. Não tinha nada pessoal contra ele. Mas estava preparada para detestá-lo caso Bill não conseguisse a promoção.

– Foi bom conhecer você, Norman. – Mike assentiu para Norman e depois se voltou para Andrea. – Estou ansioso para trabalhar com o seu marido, Andrea.

– É o meu papai – Tracey se intrometeu.

– Eu sei. – Mike Kingston se abaixou e cochichou alguma coisa no ouvido de Tracey.

Sob o olhar de Hannah, os olhos da sobrinha se arregalaram e depois ela soltou uma risada deliciosa.

– É sério?

– Juro. – Mike fez que sim. – Mas é segredo até amanhã à noite. Eu levo amanhã.

No instante em que a porta se fechou, Andrea se virou para Tracey.

– O que foi que ele disse?

– Não posso contar. – Tracey era toda sorrisos. – Você ouviu: é segredo. Mas você vai descobrir amanhã, quando a gente for comer pizza.

Andrea trocou olhares com Hannah. Parecia estar contente porque a filha tinha se dado tão bem com o novo supervisor de Bill.

– Preciso ir andando, Hannah. Vou levar umas coisas para a Luanne e a Tracey vai me ajudar. E depois a gente vai na festa da delegacia.

– Também preciso ir. Tenho um paciente daqui a vinte minutos. – Norman enfiou a mão no bolso, tirou uma pilha de cartões de visita e os entregou a Hannah. – São para você.

Hannah pegou os cartões e abriu um sorriso. Eram perfeitos, e Norman tinha até colocado uns cookies nas bordas.

– Obrigada, Norman. São lindos.

– Posso imprimir mais se você precisar.

– Vamos torcer para que eu precise. Espere um segundinho. – Hannah abriu a caixa registradora e pegou um envelope com os documentos do empréstimo da mãe dele. – Aqui, Norman. É para você.

– Para mim? – Norman estava confuso ao pegar o envelope.

– É uma coisa que eu achei uma noite dessas. Abra só quando você chegar no consultório. Tem um bilhete dentro explicando tudo.

Hannah soltou um suspiro aliviado quando todos foram embora juntos. Precisava trabalhar, e esse trabalho não tinha nada a ver com preparar, vender ou servir cookies. Pegou a cópia da foto que tinha conseguido com Norman e foi à cozinha avisar que, afinal, ia aceitar a proposta de que Lisa assumisse a loja até a hora do fechamento. Ela tinha pessoas para ver, telefonemas para dar, e se desse sorte, talvez conseguisse resolver o caso de homicídio duplo de Bill antes da manhã de segunda-feira.

Capítulo 23

Hannah abriu a porta de seu apartamento e teve um vislumbre laranja de canto de olho. Moishe tinha acabado de saltar de seu poleiro em cima da televisão e estava com a expressão mais culpada que um gato conseguiria fazer. Ela deu uma olhada na tela e percebeu que passava um programa sobre natureza – um programa que exibia imagens de um bando de flamingos batendo as asas rosa-choque.

– Essas aves têm quatro vezes o seu tamanho, Moishe. – Hannah coçou o queixo dele para que entendesse que ela não estava brava. Quando ela destrancou a porta, seu caçador feroz estava dependurado no alto da tevê para estapear as aves com as patas.

Depois de desligar os flamingos tentadores e pendurar o casaco, Hannah foi à cozinha para encher o pote de comida de Moishe. É claro que estava vazio. Estava sempre vazio. As atividades prediletas de Moishe quando ela não estava em casa eram comer e cochilar.

Havia três recados na secretária eletrônica. O primeiro era da vizinha de baixo, Sue Plotnik, perguntando se Hannah poderia servir cookies na reunião Mamãe e Eu que ela teria na semana seguinte. Hannah anotou no calendário da cozinha: transferiria o compromisso para o calendário da Cookie Jar quando fosse à loja, na segunda-feira. Então escutou o segundo recado. Era de um homem que se identificou como Robert Collins do Hideaway Resorts, convidando-a para um jantar de cortesia para possíveis investidores em um hotel de Minneapolis. Hannah nem se deu o trabalho de anotar o número que ele dava.

O terceiro recado fez Hannah ficar de orelha em pé. Era de Bill, e ele dizia que queria apenas deixá-la a par. A gerente da Compacts Unlimited entrara em contato naquela manhã. Como ainda não estava com a lista, tinha ligado para as outras garagens e uma delas tinha alugado um carro para um cliente com endereço de Lake Eden. Boyd Watson alugara um compacto preto da garagem de St. Paul na terça-feira.

Como era de esperar, Bill tinha feito a averiguação. Havia ligado para o chefe, sr. Purvis, e descoberto que o treinador Watson estava em um curso na data. Como Boyd só tinha voltado para a cidade ao meio-dia da quarta-feira, estava fora da lista de suspeitos.

A testa de Hannah se enrugou toda enquanto se servia de Coca diet e levava o copo para a sala. Quando Maryann disse que tinha ido a Minneapolis para fazer compras com Boyd, havia imaginado que Maryann o tivesse buscado e eles tivessem ido juntos ao Mall of America. Mas Maryann falara que tinha *se encontrado* com o irmão no shopping. A esta altura, Boyd já devia estar com o carro alugado. Mas por que o treinador Watson se deu o trabalho e teve o gasto de alugar um carro por menos de 24 horas se a irmã ia ao seu encontro? Não fazia sentido nenhum.

Ela suspirou e esticou o braço para acariciar Moishe, que tinha trocado o prato de comida pela almofada macia do sofá e pela sua companhia. Será que era o treinador Watson quem estava ao volante do compacto preto que o sr. Harris tinha visto saindo às pressas da Cozy Cow? O horário ficava apertado, mas era possível que Boyd tivesse ido embora antes do amanhecer, quando Maryann e a mãe ainda estavam dormindo, e dirigido até Lake Eden. Seu sobrenome era com W, e era possível que tivesse se reunido com Max. Se Maryann e a mãe acordaram às nove, Boyd teve tempo de atirar em Max e Ron e voltar antes que despertassem. Mas que motivo o treinador Watson teria para matar Max?

Hannah recapitulou tudo o que descobrira sobre os Watson. O anel de Danielle tinha custado mil dólares e o vestido usado na festa dos Woodley tinha sido comprado por mais de quinhentos dólares. Boyd e Danielle moravam numa casa dispendiosa e Danielle não trabalhava. Boyd tinha um Jeep Grand Cherokee novo e Danielle tinha um Lincoln novo. Como o treinador Watson bancava o estilo de vida luxuoso que tinham com um salário de professor?

– O Boyd pegou um empréstimo pessoal com o Max! – Hannah exclamou, fazendo Moishe recuar e encará-la. – Desculpa, Moishe. Não foi minha intenção gritar, mas essa é a única possibilidade que faz sentido. Não tinha nenhum documento de empréstimo dele, mas o cofre estava aberto e ele deve ter pegado a papelada depois de matar o Max. E depois ele matou o Ron porque ele o viu com o Max!

Moishe se virou para lhe lançar um olhar longo, firme, e depois pulou do sofá e foi à cozinha atrás do pote de comida. Ele miou uma vez, chamando-a para pegar a ração crocante, e Hannah se levantou para obedecer. Moishe era o gato mais inteligente que já tinha conhecido. Estava esperando que ela enchesse a tigela porque sabia que ela precisaria sair de novo.

Danielle abriu só alguns centímetros da porta, não mais que isso.

– Oi, Hannah. Eu... hmm... eu estou ocupada. Você poderia voltar mais tarde?

– Não. – Hannah enfiou o pé na fresta da porta. – É importante, Danielle. O Boyd está em casa?

– Não, não está. Ele tem... treino de futebol... na escola.

– Que bom. Assim a gente tem um tempinho a sós. A gente precisa conversar, Danielle.

– Mas eu... eu preciso me maquiar. Eu estava... hmm... tirando um cochilo e... – A voz de Danielle sumiu e ela soltou um soluço choroso. – Por favor, Hannah. Eu não quero que você me veja deste jeito.

Hannah tomou uma de suas resoluções impetuosas. Certa ou errada, ela entraria. Como não era de vacilar depois de tomar uma decisão, simplesmente empurrou Danielle e entrou na casa.

– Ai, Hannah! – As mãos de Danielle tamparam o rosto, mas não antes de Hannah perceber o olho roxo e as marcas vermelhas em forma de mão na bochecha esquerda.

– Caramba, Danielle! – Hannah esticou o braço para fechar a porta. – O que foi que aconteceu com você?

– Eu... hmm... eu...

– Deixa para lá – Hannah interrompeu o que seria uma história inventada às pressas. – Vamos. Vamos pôr um gelo no seu rosto.

– Não tenho gelo.

– Eu acho alguma coisa. – Hannah segurou-a pelo braço e a levou à cozinha. – Ele não está para chegar logo, né?

Danielle conseguiu ficar com uma expressão ainda mais constrangida.

– Quem? O... invasor?

– Seu marido. – Hannah abriu o congelador e o revirou até achar alguma coisa que servisse como compressa de gelo. – Você não precisa fingir para mim, Danielle. Eu sei que ele bateu em você.

– Como é que você sabe?

Um dos olhos de Danielle se arregalou de surpresa, mas o outro estava quase fechado devido ao inchaço. Hannah pegou um pacote de ervilhas congeladas, bateu com ele na bancada para soltar o conteúdo e o entregou a ela junto com o pano de prato que estava pendurado no puxador do forno.

– Sente aqui ao lado da mesa. Enrole o saco de ervilhas no pano e ponha no olho. Vou arrumar outro para a bochecha.

– Obrigada, Hannah. – Danielle desabou na cadeira. – É tudo culpa minha. Eu esqueci de encher as forminhas de gelo.

Hannah pegou outro saco de ervilhas congeladas e o embrulhou em uma toalha que tirou da gaveta. Levou-o à bochecha de Danielle e deu um longo suspiro.

– A culpa não é sua. Segure isso com a outra mão e me diga onde é que você guarda o café.

– Não tem café. Acabou e eu esqueci de comprar mais. Foi por isso que o Boyd perdeu a cabeça comigo.

Hannah ficou furiosa. Havia certas manhãs em que se considerava capaz de matar por uma xícara de café, mas não literalmente.

– E chá?

– Tem um pouco do instantâneo. No armário em cima do fogão. E sai água quente do dispensador da Sparklettes.

Hannah achou duas xícaras, botou uma colherada de chá instantâneo e uma porção generosa de açúcar e as encheu com a água fervente do dispensador. Levou uma xícara para Danielle e pôs a dela do outro lado da mesa. Hannah não gostava de chá, mas isso não tinha importância. Dividir o chá criava um laço entre elas.

– Quero ver a sua bochecha.

– Já está doendo menos. – Danielle tirou a toalha e conseguiu dar um sorrisinho. – Eu nunca tinha pensado em usar ervilhas congeladas. Acho que é verdade aquela história de que legumes fazem bem à saúde.

A tentativa melancólica de Danielle de fazer piada deixou Hannah louca de ódio. Danielle disse que nunca *tinha pensado* em usar ervilhas congeladas. Era óbvio que não era a primeira vez que o treinador Watson batia na esposa. Hannah cogitou tentar convencer Danielle a prestar queixa ou aconselhá-la sobre formas de sair daquela situação abusiva, mas isso podia ficar para depois. Naquele momento, precisava descobrir se, além de bater na esposa, Boyd Watson também havia cometido assassinatos.

– Está com uma cara bem melhor – Hannah lhe garantiu. – Beba o chá e deixe o gelo mais alguns minutos.
Danielle concordou e tomou um golinho de chá.
– Você exagerou no açúcar.
– Açúcar é bom na hora do choque. – Hannah pegou o saquinho de cookie preto e branco que tinha trazido da caminhonete. – Pegue um cookie. É de chocolate.
Danielle pegou um cookie e mordiscou.
– Que delícia, Hannah.
– Obrigada. Você está com dor de cabeça?
– Não é uma concussão, Hannah. Eu sei quais são os sintomas.
Aposto que sabe! Hannah pensou. Se bem se lembrava, Danielle estivera no hospital várias vezes no passado – uma vez porque tinha quebrado a perna e outras vezes por lesões graves. Sempre alegava ser estabanada e ter caído no gelo, ou quebrado um osso esquiando, ou ter sofrido um acidente de barco quando estava pescando com o marido. Hannah se lembrou do comentário da irmã sobre as roupas de Danielle e o fato de ela estar sempre toda coberta. Isso devia ter disparado alertas na cabeça de Hannah, sobretudo porque Luanne já tinha lhe falado que Danielle usava maquiagem para teatro para disfarçar manchas e espinhas no rosto. Mas a única coisa que estourava no rosto de Danielle Watson era o mau humor do marido!
Danielle tomou mais um gole de chá e encostou o saquinho de gelo improvisado na bochecha.
– Você não vai contar para ninguém, né, Hannah?
– Você não precisa esquentar a cabeça com isso – Hannah prometeu, evitando dar uma resposta objetiva. É claro que não faria fofoca, e na verdade era disso que Danielle estava falando. – Se um dia você quiser conversar sobre isso, estou aqui. É só você me ligar ou pegar o carro e aparecer. Tenho um quarto de hóspedes e você pode ficar nele quando precisar dar uma fugida.
– Obrigada, Hannah.
Jamais teria uma oportunidade melhor do que essa, e Hannah a aproveitou.

— Tem outra coisa, Danielle. Se quiser prestar queixa, eu ajudo você.

— Não, eu jamais faria *isso*!

Era a resposta que Hannah esperava. Sabia que em geral as mulheres agredidas cometiam o erro de proteger os abusadores, pelo menos até o problema se agravar a ponto de alguém de fora percebê-lo. A não ser que Danielle prestasse queixa, ou alguém visse o treinador Watson batendo nela, as autoridades não podiam tomar nenhuma atitude. Hannah resolveu que faria mais uma tentativa antes de seguir em frente.

— Se você prestar queixa, o Boyd vai receber ajuda.

— Que tipo de ajuda?

— Terapia, seminários de controle de agressividade, esse tipo de coisa. — Hannah torcia para não demonstrar o desdém que sentia na voz ou no rosto. No seu ponto de vista, sessões obrigatórias com um terapeuta eram apenas um tapinha na mão das abusadores crônicos. Quem causava os danos físicos que o treinador Watson havia causado a Danielle deveria sofrer todas as consequências da lei.

— O Boyd já está fazendo terapia.

— Está? — Hannah teve vontade de fazer piada com a mediocridade do terapeuta de Boyd, mas não fez.

— Ele realmente melhorou bastante. O Boyd só me bateu uma vez desde que as aulas começaram.

— Contando com hoje? — Hannah não conseguiu não questionar.

— Não, mas ele está sofrendo muita pressão por causa do time de futebol americano. Eles perderam três partidas seguidas.

Então o que Boyd diz ao time? Hannah ficou se perguntando. *Se vocês não marcarem pontos, eu vou para casa e quebro a cara da minha esposa?*

— Ele sempre se arrepende depois. Ele chorou muito quando viu o que tinha feito com o meu rosto. E aí ele foi correndo dar um telefonema de emergência para o terapeuta dele. É lá que ele está agora. Não quis falar antes para você, então dei a desculpa do treino de futebol. O Boyd foi até St. Paul porque estava morrendo de culpa.

Hannah ficou de orelha em pé. Boyd tinha alugado o carro da Compacts Unlimited em St. Paul.

– O Boyd se consulta com um terapeuta de St. Paul?

– Ele vai no Holland Center – Danielle pronunciou o nome com ar de reverência. Estava com a expressão mais orgulhosa que alguém com o olho roxo coberto por um saco de ervilhas congeladas poderia fazer. – É o melhor do estado, e ele se consulta com o dr. Frederick Holland, que é o diretor e fundador da clínica. Você já deve ter visto o nome dele nos jornais. Ele fez um trabalho incrível com estupradores em série.

Nada do que Hannah queria dizer parecia conveniente, mas isso não tinha importância. A barragem havia se rompido e Danielle queria falar.

– A gente quase se divorciou na primavera passada. O Boyd não estava conseguindo se controlar de jeito nenhum, e o dr. Holland achava que a gente teria que se separar. Mas o Boyd disse que se esforçaria mais e deu certo.

Hannah deu outra olhada de relance para o rosto de Danielle. Se estava se esforçando, ficava contente de não ter visto o resultado das agressões anteriores de Boyd. Danielle devia ter ficado com hematomas do tamanho do Grand Canyon.

– Esse tipo de terapia é caro?

– É, mas o plano de saúde do Boyd cobre oitenta por cento. É o plano do sindicato dos professores e eles são ótimos nisso. O dr. Holland cobra as sessões como terapia para estresse ligado ao trabalho. Seria muito constrangimento para o Boyd se não fosse assim.

– Imagino que sim. – Hannah fez o possível para sua voz não parecer sarcástica. Deus me livre de um espancador de mulheres ficar constrangido!

– Quando tocou a campainha, você disse que queria conversar comigo. É sobre o assassinato do Ron de novo? Ou sobre o que aconteceu com o Max Turner?

Hannah presumiu que Danielle quisesse mudar de assunto, e por ela tudo bem. Aliás, era perfeito. Ela precisava de mais informações sobre o carro alugado por Boyd.

– Estou só tentando ligar umas pontas soltas. O Boyd alugou algum carro ultimamente?

– Alugou. – Danielle parecia surpresa. – Como é que *você* sabe disso?

Hannah pensou rápido.

– Você me falou que tinha ido até o cassino com o Jeep Cherokee do Boyd, então imaginei que ele tivesse alugado um carro para viajar.

– Mas não foi bem isso o que aconteceu, Hannah. O Boyd foi para Minneapolis com outro treinador, mas quando ele resolveu ficar por lá para fazer uma consulta com o dr. Holland, ele alugou um compacto por uma diária. Ele tinha consulta na manhã de quarta e não podia pedir que a Maryann levasse ele. O Boyd não quer que ela saiba do problema dele.

– Claro. – Hannah deu a resposta certa.

– Ele marcou cedinho, às sete da manhã. – Danielle prosseguiu. – Era o único horário em que o dr. Holland conseguia encaixá-lo. O Boyd teve que sair da casa da mãe dele às seis para chegar na hora.

– A Maryann não percebeu que ele tinha saído quando ela acordou?

– Percebeu, mas ele tinha falado para ela que ia acordar cedo para ir comprar donuts. A mãe deles adora donuts. O Boyd comprou depois da consulta com o dr. Holland.

A consulta de Boyd poderia ser confirmada com um telefonema e Hannah resolveu que faria isso assim que chegasse em casa.

– O Boyd já pegou empréstimo com o Max Turner?

– Com o Max? – Danielle franziu a testa. – Eu acho que não. Por quê?

– Eu vou falar uma coisa, mas você tem que me prometer que não vai contar para ninguém, Danielle. Nem para o Boyd.

– Combinado – Danielle concordou, mas parecia meio nervosa. – O que foi?

– O Max emprestou dinheiro para um bocado de gente de Lake Eden, e um desses empréstimos pode ter a ver com a morte dele. Por que você acha que o Boyd não pegou empréstimo com ele?

– Porque o Boyd não precisa pegar empréstimo tendo o meu dinheiro. Você deve saber quanto os professores ganham, Hannah. A gente jamais conseguiria se bancar só com o salário do Boyd. A gente comprou os carros, a casa e praticamente tudo o que a gente tem com o meu dinheiro.

Hannah ergueu bastante as sobrancelhas. Era uma revelação e tanto.

– Que dinheiro é esse?

– É o dinheiro que herdei do meu tio. Sempre fui a sobrinha preferida e ele deixou a grana para mim. Ele pôs num fundo e eu recebo uma quantia fixa por ano.

– E é por isso que vocês conseguem bancar esses luxos todos?

– Exatamente. Quando eu recebo essa quantia, em janeiro, dou metade para o Boyd e minha mãe investe a outra metade para mim. A gente se saiu muito bem no mercado de ações, e o dr. Holland acha que isso contribuiu para o problema do Boyd. É muito difícil para um homem forte que nem o Boyd ser casado com uma mulher que ganha mais que ele.

– Imagino que seja. – Hannah se contentou com um comentário seguro.

– É por isso que guardo segredo da minha herança – Danielle confidenciou. – O dr. Holland disse que o ego do Boyd é muito frágil e ele ficaria ainda mais tentado a explodir se os amigos soubessem. Você não vai contar para ninguém, né?

– De jeito nenhum – Hannah concordou depressa. Imaginava o estrago que Boyd faria na esposa caso as pessoas ficassem sabendo que Danielle sustentava a casa. Era possível até que pegasse emprestada a ideia do conto de fadas e matasse a galinha dos ovos de ouro.

Capítulo 24

— Sei que é confuso – Hannah tentava explicar ao voltar para o apartamento. Através de sua expressão perplexa, Moishe deixava claro que não sabia o que pensar de suas idas e vindas naquele dia. – Eu voltei para dar uns telefonemas. Que tal eu servir um prato de sorvete para você matar o tempo?

Moishe se esfregou no tornozelo dela quando Hannah pegou um pote de sorvete de baunilha francesa do congelador e serviu um pouco em um prato de sobremesa. Ela o levou até a sala, pôs em cima da mesinha de centro e deu batidinhas no móvel. Moishe não precisava que o convite fosse reforçado. Ele se aproximou do prato, farejou o montinho de sorvete branco e o provou com a ponta da língua. O gelo devia tê-lo surpreendido, porque ele recuou para olhar a sobremesa, porém isso não o impediu de voltar para dar uma segunda lambida.

Enquanto Moishe estava ocupado explorando aquela comida curiosa, Hannah desmoronava no sofá e pegava o telefone. Precisava ligar para o dr. Holland para confirmar que Boyd Watson tinha comparecido à consulta na manhã de quarta-feira.

Cinco minutos depois, Hannah já tinha a resposta. Havia fingido ser do plano de saúde e pedira à recepcionista do dr. Holland que averiguasse o horário da consulta. A recepcionista declarou que o sr. Watson tinha visto o dr. Holland às sete da manhã e a consulta tinha durado os cinquenta minutos normais.

– Não sei se é para eu ficar aliviada ou frustrada – Hannah confidenciou ao companheiro felino. Boyd Watson não era o assassino e estava livre para espancar Danielle sempre que tivesse vontade.

Mas ainda havia a foto da pasta da locadora de automóveis no retrato tirado pela mãe de Norman. E Woodley também começava com W. Hannah foi à cozinha para pegar outra Coca diet e pensou no carro alugado que alguém da família Woodley teria usado. Achava que nem Judith nem Del alugariam um compacto preto genérico, não tendo uma garagem cheia de carros de luxo para escolher. Mas havia Benton, e seu nome não levantaria nenhuma suspeita para a gerente da Compacts Unlimited porque em sua carteira de motorista ainda constava um endereço da Costa Leste. Benton podia ter alugado um carro compacto para ir do aeroporto a Lake Eden. Ele tinha falado para Andrea e Bill que pegara um traslado, mas não necessariamente estava falando a verdade.

Hannah pegou o telefone e procurou o número do serviço de traslado do aeroporto de Minneapolis. Só havia um translado que ia a Lake Eden e isso facilitava um pouco seu trabalho. Discou o número do escritório que ficava no aeroporto e ensaiou o que diria para obter a informação de que precisava. Ela tinha adquirido uma nova habilidade ao prestar atenção a Andrea falando ao telefone com o recepcionista do hotel da Conferência de Fábricas de Manteiga. A pessoa conseguia tudo quanto era tipo de informação se quem estava do outro lado da linha quisesse de fato ajudar.

– Traslados Hora Marcada. Quem fala é Tammi.

Hannah estremeceu com a voz alegre insossa. Por que as empresas sempre contratavam meninas que deviam estar trabalhando na Disney?

– Oi, Tammi. Preciso muito da sua ajuda. O meu chefe, sr. Woodley, pegou o traslado que vai para Lake Eden na tarde de quarta e não está achando a pasta dele. Ele pediu para eu tentar encontrá-la e eu queria saber se o seu motorista não teria achado alguma pasta no ônibus.

– Imagino que não. Nossos motoristas olham se nada ficou para trás ao fim de cada viagem e não tem pasta nenhuma no nosso achados e perdidos.

– Poxa – Hannah suspirou na esperança de demonstrar desânimo. – Não seria possível que alguém do seu escritório tenha mandado a pasta para ele e ela ainda não tenha chegado ao destino?

– A gente não costuma fazer isso, mas tem uns motoristas nossos aqui e eu posso perguntar. Ele pegou o traslado das duas, das quatro ou das seis?

Hannah ficou completamente desnorteada, mas se recuperou depressa.

– Eu devia ter perguntado ao sr. Woodley, mas ele acabou de sair e eu nem tinha pensado nisso. Você não tem como descobrir para mim?

– Isso não é problema. O nome do passageiro é Woodley?

– Isso – Hannah confirmou, antes de soletrar o nome. – Benton Woodley.

– Vou ter que colocar a senhora na espera. Um momentinho, por favor. – Houve um breve silêncio e depois uma música foi vomitada através dos buraquinhos do fone. Soava como o refrão de "It's a Small World" e Hannah estava pensando se Tammi teria escolhido a canção quando a voz alegre voltou à linha. – O sr. Benton Woodley pegou nosso traslado das duas horas. Eu falei com o motorista, mas ele disse que não achou nada, só uma caneta e um lenço com monograma. Sugiro que a senhora fale com as linhas aéreas.

– Boa ideia. Obrigada, Tammi. Agradeço muito a sua ajuda. – Hannah desligou o telefone e pensou no que tinha acabado de descobrir. Moishe pulou em seu colo e começou a lamber seu braço com a língua áspera. Parecia entender que ela estava chateada e fazia o possível para reconfortá-la. Hannah o acariciou sem pensar no que fazia e refletiu sobre os horários dos assassinatos. O fato de Benton ter pegado o traslado das duas horas não o impedia de ser o assassino. Podia ter pegado o avião na noite anterior, alugado um carro da Compacts Unlimited e feito um bate e volta a Lake Eden para matar Max e Ron. Se tivesse devolvido o carro no escritório do aeroporto, era plausível que tivesse se dirigido ao ponto do traslado e embarcado no ônibus das duas horas para criar um álibi. Mas por que Benton poderia querer matar Max Turner? Fazia anos que não visitava Lake Eden e, pelo que Hannah sabia, ele nunca tinha trocado mais que algumas palavras com Max.

Com a cabeça girando, Hannah pegou o telefone outra vez no intuito de ligar para a Compacts Unlimited e descobrir se Benton tinha alugado um carro. Mas talvez fosse melhor deixar essa tarefa para Bill. Ele conhecia a gerente e conseguiria a informação bem mais rápido do que ela. Hannah discou o número de Bill e tentou se lembrar de tudo o que precisava lhe contar. Havia a foto da pasta da locadora e suas suspeitas a respeito de Benton. Bill não sabia de nada disso. Havia também Boyd Watson e ela teria que lhe dizer que ele estava eliminado como suspeito. Por enquanto não mencionaria o segredo doloroso de Danielle. Seria melhor esperar até ter a plena atenção de Bill. Talvez conseguissem arrumar um jeito de botar medo na cabeça do treinador.

– Bill? Eu tenho umas informações que... – Hannah se calou quando percebeu que estava falando com a secretária eletrônica. Bill não estava em sua mesa. Quando o bipe soou, ela quase desligou, totalmente frustrada, mas o bom senso prevaleceu. – Bill? É a Hannah. Eliminei o treinador Watson como suspeito. Ele tem um álibi. Mas lembra daquelas fotos que a gente tirou no escritório do Del Woodley? O Norman trouxe elas para eu ver no horário de almoço e em uma delas aparece uma pasta da locadora Compacts Unlimited. Eu imagino que o Benton tenha alugado um carro. A Judith não se arriscaria a ser vista dirigindo um compacto, e o Del tem aquele Mercedes chique dele. Vai ver que o W na agenda do Max era de Woodley, mas não vejo a motivação. Vou dar uma fuxicada por aí para ver o que mais eu descubro sobre os Woodley.

Hannah suspirou e desligou, imaginando Bill no saguão da delegacia comendo as dezenas de cookies que ela tinha feito para a festa e se enturmando com quem aparecia para ver as novas viaturas. Devia estar se divertindo à beça enquanto ela estava ali angustiada com provas incoerentes e suspeitos que sumiam feito bolas de neve debaixo do sol. Era para estar auxiliando Bill, não fazendo o trabalho todo por ele. Quem era o candidato ao cargo de detetive, afinal?

Neste exato momento, o telefone tocou, tirando-a daquele mau humor. Ela pegou o aparelho para atender achando que era Bill, mas era a mãe.

– Que bom que encontrei você, Hannah. Tenho notícias maravilhosas.

– Pois não, mãe? – Hannah segurou o fone a um palmo do ouvido. Quando estava empolgada, a mãe deixava surdo qualquer um que estivesse do outro lado da linha.

– Eu estou aqui no shopping com a Carrie. Ela precisava trocar a bateria do relógio dela. Duvido que você consiga acertar o que foi que eu acabei de ver na joalheria! Dê um palpite!

Hannah fez uma careta para Moishe. Ela estava chegando aos trinta e a mãe ainda queria que ela brincasse de adivinhação.

– Eu nunca que vou acertar, mãe. É mais fácil você me dizer.

– O anel do Del Woodley!

– O anel dele? – Hannah não entendia o que havia de tão espantoso nisso. Todo mundo que ela conhecia levava os anéis à joalheria quando precisavam de reparos ou de ajustes de tamanho.

– Estava à venda, Hannah. O joalheiro expôs em uma caixinha de vidro e está pedindo vinte mil dólares nele.

– Vinte mil dólares? – Hannah perdeu o fôlego.

– Não é nada absurdo para um engaste de platina e um diamante daquele tamanho todo. Agora, por que o anel do Del Woodley estaria à venda?

– Não faço a menor ideia. – Hannah parou um instante para refletir, mas realmente não fazia sentido nenhum. – Tem certeza de que é o anel do Del Woodley?

– Absoluta. Eu fiquei admirando ele na festa do ano passado e reparei que tinha um arranhãozinho no engaste. O anel que vi na joalheria tem o mesmíssimo arranhão. Quer saber o que eu acho?

– Quero – Hannah concordou. Não ganharia nada dizendo que não. Delores lhe contaria da mesma forma.

– Eu acho que o Del está passando por problemas financeiros. É a única explicação para ele se desfazer daquele anel. O Del me disse que adorava ele.

– Tem razão, mãe. – Hannah deu um sorriso. A hipótese abria várias possibilidades intrigantes. – Você descobriu quanto tempo faz que o anel está lá?

– Claro que descobri. O joalheiro falou que está lá há seis meses.

– Ele confirmou que é o anel do Del?

– Não, meu bem. Ele falou que sempre que aceita uma joia cara sob consignação, ele guarda sigilo sobre a identidade do dono.

Hannah ponderou essa informação por alguns instantes enquanto a mãe narrava todos os detalhes de sua conversa com o joalheiro. Os Woodley não tinham economizado na festa, mas isso não queria dizer nada. Judith era orgulhosa e fazia o tipo que mantinha as aparências. Se os negócios de Del estavam em maus lençóis, era possível que tivesse pegado dinheiro emprestado com Max. E se Max tinha exigido o pagamento do empréstimo, assim como tinha feito com os pais de Norman e vários outros moradores da cidade, Del Woodley teria um motivo perfeito para matá-lo.

– Eu tenho certeza de que tenho razão, Hannah – a mãe continuou. – Você sabe como eu tenho um olho bom para detalhezinhos. A gente também parou num antiquário. Lembra daqueles pratos de sobremesa lindos que eu dei para você?

– Lembro, sim. – Hannah olhou de relance para o pratinho que tinha usado para o sorvete de Moishe.

– Cuidado quando você for lavar. Eu paguei só vinte dólares pelo conjunto num leilão, mas tinha dois iguais na vitrine do antiquário. Estão sendo vendidos por cinquenta dólares cada.

– Sério? – Hannah achou aquela informação engraçadíssima. Conseguia imaginar a reação da mãe se mencionasse que Moishe tinha acabado de comer em um pratinho de cinquenta dólares.

– Preciso ir, Hannah. A Carrie quer comprar roupa de cama e tem uma fila de gente esperando para usar o telefone.

– Fico feliz que você tenha ligado, mãe – Hannah disse. E dessa vez estava falando a verdade.

Os passos de Hannah eram vigorosos quando ela se encaminhou à porta dos Plotnik e tocou a campainha. Delores não sabia, mas tinha lhe dado uma enorme ajuda. Phil Plotnik era o supervisor noturno da DelRay e talvez soubesse se o negócio de Del estava passando por dificuldades.

A porta se abriu e Sue Plotnik ficou parada, dividida entre um pano de prato e um bebê aos prantos. Ficou surpresa ao ver a vizinha de cima, mas sorriu.

– Oi, Hannah. Espero que o Kevin não esteja atrapalhando. Ele está com uma infecção no ouvido e o Phil saiu para comprar os remédios.

– Eu nem ouvi ele – Hannah lhe garantiu. – Vim numa hora ruim?

Ela riu.

– Não existe hora boa, não com um bebê recém-nascido, mas não tem importância. Entra e toma um café comigo. Está fresquinho.

Hannah não queria se intrometer, sobretudo porque Sue parecia estar ocupadíssima, mas precisava muito falar com Phil. Poderia pelo menos ajudar enquanto Sue servia o café.

– Trouxe cookies para você. – Hannah entrou e pôs o saquinho na mesa. Em seguida, esticou os braços e sorriu para Sue. – Deixa eu segurar o bebê um pouco. Fico andando com ele enquanto você serve o café.

Sue entregou o menino embrulhado numa mantinha com um alívio perceptível.

– Obrigada, Hannah. Ele não parou de chorar a manhã toda e eu deixei o remédio dele cair no chão. É por isso que o Phil teve que correr na farmácia. Você recebeu minha mensagem sobre os cookies da semana que vem, para a reunião Mamãe e Eu?

– Recebi, sim. Obrigada por ter pensado em mim, Sue. Já anotei no meu calendário. – Hannah balançou um pouco o bebê irritado e depois começou a andar com ele de um lado para o outro. Michelle tinha sido um bebê dado a cólicas e Hannah não estranhava nem um pouco bebês chorões. Como era a irmã mais velha, com quase onze na época, Hannah assumia quando Delores precisava de um descanso.

O bebê não demorou muito a sossegar. Hannah andava num ritmo regular com uma expressão satisfeita no rosto. Era bem óbvio que não tinha perdido o jeito.

Sue chegou com duas xícaras de café e um pratinho para servir os cookies. Colocou tudo na mesinha de centro e fitou Kevin boquiaberta.

– Como foi que você fez *isso*?

– É fácil. Você só tem que dar passos lentos e meio sacolejados. Eu fingia ser um elefante num desfile de circo. Vou deitar ele no berço, Sue.

Sue ficou observando Hannah se aproximar do móvel e aconchegar o bebê. Tinha uma expressão aflita no rosto, que se dissipou depois de longos segundos de silêncio.

– Você é um gênio, Hannah.

– Não sou, não. É que eu tenho muita prática, só isso. A Michelle teve no mínimo umas quatro crises de cólica antes de completar um ano.

– Você devia ser mãe, Hannah. Esse talento todo sendo... – Sue parou no meio do pensamento e ficou muito desconfortável. – Eu não devia ter falado isso.

– Não faz mal. Só me faz o favor de não mencionar isso para a minha mãe. Serviria de munição.

– Ela está tentando arranjar você com todos os homens da cidade? – Sue indicou o sofá e as duas se sentaram.

— Pode-se dizer que sim. — Hannah deu um gole no café e resolveu mudar de assunto. — Como vai a DelRay, Sue? Foi para isso que eu vim aqui, na verdade.

— Agora está tudo bem. O Phil disse que o Del está até falando em diversificar os negócios, começar a vender por catálogo feito a Fingerhut fez em St. Cloud. Mas durante um tempo as coisas não pareciam... — A voz de Sue foi desaparecendo quando ela ouviu a chave na porta. — É o Phil chegando. Ele conta tudo para você.

Phil abriu a porta, viu Hannah e lhe deu um sorriso.

— Oi, Hannah.

— Olá, Phil.

— A Hannah fez o Kevin dormir. — Sue apontou para o berço. — Ela ficou andando que nem elefante e deu certo.

Phil olhou para a esposa como se ela estivesse enlouquecendo, mas em seguida deu de ombros.

— Se deu certo, ótimo. Tem mais café?

— Tem metade do bule na cozinha — Sue lhe disse. — Pegue uma xícara e venha para cá conversar com a gente, amor. A Hannah desceu para perguntar sobre a DelRay.

Phil se serviu de café e voltou, acomodando-se na poltrona de frente para o sofá. Provou um cookie, declarou que era o melhor que já tinha comido na vida e perguntou:

— O que você quer saber sobre a DelRay?

— Eu só estou torcendo para não acontecer nenhuma grande mudança agora que o Benton voltou. — Hannah iniciou o discurso que havia planejado ao descer a escada do prédio.

— Eu não acho que o Benton vai durar muito. — Phil pegou outro cookie e encolheu os ombros. — Pelo que eu ouvi falar, ele estava curtindo a vida na Costa Leste e só voltou para garantir que a grana não vai acabar.

— E vai? — Hannah fez a pergunta mais óbvia.

— Acho que esse risco eles não correm. A irmã da Sue trabalha na contabilidade e me contou que o Del fechou um contrato vultuoso na quinta-feira.

Hannah assentiu, mas não tinha importância. Quinta-feira era o dia *seguinte* ao assassinato de Max.

– E antes disso? A DelRay estava em maus lençóis?

– A empresa teve um problema uns quatro anos atrás. Foi pouco antes de me casar com a Sue e eu já estava procurando outro emprego.

– As coisas estavam tão ruins assim na DelRay?

Phil ergueu as sobrancelhas.

– Ruins? Elas estavam tenebrosas. Perdemos cinco contratos grandes e o escritório principal cortou pela metade o quadro de funcionários. Fizeram isso com base no tempo de serviço e fazia só um ano que eu trabalhava lá. Só sobrevivi ao corte por um golpe de sorte. O cara que foi contratado logo depois de mim foi mandado embora. Mas aí o Del conseguiu um novo financiamento e a gente vem se saindo melhor desde então.

– Novo financiamento? – Hannah ficou de orelha em pé. – Tipo um empréstimo bancário?

Phil negou.

– Não sei de onde o dinheiro saiu, mas não foi de um empréstimo bancário. A irmã da Sue me contou que o banco recusou um empréstimo ao Del. Alguma coisa a ver com risco.

– Mas está tudo bem desde o empréstimo ou sabe-se lá o quê? – Hannah tomou outro gole de café e esperou a resposta de Phil.

– Não estava tudo bem na quarta de manhã – Sue se pronunciou. – Conte *isso* para ela, Phil.

– A Sue tem razão. Eu estava meio preocupado quando cheguei do trabalho na quarta de manhã.

– *Meio* preocupado? – Sue riu. – Você estava pronto para começar a mandar currículos de novo.

– É verdade. Quando eu estava indo embora da fábrica, vi o velho e ele estava com uma cara sinistra.

– A que horas foi isso? – Hannah prendeu a respiração. As peças começavam a se encaixar.

– Umas seis e quinze, mais ou menos. Eu tinha acabado de encerrar meu expediente e estava indo para o estacionamento quando vi ele conversando com os supervisores noturnos.

Hannah ficou confusa.

– Eu achava que *você* era supervisor noturno.

– Eu sou, mas esses caras estão um nível acima de mim. Foi por isso que achei que alguma coisa devia ter acontecido. O velho nunca aparece antes das nove, a não ser quando acontece uma crise de verdade.

Hannah passou mais alguns minutos batendo papo e depois declarou que precisava ir. Ao subir o lance de escada rumo ao próprio apartamento, tentava encaixar as novas peças do quebra-cabeça. Del Woodley não poderia ter matado Max, não se Phil o tinha visto na fábrica. Mas era bem possível que Del tivesse pegado um empréstimo com Max Turner quatro anos antes. Precisava verificar a informação, e só uma pessoa poderia responder à questão.

Quando ela destrancou a porta, nenhuma bola de pelos laranja saiu correndo pela sala para recebê-la. Hannah olhou ao redor, angustiada. Onde estava Moishe? Então o viu sentado nas costas do sofá. Era óbvio que já havia se cansado da novidade de suas chegadas e saídas.

– Ei, Moishe. – Hannah se aproximou para acariciá-lo mesmo assim. – Volta a dormir. Só vim em casa para dar um telefonema.

Moishe bocejou e se acomodou e Hannah pegou o telefone. Betty Jackson talvez soubesse se Del Woodley tinha pegado dinheiro emprestado com Max quatro anos atrás.

O ramal de Betty estava ocupado e Hannah precisou apertar o redial dezenas de vezes até enfim ser atendida. Quando ela disse alô, Betty foi logo lhe contando como as coisas estavam indo.

– Isso aqui virou um hospício! – Betty parecia ainda mais acelerada do que era normalmente. – Não consigo entrar na sala do Max. Tem uma fita amarela bloqueando a porta e o Bill avisou que não é para eu entrar. E a cidade inteira está me ligando para saber o que vai acontecer com a leiteria.

– Você já sabe?

– Sei. Eu estava agora mesmo falando com o sobrinho de Max, e o plano dele é se mudar para cá e assumir os negócios.

Ele pediu para eu convocar os funcionários para uma reunião e dizer a todo mundo que está na folha de pagamento que ele não está planejando nenhuma mudança. Não é uma maravilha?

– É, sim. – Hannah fez o possível para demonstrar entusiasmo. Estava contente porque a leiteria continuaria aberta, mas tinha muitas outras coisas em mente. – Desculpe incomodar, Betty, mas preciso fazer uma pergunta importantíssima. Você sabe se o Max já fez algum negócio com o Del Woodley?

– Só um pouquinho que eu pego a fatura para você. Você pode esperar na linha, por favor?

Houve um baque quando Betty deixou o fone na mesa e Hannah ouvia-a pedindo a várias pessoas que saíssem de sua sala porque ela estava com um fornecedor importante na linha. Alguns segundos depois, Hannah ouviu o som da porta se fechando e depois os passos firmes de Betty voltando à mesa.

– Desculpe, Hannah. Eu não queria falar nada com gente na sala, mas o Max tinha, sim, negócios com o Del Woodley. Eu não deveria saber de nada, mas peguei a extensão por acaso quando o Max estava conversando com o Del.

Hannah sorriu. Tinha a impressão de que Betty passava boa parte do expediente ouvindo conversas que não deveria ouvir.

– O Del ligou uns meses atrás – Betty continuou. – Queria falar de um empréstimo pessoal. Ele reclamou dos juros altos e o Max não foi muito legal com ele.

– Sério? – Hannah fingiu surpresa.

– A bem da verdade, ele foi horrível. O Max falou para o Del que se ele não gostava dos juros, podia arrumar a grana e quitar o empréstimo.

– O Del quitou o empréstimo?

– Eu não sei, Hannah. O Del não voltou a ligar, e essa foi a última coisa que eu soube sobre o assunto.

– Obrigada, Betty. – Hannah desligou o telefone e pôs a cabeça entre as mãos. Era tudo muito confuso. Talvez devesse ir à leiteria para examinar a cena do crime de novo. Era possível que Bill tivesse deixado passar alguma coisa relativa ao empréstimo que Del tinha pegado com Max.

"Estou saindo de novo, Moishe", Hannah anunciou ao se levantar e tatear o bolso para averiguar se estava com as chaves. Mas Moishe não saiu correndo em direção ao pote de comida como fazia sempre. Ele só abriu o olho bom e lhe deu o que devia ser o equivalente felino de um encolher de ombros entediado.

Capítulo 25

Hannah percorreu a Old Lake Road a 110 quilômetros por hora, quase a velocidade máxima que seu Suburban atingia. Estava quase no cruzamento da Dairy Avenue quando começou a repensar seu destino. Seria um desperdício de tempo revisitar a cena do crime. O assassino tinha planejado tudo muito bem, marcando uma reunião com Max e induzindo-o a abrir o cofre antigo da leiteria original. Era impossível que um assassino tão organizado tivesse deixado provas incriminadoras para trás.

Então o que fazer? Hannah tirou o pé do acelerador e deixou o Suburban chegar ao limite de velocidade permitido. Talvez devesse ir à delegacia para encontrar Bill. Tinha mais fatos para lhe contar, informações que ainda não tinha obtido ao deixar o recado em sua secretária eletrônica. Podia puxar Bill para um canto e lhe contar tudo. Pensando juntos, poderiam entender quais seriam os próximos passos.

Hannah olhou pelo retrovisor e viu a pista vazia. Desacelerou bastante o carro e fez uma coisa que nunca tinha feito na vida. Deu meia-volta por cima da faixa dupla contínua e tomou o rumo da delegacia do condado de Winnetka.

Ao pisar no acelerador para retomar os 110 quilômetros por hora, Hannah pensou em Del Woodley. Ele não podia ter matado Max. As leis da física eram absolutas e ele não poderia estar em dois lugares ao mesmo tempo. Ainda que Phil tivesse errado uns cinco minutos e o relógio de Danielle também estivesse um pouco errado, era impossível ir da DelRay Manufacturing, que ficava na estrada interestadual, até a Cozy Cow Dairy nesse meio-tempo.

Mas Benton poderia ter matado Max. As mãos de Hannah apertaram o volante quando esse pensamento lhe ocorreu. Phil disse que ele tinha voltado para casa por estar preocupado com a possibilidade de o dinheiro da família acabar. Se Max tinha cobrado o empréstimo e Del tinha contado isso a Benton, era plausível que Benton tivesse resolvido proteger sua herança atirando em Max e roubando a papelada.

Hannah pensou em Benton ao correr pela rodovia. Ele sempre gostara de dinheiro. Desde a primeira série, Andrea chegava da escola contando da mochila de couro nova de Benton, da caixa de filmes da Disney que os pais de Benton tinham dado ao filho ou dos suvenires que tinha trazido das férias de verão. Benton tinha sido o garoto mais popular da classe porque presenteava os colegas com os luxos que os pais desses não podiam bancar. "Dê coisas e ganhe amigos" era seu lema.

A riqueza da família de Benton ficara ainda mais evidente no ensino médio. Nessa época Benton deslumbrava as meninas, inclusive Andrea, buscando-as com seu conversível novo reluzente e enchendo-as de presentes caros. O enorme vidro de perfume que tinha dado de presente de Natal a Andrea era só um dos exemplos. Delores tinha olhado o preço e contado a Hannah que tinha custado mais de duzentos dólares.

Hannah duvidava muito que os hábitos de Benton tivessem mudado naqueles anos longe de casa. Tinha certeza de que continuava usando seu dinheiro para comprar amizades. E se toda a grana que usava para impressionar as pessoas começasse a secar de repente? Seria esse um motivo forte o suficiente para Benton matar a pessoa que ameaçava seu estilo de vida?

Havia uma caminhonete lenta à sua frente e Hannah trocou de pista para ultrapassá-la. Sim, Benton podia ser o assassino. Era inteligente o bastante para ter arquitetado a coisa toda, e havia quem já tivesse matado por muito menos. E Benton não tinha um álibi de verdade para o momento dos assassinatos. A não ser que conseguisse mostrar uma passagem de avião que provasse que só tinha aterrissado no aeroporto *depois* do homicídio de Max e Ron, Benton Woodley era o suspeito principal na lista de Hannah.

A bem da verdade, era o único suspeito. Hannah deu um longo suspiro e pisou ainda mais fundo no acelerador. Precisava achar Bill na festa e contar sua nova teoria. Bill não sabia que Del Woodley tinha colocado o anel à venda e jamais imaginaria que Del tinha pegado dinheiro emprestado com Max. Não dava para esperar que ele resolvesse o caso sem saber de todos os fatos.

Hannah tirou o pé do acelerador quando outra ideia lhe veio à cabeça. Como faria para conversar a sós com Bill? Mike Kingston estaria lá e ele era o novo supervisor de Bill. E Bill tinha pedido que ela não deixasse transparecer que estava ajudando na investigação. Era verdade que Mike só começaria a trabalhar na segunda-feira, mas ele estaria na festa. Não tinha como entrar na delegacia e anunciar para Bill *e* Mike que havia solucionado o caso.

A caminhonete tinha dobrado uma esquina e agora não havia mais ninguém atrás dela. Hannah pisou no freio e fez outra meia-volta. Ir à delegacia tinha sido uma péssima ideia. Teria que esperar que Bill chegasse em casa, à noite, para lhe contar que sabia quem era o assassino. Mas o que fazer agora? Eram só três e meia e tinha a tarde inteira pela frente.

No instante em que teve a ideia, Hannah abriu um sorriso. Iria à DelRay Manufacturing para falar com Benton. Puxaria uma conversa educada e perguntaria sobre seu voo. Poderia dizer que uma amiga dela, uma amiga fictícia que morava na Costa Leste, estava planejando uma visita. Seria a desculpa perfeita para perguntar qual companhia aérea tinha usado, quanto tempo tinha durado o voo e se ele tinha esperado muito para pegar o translado do aeroporto. Graças a Andrea, tinha a vantagem de saber que Benton sempre cutucava a unha do polegar quando estava mentindo. Ficaria atenta a Benton para separar as verdades das mentiras...

Não, não podia conversar com Benton. Não ficaria bem interrogar um suspeito de homicídio sem Bill. Hannah tirou o pé do acelerador mais uma vez, se preparando para outra meia-volta. Seu ímpeto anterior tinha sido certeiro. Iria à delegacia e daria uma desculpa qualquer para falar a sós com Bill. Poderia ser uma emergência familiar, algo a ver com Delores. Então Mike os deixaria sozinhos e ela poderia...

Ela estava rodando em círculos e precisava parar. Hannah parou no acostamento da pista e desligou o carro. Três meias-voltas seguidas bastavam e quase tinha feito uma quarta. O que havia com ela hoje? Por que não conseguia usar a lógica na hora de pensar? A sensação era de que estava de olhos vendados tentando encaixar as peças de um quebra-cabeça complicado e que alguém estava tentando misturar as peças de um outro quebra-cabeça para confundi-la.

– Pensa – Hannah murmurou para si mesma. – Fica sentadinha e pensa. Você é inteligente. Você vai saber o que fazer.

Ela já tinha eliminado um bando de suspeitos até sobrar somente Benton. Hannah tinha certeza de que ele era o assassino, mas como ajudar Bill a provar isso? Precisava dar um enorme passo para trás e pensar no que a levara a desconfiar de Benton. E isso a remeteu à pasta da Compacts Unlimited no escritório de Del Woodley. Precisava comprovar que Benton tinha alugado o carro preto compacto que o sr. Harris tinha visto sair correndo da leiteria. Hannah imaginava que poderia esperar a lista de clientes que a gerente prometera mandar para Bill, mas isso significaria um dia inteiro jogado fora, talvez dois. Ela poderia descobrir de outra forma, uma forma em que teria pensado logo de cara se tivesse tirado um tempo para pensar.

Hannah sorriu ao ligar a ignição e voltar à pista. Faria uma visitinha amistosa à mansão dos Woodley. Levaria cookies para Judith Woodley como forma de agradecer pela festa incrível e depois faria algumas perguntas gentis a respeito de Benton. Diria que a mãe tinha deixado um lenço no escritório quando usaram o cômodo de cenário para fotos, e Judith lhe daria permissão para procurá-lo. Se Hannah pudesse dar uma segunda olhada na pasta da Compacts Unlimited, conseguiria confirmar se Benton havia alugado o carro.

– Boa tarde, Hannah. – Hannah percebeu que Judith estava surpresa com sua presença, mas a boa educação a impedia de recusar a visita que lhe trazia presentes. – O Del e o Benton ainda estão no trabalho, mas entre para tomar um chá comigo.

– Obrigada. Vai ser um prazer tomar um chá com você – Hannah disse às pressas e deu um sorriso triunfante quando Judith a conduziu pelo corredor. Judith parecia estar relutante. Uma convidada educada de fato daria uma desculpa para recusar a proposta. Mas Hannah estava só disfarçada de convidada e imaginou que um convite desanimado para tomar um chá era melhor do que convite nenhum.

Quando passaram pelo escritório, Hannah deu uma olhadela para a mesa ao lado do sofá. A pasta da locadora de carros não estava lá. Franziu a testa e resolveu pular a parte do lenço perdido da mãe. Não serviria a objetivo nenhum agora.

– Essa é minha salinha – Judith anunciou ao parar diante de uma porta aberta. – Por favor, entre e fique à vontade. Tenho que retornar um telefonema, mas minha governanta vai trazer o chá e eu já volto para a gente conversar.

Hannah assentiu e continuou sorrindo até Judith sumir. Não havia nada de diminutivo na "salinha" de Judith. O apartamento inteiro de Hannah caberia ali e ainda sobraria bastante espaço.

Ao olhar ao redor, Hannah reconheceu que era uma sala linda. A decoração era de bom gosto, com sedas e cetins e uma vista incrível do jardim. A maioria dos jardins ficava marrom e morta àquela época do ano, mas o de Judith estava suntuoso e verdejante. Seu jardineiro tinha plantado fileiras de abetos ornamentais num desenho intrincado que ziguezagueava em torno das belas estátuas e se aninhava contra os lindos banquinhos de ferro forjado.

– Licença, senhora. – Uma governanta de vestido de seda preto com gola bordada branca entrou na sala. Trazia uma bandeja onde estava um aparelho de chá antigo que Delores seria capaz de matar para ter. Hannah sabia um pouco sobre porcelanas e louças finas por conta de suas incursões a leilões de espólio com a mãe e reconheceu a padronagem. Era um conjunto lindo e raro que a Wedgwood tinha colocado à venda por tempo limitado no século XIX.

A governanta foi até a mesinha redonda antiga que ficava num canto da sala e arrumou o aparelho de chá sobre a superfície lustrada. Também serviu uma travessa de sanduíches pequeninos.

– A sra. Woodley pediu que a senhora não esperasse ela para começar. Posso servir o chá?

– Pode, por favor. – Hannah se sentou em uma das duas cadeiras junto à mesinha. As duas tinham uma visão linda do jardim, mas Hannah estava muito mais interessada em observar como a empregada servia o chá. Ela foi muito eficiente e cuidadosa, o chá dourado fumegando do bico, enchendo a bela xícara de louça sem nem um respingo. Quando a empregada enxugou a abertura da chaleira com um guardanapo de linho impecável, Hannah não teve como não se perguntar se o conhecimento da etiqueta do serviço de chá seria um pré-requisito para trabalhar na casa dos Woodley.

– Limão ou açúcar, senhora?

– Nenhum dos dois, obrigada – Hannah respondeu com um sorriso. – Que bom que você serviu o chá. Eu ficaria apavorada com a possibilidade de deixar a chaleira cair.

A empregada deu um sorriso espantado, mas imediatamente se recompôs.

– Sim, senhora. Mais alguma coisa?

– Acho que não. – Hannah teve o ímpeto de fazer algo totalmente inconveniente. Toda aquela formalidade lhe dava nos nervos. – A bem da verdade, eu detesto chá, mas não conta para a rainha Judith que eu disse isso.

– Não, senhora. Não conto.

A governanta bateu em retirada, mas Hannah ouviu seu riso abafado quando a porta se fechou. Hannah se sentiu bem. Ela duvidava que os empregados domésticos de Judith dessem muitas risadas com os convidados.

Depois que o som dos passos da empregada sumiu no corredor, Hannah pegou a outra xícara e deu uma olhadinha na marca que tinha embaixo. Ela tinha razão. Era Wedgwood. Mal podia esperar para contar a Delores que tinha tomado chá em uma xícara tão rara e cara.

Não tinha nada o que fazer além de aguardar Judith, e Hannah deu uma olhada no ambiente. Havia uma secretária de origem francesa num canto. Devia ser da época de Luís XIV, mas ela não tinha certeza. De certo modo, duvidava que Judith fosse capaz de comprar réplicas, por mais engenhosas que fossem.

As poltronas eram antiguidades de meados do século XIX, sem dúvida inglesas e com certeza caras. De cabeça, Hannah calculou os valores dos móveis que a rodeavam e chegou a um montante descomunal. Não era nenhum espanto que Del Woodley tivesse precisado de um empréstimo. A esposa tinha gastado uns cem mil dólares decorando sua salinha!

Toda aquela conta deu fome e Hannah olhou para a travessa de sanduíches, pequenos retângulos de pão com as cascas tiradas. Por que as pessoas que queriam ser sofisticadas cortavam a casca do pão? Na opinião de Hannah, a melhor parte do pão era a casca. O recheio dos sanduíches era verde, e como acreditava não haver mortadela bolorenta na geladeira dos Woodley, Hannah imaginou que fosse agrião ou pepino. Um sanduíche de hortaliças em pão branco sem casca não era exatamente o que Hannah considerava *haute cuisine*. Estava se perguntando se o gosto não seria superior à aparência quando ouviu alguém se aproximando. Judith estava chegando e Hannah botou uma expressão perfeitamente educada no rosto. Era hora do espetáculo.

Capítulo 26

— Hannah querida. Mil perdões por ter deixado você esperando – Judith disse ao se aproximar da outra cadeira à mesa. – Estou vendo que a srta. Lawson já serviu seu chá.

Hannah pegou a xícara para dar um golinho rápido. O chá estava morno, já que tinha ficado parado por muito tempo, mas ela conseguiu dar um sorriso.

– Está uma delícia.

– Eu prefiro chá oolong, mas a maioria dos meus convidados prefere Darjeeling.

Hannah não tinha certeza se o chá que tinha acabado de bebericar era oolong ou Darjeeling, mas isso era irrelevante.

– Eu vim cumprimentá-la pela festa, Judith. Foi perfeita, como sempre.

– Obrigada, querida.

Judith se serviu de uma xícara de chá e Hannah percebeu que continuava fumegante ao ser derramado do bico da chaleira antiga. Não havia nenhuma rachadura no raro Wedgwood de Judith, embora o aparelho de chá tivesse quase duzentos anos. Delores havia mencionado que até rachaduras do tamanho de fiozinhos de cabelo dissipavam o calor e esfriavam o chá.

Judith ficou no mais perfeito silêncio ao tomar o chá e Hannah entendeu que precisava dizer alguma coisa. A anfitriã não estava facilitando sua vida e Hannah nunca tinha sido boa de conversa fiada.

– Foi muito bom rever o Benton – Hannah começou. – Ele vai passar um tempo por aqui?

– Não sei ao certo. Ainda não tivemos tempo para discutir os planos.

Nada de útil nisso, Hannah pensou, e então resolveu tentar um método mais objetivo.

– Eu queria saber se o Benton ficou satisfeito com o carro que ele alugou.

Hannah foi recompensada por seu esforço com a elevação das sobrancelhas desenhadas com perfeição e um silêncio absoluto. Judith era uma mestra das evasivas.

– Estou falando do carro da Compacts Unlimited – Hannah explicou. – Eu reparei na pasta quando seu marido nos deu permissão para tirar fotos no escritório dele.

– Ah, o carro não era do Benton – Judith corrigiu-a. – Foi o pessoal da festa que alugou no Compacts Unlimited.

Hannah se martirizou mentalmente por não ter cogitado essa possibilidade. A moça da festa tinha lhe dito que Judith pagava o transporte. Mas não era porque Benton não tinha alugado o carro que não o tinha usado enquanto estava lá. E o carro estava lá na manhã de quarta-feira.

– Por que esse interesse todo em carros alugados?

A pergunta de Judith tirou Hannah das reflexões com um solavanco. Não estava chegando a lugar nenhum ao jogar verde para tentar colher informações, e Judith tinha lhe dado uma oportunidade perfeita. Era mais fácil ir logo ao ponto e perguntar.

– Olha, Judith. – Hannah ergueu o olhar para os olhos verdes calmíssimos de Judith. – Talvez fosse melhor eu não falar nada, mas um carro preto alugado na Compacts Unlimited foi visto saindo da leiteria no dia do assassinato do Max Turner. É claro que eu não acredito que o Benton tenha tido alguma coisa a ver com o assassinato do Max, mas meu cunhado foi encarregado da investigação e ele provavelmente vai vir aqui e fazer um monte de perguntas. Eu só queria avisar você.

– Me avisar? Por que você quer me avisar?

Hannah suspirou.

– Acho que *avisar* é a palavra errada. Eu deveria ter dito que queria *alertar* você. O Benton tem um álibi para o horário do assassinato do Max, não tem?

– É claro que tem! – A voz de Judith gotejava gelo. – O Benton não estava nem na cidade a essa hora!

– Era o que eu pensava. Se o Benton ainda tiver a passagem de avião, não deixe ele jogar fora. Pode servir para provar a inocência dele.

Judith semicerrou os olhos.

– Você está querendo dizer que seu cunhado suspeita que o Benton tenha matado o Max Turner?

– Não. Isso é só entre nós duas. Se você achar a passagem do Benton e mostrar ela para mim, nem preciso mencionar isso ao Bill. Você sempre foi muito gentil comigo e eu gostaria muito de poupar sua família do vexame público que seria uma visita da polícia.

– Obrigada pela preocupação, Hannah. – Judith lhe deu um sorrisinho frio. – Se você me der licença um minutinho, eu acho a passagem para você. Deve estar no quarto do Benton. Espere aqui que trago ela para você.

Hannah deu um suspiro aliviado quando Judith saiu da salinha. O comentário sobre poupar a família do vexame havia funcionado. Também tinha poupado Bill de um vexame. Judith não era do tipo que se intimidava com autoridades e talvez processasse a polícia do condado de Winnetka por danos morais se Bill arrastasse Benton até a delegacia para interrogá-lo.

Os segundos passavam e Hannah pegou um sanduíche. Não tinha almoçado e a barriga roncava. Eles não estavam ruins, sem dúvida eram de agrião, mas não eram o que ela chamaria de substancioso. Poderia comer a travessa inteira e mesmo assim não ficaria satisfeita. Hannah estava justamente levantando a fatia de pão de um deles – talvez houvesse frango ou atum ali no meio – quando ouviu os passos de Judith no corredor. Colocou o pão no lugar a tempo e pôs um sorriso no rosto.

– Aqui está. – Judith trazia um xale de seda no braço direito e sua voz estava um pouco trêmula. O ambiente não estava frio, mas talvez tivesse tido calafrios só de saber que Benton era suspeito de homicídio. Sentou-se na cadeira com o xale no colo e com a mão esquerda entregou a passagem a Hannah. – Se você abrir a pasta, vai ver que o avião do Benton só pousou às doze e dezessete. Imagino que isso baste para tirá-lo da lista de suspeitos.

Hannah examinou a passagem.

– Basta, sim. Eu lamento muitíssimo ter precisado tocar nesse assunto e espero não ter lhe causado muito transtorno. É que os indícios circunstanciais contra o Benton eram numerosos demais.

– Numerosos demais? – Judith ergueu as sobrancelhas. – Como isso é possível? Um homicídio precisa de motivação. Que motivação o Benton teria para matar o Max Turner?

– A bem da verdade – Hannah hesitou, escolhendo bem as palavras que usaria –, tem a ver com o empréstimo pessoal que seu marido pegou com o Max Turner.

– Do que você está falando, Hannah?

Judith parecia agitada, sem a compostura habitual, e Hannah se perguntou se não era melhor recuar. Mas Judith tinha sido muito acessível e merecia a verdade.

– Me desculpe por ser eu a contar isso a você, Judith, mas o Del pegou um empréstimo pessoal com o Max Turner. Eu soube agora à tarde. E sei que o Del estava com dificuldade de fazer os pagamentos. Você entende que tudo se encaixa?

– Entendo, sim. – A voz de Judith estava severa e Hannah supôs que estivesse constrangida. – Você ficou achando que o Benton matou o Max para o Del não ter que honrar o empréstimo. É isso?

– É isso. Lamento muito, Judith, mas fazia sentido. Você tem que admitir.

Judith abaixou a cabeça em concordância.

– Você tem razão, Hannah. Fazia sentido, sim. O seu cunhado sabe do empréstimo?

– Não. Não existe nenhum registro disso e não vejo razão para contar para ele agora que o Benton não é mais suspeito. E o Del tem um álibi incontestável para a hora do assassinato do Max. Ele estava com os supervisores noturnos da DelRay e é impossível que estivesse em dois lugares ao mesmo tempo. A única outra pessoa que se importaria com o empréstimo são você e...

– Brava, Hannah. – Judith abriu um sorriso gelado e tirou uma arma de baixo do xale de seda. – Uma pena que você tenha encaixado as peças do quebra-cabeça, mas agora que você encaixou, não posso deixar você contar para o seu cunhado.

– *Você* matou o Max? – Hannah engoliu em seco. Nunca tinha olhado dentro do cano de uma arma e não era uma experiência que gostaria de repetir. E se a expressão fria, calculista, no rosto de Judith era um indicativo, Hannah desconfiava que talvez jamais repetisse qualquer coisa que fosse.

– Você estava fazendo perguntas demais, Hannah. E estava chegando perto demais da verdade. Eu sabia que era só uma questão de tempo até você chegar a uma conclusão certeira e comunicá-la ao seu cunhado. Eu não poderia permitir uma coisa dessas, não é?

Judith iria matá-la. Hannah sabia disso com uma certeza absoluta. Também sabia que precisava fazer Judith continuar falando para ganhar tempo até os reforços chegarem.

Mas não havia reforço nenhum, Hannah se lembrou. Não tinha falado para Bill que iria à casa de Judith e ele não sabia nada sobre o empréstimo que Del pegara com Max. Para piorar a situação, Bill ainda não era nem detetive. Ele jamais resolveria o caso a tempo!

– Está nervosa, querida?

A voz de Judith era de escárnio e Hannah ficou arrepiada. A educada socialite havia se transformado numa assassina a sangue frio e ela iria morrer se não incentivasse Judith a continuar falando.

– É claro que estou nervosa! Quando foi que você pegou essa arma? Ou você já estava com ela quando eu cheguei?

– Você acha mesmo que eu ando armada na minha própria casa? – Judith deu uma leve risada.

É claro que não. Até um coldre de ombro estragaria o caimento do seu vestido, Hannah pensou. E então ela ficou se perguntando como era capaz de ter pensamentos irreverentes quando Judith estava prestes a matá-la. Ou era muito mais corajosa do que jamais imaginara ou ainda esperava que a cavalaria aparecesse no último segundo.

A cabeça de Hannah girava em velocidade máxima em busca de perguntas que Judith pudesse querer responder. Os assassinos de seus filmes prediletos gostavam de explicar por que tinham matado suas vítimas. A única coisa que podia fazer era desviar a atenção de Judith da vontade de atirar nela até que descobrisse o que fazer.

– Quando foi que você pegou essa arma? Estou curiosa.

– Por quê?

– Sei lá. É assim que minha cabeça funciona. Você vai me matar de uma forma ou de outra. Pode muito bem me fazer o favor de primeiro saciar a minha curiosidade.

– E por que eu faria algum favor a você?

– Porque eu trouxe cookies para você – Hannah respondeu. – É de pecã, um dos melhores. Você vai adorar.

Judith riu. Parecia achar o comentário de Hannah engraçado. Talvez fosse mesmo, mas Hannah achava difícil ver humor além do cano da arma.

– Poxa, Judith. – Hannah tentou de novo. – Que mal há em me contar? Você foi esperta ao pegar a arma. Eu só quero saber quando foi que você se deu conta de que precisava de uma.

– Eu voltei com a arma quando peguei a passagem de avião. Estava debaixo do meu xale.

Hannah suspirou. Devia ter reparado que o xale de seda de Judith não combinava com o vestido que estava usando. Se estivesse com a cabeça no lugar, teria percebido que havia alguma coisa errada.

– Você já estava planejando atirar em mim?

– Não. Eu trouxe a arma como precaução, e estava torcendo para não ter que usá-la. Infelizmente, você forçou a mão ao mencionar o empréstimo.

– Eu e minha boca grande – Hannah soltou. Em seguida, suspirou. – Se eu não tivesse falado nada sobre o empréstimo, você teria deixado eu ir embora?

– Teria. Mas você *falou*, e agora é tarde demais.

Hannah pensou em outra pergunta o mais rápido possível.

– Eu sei dos outros empréstimos que o Max fez e sei que ele obrigava as pessoas a darem a casa como garantia. Foi isso o que ele fez com vocês?

– Foi. A DelRay sofreu um revés e quando o Del precisou de mais capital, ele transferiu minha casa. Ele foi tolo de tomar essa atitude. Eu avisei que era para ele não fazer isso, mas ele não me ouviu. O Del nunca foi muito inteligente.

O cano da arma balançou um pouco e Hannah se perguntou se não devia tentar pegá-la. Em uma das séries de detetives que assistia, o personagem principal enfiava o dedo em algum lugar para evitar que a arma disparasse. Mas a arma não era parecida com aquela que Judith segurava. Se saísse dessa viva, ela trataria de aprender tudo o que pudesse sobre armas e como funcionavam.

– Você está muito quieta, Hannah. – Os lábios de Judith se ergueram num arremedo de sorriso. – Não vai me perguntar mais nada?

Hannah descartou todas as ideias que eram inúteis e se lançou em outra pergunta. Era bom que Judith quisesse falar sobre Max e o que tinha feito com ele.

– Por que o Del não pegou um empréstimo no banco? Seria muito mais seguro do que com o Max.

– O banco recusou. Disseram que ele já tinha estendido demais o crédito e eles tinham razão. Eu aconselhei o Del a fechar as portas, mas ele só conseguia pensar no impacto que isso teria sobre os funcionários. Esse pessoal arrumaria outro emprego. E mesmo se não arrumasse, para mim não faria a menor diferença!

Hannah tentou não demonstrar emoção. Judith era totalmente egocêntrica. A única preocupação que tinha era com sua casa, não com as centenas de trabalhadores de Lake Eden que ficariam desempregados.

– Imagino que o Max tenha mandado o Del quitar o empréstimo e por isso você tenha precisado... agir.

– Foi exatamente isso. Eu avisei ao Del que ele tinha que ficar atento às cláusulas sorrateiras quando assinasse a papelada do empréstimo, mas ele nunca foi um grande leitor de contratos. O Max se aproveitou da ingenuidade dele.

– Ele não pediu a um advogado que lesse a documentação do empréstimo?

– Não deu tempo. O Max disse que o acordo estaria cancelado se ele não assinasse imediatamente. Como o Del estava desesperado, ele estava vulnerável. O Max já contava com isso. Aquele sujeito não tinha escrúpulos!

Hannah respirou fundo. Pelas descobertas que havia feito a respeito de Max, podia concordar plenamente com Judith.

– Você tem razão, Judith. E você não foi a única pessoa que o Max tentou destruir. Ele ia mesmo executar a hipoteca da sua casa?

– Ia, e eu não podia permitir uma coisa dessas. O Del construiu esta casa para mim. Foi uma condição para o nosso casamento. Pedi ao arquiteto que seguisse a planta da casa do meu pai. Esta aqui é uma réplica exata, e a ideia de perdê-la foi insuportável. Tenho certeza de que você é capaz de entender.

– Sua casa é tão importante assim para você?

– É a minha vida! – Judith parecia ferozmente protetora. – Como é que eu ia ficar parada sem fazer nada com o Max Turner ameaçando tirar *minha vida* de mim?

Hannah conteve o ímpeto de lembrar a Judith que ela tinha tirado a vida de Max de uma forma muito mais tangível e permanente.

– Foi por isso que você mandou o Benton voltar para casa?

– Claro que foi. Mas o Benton não ama esta casa que nem eu. Na verdade, ele disse que eu precisava aceitar, que o pai tinha assinado a papelada do empréstimo voluntariamente e nós não podíamos fazer nada.

– Então você resolveu matar o Max para reaver a papelada do empréstimo?

– Que alternativa eu tinha? Eu não podia ficar parada e deixar o Max Turner me despejar da minha casa maravilhosa!

– Não, acho que não. – Hannah percebeu que a mão de Judith tremia um pouco e fez outra pergunta para acalmá-la. – O Max não ficou desconfiado quando você ligou dizendo que queria falar com ele?

Judith soltou uma risadinha fria.

– O Max não era tão esperto assim a ponto de ficar desconfiado. Eu falei que tinha vendido algumas joias de família e que estava disposta a quitar a dívida do Del. Quando cheguei no escritório dele, exigi que ele me entregasse a documentação do empréstimo antes de eu dar o dinheiro.

– Então ele levou você à leiteria antiga e tirou os papéis do cofre?

– Isso, mas primeiro eu precisei mostrar o dinheiro. Você tinha que ter visto a cara de ganância dele. Foi estarrecedora!

Hannah ficou confusa.

– Então você tinha dinheiro para quitar o empréstimo?

– Claro que não. Eu só deixei ele dar uma olhadinha num maço de notas de mil dólares. O Max era burro demais para atinar que só as primeiras cinco notas eram verdadeiras. E depois que ele me deu a papelada do empréstimo, eu tive o enorme prazer de livrar o mundo de Max Turner!

Os olhos de Judith ficaram severos e Hannah entendeu que devia fazer alguma coisa para apaziguar sua raiva.

– Muita gente seria grata a você, Judith. Se as outras pessoas que o Max tentou arruinar soubessem do que eu sei, provavelmente ergueriam uma estátua em sua homenagem na praça de Lake Eden.

— Mas elas não sabem. - Judith não se deixava levar facilmente. – E *não vão* ficar sabendo.

— É claro que não. Ninguém jamais vai descobrir. Mas por que você matou o Ron?

— Ele me viu com o Max. – Judith parecia triste. – Eu não queria, Hannah. Não foi nada pessoal, e sinto muito remorso por ter acabado com a vida dele. É importante que você acredite.

— Então o Ron só teve culpa de estar no lugar errado na hora errada?

Judith suspirou.

— Isso mesmo. Eu bem que queria que ele não tivesse entrado na leiteria, mas como ele me viu, eu tive que tomar uma atitude. Quando o corpo do Max fosse descoberto, ele falaria que tinha me visto lá. Foi muito desagradável, Hannah. Eu gostava do Ron. Ele não merecia morrer.

— Eu mereço morrer? – Hannah prendeu a respiração enquanto aguardava a resposta de Judith. Talvez Judith repensasse caso sentisse bastante culpa.

— Não. Eu gosto de você, Hannah. Sua sinceridade é um bálsamo. E é justamente por isso que essa situação toda é complicada. Pelo menos vai ser rápido. Não gostaria que você sofresse. Já planejei tudo.

— Sério? – Hannah tentou parecer interessada, mas falar de sua morte iminente era assustador. – O que foi que você planejou? Você não vai cometer um deslize agora que está tão perto de cometer assassinatos perfeitos e escapar ilesa.

— Eu não vou cometer um deslize – Judith falou com total segurança. – É simples, Hannah. Vou com você até lá fora, você entra no banco de trás do seu carro, eu atiro e levo o carro até o lago que fica nos fundos do nosso terreno. Depois solto o freio e empurro seu carro colina abaixo, para ele afundar sem deixar rastro.

Hannah se arrepiou e pegou a xícara para tomar mais um gole de chá. Ouvi-la falar com tamanha frieza sobre a desova de seu corpo vivinho da silva deixou-a de boca seca.

– Muito inteligente. Mas e a sua governanta? Ela sabe que eu estou aqui e vai ouvir o tiro.

– Ela foi embora. Mandei ela tirar o resto do dia de folga. Nós estamos sozinhas, Hannah, e o Benton e o Del não chegam nas próximas horas. Eles têm uma reunião na fábrica bem mais tarde. – Judith gesticulou com o cano da arma. – E chega de conversa. Largue essa xícara, Hannah. Este aparelho de chá é uma herança de família inestimável. Faz quase duzentos anos que está com a gente. Foi um presente do rei George III e minha avó paterna trouxe o conjunto da Inglaterra. Sou muito apegada a ele.

Hannah pensou rápido, ainda segurando a xícara.

– Minha mãe é colecionadora. É Wedgwood, não é?

– Óbvio. – Judith deu uma risada divertida. – Até um colecionador amador reconhece imediatamente o valor desse aparelho. Sabia que já me ofereceram mais de cem mil dólares pelo conjunto?

– Você devia ter aceitado – Hannah soltou, com uma ideia começando a tomar forma em sua cabeça. – É falsificado.

– O quê? – Judith ficou sem ar, encarando-a com incredulidade.

– Aqui, deixa eu mostrar para você. – Hannah deixou a xícara em cima da mesa e levantou a tampa da chaleira para examinar a marca gravada na parte inferior. – Muita gente não sabe disso, mas eu estudei a Wedgwood para a minha mãe. Este aparelho de chá é raríssimo e a Wedgwood pôs uma marquinha dupla aqui. A sua só tem uma marquinha, o que prova que o aparelho não é um Wedgwood autêntico. Entendeu o que eu quero dizer?

Hannah transferiu a tampa para a mão esquerda e Judith baixou um pouco o cano da arma para se debruçar e olhar a marca. Pronto. Hannah sabia que jamais teria uma oportunidade melhor. Pegou a chaleira com a mão direita e jogou o chá fumegante no rosto dela. Judith reagiu dando um salto para trás e Hannah a empurrou antes que ela recuperasse o equilíbrio. A arma voou da mão de Judith e Hannah a derrubou no chão com o máximo de sua força, segurando-a na lanugem do caríssimo tapete Aubusson.

Judith se debateu com suas longas unhas pintadas, mas não tinha como competir com a adrenalina de Hannah. Além do mais, Hannah tinha uns quinze quilos a mais do que ela. Num piscar de olhos, já tinha virado Judith de barriga para baixo, juntado suas mãos atrás do corpo e prendido as duas com o xale de seda Hermès que Judith usava no pescoço.

As mãos de Hannah tremiam quando ela pegou a arma e encostou-a na cabeça de Judith.

– Se você se mexer, você morre. Entendeu, Judith?

A socialite trêmula que estava no chão não respondeu, mas Hannah não esperava resposta. Ela marchou até o telefone com a intenção de pedir à secretária da delegacia que pusesse Bill na linha quando o cunhado entrou correndo na sala.

– Eu assumo daqui, Hannah. – Bill parecia estar orgulhoso dela, mas Hannah estava aturdida demais para reagir. – Pode me dar a arma.

Hannah fez que não. Não ia se arriscar diante da mulher que ficara por um triz de matá-la.

– Algema ela primeiro, Bill. Ela é ardilosa, e esse xale de seda pode se soltar.

– Está bem. – Bill abriu um sorriso ao se aproximar de Judith e algemá-la. – Ela matou o Max e o Ron?

– Matou. Diga quais são os direitos dela, Bill. Eu não quero de jeito nenhum que esse caso seja indeferido por conta de um detalhe.

Por um instante Hannah pensou que tinha estragado tudo, pois Bill lhe lançou um olhar de "quem você pensa que é?". Mas provavelmente decidiu deixar barato, pois tratou de declarar os direitos de Judith.

– Como é que você sabia que eu estava aqui? – Hannah indagou quando Bill terminou a parte jurídica.

– Eu recebi seu recado sobre a pasta da locadora de carros e fui até a DelRay para conversar com o Del. Ele disse que não tinha visto você e imaginei que estivesse aqui. Me desculpe por não ter chegado antes, mas parece que você lidou bem com a situação. Talvez eu possa fazer umas aulinhas.

– Pode ser – Hannah respondeu com modéstia. Ela não ia confessar que tinha sido salva por uma mistura de acaso e sorte pura.

Os minutos seguintes passaram voando. Os reforços chegaram para levar Judith presa, Bill tomou o depoimento de Hannah na cozinha gigantesca dos Woodley e a salinha de Judith foi isolada com a fita amarela usada para proteger cenas de crimes. Hannah avisou a Bill que os policiais precisavam ser cuidadosos com o aparelho de chá, que *realmente* era uma antiguidade inestimável. Então Bill saiu com ela no frescor do ar noturno, que ela tinha pensado que jamais mais curtiria novamente.

A noite estava incrivelmente pacata. Flocos de neve delicados caíam, e este parecia um encerramento conveniente para um dia repleto de confusão, frustração, medo e por fim a sensação de dever cumprido. Hannah ia entrar no Suburban quando se lembrou de algo que tinha visto na bancada da cozinha dos Woodley.

– Esqueci uma coisa, Bill. Eu já volto.

Hannah entrou correndo na casa e foi direto à cozinha. Ali estava: a sacola branca da confeitaria, com alças de plástico vermelhas e "The Cookie Jar" estampado na lateral em letras douradas. Pegou a sacola e saiu correndo.

– São para você. – Hannah estava esbaforida ao entregar a sacola a Bill. – É o meu melhor, o cookie de pecã.

Bill parecia surpreso e contente.

– Valeu, Hannah. Por que você tinha deixado lá dentro?

– Eu usei o cookie como desculpa para ver a Judith. – Hannah riu, e o eco da própria risada soou maravilhosa a seus ouvidos. – Dei a ela como o presentinho que se dá a uma anfitriã, mas acho que ela não vai receber muitas visitas lá onde ela vai morar agora.

Epílogo

Se comparada às reuniões de família habituais, aquela não tinha sido tão ruim assim, e Hannah teve uma surpresa boa. Norman tinha saído da festa da delegacia e se oferecido para ajudar Bill com a mudança de Mike Kingston para o novo apartamento. Naturalmente, Bill o convidara para ir à casa dele comer pizza com eles, e agora todos estavam sentados à mesa da sala de jantar de Andrea e Bill, degustando a pizza, a salada que Delores tinha levado e a contribuição de Hannah: duas travessas de suas deliciosas barrinhas de limão. Ela disse a todo mundo que achava condizente levar barrinhas porque Judith Woodley finalmente estava atrás das barras.

Houve mais um acontecimento que transformou a noite em uma comemoração. O xerife Grant havia promovido Bill a detetive e resolvido fazer de Bill o parceiro de Mike. Mike continuaria sendo o supervisor de Bill, mas eles trabalhariam juntos nos casos. É claro que o xerife Grant não sabia nada sobre a participação de Hannah na resolução do homicídio duplo, e Mike tampouco. Hannah tinha falado para Bill que queria que todo o crédito fosse dado a ele.

Tinham mais um motivo para comemorar, que dizia respeito à carreira de Andrea. Bill tinha decidido que, como Tracey amava a escolinha, seria uma pena afastá-la dos amigos que tinha feito. E como Tracey passaria os dias no Kiddie Korner, Andrea poderia continuar vendendo imóveis.

– Hora de ir para a cama, Tracey. – Andrea estava relaxada e feliz ao se dirigir à filha. – Amanhã você tem escola.

– Está bem, mamãe. Posso levar pra aula o urso detetive que o Mike me deu, né?

– Claro que pode – Bill respondeu.

– Mas é colecionável – Delores objetou. – E se um dos amigos da Tracey sujar o ursinho?

Mike encolheu os ombros.

– Aí ele vai ficar sujo. Deixa ela levar, Andrea. Se a Tracey não puder brincar com o urso, não vale como brinquedo.

– Tem razão. – Andrea sorriu para ele e se virou para Tracey. – Pode levar, meu amor. Não tem problema.

Hannah observou o diálogo e se sentiu bem. Talvez Andrea estivesse se tornando menos materialista. Sem dúvida estava ficando mais maternal. Tracey a chamara de "mamãe" e Andrea não fizera objeção ao título.

Depois de Tracey dar um beijinho de boa-noite em todo mundo e subir para o quarto acompanhada de Andrea, Delores gesticulou para Hannah.

– Você me ajuda a fazer outra salada, querida? Está acabando.

– Claro. – Hannah seguiu Delores até a cozinha, mas no instante em que já não estavam mais ao alcance dos ouvidos alheios, ela pegou o braço da mãe. – Manda ver, mãe.

– Mandar ver *o quê*, querida?

– A razão por que você quis falar a sós comigo. A salada não está acabando. A cumbuca está pela metade.

– Você sempre foi muito esperta. – Delores riu. – Eu só queria saber como você está se sentindo com dois homens competindo por você.

Hannah deu um passo para trás e lançou um olhar para a mãe que faria uvas murcharem na videira.

– Está louca, mãe? O Norman não tem interesse nenhum em mim. Somos amigos, mas não passa disso. E o Mike

Kingston não está de jeito nenhum. Ele só está sendo educado com a cunhada do novo parceiro.

– Eu acho que não. – Delores não tinha se abalado com o argumento. – O Norman disse para a Carrie que fazia anos que não se sentia tão à vontade com uma mulher quanto ele se sente com você.

– Que bom, mas isso não é sinal de interesse romântico. O Norman fica igualmente à vontade com a Andrea. Aliás, eu acho que ele fica *ainda mais* à vontade com ela. Eles passaram um tempão juntos na sala discutindo que cor a Andrea devia escolher para o tapete novo.

– Mas a Andrea é casada – Delores destacou – e você não é.

Hannah não resistiu a fazer piada com a mãe.

– É verdade. Você acha que o Norman ficaria ainda mais à vontade comigo se eu me casasse?

– Não foi isso o que eu quis dizer e você sabe muito bem! – Delores soou tão ultrajada quanto possível, dado que não podia erguer a voz.

– Desculpe, mãe. É que você vive tentando arrumar alguém para eu casar. Eu já falei que estou muito feliz solteira.

– Isso vai mudar quando você conhecer o cara certo. – Delores parecia ter certeza absoluta. – Eu acho que você já conheceu e ainda não se deu conta disso. O Norman é um peixe e tanto.

– Você faz ele parecer uma truta.

– Vem a calhar, querida. – Delores estava achando muita graça. – O Norman já mordeu a isca. Agora só falta você puxar a linha.

Hannah riu da imagem que lhe veio à cabeça, e Delores riu junto. Quando pararam, Hannah a repreendeu com carinho.

– Se você parar de tentar me juntar com todos os homens da cidade, nossa relação vai melhorar muito. Você já tem uma neta que é perfeita. E seu genro acabou de resolver um caso de homicídio duplo e foi promovido a detetive. Vamos aproveitar a noite e comemorar todas as coisas boas que aconteceram.

– Você tem razão, Hannah – Delores concordou. – Mas eu ainda acho que os dois estão competindo por você.

Era impossível parar Delores, e Hannah estava quase a ponto de desistir da batalha, mas não faria isso sem antes dar um golpe final.

– Se eles estão competindo por mim, por que nenhum dos dois me chamou para sair?

– Ah, mas vão chamar. – Delores estava muito segura do que dizia. – Antes de a noite acabar, você vai ter dois encontros marcados.

– Você acha mesmo?

– Quer apostar?

– Sei lá. O que eu ganho por acertar?

– *Se* você acertar – Delores corrigiu.

– Está bem, *se* eu acertar.

– Eu compro uma roupa nova para você. A Claire está com um terninho de seda verde incrível que vai ficar lindo em você.

Hannah tinha visto o terninho de seda verde na vitrine de Claire e Delores tinha razão: era incrível.

– Você nunca vai vencer essa aposta, mãe! Mas, só para saber, o que você quer se *você* ganhar?

– Eu quero que você pare de usar esses tênis velhos horrorosos. Eles estão um nojo!

– Mas eu adoro eles. – Hannah olhou para o par velho da Nike, o sapato mais confortável que tinha.

– Já faz cinco anos que você adora eles e já está na hora de eles receberem um enterro digno. – Delores lhe deu um sorriso desafiador. – Por que essa preocupação toda? Você acabou de afirmar que eu não vou ganhar.

Hannah ponderou. A probabilidade de que Norman e Mike a chamassem para sair antes que a noite fosse encerrada era ínfima demais para calculá-la sem usar números de nomes estranhos como googol e googolplex.

– Está bem, mãe. Aposta feita.

– Que bom. – Delores lhe abriu um sorrisão. – Vamos montar a salada antes que alguém venha aqui perguntar do que a gente tanto fala.

Quando a salada ficou pronta, Hannah a levou para a mesa. Delores ficou alugando o ouvido de Mike falando de brinquedos colecionáveis e Norman e Andrea entabularam um debate sobre paredes texturizadas e o método da esponja para aplicar tinta. Assim, Hannah ficou com Bill, e ela entendeu que nunca teria uma oportunidade melhor do que aquela para falar sobre o treinador Watson.

– Você me mostra onde fica o lixo reciclável? – Hannah pegou a lata de Coca diet que estava bebendo.

– Você sabe onde fica. É a caixa amarela na cozinha, embaixo da pia.

Hannah olhou ao redor. Já que ninguém prestava atenção aos dois, ela segurou o braço de Bill e se aproximou.

– Preciso falar com você a sós.

– Ah – Bill sussurrou. – Desculpe, Hannah. Vamos lá para a sala.

Já longe dos outros, Hannah se virou para ele.

– Preciso de um favor, mas é complicado.

– Tudo bem. Qual é o favor?

– Não é oficial, Bill. E você não pode comentar com ninguém o que eu vou dizer.

– Não vou falar nada.

– Descobri que o treinador Watson anda batendo na Danielle. Eu conversei com ela, mas ela não quer dar queixa.

– Eu não tenho como fazer nada sem ela dar queixa. – Bill deu um longo suspiro. – É uma pena, mas estou de mãos atadas.

– Eu sei. O Boyd está fazendo terapia, mas eu estou preocupada mesmo assim. Só queria saber se você não pode ficar de olho nele extraoficialmente.

– Isso eu posso fazer.

– Você não pode falar nada com ele. Se Boyd achar que a Danielle contou para alguém, ele pode surtar.

– Não seria algo inédito. Posso me aconselhar com o Mike sobre como lidar com esse caso?

– Boa ideia. – Hannah sorriu. – Ele já deve ter precisado lidar com esse tipo de situação. Mas não menciona o nome do Boyd e da Danielle.

– Pode deixar. Que bom que você me contou isso agora, assim eu já ficou sabendo caso aconteça alguma coisa.

Hannah estremeceu ao voltar para a sala de jantar com Bill. Ela não conhecia Danielle muito bem antes do assassinato de Ron, mas agora conhecia e gostava muito dela. Queria poder fazer mais para protegê-la, mas Danielle estava em negação, e o sistema não poderia agir se ela não permitisse.

O humor de Hannah melhorou quando voltaram ao grupo reunido em volta da mesa. A conversa estava animada e havia muita provocação amistosa. Era uma das melhores festinhas que já tinham feito, e Hannah se perguntou se não deviam sempre convidar gente de fora para as reuniões de família.

Algumas vezes, enquanto comiam a sobremesa e tomavam café, Delores lhe deu piscadelas. Hannah piscava de volta. Seu tênis velho não parecia estar sob ameaça.

Sair com alguém nem passava pela cabeça de Hannah quando ela foi à cozinha pegar a outra travessa de barrinha de limão que tinha levado e se deparou com Norman ali, à sua espera.

– Oi, Norman. Você está roubando barrinhas pelas nossas costas?

– Não. – Norman estava muito sério ao balançar a cabeça. – Estava esperando uma chance de conversar a sós com você, Hannah. Queria agradecer pelos documentos do empréstimo. Minha mãe também agradeceria se ela soubesse.

– Imagina, Norman. Eu não queria que mais ninguém visse aqueles papéis, então eu… hmm…

– Você se apoderou deles? – Norman sorriu ao sugerir a palavra.

Hannah retribuiu o sorriso.

– Isso mesmo.

– Janta comigo na sexta-feira? A gente podia ir naquela churrascaria à beira do lago. Eu preciso muito conversar a sós com você, Hannah. É sobre a minha mãe.

– Claro – Hannah concordou sem pensar duas vezes. – Acho uma ótima ideia, Norman.

Foi só quando Hannah já estava acomodada em sua cadeira que ela se deu conta de que Delores já tinha ganhado cinquenta por cento da aposta. Norman a chamara para jantar e isso contava como um encontro amoroso. Ela olhou para Mike. Era impossível que fosse chamá-la para sair. Seu tênis predileto estava a salvo.

A reunião terminou por volta das dez. Bill e Mike tinham que estar na delegacia às oito e Norman tinha uma consulta cedinho. Eles levaram Delores até o carro e Hannah ficou mais um pouco para ajudar Andrea a jogar fora os pratos descartáveis e as caixas de pizza. Quando acabaram de arrumar tudo e Bill tirou as lixeiras para que o caminhão levasse o lixo na manhã seguinte, ela calçou as botas, deu boa-noite à irmã e ao cunhado e atravessou a neve fofa rumo ao carro.

– Hannah?

– Oi, Mike. – Hannah ficou surpresa ao ver Mike Kingston encostado no capô de seu carro. – Eu achava que você tinha ido embora.

– Ainda não fui. Eu queria falar com você.

A voz dele parecia tensa e Hannah franziu a testa.

– Claro. O que foi?

– Eu gostei de você, Hannah.

Hannah ficou confusa. O que gostar tinha a ver?

– Também gostei de você, Mike.

– E eu queria conhecer você melhor.

Hannah começou a desconfiar de que algo que não imaginava que aconteceria estava acontecendo.

– Eu também gostaria de conhecer você melhor.

Mike sorriu e seu rosto todo se iluminou.

– Que alívio. Como acabei de me mudar para cá, não sei o que tem para a gente fazer no fim de semana, mas se eu conseguir bolar algum programa legal, que tal você sair comigo no sábado à noite?

A perplexidade de Hannah foi tanta que ela ficou boquiaberta.

– Você está me chamando para sair no sábado à noite?

– Estou. Dá para a gente arrumar o que fazer em Lake Eden, não dá?

– Claro que dá. – Por uma fração de segundo, imagens de lençóis de cetim e travesseiros de plumas passaram pela cabeça de Hannah, mas ela fez questão de esquecê-las logo. É que Mike era lindo e sexy. E ela estava tão... disponível.

Mike tornou a sorrir.

– Acho que é melhor eu pegar a estrada. Seis horas da manhã é logo ali.

– Seis? – Hannah ergueu as sobrancelhas. – Eu achava que você só precisava chegar na delegacia às oito.

– Sim, mas meu prédio tem academia e eu gosto de malhar de manhã. Quer que eu vá com você até em casa?

Hannah afastou outra imagem da cabeça. Não achava que era *isso* o que Mike queria dizer.

– Por que você iria comigo até em casa?

– Eu consigo pensar em várias razões, mas é melhor a gente não começar essa conversa agora. Eu só quis dizer que estou preocupado com a sua segurança. Você está sozinha e está escuro.

– Não tem perigo nenhum, Mike. Estamos em Lake Eden. Não existe crime aqui.

– Você não considera crime um homicídio duplo? – Mike caiu na risada.

Hannah também riu, apesar de a piada ter sido às suas custas.

– Você tem razão, mas foi uma exceção e não a regra. Eu não vou ter problema nenhum. Pode ir para casa dormir.

– Estou indo. – Mike se virou para pegar o carro. Ele entrou, ligou a ignição e abaixou o vidro. – Eu ligo para o seu trabalho amanhã para a gente marcar o nosso encontro.

– Vou estar lá o dia inteiro. – Hannah acenou quando ele deu partida no carro. Ela estava entrando no carro, atrás do volante do Suburban, quando sua ficha caiu. Tinha acabado de aceitar um encontro com Mike Kingston.

"Ih!" Hannah franziu a testa ao esticar o braço e pegar o tênis que tinha atirado no banco do carona. Ela desceu do carro, foi até uma das lixeiras que Bill tinha deixado ali fora para ser recolhida de manhã e torceu para que Delores desse valor ao que ela estava prestes a fazer. Ela tinha um encontro com Norman e outro com Mike. Ambos a tinham chamado para sair antes de a noite terminar, e ela nunca tinha trapaceado em uma aposta.

Dois encontros em uma só noite – nada mau! A testa enrugada se desfez em um sorriso quando ela levantou a tampa e jogou lá dentro seu par predileto de tênis.

Barrinhas encantadoras de limão

Preaqueça o forno a 175 ºC,
use a grelha do meio.

2 xícaras de farinha *(não é preciso peneirar)*
1 xícara de manteiga fria *(227 gramas)*
½ xícara de açúcar de confeiteiro *(não é preciso peneirar, a não ser que haja grumos grandes)*

4 ovos batidos *(é só batê-los com um garfo)*
2 xícaras de açúcar refinado
8 colheres (sopa) de suco de limão *(½ xícara)*
1 colher (chá) de raspas *(opcional) (raspa é a casca de limão ralada fininha)*
½ colher (chá) de sal
1 colher (chá) de fermento químico
4 colheres (sopa) de farinha *(equivalente a ¼ de xícara – não se incomode em peneirar)*

Corte cada barra de manteiga em oito pedaços. Bata junto com a farinha e o açúcar de confeiteiro no processador até a mistura ficar parecendo uma farinha grossa *(como no primeiro passo do preparo de uma massa de torta)*. Espalhe a mistura em uma forma untada de 23 x 33 cm *(é uma forma de bolo de tamanho padrão)* e amasse com as mãos.

Asse a 175 ºC por 15 a 20 minutos ou até as bordas dourarem. Retire do forno. *(Não desligue o forno!)*

Misture os ovos ao açúcar refinado. Acrescente o suco de limão *(e as raspas, caso queira usá-las)*. Junte o sal e o fermento e misture. Em seguida, acrescente a farinha e misture até ficar uniforme. *(A mistura vai ficar líquida – é assim que tem que ser.)*

Derrame essa mistura por cima da massa que você acabou de assar e devolva a forma ao forno. Asse a 175 ºC por mais 30 a 35 minutos. Depois retire e polvilhe mais açúcar de confeiteiro.

Deixe esfriar completamente e depois corte em barrinhas do tamanho de brownies.

Levei essas barrinhas para a festinha que fizemos depois da mudança de Mike Kingston. Na véspera, o Bill tinha resolvido o caso de homicídio duplo e sido promovido. (Sou uma boa cunhada. Dei todo o crédito a ele.)

Índice de receitas de cookies

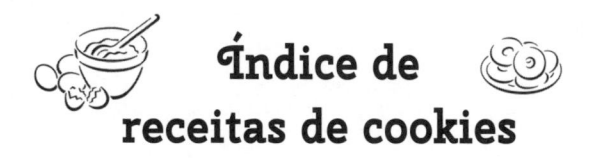

Cookie crocante com gotas de chocolate 32-33
Cookies de gengibre da época da Regência 92-93
Cookies de pecã 113-114
Cookie preto e branco.. 155-156
Cookie delícia de cereja com chocolate........... 218-219
Cookies açucarados à moda antiga 230-231
Barrinhas encantadoras de limão 305-306

Vire a página para ler um conto extra e mais receitas de Joanne Fluke!

The Cookie Jar
Lake Eden, MN

Joanne Fluke
Série de Suspenses da Hannah Swensen
Kensington Publishing Corporation
Nova York, NY

Querida Joanne,

Parece que faz um século que não nos vemos, agora que você pegou suas coisas e se mudou para o sul da Califórnia. Quando é que você vai fazer uma visitinha a Lake Eden? Você tem amigos aqui, sabia? E eu morro de saudades dos nossos cafés da manhã na Cookie Jar.

Estou muito feliz de saber que você finalmente vai contar a história da Candy! Fiquei surpresa de você não ter escrito sobre ela na época em que o caso aconteceu, duas semanas depois de eu ajudar o Bill a solucionar o primeiro homicídio duplo da carreira dele, mas imagino que você estivesse ocupada escrevendo os outros livros da minha biografia.

Agora, pensando bem, acho que sei por que você esperou tanto para escrever a história da Candy. É porque não tem nenhum assassinato. Veja só, Jo… todos os livros que você escreveu têm assassinatos. Está até no título! Ninguém precisa de um doutorado em psicologia clínica para perceber que você é obcecada por homicídios. Até o prefeito Bascomb já reparou. Pois bem, nós duas sabemos que Lake Eden é um lugar maravilhoso para se viver. E embora seja verdade que temos homicídios à beça para uma cidadezinha tão pequena, não queremos que ninguém a considere a capital mundial dos assassinatos, não é? Mais uma coisinha… você poderia deixar bem claro que eu não curto descobrir cadáveres, embora minha mãe ache o contrário?

Obrigada por fazer um trabalho tão bom narrando minha vida, e mais uma vez obrigada por escrever sobre a Candy. Eu fiquei feliz de termos resolvido o quebra-cabeça da identidade dela. Agora preciso ir. O Moishe está berrando para eu encher o pote de comida dele, o telefone está tocando sem parar (deve ser a mamãe) e já vou sair atrasada para a Cookie Jar. Você passou muitos anos morando aqui e sabe que o tempo nunca desacelera em Lake Eden, a não ser que você esteja na Old Lake Road, empacada atrás daqueles carros que tiram a neve do caminho.

Hannah Swensen

P.S.: Que tal me deixar uns cinco quilos mais magra no próximo livro? Eu agradeceria muito!

Doce de Natal

Joanne Fluke

Capítulo 1

— Tchauzinho, Moishe. – Hannah Swensen jogou alguns petiscos de salmão em forma de peixinho para o felino de dez quilos com quem dividia o apartamento. Era o mesmo ritual de despedida que tinham feito todos os dias do último ano, mas nesta manhã, ao trancar a porta de casa e descer a escada coberta que dava na garagem do subsolo, uma ideia inusitada passou pela cabeça de Hannah. Se os petiscos de salmão tinham formato de peixe, que formato teriam os petiscos sabor fígado? A única coisa que tinha o formato de um fígado era... um fígado. E que formato era esse, aliás?

Dez minutos depois, Hannah estava no carro, fazendo o mesmo caminho de sempre até sua loja em Lake Eden, Minnesota. A paisagem invernal às quatro e meia da madrugada estava lindíssima. A luz dos faróis batia na neve recém-caída e fazia diamantes deslizarem pela pista. Os flocos vagarosos que caíam do céu serviam de cortina, abafando os sons até ela só ouvir o ronco suave do motor e o chiado ritmado dos pneus. Não havia tráfego nenhum. Nada mais se mexia no frio intenso de Minnesota antes do amanhecer. Hannah se sentiu a única mulher da terra percorrendo suavemente a noite em uma mágica carruagem vermelha de quatro rodas tomada pelos aromas de baunilha, canela e chocolate.

Teria sido uma fantasia perfeita se não fosse uma nota fora do tom. O aquecedor do carro de Hannah estava com defeito e ela batia os dentes num rufo de tambor prolongado que daria inveja aos ritmistas da banda marcial do Jordan High. Assim como fazia dia sim, dia não, prometeu a si mesma que, assim que possível, mandaria consertá-lo. Enquanto isso, precisaria se contentar com seu casaco e suas luvas mais quentinhos.

Quase chegando, Hannah pensou ao parar no sinal vermelho do cruzamento da Old Lake Road com a Carter Avenue. A Old Lake Road ficava bastante movimentada nos horários de pico, mas a Carter Avenue dava em uma só casa aberta a turistas no meio de um pinheiral particular. A casa era dos sogros do prefeito Bascomb, e todo mundo sabia que ele tinha instalado o sinal do cruzamento para agradar à esposa, Stephanie.

Como o sinal tinha a reputação de demorar para abrir, Hannah mexeu os dedos dentro da bota para lhes devolver o calor e a mobilidade. Depois contou até cem. E até duzentos. Havia chegado a quinhentos e estava elaborando uma carta ao editor do *Lake Eden Journal*, falando da necessidade de um sensor no sinal, quando ele enfim ficou verde e ela pôde seguir em frente.

Mais cinco minutos e estava quase no limite da cidade, percorrendo ruas silenciosas com casas às escuras. Todo mundo estava dormindo, e ela também estaria se não tivesse que assar os cookies do dia antes de abrir a cafeteria e confeitaria Cookie Jar.

O centro comercial de Lake Eden estava deserto àquela hora da madrugada. Todas as lojas estavam a meia-luz, resultado de um artigo sobre prevenção de furtos que o xerife Grant tinha escrito para o *Lake Eden Journal*, mas não havia movimento nenhum dentro delas. Mais uma hora e Hal abriria a porta da cafeteria para os trabalhadores do turno da manhã na DelRay Manufacturing.

Hannah passou pela Main Street e estava prestes a dobrar a esquina da Fourth Street quando reparou que o fio de luzes piscantes que enfeitava a vitrine da cafeteria estava ligado. Acreditava ter desligado essas luzinhas, mas talvez tivesse se esquecido. Estava com pressa para voltar para casa no dia anterior. Hannah só esperava que a conta de luz não fosse nas alturas por essa infração. Afinal, quanta eletricidade um fio de centenas de lâmpadas pequeninas consumia? Talvez nem notasse um aumento. Era sempre muito cuidadosa quanto às luzes e trancas.

Ao entrar na viela, Hannah desacelerou para atravessar os sulcos de gelo que um carro tinha criado ao entregar doações para o brechó Helping Hands. Uns cem metros e uma dezena de solavancos depois, ela estava entrando no próprio estacionamento e parando o carro na vaga próxima da porta dos fundos.

Ligar ou não ligar o aquecedor de motor, eis a questão. Rayne Phillips, o meteorologista da rádio KCOW, havia prometido que o dia seria quente, chegando aos vinte e tantos graus. Ao descer do carro e ver a fileira de tomadas instalada na altura dos para-choques, na parte de trás do prédio, ela acrescentou essa informação ao caldo. Se a previsão de Rayne estivesse certa, não precisaria usar o aquecedor. Mas se estivesse errada, o óleo ficaria com a consistência de um chiclete e o carro não ligaria na hora de ir para casa.

Hannah ficou parada, se debatendo com a questão por um tempo, e então riu. Rayne Phillips errava mais do que acertava, e seria mais sensato ela se guiar pelas opções que tinha. Ligar o carro podia até ser desnecessário, mas *não* ligar o carro poderia obrigá-la a ligar para Cyril Murphy na oficina mecânica.

Depois de ligar o aquecedor na tomada, Hannah foi à porta dos fundos do prédio de estuque branco. Ia enfiar a chave na fechadura quando parou de repente e franziu a testa. A maçaneta tinha marcas de gelo, como se alguém a tivesse segurado pouco antes. Que estranho. Sua ajudante, Lisa Herman, não tinha planos de chegar tão cedo. Se por algum motivo Lisa tivesse chegado primeiro, o carro velho dela estaria ali. A não ser, claro, que não tivesse conseguido ligar o carro e tivesse pegado carona com um vizinho.

Hannah ficou ali parada, meio hesitante. A presença de Lisa explicaria as luzes que tinha visto. Ela sempre as ligava e abria a porta de vaivém que dava na cafeteria, assim podia curti-las enquanto ajudava com as fornadas matutinas.

    Ficar ali parada pensando não só era bobagem como era gelado! Só precisava entrar para ver. Repreendendo-se pelo debate mental friorento, Hannah destrancou a porta e acendeu as luzes. E então pestanejou. E pestanejou. Várias vezes.

    Lisa estivera ali e a prova estava bem diante de seus olhos. Os pratos sujos que tinham deixado na pia haviam sumido e o chão estava limpinho. Em geral, Hannah e Lisa faziam essas coisas antes de ir embora, à noite, mas Hannah estava com pressa de voltar para casa e Lisa tinha convidado dois amigos do pai para um jantar. A não ser que os elfos tivessem trocado a oficina do sapateiro pela Cookie Jar, Lisa tinha ido até lá de madrugada para lavar a louça e passar um pano no chão!

    Quem sabe não tinha também preparado o café? Hannah deu uma olhada na cafeteira da cozinha, mas a luz vermelha não estava acesa. Não tinha café nenhum. Ela atravessou a porta de vaivém para verificar a cafeteira que fazia trinta xícaras, mas a jarra ainda estava virada em cima de uma toalha, como sempre a deixavam depois de lavá-la e secá-la. Lisa gostava de café tanto quanto Hannah. A bebida estaria pronta se Lisa tivesse chegado mais cedo.

    Hannah sentiu um calafrio que nada tinha a ver com o inverno ao reparar que as luzes multicoloridas estavam desligadas. Estavam ligadas minutos antes, quando tinha passado por ali. A faxineira da manhã devia ter dado o fora segundos antes de ela estacionar o carro. Se corresse um tiquinho, teria visto a moça, ou o moço, ou talvez vários elfos faxineiros!

    Lembrar do brilho do gelo fino na maçaneta levou Hannah a rejeitar a teoria de que criaturas prestativas saídas de contos de fadas eram capazes de entrar de fininho e cumprir uma enorme quantidade de tarefas num piscar de olhos. Seu benfeitor era uma pessoa de carne e osso, alguém que conseguia alcançar a maçaneta e não tomava café. Mas quem havia limpado a cozinha em uma das manhãs mais frias do ano? E por quê?

Lisa entrou pela porta dos fundos às quinze para as sete, quinze minutos antes do esperado. Deparou-se com Hannah sentada à bancada de trabalho, no meio do cômodo, tomando um café.

– Oi, Hannah – ela disse enquanto pendurava o casaco no gancho que ficava ao lado da porta e trocava a bota pelos sapatos de trabalho. – Você limpou a cozinha e assou tudo sem mim?

Hannah negou com a cabeça.

– Eu assei os cookies todos, mas não limpei a cozinha. Estava tudo arrumado quando eu cheguei, pouco antes das cinco. Achei que você não tivesse conseguido dormir e tivesse feito a faxina.

– De jeito nenhum. E também não sou sonâmbula. Quem será que... – Lisa se calou no meio do pensamento e franziu a testa. – Alguma coisa sumiu?

– Nada que eu tenha percebido. Além do mais, nosso faxineiro misterioso nos deixou um presente, e não é normal alguém entrar para roubar e fazer isso.

– Qual foi o presente?

Hannah apontou.

– Docinhos. O bilhete diz que se chamam Gotas de Mascavo e estão na travessa ao lado da cafeteira.

– Você provou?

– Claro que provei. É uma delícia.

– Ok. Vou provar também.

– Depois que eu vi que não está envenenado e não caí dura no chão você vai provar?

– Exatamente. – Lisa riu ao se aproximar para pegar um docinho. Enfiou-o na boca, mastigou e foi até a cafeteira para se servir de uma xícara. – É um doce gostoso. Lembra o doce de açúcar de bordo que meu pai comprava, só que é um pouco diferente. Eu adoraria que a gente tivesse a receita.

– A gente tem – Hannah disse, entregando a receita escrita à mão que o visitante matutino tinha deixado.

Lisa deu uma olhada na receita.

– Que bom. Fico muito feliz que ela tenha deixado a receita.

– Ela?
– Eu acho que é. A letra me parece feminina.
Hannah abriu um sorriso.
– Porque é bonita?
– Em certa medida, sim. Mas também é pequena. A letra é delicada, e todos os homens que eu conheço têm uma letra bem maior.
– Acho que isso não prova nada. A letra do meu pai era pequena. Ele conseguia escrever em etiquetas palavras que eu precisava abreviar. Acho que depende de como você aprendeu a escrever. As pessoas antigamente se orgulhavam da caligrafia. Se você olhar os documentos do século XIX, vai ver que alguns homens ilustres tinham uma letra perfeita. Para não falar dos manuscritos com iluminuras que os monges escreviam na Idade Média.
– Tem razão – Lisa admitiu. – Acho que o meu comentário foi machista.
– Foi, sim. Mas eu concordo plenamente com você.
– Concorda?
– Totalmente. Tenho certeza de que foi uma mulher quem escreveu a receita.
– Por quê?
– Porque é raro um homem usar caneta turquesa.
Lisa tomou um gole grande de café.
– Ainda não estou acordada o bastante para isso. – Ela tomou outro gole e tornou a olhar para Hannah. – Se você concordava comigo, por que rebateu?
– Porque gosto de rebater. Deixa os meus neurônios pegando fogo, e a gente vai precisar raciocinar muito hoje.
– Porque a gente vai ter que descobrir quem entrou aqui e limpou a cozinha para a gente?
– Exatamente. E a gente tem que descobrir uma outra coisa.
– Que coisa?
– Como fazer ela ligar a cafeteira antes de sair da próxima vez que vier aqui.

Gotas de mascavo

Primeira observação da Hannah: Candy nos disse que o nome original da receita era gotas de "mascavado". Com o passar dos anos, o nome foi encurtado para gotas de mascavo, embora açúcar mascavo não seja um dos ingredientes.

Para fazer este docinho, você vai precisar de um termômetro culinário. Eu uso o de tubo de vidro e grampo de metal que fica preso à lateral da panela. E apesar de a receita pedir uma panelinha de 18 cm de diâmetro, sempre uso a minha de 20 cm. Assim não preciso me preocupar com o doce espumando nas beiradas.

1 xícara de soro de leite coalhado
2 ½ xícaras de açúcar refinado
1 colher (chá) de bicarbonato de sódio
2 colheres (chá) ou ⅛ de xícara de Karo
½ xícara de manteiga em temperatura ambiente *(125 ml)*

Antes de começar, pegue uma panela de 18 cm de diâmetro e o termômetro culinário. Ponha o termômetro dentro da panela com o grampo para fora. Deixe a ponta do termômetro a aproximadamente 1,5 cm do fundo da panela. *(Se a ponta encostar no fundo da panela, a leitura vai ser errada.)*

Em uma boca fria do fogão, misture soro de leite, açúcar, bicarbonato e Karo na panela. Mexa até ficar uniforme.

Ponha em fogo médio alto. MEXA SEM PARAR até a mistura ferver. *(Vai levar cerca de 10 minutos, então pegue um banquinho e fique confortável para mexer.)*

Passe a panela para uma boca do fogão que esteja fria, mas não desligue a boca que está quente. Você já vai usá-la de novo.

Ponha a manteiga na mistura do doce e mexa até incorporar. *(A mistura pode pular um pouco, então tenha cuidado.)* Volte com a panela para a boca quente. A mistura vai cozinhar. É DESNECESSÁRIO MEXER DAQUI EM DIANTE. Basta dar uma misturada de vez em quando. Aproveite para tomar uma xícara de café de plasma sueco e coma um daqueles cookies deliciosos que você fez na noite anterior enquanto espera o termômetro chegar aos 115 ºC.

Quando o termômetro atingir a marca dos 115 ºC, dê uma última mexida na panela, desligue a boca do fogão e tire a mistura do calor. Ponha o doce para esfriar na grade ou numa boca fria do fogão até ele chegar quase à temperatura ambiente. Então misture com uma colher de pau até ficar cremoso.

Abra folhas de papel antiaderente. Com uma colher, ponha as gotas de mascavo no papel. As gotas não precisam ser todas do mesmo tamanho. Quando seus convidados provarem um docinho desses, vão correr atrás dos pedaços maiores.

Segunda observação da Hannah: se você perder a noção do tempo e o doce endurecer demais na panela, volte com ela para a boca do fogão em fogo baixíssimo e mexa sem parar até ele voltar à textura cremosa.

Observação da Lisa: esse doce me lembra aquele em formato de folhinhas de bordo. O papai comprava desses sempre que ia visitar o tio Fritz em Vermont e eu adorava. Só para fazer uma graça, acrescentei uma colher (chá) de extrato de bordo e ficou uma delícia!

Rende 3 dúzias de porções do tamanho de um bombom maravilhoso.

Capítulo 2

Candice Roberts arrumou o saco de dormir sob as luzes da vitrine da Cookie Jar. O aquecedor da cafeteria soprava um ar quente com cheiro de cookie e a barriga de Candy roncava, embora fosse impossível que tivesse fome. Tinha comido o misto-quente que a dona ruiva tinha lhe deixado, além de um saco de batatinhas e do picles de pepino que lembrava o que a vovó Roberts fazia. E então, de sobremesa, ela tinha devorado metade da dúzia de cookies que tinham deixado para ela numa travessa, e tinha engolido tudo com um copo inteiro de leite do refrigerador.

Depois que o saco de dormir já estava do seu jeito, Candy se aconchegou e agradeceu aos céus por não estar do lado de fora, naquele frio horrível. O saco de dormir era feito para aguentar até os vinte graus abaixo de zero, mas uma olhadela para o termômetro na vidraça da cozinha dizia que fazia 23 graus negativos naquela noite, e era provável que o frio aumentasse antes de o sol nascer.

Uma lágrima escorreu pelo rosto de Candy e caiu no tecido do saco de dormir. Era o último presente de Natal que tinha ganhado do pai, junto com o casaco acolchoado de plumas que estava ficando um pouquinho apertado nos ombros e as luvas de couro que ele chamava de "luvas de cozinha", forradas de pele de verdade. O pai tinha sido criado em Minnesota, e eles tinham planejado acampar no inverno num camping que ele conhecia à beira do lago Eden.

Outra lágrima se juntou à primeira, depois outra. Agora nunca mais acamparia com o pai. Um ano atrás, o pai tinha ido à clínica numa emergência. A caminho de casa, um motorista bêbado o atropelou, e ele morreu a caminho do hospital.

Durante muito tempo, Candy imaginou que nunca mais seria feliz. Sentia muitas saudades dele. Mas tinha conversado bastante com a mãe, e isso a ajudara. Estava começando a ter a impressão de que as coisas se ajeitariam quando outro desastre aconteceu.

Só de pensar nisso ela já derramou outra lágrima, e então a barragem se rompeu. Candy chorou até as lágrimas secarem e depois fechou os olhos inchados. Tinha saudades do pai, mas saudades não poderiam trazê-lo de volta. E sentia saudades da mãe, mas ficaria muito, muito tempo sem vê-la.

– Você não se incomoda mesmo de passar em frente à minha loja? – Hannah perguntou, se virando para Norman para ter certeza de que ele falava sério. Tinham acabado de jantar no Lake Eden Inn, onde tinham comido vários dos aperitivos que Sally Laughlin, a chef e uma das proprietárias do restaurante, serviria em sua enorme festa de Natal, na sexta-feira seguinte. O trajeto do Lake Eden Inn até a casa de Hannah era uma reta, mas o caminho até o centro, onde a loja de cookies ficava, representava um desvio de 42 quilômetros.

– Por que eu me incomodaria? – Norman respondeu à pergunta com outra pergunta, uma coisa que a mãe vivia acusando Hannah de fazer. – É mais tempo com você.

O sorriso de Norman lhe pareceu totalmente genuíno à luz mortiça do painel do carro. Hannah retribuiu o sorriso e eles partiram em direção a Lake Eden numa noite de inverno que de repente pareceu bem mais quente para Hannah.

– Quer que eu conte para você sobre a visita noturna que recebi hoje de manhã? – ela perguntou.

– Uma visita noturna *de manhã*? – Norman ligou os limpadores de para-brisa para lidar com a neve fraca que caía. – Não é uma contradição?

– Não. Quer que eu conte?

– Quero, sim.

– Então vou contar. As luzes da vitrine estavam acesas quando eu passei em frente à loja hoje de manhã. E depois, quando abri a porta dos fundos, reparei que havia gelo na maçaneta, como se uma mão quente tivesse encostado nela pouco antes.

– Você achou que tinha alguém dentro da sua loja e entrou mesmo assim? – Norman lhe lançou um olhar enfático.

– Claro que entrei. Estamos em Lake Eden. Praticamente não existe crime aqui.

Norman não disse nada. Não precisava. Ele só passou o dedo no pescoço como se cortasse sua garganta.

– Sim, sim. Entendo o que você quer dizer. Talvez a gente tenha *um pouquinho* de crime. Mas foi só um homicídio duplo e eu acho que isso nunca tinha acontecido. Lake Eden é uma cidade muito segura para se viver no inverno, pelo menos em termos de arrombamentos.

– Está frio demais para alguém cometer um crime? – Norman chutou.

– Isso é parte da coisa. Está todo mundo tão concentrado em ficar quentinho que não dá tempo de cometer furtos bobos. No inverno, eu nunca giro a chave duas vezes na fechadura dos fundos da Cookie Jar. E se uma pessoa sem teto estiver congelando do lado de fora e precisar entrar para se proteger do frio?

Norman se virou para lhe dar um sorriso.

– Você é muito bondosa, Hannah. É boba, mas é bondosa.

– Bem, a gente nunca tinha tido nenhum problema, e não enfrentei problema nenhum hoje de manhã. A bem da verdade, quem dormiu na Cookie Jar ontem à noite levantou cedo, lavou a louça toda e passou pano no chão.

– Em agradecimento pelo lugar quentinho para dormir?
– Acho que sim. Ela também fez uma fornada de um doce delicioso e nos deixou a receita. Foi por isso que tivemos a ideia de distribuir doces nas festas. Doce caseiro é muito melhor do que industrializado. E muita gente não tem tempo para entrar na cozinha.
– Boa ideia. Se você fizer aquelas barrinhas de caramelo cobertas de chocolate, vou comprar para dar de Natal à minha mãe. É o doce preferido dela, e ela vive reclamando que o industrializado não é tão gostoso quanto o que a mãe dela fazia.
– A Ibby fazia dessas barrinhas. Eram uma delícia, e ela me deu uma cópia da receita dela.
– Quem é Ibby?
– É uma professora assistente do Departamento de Língua Inglesa. Conheci ela fazendo uma matéria de mestrado quando eu estava na graduação. A Ibby era especialista nos poetas metafísicos da Inglaterra do século XVII.
– Como o Donne?
Hannah lhe deu um joinha.
– Isso aí.
– E... Traherne?
– Acertou de novo. – Hannah ficou impressionada. A maioria das pessoas não fazia ideia de quem eram os poetas metafísicos e não saberia dizer o nome de dois deles. – Como é que você sabe?
– Minha mãe.
– A sua mãe gosta dos poetas metafísicos?
– Não, ela gosta de "Uma visita de São Nicolau".
– Que nem a minha mãe. Mas o que isso tem a ver com o Donne e o Traherne?
– A gente reunia a família inteira no Natal, todos os tios e primos. Eu cometi o erro de decorar o poema quando eu tinha quatro anos, e todo ano desde então minha mãe pedia que eu recitasse.
– Devia ser constrangedor, ainda mais se você não estivesse a fim de recitar. – Hannah se solidarizou.

– Isso para não falar que é "perigoso".
– Perigoso?
– É. Meus primos não gostavam que eu chamasse a atenção e implicavam comigo depois que nos davam licença para a gente sair da mesa de jantar. Falei com a minha mãe e ela me disse para ignorar, que eles estavam com inveja.
– Então o que foi que você fez?
– Uma semana antes do Natal seguinte, decorei quatro poemas dos poetas metafísicos, os mais longos que encontrei.
– E deu certo?
– Deu muito certo. Minha mãe nunca mais me pediu para recitar.
– E os seus primos?
– O mais velho entendeu o que eu estava querendo e falou para os outros. Viramos grandes amigos depois disso. – Norman franziu a testa. – Não dá para entender o que leva alguém a decidir se especializar em poetas metafísicos.
– Eu também não conseguia entender. Mas perguntei para a Ibby e ela disse que escolheu esses poetas porque eram só sete. Ela pensou que dava conta deles.
– Mas o John Donne era prolífico.
– É verdade. E não é o que eu chamaria de "leitura divertida". Boa parte dos poemas dele são sobre assuntos deprimentes.
– É? – Norman deu um sorrisinho. – Você não acha que "Então faça de cada lágrima, que há de verter, Um globo, sim, um mundo, em que cresça essa marca. Até que suas lágrimas, misturadas às minhas, transbordem. Este mundo, com as águas suas, dissolve meu céu" é alegre?
– A imagem é bonita, mas é um poema sobre choro, um assunto que não é lá muito divertido.
– Tem razão. Então onde é que as barrinhas de caramelo com chocolate entram nessa história da poesia metafísica da Ibby? Ou não tem nada a ver?
– A Ibby levava dessas barrinhas para o nosso grupo de estudos para garantir que todo mundo apareceria. Ela era adorada pelo departamento porque ninguém perdia as aulas dela.

– Deviam ter feito isso na faculdade de Odontologia. Eu tinha que me forçar a ir às aulas de Modelos de Gestão de Negócios e Faturamento. – Norman parou o carro nos fundos da Cookie Jar, ocupando a vaga que era de Hannah. – Se você achar a receita das barrinhas, eu compro trinta caixas de 250 gramas.

– Para a sua *mãe*?

– Para a minha mãe seria uma caixa só. Eu dou as outras 29 para os meus pacientes nas festas.

– Seria legal da sua parte, mas... – Hannah se calou e franziu a testa.

– Mas o quê?

– Não estou querendo dispensar uma venda grande, mas não passaria uma mensagem errada?

– Por que passaria?

– Por você dar doce a eles. Doce é praticamente açúcar solidificado. Eu imaginava que os dentistas quisessem que os pacientes evitassem comer muito doce.

– Não necessariamente. A gente incentiva os pacientes a escovarem e passarem fio dental depois de comer doce, mas a gente não diz que é para não comer. Se todo mundo comesse direito e tivesse uma higiene oral perfeita, ninguém precisaria de dentista. E aí eu ficaria sem trabalho!

Hannah se virou para ele. Achou que estivesse de brincadeira, mas não tinha certeza. Então percebeu que o canto de sua boca estremecia um pouco e entendeu que fazia graça.

– Eu nunca tinha pensado por esse lado. E parece que a gente está no mesmo barco.

– Como assim?

– Se todo mundo comesse exatamente como deveria e nunca cometesse o pecado de comer uma sobremesa, eu também ficaria sem trabalho!

Capítulo 3

Hannah ficou parada olhando para a porta dos fundos do prédio e depois soltou um suspiro.

– Fico me perguntando o que ela vai fazer quando a gente entrar.

– Ela vai correr.

– Você acha?

– Tenho certeza. Pelo que você disse, ela parece ser uma menina inteligente. Sabe que é crime arrombar uma loja fechada.

– Mas ela só arrombou porque estava muito frio.

– Eu sei.

– E ela tentou me pagar pelo pernoite fazendo doces e limpando minha cozinha.

– É verdade, mas pelo que você sabe, ela já arrombou sua loja duas vezes.

– Uma – Hannah o corrigiu.

– Mas as luzes da vitrine estão acesas. Não é um indício de que ela está aí hoje?

– Ah, ela está aí, sim. Mas eu dei uma autorização tácita para ela entrar.

– Você deixou um bilhete?

– Não, eu deixei um misto-quente e uma travessa de cookies. Não teria deixado se não quisesse ela dentro da minha loja.

– Entendi. Vamos pensar que ela captou o recado de que o misto-quente e os cookies eram para ela e comeu tudo. E ela está toda aconchegada para dormir lá dentro. Eu ainda acho que ela vai correr quando você entrar.

Hannah ponderou. Talvez Norman estivesse certo. Uma pessoa tão desesperada a ponto de arrombar uma loja e dormir no chão poderia pensar que o misto-quente e os cookies eram uma armadilha para pegá-la.

– Então você acha melhor eu deixar ela em paz?

– De jeito nenhum. Pelo que você sabe, ela é menor de idade e a família está doida de preocupação atrás dela. A gente devia era conversar com ela, descobrir qual é a história e ver se a gente pode fazer alguma coisa para ajudar.

– Você falou "a gente" – Hannah ressaltou. – Isso quer dizer que você vai se envolver?

– Eu já estou envolvido. Me envolvi quando concordei em trazer você até a loja. Talvez a gente possa fazer alguma coisa para ajudar a menina. Por exemplo... vai que ela tem uma oclusão dentária que atrapalha a vida dela?

Hannah caiu na gargalhada e imediatamente tapou a boca com a mão enluvada. Precisavam ficam em silêncio, o que era complicado com Norman fazendo graça. Teve vontade de lhe dar um abraço, mas resistiu ao ímpeto. Embora não acreditasse que ele fosse interpretar mal, não tinha como ter cem por cento de certeza.

– Eu sei que a gente devia conversar com ela – Hannah lhe disse –, mas e se você tiver razão e ela der no pé assim que a gente entrar?

– É aí que eu entro. Você vai pela porta dos fundos e eu vou para a porta da frente. Se quando você entrar ela tentar fugir pela frente, eu pego ela e levo de volta.

– Combinado – Hannah concordou, cedendo ao ímpeto de dar um abraço em Norman. Ele era um cara muito legal. – Estou pronta se você também estiver.

Estava tudo sossegado quando eles desceram do sedã de Norman. Fecharam as portas sem fazer barulho e se aproximaram da porta dos fundos da Cookie Jar.

– Espere só um minutinho para entrar – Norman sussurrou. – Vou dar um assobio baixinho quando eu já estiver na frente do prédio.

– Que tal um canto de pássaro? Era os que os indígenas faziam, pelo menos no cinema.

– O único canto de pássaro que eu sei imitar é o do pássaro que representa Minnesota.

– Uma mobelha? – Hannah ficou tão surpresa que quase se esqueceu de cochichar. – Por que você sabe imitar o canto dela?

– Você não quer saber.

– Quero, sim. Por quê?

Norman ficou meio constrangido.

– Para poder imitar nas festas quando eu estava na faculdade, mas não há a menor possibilidade de eu imitar agora. Parece a gargalhada de uma mulher louca e eu acabaria matando vocês duas de susto. Você fica atenta ao meu assobio, combinado?

– Combinado. – Hannah assumiu seu posto na porta dos fundos e aguardou. Norman pareceu demorar uma eternidade para dar a volta no prédio e chegar à porta da frente, mas por fim ela escutou o sinal. Ela destrancou a porta dos fundos, entrou devagarinho e fechou a tranca por dentro. A visitante noturna demoraria alguns segundos preciosos para entender o funcionamento da fechadura antiquada e assim Hannah teria tempo para alcançá-la caso tentasse sair pelos fundos.

Pé ante pé, Hannah passou pela cozinha sossegada, verificando todos os cantinhos e esconderijos. Não havia ninguém nos cantos ou na despensa. O banheiro estava deserto, mas fazia poucas horas que alguém tinha usado o chuveiro. Havia gotas de água nas paredes do boxe e as toalhas estavam úmidas. Ela saiu e foi até a loja. Só restava mais um lugar para averiguar, que era a cafeteria.

Tomando o cuidado de não fazer barulho, Hannah abriu a porta de vaivém. Seus olhos foram imediatamente atraídos pela vitrine e as luzes acesas pela segunda noite seguida. A elfa que a visitava estava ali. Agora só precisava achá-la.

Hannah se aproximou depois de reparar em um amontoado de cobertas que não estavam ali quando tinha fechado a loja. Era um saco de dormir esticado sob as luzes da vitrine. Hannah se lembrou de todas as vezes que, quando criança, tinha adormecido debaixo da árvore, meio que ouvindo as conversas dos adultos, acalmada pelas luzes piscantes e os enfeites já conhecidos, sabendo que só faltava uma ou duas semanas para o Natal.

A menina estava virada para as luzes, rosada pelo sono e reluzente por conta da lâmpada vermelha bem acima de seu rosto. Com os cílios longos e os lábios entreabertos, parecia uma boneca de porcelana com bochechas pintadas. No silêncio da loja, com apenas o zumbido da geladeira atrás do balcão, Hannah ouvia sua respiração suave enquanto dormia.

Hannah admirou a imagem durante um tempo e depois pôs seu talento investigativo para funcionar. As unhas da menina estavam limpas, assim como as roupas e o saco de dormir. Ou seja, não fazia muito tempo que ela estava na rua. Tampouco estava esfomeada. O braço esquerdo, que não estava coberto pelo saco de dormir, era gordinho. De modo geral, estava saudável e era mais nova do que Hannah imaginava.

As pessoas geralmente parecem mais jovens durante o sono. As preocupações e aflições do dia são apagadas pelo esquecimento pacato e uma persona desestressada vem à tona. Talvez a menina não fosse tão nova quanto parecia, mas Hannah tinha suas dúvidas. Ela aparentava inocência, uma quase inexperiência, às raias da descoberta, mas que ainda não estava à vontade com sua forma adulta recém-adquirida.

Hannah franziu a testa. Realmente não queria acordar a hóspede não convidada só para lhe dizer que podia dormir na cafeteria. Era praticamente a mesma coisa que uma enfermeira acordar um paciente no hospital porque era hora de tomar um sonífero. Se a menina fosse uma fugitiva, devia ter uma vida de poucas alegrias. E no momento ela parecia estar sonhando com algo agradável, a julgar pelo sorrisinho no rosto. Achava uma pena estragar sua felicidade, mas era necessário, e quanto antes melhor. Era impossível que Hannah deixasse uma menina que parecia bem mais nova que sua irmã caçula voltar para as ruas! Além do mais, Norman estava prostado diante da porta da frente, tremendo, e já era hora de deixá-lo entrar.

– Acorde – Hannah disse baixinho na esperança de não causar pânico da garota. – Preciso conversar com você.

A menina resmungou um protesto ininteligível e fez uma careta desgostosa.

– Está muito cedo. Me deixe, mãe.

Ela tinha mãe. Hannah acrescentou esse dado à lista mental de fatos e suposições que vinha acumulando.

– Vamos. Acorde. Você pode voltar a dormir depois de conversar comigo.

A impressão era de que a menina viraria de lado e ignoraria a intromissão, mas um senso de preservação interno devia ter entrado em ação. Ela se sentou de supetão, os olhos se abriram e encararam Hannah com espanto.

– Quem é você?

– Hannah Swensen. Sou a dona desta cafeteria. Quem é *você*?

– Eu sou a Candy.

– Candy de quê?

– Candy R... deixa para lá. Você não precisa saber meu nome. – A menina se arrastou para fora do saco de dormir e ficou de pé. – Não chame a polícia, por favor. Eu já estou saindo.

E antes que Hannah pudesse abrir a boca para dizer que ela não precisava fugir, a menina pegou o saco de dormir e correu até a porta da frente, destrancou a fechadura num piscar de olhos e foi embora.

– Caramba! – Hannah ofegou, mal acreditando no que tinha acabado de presenciar. Nunca tinha visto ninguém tão ligeiro. Era óbvio que a menina estava preparada para despertar de supetão. Tinha dormido de roupa e devia ter escondido seus outros pertences no fundo do saco de dormir. A única prova de que estivera ali era o espaço vazio no chão, de onde tinha arredado a mesa e duas cadeiras para se esticar.

– Me largue! Poxa, senhor! Por favor! Eu não estraguei nada, nadica de nada!

Hannah correu até a porta para ajudar Norman, que tinha segurado a fugitiva quando ela correu noite adentro.

– Está tudo bem, Candy. A gente não chamou a polícia e nem vai chamar. Você tem minha autorização para passar a noite aqui.

– Tenho? – Candy estava assustada, mas era perceptível que se debatia menos. Deu mais um giro para tentar se desvencilhar das garras de Norman, mas era óbvio que não estava colocando força no movimento.

– Que tal um chocolate quente? – Hannah sugeriu, pedindo com um gesto que Norman a escoltasse até a cozinha. – Você vai ficar resfriada se for lá fora sem casaco.

Candy assentiu de leve.

– Eu acharia ótimo, mas sair no frio não dá resfriado. Meu pai disse que isso é história de avó.

– Mas eu não sou avó – Hannah rebateu, e ficou satisfeita quando Candy riu. Para quem tinha sido despertada por uma estranha e saído correndo naquele frio horrível com todos os pertences, ela até que conseguia manter o senso de humor. – Seu pai é médico?

– Meu pai era veterinário. Ele morreu. Tem certeza de que você não chamou a polícia para me levar embora?

– É claro que não chamei. A cidade é pequena. Se eu tivesse chamado, a polícia já estaria aqui.

Candy se virou para Norman.

– E você? Você chamou?

– Eu não. Meu celular ficou no carro. – Norman deu uma olhada nos pés de Candy. – Não é meio difícil entrar no saco de dormir de tênis no pé?

– Não se você abrir o zíper inteiro. Sair é que é complicado. A sola gruda no forro e você tem que ficar empurrando ele para baixo.

– Você devia pensar em usar dois pares de meias. Assim ficaria de pé quentinho e não teria que se preocupar com o tênis.

Candy balançou a cabeça.

– Eu não faço isso para ficar com o pé quentinho. Eu tenho que estar preparada para o caso de ter que fugir.

Hannah estava em frente ao fogão, mexendo o chocolate e escutando o papo de Norman com Candy. Fazia poucos instantes que estavam conversando, mas ela já parecia à vontade com ele.

– Você não precisa mais esquentar a cabeça com isso – Norman lhe disse. – A Hannah vai deixar você ficar aqui.

– Por que ela faria isso?

Hannah se meteu no diálogo, aproveitando a deixa. Norman tinha lhe dado a abertura perfeita para o plano que vinha elaborando.

– Por que estou precisando de alguém para me ajudar. Você já trabalhou como garçonete?

– Já – Candy respondeu depressa, e em seguida deu um suspiro –, mas não no sentido que você está pensando. Mas eu daria conta de ser garçonete. Eu sei que daria conta. Sei como arrumar a mesa e servir o café, e sei empratar comida e esse tipo de coisa. E posso fazer doces para a loja. Já faz alguns anos que faço doces, desde que fiz tre... – Candy parou de repente e engoliu em seco. – Desde que eu era novinha.

Hannah sorriu. Arrancar informações de uma adolescente cansada e com frio não era tão difícil assim. Já sabia que o sobrenome de Candy começava com R, ela tinha mãe, o pai veterinário era falecido e já fazia alguns anos que tinha completado treze. Nesse ritmo, montariam o histórico da vida de Candy antes de terminarem o chocolate quente.

– Aqui está – Hannah anunciou, levando a caneca de Candy até a bancada de trabalho e colocando-a na frente da menina. Ela encheu uma caneca para Norman, uma para ela e também as levou para lá. – Não sei se você ainda está com fome, mas quer um cookie?

Candy ficou contentíssima.

– Claro que quero! Quer dizer... sim, por favor. Seus cookies são uma delícia.

– Obrigada. – Hannah escondeu o sorriso ao carregar a travessa de sua nova criação até a mesa. Era óbvio que Candy tinha sido ensinada a ser educada e esse era outro fato que poderia acrescentar à lista. – Vocês dois podem ser meus degustadores – ela lhes disse. – Estou testando um cookie novo e não sei que nome dar a ele. Quem sabe vocês não me ajudam a inventar um?

– São bons – Norman declarou após a primeira mordida. – O sabor é de framboesa, não é?

– É. Fiz com uma geleia de framboesa sem sementes.

Candy terminou o primeiro cookie e esticou a mão para pegar outro. No entanto, refreou o ímpeto e olhou para Hannah.

– Posso comer outro, por favor?

– Claro. Sirva-se.

– Eu gosto que por fora ele é crocante e por dentro é macio. – Candy deu outra mordida e depois tornou a olhar para Hannah. – Dá para fazer com outras geleias, de amora-preta, por exemplo? Ou de morango, ou de frutas vermelhas?

– Eu não vejo motivo para não dar. Talvez eles não fiquem tão gostosos usando mirtilo, mas os outros frutinhos devem ficar bons.

– Então é perfeito. Que tal chamar de Cookie Fruto Natal? Tem trocadilho e tudo, e assim fica fácil de decorar. E a gente fica feliz comendo ele, então o trocadilho com "feliz" faz sentido.

– Ótima ideia! – Norman a elogiou. – "Cookie Fruto Natal" soa perfeito aos meus ouvidos. Tem certeza de que você não é pós-graduada em marketing?

Candy riu e Hannah teve vontade de abrir um sorriso radiante. Norman estava ajudando a deixá-la relaxada, e talvez assim ela falasse mais sobre o passado e o que estava fazendo ali em Lake Eden.

– Não sou pós-graduada em nada. Eu nem terminei... – Candy hesitou e pigarreou. – Ainda nem decidi o que vou estudar.

Hannah olhou de relance para Norman. Ambos sabiam o que Candy ficara a um triz de dizer. *Eu nem terminei o ensino médio* seria um palpite bastante certeiro.

– Quantos anos você tem, Candy? – Norman fez a pergunta que estava na ponta da língua de Hannah. Seria interessante ver quantos anos fictícios Candy somaria à sua breve vida.

– Vinte – Candy declarou sem pestanejar, e Hannah ficou com a impressão de que não era a primeira vez que ela falava aquela mentira. – Mês que vem eu faço 21.

Hannah e Norman trocaram olhares. Apesar de não terem falado nada, Hannah tinha a sensação de que Norman lia sua mente e concordava com o que ela estava pensando. Fazer mais perguntas só serviria para dar margem a outras mentiras de Candy. Estava na hora de encerrarem a noite e deixá-la pensar que acreditavam nela.

Norman deu um bocejo que Hannah desconfiou ser puro teatro e terminou sua caneca de chocolate quente.

– É melhor a gente ir, Hannah. Amanhã a gente trabalha e você tem que levantar cedo.

– É verdade – Hannah concordou antes de se virar para Candy. – Você não corre perigo nenhum aqui dentro se passar a tranca depois que a gente sair. Eu volto de manhã, por volta das cinco, para começar a preparar os cookies.

– Eu ajudo você. Gosto de levantar cedo. Tem alguma coisa que eu possa fazer antes de você chegar?

– Só se você levantar antes das cinco.

– Ah, eu levanto. Já vou estar de pé às quatro e meia.

– Então você prepara o café. – Hannah apontou a cafeteira da cozinha. – O pó e o coador ficam no armário à esquerda da pia.

– Combinado. O meu pai tinha uma cafeteira igual na clínica, então eu sei mexer nela. Você gosta dele forte?

– Fortíssimo.

Candy assentiu depressa.

– Quer que eu encha o coador quase todo de pó?

– Perfeito. Obrigada, Candy. – Hannah pôs o casaco e as luvas. – Então nos vemos de manhã.

Hannah e Norman foram embora. Pararam ao lado da porta, e num acordo tácito esperaram até ouvirem Candy passar a tranca. Então correram até o carro de Norman e entraram, trêmulos.

– Eu já vou botar o aquecedor para funcionar – Norman prometeu, ligando a ignição e ajustando o aquecedor no máximo.

Hannah tremia quando ele deu ré no carro. Tremeu um pouco mais quando ele saiu da vaga e percorreu o beco. Mas quando Norman parou no fim do beco, ela reparou que já tinha parado de tremer. Aliás, ela precisou tirar as luvas e abrir o zíper do casaco porque sentia calor. O aquecedor de Norman soprava ondas de ar quente que pareciam tropicais.

Uma olhada pelo para-brisa e Hannah ficou ainda mais impressionada. Em vez dos pedaços de gelo que grudavam no para-brisa de seu carro nos primeiros oito ou nove quilômetros de corrida durante o inverno, o para-brisa de Norman já tinha deixado o vidro transparente e não haviam percorrido nem um quarteirão inteiro!

Só para ter certeza, Hannah esticou a mão para tocar em um dos botões do rádio. Estava quente e não gelado.

– Amei – ela arfou.

– O que você amou?

– Seu aquecedor. Se eu soubesse como instalar, roubaria para colocar no meu carro.

– Mas aí *eu* iria congelar. Talvez valha mais a pena a gente chegar a um acordo que deixe os dois felizes.

– Qual é a sua ideia?

– Eu poderia levar você para o trabalho todos os dias de manhã e depois de volta para casa todas as noites. Aí nós dois ficaríamos quentinhos.

Hannah tinha a impressão de que sabia o que estava por vir, mas resolveu morder a isca mesmo assim.

– Mas você mora na cidade e eu fora da cidade. Você estaria disposto a fazer duas viagens de ida e volta por dia?

– Eu só teria que fazer uma viagem se eu ficasse na sua casa. – Norman lhe deu um sorriso que parecia diabólico e depois ergueu e baixou as sobrancelhas para redobrar a impressão.

Hannah riu da palhaçada.

– Pode sonhar, Norman! – ela retrucou. Mas precisava admitir que o meio-termo de Norman realmente tinha certo apelo que não se devia inteiramente ao frio do inverno.

Cookie de Natal com frutas

Não preaqueça o forno por enquanto –
a massa tem que ser refrigerada antes de ir ao forno.

1 ½ xícara de manteiga derretida *(375 ml)*
2 xícaras de açúcar refinado
½ xícara de geleia derretida de framboesa, amora-preta, morango ou de qualquer fruta vermelha *(uso framboesa sem sementes)*
2 ovos batidos
½ colher (chá) de bicarbonato de sódio
1 colher (chá) de sal
4 xícaras de farinha *(encha bem a xícara – não peneire)*
⅓ de xícara de açúcar refinado para depois
⅓ de xícara de geleia para depois

Derreta a manteiga em uma tigela grande que possa ir ao micro-ondas. Acrescente o açúcar refinado e misture bem. Deixe a tigela na bancada enquanto você executa o próximo passo.

Derreta a geleia no micro-ondas ou em uma panela a fogo baixo. Quando ela já estiver com a consistência de um xarope, misture com a manteiga e o açúcar.

Junte os ovos, o bicarbonato e o sal, mexendo bem depois de acrescentar cada um desses ingredientes.

Junte a farinha e misture bem. Tampe a tigela e deixe a massa na geladeira durante pelo menos 2 horas. *(De um dia para o outro é ainda melhor.)*

Na hora de assar a massa, preaqueça o forno a 175 ºC e use a grelha do meio.

Faça bolinhas do tamanho de nozes com a massa fria. Ponha o ⅓ de xícara de açúcar refinado numa cumbuca e passe as bolinhas nele. Coloque-as em uma assadeira de tamanho padrão untada, onde cabem 12 cookies. Amasse as bolinhas com uma espátula untada. Faça um buraco com o polegar ou o indicador no meio de cada cookie. Encha o buraco de geleia *(mais ou menos ⅛ de uma colher de chá)*.

Asse os cookies por 10 a 12 minutos a 175 ºC. Deixe que esfriem por 2 minutos na assadeira e depois os transfira para a grelha para que terminem de esfriar.

Esses cookies congelam bem. Enrole-os em papel alumínio, ponha em um saquinho hermético e seja dissimulada na hora de rotulá-los, senão as crianças vão encontrá-los e comê-los congelados.

Rende de 8 a 10 dúzias, a depender do tamanho do cookie.

Capítulo 4

Talvez uma pessoa mais criativa tivesse enxergado figuras mitológicas no gesso irregular do teto do quarto, mas Hannah não estava com ânimo para isso. Ela tampouco curtia contar carneirinhos, recitar a tabuada até o temido sete ou catalogar mentalmente suas receitas de cookies. Sua arma infalível para cair no sono, a leitura dos estatutos da Secretaria de Saúde do Condado de Winnetka, não tinha feito suas pálpebras pesarem, e nem por um decreto tomaria remédio para dormir tendo que se levantar dali a menos de cinco horas.

Hannah acendeu a luz, fazendo seu companheiro de cama piscar e encará-la com os olhos amarelos assustados. Estava cansada quando Norman foi embora, tão cansada que mal conseguira se arrumar para se enfiar embaixo das cobertas. O travesseiro tinha sido um amparo perfeito, aninhando bem sua cabeça, e a colcha formava um casulo quentinho e aconchegante. Moishe ronronava baixinho a seu lado e chegara a deixá-la abraçá-lo por uns dez segundos antes de se desvencilhar para dormir aos pés dela, e o sopro ritmado de ar quente que saía das fendas do aquecedor era soporífico. Infelizmente, tudo tinha degringolado desde então.

Ela tinha começado a pensar em Candy e na angústia da família dela, e isso fez seus olhos se arregalarem e sua cabeça acelerar. Precisava descobrir de onde Candy vinha, saber por que tinha fugido e tentar convencê-la a voltar para casa.

Seria impossível dormir com um problema tão colossal na cabeça. Hannah calçou as pantufas e vestiu um robe, amarrando a faixa na cintura. Sempre pensava melhor cozinhando, e já que estava acordadíssima, poderia muito bem procurar a receita da barrinha de Ibby e fazê-la esta noite. Poderia levar algumas para o trabalho na manhã seguinte, para que Norman provasse.

– Você vem? – Hannah perguntou, se virando para o companheiro felino. Mas Moishe se apossou de seu travesseiro no instante em que ela se levantou e estava estirado em cima dele feito uma esfinge, as patas alinhadas à frente do corpo, a cabeça totalmente levantada, a expressão majestosa.

– Acho que não – Hannah disse, respondendo à própria pergunta ao sair do quarto.

Aos olhos insones de Hannah, a cozinha estava muito iluminada com suas paredes e eletrodomésticos brancos. Teve o ímpeto de ir buscar os óculos de sol ao pegar a caixa de receitas marcada com "PARA TESTAR" em letras garrafais vermelhas. Ergueu a tampa, franziu a testa ao ver os papéis multicoloridos e de diversos tamanhos que tinha enfiado de qualquer jeito ali na caixa, e a colocou na mesa da cozinha com um baque. Então preparou o pó de café, puxou o jarro da cafeteira para o lado e enfiou a caneca embaixo do jato de café fresco que gotejava em meio ao pó. Quando a caneca já estava cheia, completou o malabarismo retirando a caneca e encaixando o jarro de volta.

Pegar as receitas sem lê-las era que nem comer um sonho sem o recheio. Embora Hannah tenha feito o possível para folheá-las rápido, ela se viu separando várias que queria testar imediatamente, algumas que precisava fazer para o Natal e outras que pretendia testar nos meses seguintes.

Quando terminou de olhar os papéis da caixa a caneca já estava vazia, e Hannah encheu-a outra vez. Não tinha achado a receita de Ibby, mas tinha certeza de que a tinha.

Havia um outro lugar onde poderia procurar. Hannah foi à estante da sala de estar, onde ficava sua coleção de livros de receitas. Um deles tinha sido da mãe de seu pai, a vovó Ingrid, e tinha um envelope para receitas no verso da capa. Devia tê-la enfiado ali.

Quando acabou de olhar o conteúdo do envelope, Hannah tinha um punhado de receitas para somar às pilhas que estavam em cima da mesa da cozinha. Infelizmente, nenhuma delas era das barrinhas de caramelo com chocolate de Ibby. Isso significava que só tinha mais um canto onde procurar, e no instante em que Hannah pensou nele, saiu em disparada até o guarda-roupa do quarto de hóspedes, onde tinha quase certeza de que estava a mochila que tinha usado na faculdade.

Ela levou um tempo para encontrá-la. O guarda-roupa estava apinhado de roupas descartadas e outros objetos inúteis que não tinha conseguido jogar fora, mas depois de um tempo Hannah emergiu de suas profundezas com a busca finalizada. Seu cabelo ruivo rebelde por natureza ficara ainda mais rebelde depois do encontro íntimo com um casaco de plush preto que tinha sido da avó materna, mas enfim estava agarrada na mochila vermelha coberta de apliques bordados de lugares exóticos que nunca tinha visitado.

– Achei! – ela bradou ao apagar as luzes e levar a mochila para a cozinha. Essa era outra vantagem de morar sozinha. Não havia ninguém para achar que ela era doida quando falava sozinha. E se por acaso alguém aparecesse e a flagrasse, Hannah poderia fingir estar falando com Moishe sem ter percebido que ele tinha saído do cômodo.

Hannah se sentou, tomou outro gole de café e olhou para a mochila. Sem livros, ficava estranhamente murcha, como uma bola de praia que tivesse passado o inverno guardada. Não estava botando fé, mas era o único lugar onde ainda não tinha procurado.

– Não vai dar em nada – Hannah disse ao gato que não estava ali antes de enfiar a mão no fundo da mochila. A primeira coisa que encontrou foi sua bolsinha de marmita com alguma coisa no fundo. Podia ser qualquer coisa, ou ter sido qualquer coisa, mas tinha passado da data de validade há anos. Hannah também achou um par de óculos escuros, um punhado de canetas e um cadeado cujo segredo ela havia esquecido. Uma hora seus dedos encostaram em um papel, um papel rígido do tamanho de um cartão.

Com o coração acelerado, Hannah tirou a mão da mochila e deu uma olhada. Era a receita da barrinha metafísica de Ibby. Mal podia esperar para sentir aquele gosto outra vez!

Hannah passou os olhos pelos ingredientes e se deu conta de que estava com sorte. Tinha tudo, até o pacote de Club Social. Eram os biscoitos salgados preferidos da mãe, e Hannah os estocava para as festas.

Em pouco tempo já havia forrado uma assadeira com papel alumínio e borrifado desmoldante. Hannah cobriu o papel alumínio com os biscoitos e misturou os ingredientes do caramelo na panela. Enquanto mexia o caramelo fervilhante, esperando que cinco minutos se passassem, tornou a pensar em Candy. É claro que não faria mal em perguntar algumas coisas a um especialista, e tinha um especialista na família. O cunhado, Bill, delegado do condado.

Hannah deu uma olhada no relógio. Eram onze e meia, mas Bill nunca dormia antes da meia-noite. Se desse sorte, ele atenderia o telefone antes que a ligação acordasse a irmã dela, Andrea. Hannah pegou o aparelho, discou o número e continuou mexendo o caramelo enquanto o telefone chamava.

– Está na mesa ao lado da porta. Você deve ter deixado lá quando estava procurando as chaves do carro. Se quiser, eu levo para você, mas aí vou ter que acordar a Tracey e...

– Sou eu, Andrea – Hannah declarou, interrompendo o que obviamente era uma explicação para o cunhado. – O Bill foi para o trabalho e esqueceu o almoço em casa?

– Foi, e ele vai dobrar o expediente. Um dos colegas está doente.

– Quer que eu leve alguma coisa para ele?

– É muita gentileza sua, Hannah, mas não precisa. Ele pode pedir uma pizza de novo. Ele já esqueceu outras vezes e foi isso o que ele fez. – Houve uma pausa, e quando Andrea voltou para a linha, estava com uma voz confusa. – Parando para pensar agora, geralmente isso acontece quando eu faço sanduíche de mortadela com pastinha de queijo. Se eu não soubesse que é bobagem minha, acharia que ele não gostou.

Hannah não se juntou à irmã na risadinha que ela deu por conta do que supunha ser um absurdo. Hannah já tinha provado o sanduíche de mortadela com pasta de queijo de Andrea. Uma vez. Numa escala de um a dez, o sanduíche ganharia menos seis.

– O que é que você está fazendo acordada a essa hora? – Andrea perguntou.

– Barrinha de caramelo. Se ficar bom, eu guardo um pouco para você.

– Tudo o que você faz é bom. E eu amo caramelo. É daqueles com chocolate e nozes por cima?

– Exatamente.

– Ah, que bom! Também é o predileto do Bill. Quem sabe você não me ensina a fazer?

Quando as vacas fizerem cálculos, Hannah pensou, mas não disse. Andrea era um desastre na cozinha. Era impossível uma mera mortal ensiná-la a cozinhar.

– Então, você está precisando de alguma coisa? – Andrea questionou, apagando da cabeça de Hannah a imagem de bovinos apoiados nas patas traseiras para escrever fórmulas matemáticas complexas num quadro-negro.

– Não. Eu só queria fazer uma pergunta ao Bill.

– Aposto que é sobre o Mike Kingston. – Andrea se referia ao mais novo detetive da delegacia. – Bem, eu posso poupar seu tempo. O Mike disse ao Bill que ele se divertiu à beça jogando boliche com você. E que neste fim de semana vai convidar você para sair de novo.

– Isso é... ótimo – Hannah disse. Ela não sabia se gostava do sistema de avisos de futuros convites, mas isso devia ser inevitável, já que Bill trabalhava com Mike.

– Bem, se for só isso, eu preciso ir para a cama. Amanhã acordo cedo.

– Você vai acordar cedo? – Hannah esperava não demonstrar todo o espanto que sentia. Andrea tinha horários dignos da realeza de Lake Eden. Geralmente dormia até as nove, mais ou menos, e levava mais uma hora para se arrumar para o trabalho. Como a maioria das pessoas só visitava imóveis à venda depois do meio-dia, seu horário dava certo.

– Tenho uma visita para fazer à uma – Andrea explicou. – Então vou ter que acordar às sete.

– Você demora seis horas para se arrumar para mostrar um imóvel?

– Claro que não! É que amanhã à tarde eu tenho o almoço do grupo da igreja e a Cut 'n Curl está lotada. A Bertie só conseguiu me encaixar às oito da manhã. E aliás...

– Com muito prazer – Hannah interrompeu, já sabendo exatamente o que a irmã pediria. – É só você deixar a Tracey comigo antes de ir na Bertie que eu levo ela para o Kiddie Korner na hora certa.

– Obrigada, Hannah. Sabia que você é maravilhosa?

– Eu sabia. É por isso que o Mike quer sair comigo de novo.

– Na verdade... *não* é por isso – Andrea retrucou, levando Hannah ao pé da letra. – Ele disse ao Bill que você é a mulher mais engraçada que ele já conheceu.

Hannah tentou pensar no que dizer, mas era difícil. Não tinha certeza se ser engraçada era mais importante do que ser maravilhosa. Também não sabia se Mike tinha dito isso como elogio ou não. Afinal, palhaços eram engraçados, mas nem sempre as pessoas tinham vontade de sair com eles.

O temporizador apitou, poupando-a de analisar o problema mais a fundo, e Hannah tirou a panela de caramelo do fogo.

– Tenho que desligar. Meu caramelo precisa de mim. Até de manhã, Andrea.

Despejar a mistura quente em cima dos biscoitos não era complicado, nem enfiar a assadeira no forno. Hannah ajustou o tempo para dali a dez minutos e se sentou à mesa da cozinha para aguardar. Se o caramelo ficasse bom, deixaria um pouco para Bill quando estivesse a caminho do trabalho, na manhã seguinte. Ele provavelmente a chamaria para tomar com ele o líquido preto pavoroso da delegacia que lembrava café tanto quanto um trator lembra um carro esportivo de alto desempenho, mas assim teria a oportunidade de lhe fazer perguntas teóricas sobre trâmites policiais e fugitivos.

Quando o temporizador apitou de novo, Hannah tirou a assadeira do forno e salpicou as gotas de chocolate ao leite. Esperou as gotinhas derreterem para espalhá-las com a espátula. Depois de colocar pecãs picadas por cima e pôr a assadeira na geladeira, ela limpou a cozinha e foi para a cama para fazer uma segunda tentativa de dormir.

Conforme o esperado, Moishe continuava estirado no travesseiro dela. Hannah se enfiou do outro lado da cama e pegou o travesseiro de Moishe. Era de espuma, e ela detestava travesseiro de espuma. E não era só isso: era uma espuma grumosa que começava a se despedaçar e a cheirar mal. Era quase pior do que travesseiro nenhum, mas ela estava muito cansada para travar uma disputa com o gato pelo travesseiro caro de pena de ganso que tinha comprado no shopping. Hannah afofou a espuma, enfiou-a embaixo do pescoço e torceu para não estar toda dura de manhã. E então, embora não estivesse acostumada a dormir naquele lado da cama com o travesseiro de espuma que parecia um saco gigante de marshmallows petrificados, e além disso tivesse se esquecido de tirar a pantufa, ela adormeceu quase instantaneamente.

Barrinha metafísica de caramelo da Ibby

Preaqueça o forno a 175 ºC,
use a grelha do meio.

Um pacote de 450 g de Club Social*
1 xícara de manteiga *(250 ml)*
1 xícara de açúcar mascavo *(bem cheia)*
2 xícaras de gotas de chocolate ao leite *(um pacote de 340 g)*
2 xícaras de pecãs picadas *(com sal ou sem sal, não faz diferença)*

* Você vai usar só 150 g desses biscoitos. Pode comprar um pacote menor, mas ter um biscoitinho sobrando nunca é demais, né? Se não achar Club Social no mercado, use qualquer marca de biscoito salgado parecido. O objetivo é cobrir toda a base da assadeira com alguma coisa crocante e salgada.

Forre uma assadeira de 25 por 38 cm com papel alumínio. Uma assadeira com borda média seria perfeita. Se não tiver uma dessas, vire as bordas do papel alumínio para criar laterais.

Borrife desmoldante no papel alumínio ou unte o papel de outra forma. *(A ideia é você conseguir tirá-lo depois, quando o caramelo endurecer.)*

Forre a assadeira toda com Club Social, com o lado salgado para cima. *(Pode quebrar os biscoitos para que caibam, se necessário.)* Deixe a assadeira de lado enquanto você cozinha o caramelo.

Primeira observação da Hannah: não é preciso ter termômetro culinário para fazer essa receita.

Misture a manteiga com o açúcar mascavo numa panela. Cozinhe em fogo médio a alto até ferver, mexendo sempre. Deixe ferver por exatos cinco minutos, sem parar de mexer. Se respingar demais, diminua a temperatura. Se começar a perder a fervura, aumente a temperatura. Mas não pare de mexer.

Derrame a mistura sobre os biscoitos da forma mais uniforme possível.

Segunda observação da Hannah: eu começo despejando a mistura de cima a baixo no comprimento da assadeira. Em seguida, viro a assadeira e formo mais linhas na largura. Depois que a assadeira está toda co-

berta pelo xadrez de caramelo quente, derramo o que sobrou onde for necessário. Se a mistura não cobrir os biscoitos por completo, não se preocupe – ela vai se espalhar um bocado dentro do forno.

Leve a assadeira ao forno a 175 ºC por 10 minutos.

Tire a assadeira do forno e polvilhe as gotas de chocolate ao leite por cima. Espere até elas derreterem e espalhe bem com uma espátula à prova de calor, uma colher de pau ou uma espátula para bolo.

Salpique as pecãs picadas por cima do chocolate e ponha a assadeira na geladeira.

Quando o caramelo tiver esfriado por completo, remova o papel alumínio e quebre a barrinha em pedaços irregulares.

Terceira observação da Hannah: a Ibby usava as barrinhas como recompensa por notas altas nos testes. Quando você provar uma delas, vai entender por que ainda sei recitar pelo menos uma estrofe de cada um dos poetas metafísicos.

Capítulo 5

Os faróis do carro de cookies de Hannah brilhou contra a fileira de vidraças na fachada do prédio de tijolos vermelhos que abrigava a delegacia do condado de Winnetka. Era uma construção bastante nova, erguida com o dinheiro do condado, e as janelas, uma em cada sala, não abriam. Isso tornava o edifício mais eficiente em termos de energia, segundo as diretrizes do governo do condado. Independentemente da estação e do clima lá fora, o interior estava sempre na temperatura politicamente correta de vinte graus.

Eram oito as vagas demarcadas para visitantes, e Hannah pôde escolher qualquer uma delas. Como não era boba nem nada, optou pela que ficava mais perto da porta. Depois de pegar a caixa de barrinhas de caramelo que tinha preparado antes de sair de casa, munida também dos três saquinhos de cookies da véspera que seriam devorados sem demora por quem estivesse de plantão lá dentro, ela saiu correndo do carro para a porta.

Hannah empurrou a primeira porta e entrou no recinto que servia de chapelaria. Era apertado, mais parecia um corredor do que um cômodo, e tinha uma prateleira para botas e uma série de ganchos para casacos e cachecóis. A porta que dava na delegacia ficava na outra ponta, e o recinto também servia de ambiente intermediário entre o ar gélido do inverno e o policial que ocupava a recepção.

Hannah não teve como não sorrir ao tirar a bota e pendurar o casaco no gancho. O conselho do condado tinha gastado milhares de dólares para elaborar o projeto de economia de energia com a porta interna e a porta externa, algo que qualquer morador de Minnesota que tivesse uma varanda fechada poderia ter recomendado de graça.

No momento em que Hannah ia até a porta interna para entrar, ela se abriu e Bill apareceu.

– Entre, Hannah. Eu estava na sala e vi você estacionar.

– Oi, Bill – Hannah o cumprimentou, entregando a caixa de caramelos.

– O que é isso?

– Barrinha de caramelo. Fiz ontem à noite. E também trouxe cookies. Você tem tempo para tomar um café? Preciso conversar uma coisinha com você.

– Eu tenho tempo *para dar e vender*. A delegacia passou a noite inteira mais morta que pino de porta. – Bill parou e franziu um pouco a testa. – Mas eu fico me perguntando o que isso quer dizer.

– O que *o quê* quer dizer?

– "Mais morta que pino de porta". Passei a vida inteira falando isso e não sei o que significa.

– É do século XIV. Shakespeare usou essa expressão em *Henrique IV*. A maioria dos estudiosos acha que veio da fixação do pino nas portas.

– Como assim?

– As pessoas passavam um pino comprido na porta e martelavam a ponta por dentro para ela ficar curva, assim ninguém conseguia tirar. Era assim que eles faziam antes de existir parafuso, para dar uma força extra a coisas tipo portas. Os pinos eram chamados de "mortos" porque ficavam curvos e não podiam ser reutilizados. – Hannah se calou quando reparou que Bill a encarava com espanto. – Que foi?

– Eu estava só me perguntando como é que você sabe disso tudo.

Hannah deu de ombros.

– Eu li em algum lugar e ficou na minha cabeça. Acontece de vez em quando.

– Ok, vou acreditar. Vamos lá na minha sala que eu vou pegar um cafezinho na sala de descanso ao lado. É mais fresco do que o da máquina.

– Mas é *melhor*? – Hannah indagou antes de ir para a sala dele. Ela descobriria em breve.

Hannah atravessou o corredor e abriu a porta com a placa de latão fajuto onde lia-se "William Todd, detetive" em letras impressas de modo a dar a impressão de que eram gravadas. Entrou no ambiente que era mais um cubículo do que um escritório e pegou uma das cadeiras em frente à mesa. Os outros policiais tinham uma sala coletiva. Todas as mesas eram cercadas por paredes que batiam na altura do peito, assim a pessoa tinha uma sensação de privacidade quando estava sentada. A ilusão era desfeita no instante em que se levantava, e os policiais praticavam o que chamavam de comunicação "por cima do muro" o tempo inteiro. Se um policial precisava falar com outro, ele simplesmente ficava de pé, espiava por cima da parede e berrava.

Quando Bill virou detetive, um dos benefícios que recebeu foi uma sala com paredes de verdade, uma porta de verdade, que trancava, e uma janela que não se abria cuja vista era o estacionamento de visitantes. Enquanto esperava, Hannah se virou para olhar pela janela de Bill. O carro de cookies estava em plena vista, mais cor de vinho do que vermelho sob a luz azulada dos holofotes instalados na fachada do prédio. Nenhum outro "visitante" tinha chegado. Sua caminhonete era o único veículo que quebrava a paisagem de neve lisa que se estendia pelo terreno desprovido de árvores que acabava abruptamente em uma rodovia.

Hannah ouviu passos no corredor. Devia ser Bill com o café. Ela logo pôs um sorriso no rosto e respirou fundo para se centrar. Não era de sua natureza esconder o jogo. A maioria das pessoas percebia quando ela estava apenas jogando verde para colher informações. Mas Bill já estava no trabalho havia cinco horas, devia estar cansado. Talvez não atinasse para o fato de essa não ser uma mera visita social.

– Olha só quem eu achei na sala de descanso – Bill disse ao chegar com o café. – Eu contei que você trouxe cookies e ele insistiu em vir comigo.

Hannah se virou na expectativa de ver Rick Murphy ou um dos outros policiais que ela conhecia, mas se deparou com Mike Kingston. O que *ele* estava fazendo ali tão cedo? Como era detetive-chefe, ele trabalhava no horário normal e nunca dobrava o expediente, a não ser que houvesse um caso importante ou...

– Oi, Mike – ela disse, interrompendo a própria linha de pensamento.

– Hannah. – Mike pegou a outra cadeira em frente à mesa de Bill e esticou o braço para tocar na mão dela. – Você acordou cedo.

– Eu sempre acordo cedo. Tenho que preparar os cookies antes de abrir a loja. – Hannah fitou seus simpáticos olhos azuis e lutou contra o ímpeto de se aproximar. O sujeito era carismático, para não falar do quanto era atraente. – Eu não sabia que você trabalhava neste cemitério.

Foi só quando Mike riu que Hannah se deu conta de que tinha feito uma piada. Um detetive que investigava homicídios trabalhando num cemitério. Muito engraçado.

– Desculpe – ela disse. – É que estou surpresa de ver você aqui a esta hora da madrugada.

– Eu sou uma pessoa matutina. Gosto de chegar quando está tudo sossegado e começar o dia devagar. O Bill disse que você queria conversar com ele. Posso sair se for pessoal.

– Não! Quer dizer... não é pessoal. É teórico. Eu pelo menos *espero* que seja teórico. – Hannah respirou fundo e entabulou o discurso que tinha ensaiado no trajeto de casa até a delegacia.

"– A prima da Lisa fugiu de casa e ela tem só quinze anos. A mãe acha que ela está na casa de uma amiga e que vai voltar para casa quando cansar de dividir o banheiro, mas ela perguntou para a Lisa o que aconteceria se a menina fosse pega pela polícia."

Bill sorriu ao pegar um cookie.

– Essa é fácil, Hannah. Como ela é menor de idade, a polícia a devolveria à custódia dos pais.

– Mas e se ela não disser à polícia quem são os pais dela e nem se eles estão vivos?

– Aí fica um pouco mais difícil. – Bill passou o saquinho de cookies para Mike, que pegou um e o devolveu. – Aí a polícia delega a custódia dela ao Conselho Tutelar até os pais serem localizados. Que cookies são esses, Hannah? São uma delícia!

– São de manteiga. São feitos com caramelo amanteigado e aveia. – Hannah fez o possível para controlar a impaciência. Precisava de mais informações, e tinha que ser cuidadosa para que nenhum dos dois desconfiasse de que ela estava descrevendo Candy e sua própria situação na Cookie Jar.

– São perfeitos para o café da manhã – Mike disse, pegando outro –, principalmente porque têm aveia. Minha mãe tentava me fazer comer aveia todo dia de manhã. Eu bem que teria comido se fosse na forma desses cookies.

Hannah sorriu para agradecer o elogio, mas estava na hora de ir direto ao ponto.

– Digamos que essa fugitiva apareça aqui em Lake Eden e se recuse a cooperar. Ela não diz qual é o sobrenome dela, de que cidade ela é, nem mesmo de qual estado. Ela alega ter mais de dezoito anos, mas não parece ter e não tem como provar que tem. Que medidas vocês tomam?

– Eu entraria em contato com a Lisa e diria para ela ligar para a tia. A menina pode ficar com a Lisa e o pai dela até a mãe vir buscá-la.

Hannah quase soltou um grunhido. Mike levava o que ela dizia ao pé da letra. Talvez fosse melhor perguntar a Bill.

– Certo, então esquece que eu mencionei a Lisa. Estou curiosa e quero retomar a teoria. Vamos fingir que você não conhece a menina e não sabe quem são os pais dela. O que fazer, Bill?

– Depois de interrogar a menina, a gente chamaria o Conselho Tutelar para vir buscá-la. Eles ficariam com a custódia e garantiriam que ela está sendo cuidada. Depois a gente se concentraria em descobrir de onde ela veio.

– Como descobrir?

– A gente olharia as fichas de desaparecidos – Mike se intrometeu – e compararia a foto que tiramos dela com as fotos das fichas. E faríamos nossa própria ficha com a foto dela, dizendo que nós a encontramos e listando tudo o que sabemos sobre ela. Depois daríamos uma busca nas digitais dela para ver se não está no sistema como delinquente juvenil. Se ela já fugiu de casa antes, talvez esteja.

– E só? – Hannah indagou, olhando para os dois com perplexidade. – Vocês só fazem isso?

– A gente só *pode* fazer isso – Mike a corrigiu.

– Então ela fica no orfanato do condado de Winnetka até se concluir que ela está com dezoito anos?

Mike encolheu os ombros.

– Às vezes é isso o que acontece. Mas não esqueça que deve existir alguma razão para ela ter fugido de casa. Talvez ela fique melhor no orfanato.

Hannah já tinha sido voluntária do orfanato do condado de Winnetka. As crianças eram bem cuidadas e os funcionários faziam o possível para criar um ambiente alegre, mas o velho edifício de granito era uma instituição e não um lar de verdade.

– Preciso ir – Mike anunciou, se levantando e pegando a mão de Hannah. – Que tal sábado à noite? Quer comer um hambúrguer e depois ir ao cinema, alguma coisa assim?

– Eu adoraria – Hannah respondeu, feliz porque sua voz não tinha falhado, ficado estridente nem feito nada para demonstrar sua empolgação por ter sido chamada para outro encontro.

– Então nos vemos às seis. Se já estiver de saída, eu acompanho você até a porta.

– Nós dois acompanhamos você até a porta – Bill declarou, se levantando. – É o mínimo que a gente pode fazer depois de ganhar esses cookies.

Hannah se sentiu meio esquisita quando Bill pegou seu braço esquerdo e Mike pegou o direito. E se sentiu ainda mais esquisita quando cruzaram o corredor rumo ao balcão da recepção. Se alguém estivesse esperando sentado numa das cadeiras de plástico do saguão, talvez sentisse necessidade de explicar que não estava sob detenção, que o detetive à esquerda era o cunhado e à direita estava o homem com quem sairia na noite de sábado.

Cookies amanteigados

Preaqueça o forno a 175 ºC,
use a grelha do meio.

1 xícara de manteiga *(250 ml – derretida)*
1 xícara de açúcar mascavo
1 xícara de açúcar refinado
2 ovos batidos *(basta batê-los num copo com a ajuda de um garfo)*
1 colher (chá) de fermento químico
½ colher (chá) de bicarbonato de sódio
½ colher (chá) de sal
1 colher (chá) de extrato de baunilha
2 xícaras de farinha *(não peneire – compacte bem na xícara)*
2 xícaras de balas macias de caramelo picadas *(310 g é o bastante)*
1 ½ de aveia integral *(é aveia crua – usei a da Quaker)*

Derreta a manteiga em uma tigela grande que vá ao micro-ondas. *(Cerca de 90 segundos no ALTO.)* Acrescente os açúcares e deixe esfriar um pouco. Em seguida, junte os ovos batidos, o bicarbonato, o fermento, o sal e o extrato de baunilha.

Misture a farinha e depois as balas macias de caramelo picadas. Acrescente a aveia integral e misture bem até incorporar. Deixe a massa descansar, descoberta, por 10 minutos, para que a manteiga endureça.

Você pode pegar a massa com uma colher de chá redonda e colocá-la na assadeira untada, 12 por assadeira, ou fazer bolinhas com a massa e colocá-las na assadeira, apertando-as um pouco para que não saiam rolando a caminho do forno. *(Prefiro enrolar a massa em bolinhas – os cookies ficam bonitos, redondinhos.)*

Asse a 175 ºC por 12 a 15 minutos. Deixe esfriar na assadeira por 2 minutos e depois transfira os cookies para uma grelha para que esfriem por completo.

Esses cookies congelam muito bem se você os enrolar em papel alumínio e colocá-los em saquinhos herméticos.

Rende aproximadamente 8 ou 9 dúzias de cookies, a depender do tamanho deles.

Observação da Hannah: a Carrie, amiga da mamãe, adora quando eu uso uma xícara de balinhas macias de caramelo e uma de gotas de chocolate ao leite.

Capítulo 6

— Pois bem, o que é que está acontecendo com a tia da Lisa?
— Andrea?
— Eu mesma. O Bill acabou de ligar e me contar que você levou uns docinhos para ele. E aproveitando que estava lá, você contou para ele que a prima da Lisa fugiu de casa. É sério?
— Bem, na verdade...
— Eu achava que não, principalmente porque o Bill falou que você fez perguntas sobre fugitivas menores de idade. Então, onde é que você está escondendo ela?

Hannah deu uma olhada em Candy, que ajudava Lisa a transferir várias fornadas de cookies recém-assados para os potes de vidro que usavam na vitrine. Quando o telefone tocou, às sete e meia da manhã, ela atendeu imaginando ser a mãe. No entanto, era Andrea, cheia de perguntas.

— Aqui mesmo. — Hannah deu um suspiro curto. Achava que tinha se saído bem na tentativa de convencer Bill e Mike de que suas questões eram puramente teóricas. — O Bill está na minha cola?

— Não, o Bill não está na sua cola. *Eu* estou na sua cola. Você nunca conseguiu me enganar, Hannah.

— Nem você sabendo das coisas pelos outros?

– Nem assim. Então, o que é que está acontecendo?

Hannah suspirou e esticou o fio do telefone para falar da cafeteria, onde teria mais privacidade. Mesmo quando era mais nova, Andrea sempre soube quando Hannah estava tentando enganá-la. Ao mesmo tempo, Andrea era de uma lealdade feroz com a família. Se Hannah falasse sobre Candy e pedisse segredo, Andrea não contaria nada a ninguém.

– Duas noites atrás, uma menina sem-teto arrombou minha loja para se abrigar do frio. Eu deixei comida para ela na noite passada e consegui pegá-la. Falei que ela podia ficar aqui e prometi não chamar a polícia. Tenho quase certeza de que ela fugiu de casa.

– E ela é menor de idade? – Andrea perguntou.

– Eu e o Norman achamos que sim.

– O Norman viu ela?

– A gente saiu ontem à noite e ele me ajudou a pegar ela.

– Que belo encontro!

Hannah riu.

– Bem, a gente não fez *só* isso. Primeiro a gente foi jantar.

– Que bom. Pelo menos não foi um desperdício total. Então, o que você pretende fazer com ela?

– Ficar com ela e tentar encontrar a mãe. Ela disse que o pai morreu e me pareceu verdade.

– Você vai tentar fazer isso sozinha?

– Vou. Se eu entregar ela à polícia, ela vai ser encaminhada para o orfanato.

– É verdade. – Andrea soltou um breve suspiro que ao ouvido de Hannah soou como uma resignação. – Está bem, eu ajudo você. É quase um homicídio, e nós já sabemos que somos boas em resolver esses casos.

– O que tem de parecido com um homicídio? – Hannah indagou, dividida entre a vontade de entender a lógica da irmã e a de acreditar que era melhor não saber.

– Em vez de procurar o assassino, a gente vai procurar a mãe.

– Entendi – Hannah respondeu, arrependida de ter perguntado. – Não esquece que você é casada com um detetive e eu estou dando abrigo a uma fugitiva. Tem certeza de que você quer se envolver nessa história?

– Claro que quero! Eu preciso salvar você de si mesma. Você não vai conseguir informação nenhuma porque não sabe mentir. Você nunca foi boa nisso.

Hannah não se incomodou em negar, pois a irmã tinha razão.

– Já eu sou uma especialista em contar mentiras!

De novo, Hannah ficou muda. Não queria puxar uma briga questionando se ser especialista em algo moralmente repreensível deveria ser motivo para Andrea se gabar.

– Deixa que eu cuido de tudo. Dou uma passadinha aí para ver a menina depois que eu fizer o cabelo. E você fica de olho nela perto da Tracey.

– Ela é uma menina legal, Andrea. Não vai fazer mal à Tracey.

– Você me subestima, Hannah. Não foi por isso que eu disse para você ficar de olho. Se ela for muito boa com a Tracey, talvez isso indique que ela está acostumada com crianças da idade dela. O que pode ser um sinal de que ela tem uma irmã ou um irmão pequeno.

– Você tem toda a razão. – Hannah entendeu que era hora de dar o braço a torcer. – Bem pensado.

– Obrigada. Eu sou boa nessas coisas.

– É mesmo, sem sombra de dúvida. – Hannah decidiu que essa seria a última torção de seu braço. – Não esqueça de tomar cuidado com o que você vai falar quando conhecer ela. Ela não pode saber que você sabe que ela é fugitiva, senão vai escapar e a gente nunca mais vai ver a menina.

– É verdade. Que história você vai contar para explicar por que ela está aí na Cookie Jar?

– Eu ainda não inventei uma história.

– Então deixa que eu invento. Sou melhor em inventar histórias do que você. Vamos dizer que ela é a irmã caçula da Ellen.

– Ellen?
– Ellen Wagner, a moça com quem você dividia o apartamento na época da faculdade. Você me apresentou a ela quando fomos na sua formatura.
– Tem razão. Fico surpresa de você ainda se lembrar dela.
– Me lembro mais do vestido do que dela. Quem tem ombros largos não devia usar estampa grande, muito menos de cor berrante. Ela tinha uma família grande, não?
– Era, de Dakota do Norte.
– Vai dar certo. Um tiquinho de verdade é sempre bom numa história inventada. Bem, a Ellen ligou e pediu para você contratar a irmã dela durante as festas, quando a loja fica mais movimentada. E o motivo por que ela quis que você contratasse ela... Qual é nome da fugitiva? Você sabe?
– É Candy.
– Ok. – Andrea respirou fundo e Hannah a ouviu pegando o fio da meada da própria história. – A Ellen pediu para você contratar a Candy nas festas porque o namorado da Candy terminou com ela e começou a namorar a melhor amiga dela. E a Candy achou insuportável a ideia de ficar na mesma cidadezinha que eles.
– Me parece uma boa. E assim a gente tem outro tiquinho de verdade na história.
– Que tiquinho?
– Todo mundo de Lake Eden sabe que eu preciso de mais gente nas festas. A Lisa e eu ficamos tão ocupadas que a gente tem que marcar hora com a caixa de lencinho para poder espirrar.

Trabalhar como confeiteira na Cookie Jar era a realização de um sonho. Hannah era legal e dizia coisas engraçadas que provocavam risadas em Lisa e Candy. Candy não se sentia tão bem desde que tinha catado suas coisas e caído na estrada, e se viu sorridente ao preparar uma assadeira de biscoitinhos de bengala como Lisa havia lhe ensinado. Era fácil. Só precisava esticar uma colherada de massa branca e outra de massa rosa, enrolar as duas massas e deixá-las em forma de bengala, com uma curva na ponta.

– Esses a gente deixa só nove minutos no forno – Hannah lhe disse. – Se passar disso, a parte branca fica marrom.

– Não seria *dourada* em vez de *marrom*? – Candy brincou, se lembrando da descrição feita pela mãe do bolo que tinham deixado tempo demais no forno.

Hannah riu e se virou para Lisa.

– Ela nasceu para isso. Já leu até o livro das desculpas dos confeiteiros.

Candy terminou a última assadeira de cookies e os levou ao forno. Tinham sabor de amêndoa e a mãe teria adorado. Havia uma confeitaria a três quarteirões da casa delas e ela ia andando até lá todo sábado de manhã para comprar uma bengalinha de marzipã coberta de chocolate para a mãe.

Lágrimas brotaram dos olhos de Candy. Estava morrendo de saudades da mãe. Para não pensar demais nela, se concentrou nos cookies que assavam no forno.

– Você não precisa ficar olhando eles segundo a segundo – Lisa lhe disse. – Você pôs o temporizador, não pôs?

– Pus, sim. Para nove minutos. E eu não estava olhando os cookies. – Candy piscou para tirar a umidade dos olhos e se virou para Lisa. – Quer outra receita de doce? Acabei de me lembrar de uma.

– Você decora receitas?

Candy confirmou com a cabeça.

– Tenho uma memória esquisita. Eu vejo a receita na minha cabeça e só preciso ler em voz alta. Não me lembro como se chama isso.

– Memória fotográfica – Hannah a ajudou com o termo. Ela estava parada num canto, de costas para Candy e Lisa, amassando balas de hortelã para salpicar em cima dos biscoitinhos de bengala. – É como se a sua cabeça tirasse uma foto com a câmera. Tem vezes que eu adoraria ter uma memória fotográfica, mas acho que tem um inconveniente.

– Qual? – Candy indagou.

– Memórias fotográficas não são muito seletivas. Decorar receitas é um talento que pode ser muito proveitoso, mas aposto que você também decora muitas coisas inúteis.

– Tem razão! – Candy disse com uma risadinha. – Eu ainda me lembro da placa da nossa van antiga. Era personalizada e dizia *criaturas*. Foi a mamãe que deu de presente para o meu pai quando ele abriu a clínica.

Lisa riu.

– Que fofo. E o número da sua carteira de motorista? Você sabe de cor?

– Eu não tenho... – Candy se calou no meio da frase. Ela tinha falado para Hannah que tinha vinte anos, e isso significaria ter tirado a carteira de motorista. – Eu não sei esse número de cor. Mas eu sei dizer o nome de todos os livros da Bíblia em ordem. Eu decorei todos antes de a gente ir visitar o vovô Samuel. Ele é pastor metodista.

– Aposto que ele ficou impressionado – Hannah disse, se virando para lhe dar um sorriso.

Candy confirmou.

– A mamãe também. E depois disso, ela pedia para eu decorar as coisas para ela.

– Que coisas?

– A lista de compras quando a gente ia ao mercado. Para o caso de ela esquecer de pegar o papel. E o número do meu pai na clínica. Ela nunca lembrava qual era. Eu tentei ensinar para ela, sabe? Eu disse que só tinha um, quatro e oito. Poxa, é muito difícil lembrar de oito-um-quatro, oito-quatro-quatro-um? Mas ela sempre misturava os números.

Candy parou de falar e franziu um pouco a testa. Era hora de mudar de assunto. Estava falando muito de si e não queria que Hannah e Lisa descobrissem de onde ela era.

– Quando a gente acabar os cookies, quer que eu faça um rolinho de chocolate com pecã? Você podia vender em fatias.

– Deve ser uma delícia – disse Lisa. – O que você acha, Hannah?

– Claro. Se estiver faltando algum ingrediente, eu dou o dinheiro e você vai correndo no Red Owl comprar.

Candy pensou nisso por um instante e depois balançou a cabeça. Dera uma olhada na despensa de Hannah na primeira noite passada na Cookie Jar e tinha visto quase tudo de que precisava.

– Tem manteiga?

– A gente sempre tem manteiga – Hannah lhe disse. – Minha avó Ingrid sempre dizia que não existe nada que não fique mais gostoso com mais creme de leite, mais açúcar e mais manteiga.

Candy riu. Era uma boa frase e precisava se lembrar dela para usar com a mãe. Mas não veria mais a mãe, pelo menos não em pouco tempo.

– Mais alguma coisa? – Lisa a incentivou, e Candy ficou feliz. Já estava ficando triste de novo pensando na mãe e na sua casa.

– Chocolate em quadradinhos, daqueles que vêm embrulhados em papel branco. Preciso de dois.

– Amargo, meio amargo ou alemão? – Hannah lhe deu três opções.

Por um instante, Candy se frustrou. Não sabia que existia mais de um tipo de chocolate embrulhado em papel branco. O que ela precisava tinha um cheiro delicioso e um gosto horrível, mas talvez elas não soubessem identificar.

– Só um segundo que eu já digo qual é o tipo – ela disse.

Candy fechou os olhos e pensou no pacote que ficava guardado no armário de casa.

– Vem numa caixa laranja e marrom e diz *Culinário* em letras amarelas. E tem o retrato de uma senhora de avental na frente do nome, que fica em cima da parte marrom. E a parte laranja diz *Chocolate Culinário Amargo*. – Candy abriu os olhos e piscou.

– Você estava visualizando a caixa, né? – Hannah indagou.

– É. Vocês têm desse?

– Temos, sim. Mais alguma coisa?

– Só coisas que vocês já têm. Quer que eu anote a receita para garantir?

– Boa ideia – Hannah disse antes de lhe entregar uma caneta e um dos cadernos que as secretárias sempre tinham à mão nos filmes em preto e branco que a mãe e o pai assistiam. – Verificar duas vezes nunca faz mal. Se a gente gostar, eu acrescento a receita ao nosso fichário. Anote seu nome em cima para a gente creditar você.

Candy pegou o caderno e começou a escrever, sentindo-se como uma secretária à moda antiga que fizesse a taquigrafia de uma carta ditada pelo chefe. Depois de acabar, pôs seu nome no alto da folha, assim como se fazia nas aulas de Inglês, e pela força do hábito quase se deixou levar pela caneta. Ela se conteve a tempo e fez um rabisco no lugar.

Biscoitinhos de bengala

Preaqueça o forno a 190 ºC,
use a grelha do meio.

COBERTURA:
½ xícara de bala dura de hortelã triturada*
½ xícara de açúcar refinado

MASSA DE BISCOITO:
1 xícara de manteiga macia *(250 ml)*
1 xícara de açúcar de confeiteiro
1 ovo batido *(é só mexer bem com um garfo dentro de um copo)*
1 colher (chá) de sal
1 ½ colheres (chá) de extrato de amêndoas
1 colher (chá) de extrato de baunilha
2 ½ de farinha *(aperte bem dentro da xícara ao medir)*
½ colher (chá) de corante culinário vermelho

* *Pode-se usar aquelas balas de hortelã que parecem botões, bengalinhas normais ou qualquer outra bala de hortelã que dê para despedaçar bem. Dá até para usar balinhas de menta, aqueles "travesseirinhos" que ficam numa cumbuca bonita ao lado das nozes em quase todas as recepções de casamento de Lake Eden.*

Primeira observação da Hannah: eu e a Lisa preferimos usar as balas grandes de hortelã, que praticamente derretem na boca, porque elas são muito mais fáceis de triturar.

Para fazer a cobertura, coloque as balas de hortelã em um saco plástico resistente e amasse-as com um rolo para massa ou um martelinho. Você vai precisar de ½ xícara para a cobertura dos cookies.

Em uma tigelinha, misture a ½ xícara de balas moídas com ½ xícara de açúcar refinado. Deixe a tigela de lado por enquanto.

Para fazer a massa, você vai precisar de duas tigelas, uma pequena e uma média.

Na tigela média, misture a manteiga macia, o açúcar de confeiteiro, o ovo batido, o sal e os extratos. Mexa até todos os ingredientes estarem bem misturados. Em seguida, junte a farinha, acrescentando de meia em meia xícara, mexendo até incorporar cada uma delas.

Junte a massa toda e divida-a ao meio. Ponha metade na tigela pequena e cubra com um filme plástico para que não resseque. Essa vai ser a parte branca dos seus biscoitinhos de bengala.

Misture o corante vermelho à outra metade *(a massa que está na tigela média)*. Mexa até a cor ficar uniforme. Essa será a parte vermelha dos biscoitinhos.

Salpique um pouco de farinha numa tábua para pão ou uma tábua de corte retangular e apoie a tábua na bancada. Você vai usar essa superfície para preparar a massa.

Pegue uma colher de chá de massa branca da tigelinha e enrole-a em forma de bastão de dez centímetros empurrando-a para a frente e para trás com a palma das mãos limpíssimas.

Pegue uma colher de chá de massa vermelha da tigela e faça um bastão igual, também de dez centímetros.

Ponha os dois bastões lado a lado na tábua, segure os dois juntos e trance como se fossem uma corda, para que o biscoito pareça uma bala de bengalinha. Junte as pontas e aperte um pouco para que não se separem.

Ponha o biscoitinho em uma assadeira de tamanho padrão NÃO UNTADA e curve a ponta para fazer o formato de bengala. Você deve conseguir distribuir quatro biscoitos em cada uma das três fileiras que cabem na assadeira.

Segunda observação da Hannah: na primeira vez que fizemos essa receita, fizemos primeiro uma dúzia de bastões brancos e depois uma dúzia de bastões vermelhos. Nossa massa ressecou bastante em cima da tábua e as duas partes da bengalinha se separaram. Agora moldamos cada um dos biscoitos e deixamos as tigelas de massa cobertas com um filme plástico

quando não estamos mexendo nelas. Eu recomendo que se faça um biscoito de cada vez.

Depois de terminar os doze biscoitos, cubra as tigelas de massa com o filme plástico, assim elas não ressecam entre uma fornada e outra.

Antes de pôr a primeira assadeira de biscoitos no forno, abra uma folha de papel alumínio e ponha a grelha em cima dela. É em cima da grelha que você vai pôr os biscoitos quentes quando for decorá-los com a mistura de bala triturada e açúcar. Depois que os biscoitos esfriarem, transfira-os para uma caixa forrada com papel alumínio ou uma travessa e finalize com a cobertura que caiu da grelha.

Asse os biscoitos a 190 ºC por 9 minutos. *(Tire do forno quando estiverem começando a dourar.)*

Tire os biscoitos da assadeira imediatamente e os coloque na grelha. Salpique a mistura de bala com açúcar quando ainda estiverem bem quentes.

Continue a abrir a massa, moldá-la e cobrir os biscoitos até a massa acabar.

Rende aproximadamente 4 dúzias de biscoitos, a depender do tamanho.

Rolinho de chocolate com pecã

Primeira observação da Hannah: você não precisa de termômetro para fazer esse doce.

1 lata de 395 g de leite condensado
2 quadradinhos de 28 g de chocolate amargo
2 ½ xícaras de gotas de chocolate meio amargo *(420 g)*
1 colher (chá) de manteiga
1 colher (chá) de extrato de baunilha*
1 pitada de sal
225 g de damasco desidratado *(ou abacaxi, cereja ou qualquer outra fruta)*
1 ½ xícaras de pecãs picadas grosseiramente *(meça depois de picá-las)*

Segunda observação da Hannah: você não tem que necessariamente usar chocolate amargo. Se não tiver desses à mão, use três xícaras de gotas de chocolate meio amargo em vez de 2 ½ xícaras que vai dar tudo certo.

* *Você pode usar qualquer fruta desidratada nesse doce. A Lisa testou com abacaxi desidratado e extrato de abacaxi e ficou uma delícia. Se você tiver um extrato que combine com a fruta, use ele em vez do extrato de baunilha.*

Corte a fruta desidratada do tamanho de uma ervilha. Depois pique as pecãs até que completem uma xícara e meia. *(É fácil se você tiver um processador, mas faca e tábua de corte também funcionam.)*

Corte os quadradinhos de chocolate amargo em lascas. *(Assim eles derretem mais rápido.)* Esvazie a lata de leite condensado em uma panela de bordas altas. Acrescente os pedacinhos de chocolate amargo e as gotas de chocolate meio amargo.

Mexa a mistura em fogo baixo até o chocolate derreter. Dê uma última misturada e tire a panela do fogo.

Misture a manteiga, o extrato, o sal e a fruta desidratada. *(Não acrescente as pecãs por enquanto – elas são para mais tarde, quando você fizer os rolinhos.)*

Ponha a panela na geladeira e deixe a mistura esfriar por 30 a 40 minutos.

Tire a panela da geladeira e divida a massa em duas porções. Ponha cada uma delas em uma folha de papel encerado de 60 cm.

Faça um rolinho com cada metade da massa, de cerca de 45 cm de comprimento e 4 cm de diâmetro.

Passe os bastões de massa nas pecãs picadas, cobrindo-as da forma mais regular possível. Aperte um pouco as pecãs para aderirem à parte externa do bastão.

Role os bastões finalizados em um papel encerado limpo, torça as pontas para fechá-las e coloque-os na geladeira por pelo menos duas horas para que endureçam.

Corte os bastões em fatias de 12 cm com uma faca bem afiada.

Rende cerca de 48 fatias deliciosas de doce.

Capítulo 7

— Tchau, tia Hannah. Até mais tarde! – Tracey acabou plantando um beijo no queixo da tia, depois foi abraçar Lisa. Em seguida, fez um leve aceno na direção de Candy. – Tchau, Candy. Foi um prazer conhecer você.

– O prazer foi todo meu – Candy disse, dando um sorriso simpático para Tracey. – E desculpe por aquela coisa da fração.

– Sem problema. Você não sabia. E eu também não sabia!

Tanto Candy quanto Tracey riram e Hannah ficou observando a sobrinha sair pela porta dos fundos com Janice Cox, a professora da escolinha. Janice tinha ido buscar os cookies que tinha encomendado e se oferecido para levar Tracey para o Kiddie Korner.

– Vamos lá, Candy. Me ajude a arrumar as mesas – Lisa disse, conduzindo a adolescente que alegava ter vinte anos à cafeteria. – Quando a gente terminar, a gente abre a loja e eu ensino você a circular com o café.

Depois que elas saíram, Hannah pegou o bloquinho que continha as informações que já tinha reunido a respeito de Candy e pegou a caneta para fazer outra anotação. *Filha única?*, escreveu. Estava claro que Candy não tinha muita experiência com crianças em idade pré-escolar. Quando Tracey se ofereceu para ajudar Candy a misturar a massa dos cookies de chocolate com hortelã que seriam servidos na festa de Natal do Clube de Costura de Lake Eden, Candy lhe passara a receita e pedira à menina que medisse o açúcar mascavo.

Se Hannah tivesse ouvido o diálogo, teria dito a Tracey a quantidade que a receita pedia e lhe dado o copo medidor certo. A sobrinha sabia medir açúcar mascavo. Já tinha ajudado Hannah e Lisa a fazerem cookies. Conseguia até identificar a linha que dizia açúcar mascavo na lista de ingredientes porque sabia ler as palavras *açúcar* e *mascavo*. Mas os cookies de chocolate com hortelã pediam dois terços de xícara de açúcar mascavo. E embora Tracey soubesse contar até vinte, ela não sabia frações. Se Candy tivesse um irmãozinho ou uma irmãzinha, ou se tivesse passado um tempo com crianças da idade de Tracey, saberia que crianças de cinco anos ainda não sabiam ler e levariam mais alguns anos para aprender frações.

Depois de enfiar no fundo da bolsa a lista de pistas que revelariam a identidade de Candy, Hannah foi encher os jarros que ficavam na vitrine. Tinha acabado de ajudar Lisa e Candy a levá-los para a cafeteria quando Andrea entrou pela porta dos fundos.

– Então? – Andrea indagou, chegando sem bater. Ela fechou a porta, deu alguns passos adiante e se virou com a plenitude de uma modelo. – O que você acha?

– Lindo – Hannah respondeu. O comentário era referente ao cabelo da irmã, uma trança complexa com cachos que criavam uma leve moldura para o rosto, e também à roupa. Andrea usava um terninho de lã coral com gola de pele. Era uma cor que Hannah só usaria se quisesse ajudar Jon Walker, o dono da Farmácia Lake Eden, a vender todo seu estoque de óculos escuros. Ruivas não podiam usar coral. Era lei. Se não era lei, deveria ser.

– Eu acho que o caramelo ficou bom, você não acha?

Por um instante Hannah imaginou que a irmã se referisse à fornada de cookies que ela tinha levado para Bill e Mike na delegacia. Depois reparou que Andrea levantava o pé para exibir as botas de salto alto feitas de couro caramelo.

– Está ótimo – Hannah declarou, se perguntando como Andrea conseguia andar com aqueles saltos enormes. – Espero que você não esteja indo mostrar uma fazenda.

– Não estou, mas por quê?

– Esses saltos são altíssimos para andar na terra, principalmente se você tiver que subir em montes de neve.

– Salto alto é melhor do que baixo. Dá para escavar com esses aqui e eles não escorregam.

A cabeça de Hannah a remeteu a um documentário que tinha visto sobre alpinismo e os ganchos de metal usados como pontos de apoio na escalada de montanhas íngremes. Enxergava a irmã escalando o Himalaia, enfiando os saltos e subindo até o cume da montanha, passando por alpinistas veteranos e sherpas.

– Por que você está sorrindo desse jeito?

Hannah sabia que Andrea não acharia a imagem que ela concebia engraçada, por isso inventou qualquer coisa.

– Eu não consigo nem andar com isso aí, imagine subir em montes de neve.

– Eu sei que você não consegue. Você nunca se deu o trabalho de praticar. Lembra que eu ficava na sala, andando de um lado para o outro de salto alto?

Hannah lembrava, e a lembrança a fez sorrir de novo. Andrea tinha percorrido quilômetros no carpete verde-limão da sala com saltos altos e qualquer roupa velha que usava depois que chegava da escola. Às vezes era jeans e salto alto. No verão, era short e salto alto. De vez em quando era pijama e salto alto.

– Se você tivesse praticado tanto quanto eu, você ficaria à vontade de salto.

– Não, não ficaria. Meu equilíbrio é péssimo e não estou disposta a quebrar meu pescoço.

– Bem, deixa para lá. – Andrea deu uns tapinhas na bolsa que usava no ombro. – Essa bolsa não é da mesma marca, mas acho que combina bem com a bota.

– Eu acho que está bom – Hannah disse. Nunca tinha se importado se suas bolsas e sapatos combinavam, mas Andrea e a mãe insistiam que acessórios descombinados eram algo inaceitável na moda.

– O Bill me ligou faz alguns minutos e disse que devia dar uma passadinha aqui. Você deixou a Lisa a par, né?

– Sim, você está falando da tia fictícia? Ela sabe que a Candy é uma fugitiva e que supostamente é a irmã caçula da moça com quem eu dividia apartamento na faculdade.

– E a Candy? Sabe quem ela deve ser?

– Ainda não. Eu achei que seria bom você falar para ela. Foi você quem bolou a história.

– Está bem. Cadê ela?

– Está lá na frente ajudando a Lisa. Eu vou junto para apresentar você. Tome muito cuidado. Ela ainda está meio nervosa e pode acabar fugindo se você falar alguma...

Hannah se calou quando a porta de vaivém que separava a cafeteria da cozinha se abriu e Candy entrou às pressas. Não olhou para um lado ou o outro. Fez apenas uma linha reta até a porta dos fundos, abriu-a com força e saiu correndo.

– Ih! – Hannah arfou. – Melhor eu ir atrás...

Pela segunda vez seguida, ela se calou no meio da frase, mas dessa vez foi de alívio. Norman estava entrando pela porta dos fundos e segurou Candy pelo braço.

– A gente precisa parar de se esbarrar assim – ele disse, sorrindo para a menina. – Por que é que você está correndo desse jeito? Achei que você e a Hannah tinham se entendido.

– Ela chamou a polícia! – Candy falou, esbaforida. – Ela prometeu que não chamaria, mas ela...

– Não chamei, não – Hannah interrompeu.

– Bem, um policial acabou de entrar. E a Lisa devia estar sabendo o que você ia fazer, porque ela disse "oi" para ele!

– O Bill? – Hannah palpitou, se virando para Andrea.

– O Bill – Andrea confirmou, se levantando de seu banquinho. – É melhor eu ir lá antes que ele venha aqui. – Ela se virou para Candy. – Foi um prazer conhecer você, Candy. O Bill é meu marido e não vai incomodar. Vou dizer para ele que você é irmã da menina com quem a Hannah dividia o apartamento na faculdade.

– Quem? – Candy indagou, perplexa.

– A Hannah vai explicar tudo. Mas quero que você saiba que você não precisa esquentar a cabeça com nada. Não vamos deixar você passar o Natal no orfanato do condado.

Cookies de chocolate com hortelã

Preaqueça o forno a 175 ºC,
use a grelha do meio.

2 quadradinhos de 28 g de chocolate culinário amargo
½ xícara *(125 ml)* de manteiga em temperatura ambiente
⅔ de xícara de açúcar mascavo bem compactado
⅓ de xícara de açúcar refinado
½ colher (chá) bicarbonato de sódio
½ colher (chá) de sal
1 ovo grande
1 colher (chá) de extrato de hortelã
½ colher (chá) de extrato de chocolate *(se não achar, use o de baunilha)*
¾ de xícara de creme azedo
2 xícaras de farinha *(compacte bem na xícara ao medir)*
¾ de xícara de pedaços de pecã cortados grosseiramente *(é para deixar alguns pedaços grandinhos)*

Forre a assadeira com papel alumínio e borrife desmoldante. Deixe pequenas "orelhas" de papel alumínio para fora das laterais, de tamanho suficiente para que você possa segurá-las depois. *(É para que você possa tirar os cookies e o papel alumínio da assadeira assim que a fornada estiver pronta.)*

Desembrulhe e pique os quadradinhos de chocolate. Ponha em uma tigelinha que possa ir ao micro-ondas. *(Uso um copo medidor de 450 g.)* Derreta o chocolate por 90 segundos em potência ALTA. Mexa até que fique uniforme e deixe de lado para esfriar enquanto você mistura a massa do cookie.

Primeira observação da Hannah: é bem mais fácil misturar essa massa com uma batedeira elétrica. Você pode bater à mão, mas vai ter que ter muque.

Junte a manteiga com os açúcares na tigela da batedeira. Bata em velocidade média até virar uma massa uniforme. Isso não deve levar nem um minuto.

Acrescente o bicarbonato de sódio e o sal e volte a bater em velocidade média por mais um minuto ou até todos os ingredientes serem incorporados.

Junte o ovo e bata em velocidade média até a massa ficar uniforme *(mais um minuto deve bastar)*. Acrescente os extratos de hortelã e de chocolate e mexa por cerca de 30 segundos.

Desligue a batedeira e raspe a tigela. Depois acrescente o chocolate derretido e misture de novo por um minuto na velocidade média.

Desligue a batedeira e raspe a tigela de novo. Em velocidade baixa, misture metade da farinha. Quando ela já estiver incorporada, acrescente o creme azedo.

Raspe a tigela outra vez e acrescente o resto da farinha. Bata até ela ser totalmente incorporada à massa.

Retire a tigela da batedeira e dê uma boa mexida com uma colher. Acrescente os pedaços de pecã à mão. *(Uma espátula firme de silicone funciona bem.)*

Use uma colher de chá para pegar a massa e colocá-la na assadeira forrada com papel alumínio. Distribua 12 cookies em uma assadeira de tamanho padrão. *(Se a massa estiver grudenta demais, deixe-a esfriando por cerca de meia hora e tente novamente.)* Asse os cookies a 175 ºC por 10 a 12 minutos ou até a massa subir e ficar firme.

Tire o papel alumínio da assadeira e ponha em cima da grelha. Deixe os cookies esfriarem nela enquanto a fornada seguinte é assada. Quando a segunda assadeira de cookies estiver pronta, passe os que já esfriaram para a bancada ou a mesa e transfira o papel alumínio com os cookies quentes para a grelha. Alterne até a massa toda ser assada.

Quando todos os cookies estiverem frios, coloque-os em um papel encerado para que recebam o glacê.

Glacê de manteiga de chocolate:
2 quadradinhos de 28 g de chocolate culinário amargo derretido
⅓ de xícara de manteiga em temperatura ambiente
2 xícaras de açúcar de confeiteiro
1 ½ colheres (chá) de extrato de baunilha
Cerca de 2 colheres (sopa) de creme de leite *(ou leite)*

Desembrulhe e pique os quadradinhos de chocolate. Ponha em uma tigelinha que possa ir ao micro-ondas. *(Uso um copo medidor de 450 g.)* Derreta o chocolate por 90 segundos em potência ALTA. Mexa até que fique uniforme e deixe de lado para esfriar enquanto você mistura a massa do cookie.

Quando o chocolate tiver esfriado, misture a manteiga. Depois misture o açúcar de confeiteiro. *(Só é necessário peneirar se houver grumos grandes.)*

Misture o extrato de baunilha e o creme de leite. Bata o glacê até que fique com uma consistência boa de espalhar.

Segunda observação da Hannah: esse glacê é daquele tipo que nunca dá errado. Caso fique grosso demais, acrescente um pouquinho mais de creme de leite. Caso fique ralo demais, acrescente um pouco mais de açúcar de confeiteiro.

Cubra os cookies de glacê e os deixe no papel encerado até o glacê endurecer. *(Se você for que nem eu, vai comer um enquanto o glacê ainda estiver mole só para ver se está bom, é claro.)*

Quando o glacê endurecer, arrume os cookies em uma travessa bonita e aproveite. Você também pode guardá-los em um pote com tampa se você os empilhar separados com papel encerado.

Terceira observação da Hannah: a Lisa diz que quando está com pressa, sem tempo para fazer o glacê, ela salpica um bocadinho de açúcar de confeiteiro em cima dos cookies enquanto eles ainda estão quentes. Ela torna a salpicar o açúcar depois que esfriam e ponto-final.

Rende aproximadamente 6 dúzias de cookies.

Capítulo 8

Faltavam quatro dias para o Natal e a lanchonete do Hal e da Rose estava decorada. Havia uma árvore de Natal prateada no canto, iluminada por um holofote que mudava de cor devagarinho. A árvore ficava dez segundos vermelha, dez segundos azul, dez segundos verde e dez segundos amarela. Depois o ciclo se reiniciava. Hal tinha comprado a árvore do pai de Hannah na loja de ferragens de Lake Eden, na década de 1970, e ela ainda estava firme e forte.

Hannah, Andrea e Norman estavam sentados numa mesa dos fundos, sob vários metros de festões multicoloridos que davam voltas nas luminárias, num desenho entrecruzado. Um pequeno bico-de-papagaio artificial ficava exatamente no centro de cada uma das mesas, e haviam colado figuras de papelão de guirlandas, bonecos de neve e trenós às costas das cadeiras.

Se não fosse pela eterna partida de pôquer que Hal recebia na sala reservada aos banquetes, nos fundos, o restaurante estaria deserto. Eram duas e quinze da tarde, tarde demais para o almoço e cedo demais para os alunos do Jordan High pedirem hambúrguer com batata frita depois da escola. Até Rose tinha desertado. Ela reabasteceu as canecas deles, pôs o jarro de café na mesa, deixou todos à vontade e subiu para o apartamento que ficava em cima do restaurante para embrulhar alguns presentes de Natal.

– Então, o que a gente já sabe? – Andrea indagou, soprando o café para esfriá-lo antes de dar um golinho hesitante.

Hannah pegou o bloquinho e se preparou para ler as anotações em voz alta. Estava dando um tempo no trabalho para fazer uma reunião de estratégia. Lisa e Candy estavam cuidando de tudo, e depois de uma semana na Cookie Jar, Candy estava muito bem adaptada. Todo mundo parecia acreditar na história inventada por Andrea, embora Hannah imaginasse que Bill estivesse meio desconfiado. Mas ele estava deixando as coisas rolarem. Bill não iria arrastar Candy para um orfanato às vésperas do Natal, sobretudo porque agora ela estava acomodada no quarto de hóspedes do apartamento de Hannah.

– Ela tem mais ou menos quinze anos, ainda não tirou carteira de motorista e mora com a mãe. O pai era veterinário e é falecido.

Andrea balançou a cabeça.

– A gente não tem certeza disso.

– A gente não tem certeza *de quê*? – Hannah perguntou franzindo a testa.

– A gente não sabe se o pai dela faleceu.

– Por que a Candy mentiria sobre uma coisa dessas? – Norman quis saber.

– Divórcio. Eu ouvi falar disso num programa de entrevistas. Tem criança que não quer aceitar que os pais se separaram. Prefere dizer que o pai ou a mãe morreu.

Norman ficou confuso.

– Mas por quê?

– Porque assim a discussão está encerrada. Se alguém diz "meu pai morreu", você diz "meus sentimentos". E aí muda de assunto. Se alguém diz "meus pais são divorciados", pode ser que a pessoa pergunte com quem a criança mora, com que frequência vê o outro responsável e esse tipo de coisa.

Norman assentiu.

– Faz algum sentido, mas eu ainda acho que ele é falecido.
– Eu também. – Hannah olhou para o bloquinho outra vez. – Eu tenho quase certeza de que o nome dela é Candy mesmo. Ela responde quando é chamada por ele mesmo quando está distraída, e soa natural quando ela fala esse nome. E acredito que o sobrenome dela comece com R.
– Ela falou que começa? – Andrea indagou.
– De certo modo, mas não foi intencional. Naquela primeira noite, quando eu a acordei, perguntei qual era o nome dela. Ela disse "Candy" e então começou a dizer alguma coisa iniciada em R. Quando se deu conta do que estava fazendo, ela parou de repente e disse que eu não precisava saber o sobrenome dela.
– Então provavelmente começa com R mesmo – Norman concluiu. – Que mais?
– Ela tem memória fotográfica, mas não sei se isso serve ou não de pista. E quando ela estava demonstrando como funciona, disse que lembrava da placa personalizada que a mãe deu para o pai usar na van dele. Dizia *criaturas*. E ela falou o telefone da clínica do pai. Era oito-um-quatro, oito-quatro-quatro-um.
– Que ótima pista! – Andrea exclamou, lhe fazendo um joinha.
– Só se o pai não estiver morto e a clínica de que ela fala ainda estiver funcionando.
– O mais provável é que ainda esteja funcionando, mesmo ele tendo morrido – Norman lhe disse. – A maioria das clínicas não fecha as portas quando o clínico morre. Olha só o consultório do meu pai. Se eu não tivesse voltado para cuidar dela, minha mãe teria vendido para outro dentista. E pode apostar que ele não trocaria de telefone, já que os pacientes todos já têm o número. A gente vê clínicas médicas à venda o tempo todo. O que se compra é o equipamento e a lista de pacientes.

Andrea lhe deu um sorriso radiante.

– O Norman tem razão, Hannah. Olha só a Bertie. Ela não abriu a Cut 'n Curl do zero. Ela comprou os equipamentos da antiga dona e a lista de clientes. E eu sei que ela não trocou o número do telefone.

– Pode ser que o número da clínica veterinária ainda seja o mesmo, mas infelizmente existe um problema aí. – Hannah não se deu o trabalho de ressaltar que a compra de uma clínica médica não equivalia à compra de um salão de beleza, e que Andrea misturava alhos com bugalhos.

– Qual é o problema? – Norman perguntou.

– A Candy não me disse o DDD.

Andrea menosprezou sua preocupação.

– Esse problema a gente consegue contornar. Não deve existir tanto DDD assim, né?

– São mais de 260, e isso sem contar o Canadá. Eu procurei na lista amarela. A gente levaria horas para ligar para todos os números.

– Eu faço isso – Andrea se ofereceu. – Não vou demorar tanto tempo assim porque tenho aquela discagem programável em que você aperta um botão só. Vou precisar só discar o DDD e meu telefone faz o resto.

Hannah balançou a cabeça.

– Está bem, se você acha que pode, mas eu não quero nem pensar no que o Bill vai dizer quando sua próxima conta de telefone chegar.

– Ele não vai dizer nada porque vai estar igualzinha à conta de telefone deste mês.

– O seu celular tem minutos ilimitados e não cobra interurbano? – Norman chutou.

– Exatamente. Começo a ligar assim que eu puser os pés em casa e trabalho até o Bill chegar. Eu faço qualquer coisa, Hannah. Se precisar, espero ele ir dormir e passo a noite ligando.

– Talvez ela não fique aberta a noite inteira – Hannah enfatizou.

– Eu sei disso. Mas como se trata de uma clínica, eles devem ter secretária eletrônica. Tem mais alguma coisa que eu deva saber sobre a família da Candy?

Hannah deu mais uma olhada nas anotações.

– A mãe ensinou ela a fazer doces, mas disso você já sabia. E tem mais uma coisa, mas que não ajuda a gente em nada. – Hannah apontou para uma anotação que tinha feito. – Ela disse que o avô Samuel é pastor metodista, mas não sei de que lado da família ele é.

– Até agora o número de telefone é a nossa melhor opção – Norman concluiu. – Eu vou entrar na internet para ver se consigo achar a placa, mas essa possibilidade é muito remota porque a gente não sabe de que estado era. E se o pai morreu e a mãe vendeu a van ou algo desse estilo, a placa pode ter voltado a circular.

– Eu tenho uma teoria sobre o estado de onde ela é – Hannah lhes disse. – Meu palpite é de que ela não é de Minnesota. A gente assistiu ao noticiário ontem à noite, antes de ela ir para a cama, e ela não ficou nem um pouco nervosa.

Norman assentiu.

– E ela ficaria nervosa se achasse que a mãe comunicou o desaparecimento dela, né? E que a foto dela poderia aparecer na televisão?

– Exatamente. Mas tem mais: eles exibiram uma gravação do último discurso do governador e a Candy me perguntou quem era ele.

– Então ela não é de Minnesota. De onde você acha que ela é? – Andrea indagou.

– De algum lugar do Meio-Oeste que não fique a mais de um ou dois dias de Lake Eden, de ônibus ou de carona. Posso estar enganada, mas na noite em que a gente se deparou com ela, eu reparei que as roupas dela ainda estavam limpas e o saco de dormir estava praticamente novo.

– Para mim, faz todo sentido – Andrea disse, terminando o café e saindo da mesa. – Eu acho que você tem razão sobre o Meio-Oeste, principalmente porque ela não tem sotaque. Vou primeiro ligar para Dakota do Sul e do Norte e depois ir em círculos. Onde você vai estar se eu conseguir achar, Hannah?

– Estou na loja até as seis. A gente vai fechar às cinco, mas quero preparar uma fornada dupla de cookie fudge com coco para levar para a festa de Natal da Sally, na sexta à noite. Você vai na festa, não vai, Norman?

– Vou. Você me concede uma dança?

– Sem sombra de dúvida – Hannah respondeu, na torcida para que seu sorriso não passasse despercebido. Norman era um cara incrível, mas não era o que alguém sem botas de aço pudesse chamar de pé de valsa.

– E a Candy? Ela vai? – Andrea quis saber.

– Claro que vai. Eu falei para ela que essa é uma das maiores festas do ano e ela ficou toda animada.

– Ela tem vestido?

– Ainda não, mas já conversei com a Claire e amanhã vou com ela ao Beau Monde.

– Não esquece dos sapatos. Ela não pode usar vestido de festa com tênis.

– Não vou me esquecer. – Hannah ficou contente com o lembrete, mas não ia contar à irmã que sapatos não tinham nem sequer passado por sua cabeça.

– Então você chega em casa... o quê? Seis e meia?

– Mais ou menos isso.

– Está bem. – Andrea se virou para ir embora, mas voltou. – O que você quer que eu diga se achar a mãe da Candy?

Hannah refletiu um pouco e se lembrou do que Mike tinha dito. Certos fugitivos tinham bons motivos para ir embora de casa.

– Se a mãe não morar muito longe, tente convencer ela a vir aqui. Diga que se eu levar a Candy de volta sem resolver nada, ela vai fugir de novo. E da próxima vez ela pode arrumar encrenca de verdade.

– Está bem, mas e se ela não quiser vir?

– Aí eu vou lá, seja onde for. – Hannah sentia um ímpeto feroz de protegê-la, o mesmo que experimentava quando pegava filhotes de gatos e cachorros. – É só deixar claro que eu não vou perder a Candy de vista sem ter a certeza de que ela vai ficar bem.

Cookie fudge com coco

Não preaqueça o forno por enquanto – a massa tem que ser refrigerada antes de ir ao forno.

1 xícara de gotas de chocolate *(170 g)*
1 xícara de manteiga *(250 ml)*
½ xícara de açúcar mascavo
1 ½ xícara de açúcar refinado
2 colheres (chá) de extrato de baunilha
½ colher (chá) de sal
1 colher (chá) de bicarbonato de sódio
2 ovos batidos *(é só batê-los com um garfo)*
3 ½ xícaras de farinha *(não peneiradas – compacte bem na xícara medidora)*

Despeje a xícara de gotas de chocolate e a xícara de manteiga em uma tigela de 1 litro e coloque no micro-ondas por 2 minutos em temperatura alta. Mexa até ficar uniforme e deixe a mistura esfriar enquanto você faz o próximo passo.

Junte o açúcar mascavo e o açúcar branco em uma tigela grande. Acrescente a baunilha, o sal e o bicarbonato de sódio. Misture os dois ovos batidos.

Verifique a mistura de gotas de chocolate com manteiga. Se estiver fria ao toque, acrescente a mistura de açúcar e mexa bem.

Acrescente a farinha aos poucos, de meia em meia xícara, mexendo bem após cada uma delas.

Cubra a tigela e ponha na geladeira. Essa massa tem que ficar na geladeira por no mínimo uma hora. *(De um dia para o outro também é ótimo.)*

O recheio de coco também deve esfriar. Misture tudo agora.

RECHEIO DE COCO:
2 xícaras de coco ralado
1 xícara de açúcar refinado
1 xícara de farinha *(não peneirada – compacte bem na xícara medidora)*
50 ml de manteiga gelada
2 ovos batidos

Em um processador com pás de aço, bata o coco com o açúcar e a farinha. Aperte o "pulsar" algumas vezes para que os pedaços de coco fiquem bem pequenininhos.

Corte a manteiga em quatro pedaços e acrescente ao copo do processador. Aperte "pulsar" até a mistura parecer uma farinha grossa.

Quebre os ovos em uma tigelinha ou um copo e bata com o garfo. Acrescente ao copo do processador e aperte "pulsar" até serem incorporados à mistura.

(Se não tiver processador, você não precisa comprar um para fazer esse cookie – só fica mais bagunçado quando os flocos de coco estão mais compridos. Para fazer a receita sem processador, ponha todos os ingredientes menos a manteiga em uma tigela pequena e misture bem. Depois derreta a manteiga e a acrescente.)

Cubra e ponha a mistura de coco na geladeira por no mínimo uma hora. *(De um dia para o outro também é ótimo.)*

Na hora de assar a massa, preaqueça o forno a 175 ºC e use a grelha do meio.

Com as mãos, enrole a massa de chocolate, fazendo bolinhas de 2,5 cm de diâmetro. Coloque as bolinhas em uma assadeira de tamanho padrão untada, onde cabem

12 cookies. Achate as bolinhas com a palma de sua mão limpíssima.

Faça bolinhas de coco um pouco menores do que as de chocolate. Coloque-as em cima das bolinhas de chocolate achatadas. Depois amasse-as também.

Faça mais 12 bolinhas de chocolate, do mesmo tamanho que as primeiras, e coloque-as em cima das bolinhas de coco achatadas. Aperte-as um pouquinho para fazer "sanduíches".

Asse os cookies por 9 a 11 minutos a 175 ºC. Deixe que esfriem na assadeira durante pelo menos dois minutos. Quando estiverem frios o bastante, use uma espátula para transferi-los para uma grelha para que terminem de esfriar.

Rende de 5 a 6 dúzias de cookies deliciosos.

Se sobrar mistura de coco, faça bolinhas com elas, ponha 12 na assadeira, jogue gotas de chocolate por cima e aperte-as um pouquinho. Depois asse a 175 ºC por 10 minutos.

Norman quer que eu deixe esses cookies ainda mais durinhos – diz ele que vai aumentar os lucros de sua clínica odontológica. (Ele está brincando... acho eu.)

Capítulo 9

Quando o telefone tocou, às sete da manhã, Hannah o pegou. Tinha passado a noite apreensiva, se perguntando se Andrea teria sucesso em sua busca pela mãe de Candy.
– Cookie Jar. É Hannah quem está falando – ela anunciou, na esperança de que fosse a irmã e não outro cliente tentando fazer uma encomenda impossível de atender, de uma grande quantidade de cookies antes do Natal.
– Ela está aí, não está?
Era Andrea, e Hannah não precisava usar a telepatia fraterna para saber que ela se referia a Candy.
– Está.
– Venha me encontrar na mesa dos fundos do Hal e da Rose daqui a quinze minutos. Diga que você tem que entregar uns cookies, sei lá. Tenho grandes notícias!
Hannah franziu a testa quando desligou. Andrea tinha propensão ao melodrama, mas se tivesse conseguido achar a mãe de Candy, Hannah seria a primeira a aplaudir sua atuação.
– Algum problema? – Lisa indagou, notando o semblante de Hannah.
– Só mais uma encomenda emergencial de cookies. Preciso sair correndo para entregar três dúzias, mas volto antes de a gente abrir a loja. Embrulhe eles para mim, Candy.

– Deixa comigo. – Candy pegou uma das sacolas personalizadas da loja, abriu-a e pôs uma luva para mexer na comida. – De quais você quer?

– Qualquer um que esteja sobrando. Você tem que aprender o velho ditado: "A cookies dados não se olha os dentes".

– Eu amo esses cookies! Qual é mesmo o nome deles? – Andrea revirou o saquinho para achar outro cookie igual aos três que já tinha comido.

– Fudge com coco. Você vai me contar ou não vai?

– Já vou. – Andrea olhou ao redor, mas ninguém prestava a menor atenção nas duas. Os fregueses estavam no balcão, tomando canecas e mais canecas do café forte de Rose, e ouvia-se o barulho fraco de uma vassoura porque Hal preparava a sala de banquetes para o jogo de pôquer daquele dia. Só uma outra mesa estava ocupada, e seus ocupantes não ouviram a conversa delas. Cyril Murphy e o padre Coultas comiam ovo frito e duas porções de bacon de café da manhã, coisa que a esposa de Cyril e a empregada do padre não permitiriam, pois os dois precisavam ficar de olho no colesterol.

– Então, achou a clínica veterinária? – Hannah incitou.

– Claro que achei. Fica em Des Moines, Iowa. Deixei meu número na secretária eletrônica, mas o veterinário só entrou em contato comigo ontem, às oito da noite.

– E ele deu o número da casa da Candy para você?

– Não, ele não tinha. Mas ele me disse o nome do veterinário anterior. O pai da Candy se chamava dr. Allen Roberts. Ele morreu ano passado, então não foi mentira da Candy.

– Eu não achei que fosse mentira. – Hannah balançou a cabeça quando Rose ergueu a jarra de café. Sua caneca estava quase vazia, mas agora que Andrea finalmente tinha começado a falar dos telefonemas, não queria que nada a interrompesse. – Então o sobrenome dela realmente começa com R.

– Isso mesmo. Eu liguei para o serviço de informações para pedir o número de casa, mas Allen Roberts não está listado.

Eu imaginei que a mãe de Candy tivesse colocado o próprio nome depois da morte do marido, então peguei uma lista de todos os Roberts de Des Moines.

– São muitos?

– E como! Nunca tinha pensado que Roberts fosse um sobrenome tão comum, a operadora me deu dezenas de números. Comecei a ligar na mesma hora, mas tive que parar quando o Bill chegou em casa.

– Mas você conseguiu achar a mãe da Candy? – Hannah indagou, indo direto ao ponto.

– Instantes antes de ligar para você hoje de manhã. Ela chorou no telefone, Hannah. Estava morta de preocupação com a Candy e ficou muito feliz quando eu falei que ela está bem.

Hannah não conseguia nem imaginar o estresse que a mãe de Candy estava passando.

– Você pediu para ela vir aqui para a gente poder ajudá-la a resolver as coisas com a Candy?

– Pedi e ela concordou. Deixei ela em espera e liguei para a Sally para ver se tinha um quarto vago na pousada. Quando a Sally disse que tinha, a Deana falou que ia fazer a mala em dois segundos e eles já pegavam a estrada.

– *Eles* pegavam a estrada? – Hannah reparou no plural.

– Os três. Deana é a mãe da Candy. Isso eu já disse. E tem também o novo marido da Deana, Larry. E a filha dele, Allison.

Hannah ficou reflexiva.

– Quando foi que a mãe da Candy se casou de novo?

– Um dia antes de a Candy fugir. E eu sei o que você está pensando, Hannah. Eu também tenho certeza de que isso tem tudo a ver.

Hannah suspirou, com o coração compadecido da adolescente cuja vida tinha sofrido tantas mudanças drásticas no último ano.

– Uma morte na família, um novo padrasto e uma nova irmã postiça. É impossível alguém não se chatear. A Candy deixou algum bilhete?

– Deixou, e a Deana vai trazer ele. Ela falou que chora toda vez que relê.

Mamãe,
Eu te amo muito e só quero que você seja feliz. Sei que você ama o Larry e que ele faz você rir que nem o papai fazia. Estou muito contente que você tenha se casado com ele. Ele não tem tentado ocupar o lugar do papai e eu sei que ele não liga se eu chamo ele de Larry e não de pai. Se fosse só você e o Larry, eu acho que tudo ficaria bem. Mas não é.
Eu não tenho como competir com a Allison. O Larry diz que ela é perfeita e ganhou vários prêmios. Ele me disse que ela é linda e canta melhor do que qualquer pessoa que apareça na televisão, e que ela sempre fica entre os melhores alunos da classe. Ela é completamente diferente de mim. E o Larry vai me comparar com ela mesmo se tentar não comparar.
Não vai dar certo, mãe. Eu nunca vou conseguir cantar, tocar flauta e ficar sempre entre os melhores alunos da classe. Foi por isso que tive que ir embora. A Allison vai me odiar porque eu sou diferente dela. E aí nós vamos brigar e você vai me defender. Isso vai causar problemas entre você e o Larry, e não quero que você tenha que escolher entre nós dois.
Não se preocupe comigo. Vou arrumar um emprego e vou ficar bem. Pareço mais velha do que sou e não tenho medo de trabalho. Quando a Allison se formar e for para a faculdade, eu vou visitar você. E de vez em quando eu escrevo para contar que estou bem.
Por favor, não tente me encontrar, mãe. Colocaria tudo a perder.

Eu te amo,
Candy

Hannah ergueu os olhos e descobriu que três pessoas a encaravam na mesa que Sally havia batizado de Mesa Girassol devido à estampa do papel de parede do salão. Os três pares de olhos preocupados eram de Deana, Larry e Allison.

– A culpa é minha – Larry disse, franzindo a testa. Era um homem bonito de óculos e barbicha. – Eu queria que ela gostasse da Allison e acho que extrapolei na descrição.

A mulher que parecia uma versão mais velha de Candy negou com a cabeça.

– A culpa é mais minha do que sua. Eu devia ter me dado conta de que a Candy ficaria chateada de dividir a vida com uma adolescente da mesma idade que ela. É uma adaptação complicada. Desde que era pequena, ela sempre teve minha plena atenção.

Hannah olhou para Allison, que estava sentada, cabisbaixa. Era bonita, estava um pouquinho acima do peso, mas estava bem-vestida com sua roupa esportiva de marca. Não era a menina linda que Candy havia descrito no bilhete, e Hannah estaria disposta a apostar que ela não era uma grande cantora nem uma estudante genial.

– O que você acha dessa situação toda, Allison?

– Eu queria que ela não tivesse fugido – Allison declarou, e Hannah ouvia a dor em sua voz. – O papai faz parecer que eu sou melhor do que sou. É porque ele me ama e não enxerga meus defeitos. Mas sou uma pessoa de carne e osso, e a Candy perceberia isso se tivesse ao menos me conhecido. A gente poderia ter virado amigas se ela tivesse me dado uma chance.

Era o que Hannah esperava ouvir, e ela se intrometeu de corpo inteiro.

– Eu vou dar essa chance para você.

– Como é que você vai fazer isso?

– Você vai encontrar a Candy num espaço neutro e vamos ver se vocês duas conseguem se dar bem.

– Não vai dar certo. – Allison balançou a cabeça. – Ela já resolveu que não quer saber de mim.

Hannah sorriu enquanto seu plano se consolidava. A ideia tinha começado a se formar quando Allison disse que as duas nunca tinham se visto.

– A Candy não vai saber quem você é. Vocês nunca se encontraram, né?

– Nunca. Ela fugiu e no dia seguinte eu me mudei para Des Moines.

– Ela já viu foto sua?

– Acho que não. E se viu, foi foto antiga. Eu não gostei das fotos que tirei para o anuário da escola no ano passado. Quando recebi elas, rasguei tudo e não dei nenhuma a ninguém, nem ao papai.

– Perfeito. – Hannah se virou para Larry. – Vocês podem ficar até sábado de manhã?

– Claro. A gente vai ficar quanto tempo for necessário para convencer a Candy a voltar com a gente para Des Moines.

– Eu quero ver minha filha – Deana disse, e Hannah percebeu que ela estava à beira do choro.

– Eu sei, mas não vai dar certo se você simplesmente aparecer na frente dela. Ela pode fugir e aí nenhuma de nós vai achar ela de novo. Eu tenho um plano, mas você precisa ter paciência enquanto organizo as coisas.

– Por quanto tempo vou precisar ter paciência?

– Vinte e quatro horas. Amanhã à noite é a festa de Natal da Sally. Todo ano tem. Todos os hóspedes da pousada são convidados, assim como muitos moradores de Lake Eden. Eu vou trazer a Candy. – Hannah se debruçou na mesa e abaixou a voz. – Deixa eu falar para vocês o que acho que a gente deveria fazer...

Candy adorou a loja e não conseguia tirar o sorriso do rosto. Tinham saído pela porta da frente da Cookie Jar e entrado no prédio ao lado. Os manequins da vitrine usavam vestidos de festa, e Hannah tinha dito que elas iam comprar uma roupa para ela usar na festa da noite seguinte.

A mamãe amaria esta loja!, Candy pensou, olhando o carpete grosso, a iluminação suave e os armários cheios de roupas. Não havia araras apinhadas e repletas de peças caindo dos cabides. Tudo estava no armário certo, e cada armário tinha um número em dourado que indicava o tamanho das roupas. E em vez de olhar os armários sozinha, a cliente dizia à dona o que queria e pedia ajuda para escolher.

    Poltronas agrupadas ocupavam o meio da sala, e Candy imaginava que fossem para maridos ou amigos que quisessem esperar enquanto a pessoa trocava de roupa no provador e saía para desfilar. Candy estava sentada em uma poltrona de cetim rosa e Hannah estava de frente para ela, acomodada em uma poltrona verde-claro. A dona estava parada em frente a um dos armários, selecionando peças, e sob o olhar de Candy, ela escolheu um vestido e o levou até elas.

    – Vai ficar bom em você, Candy. – A dona segurava o vestido mais lindo que Candy já tinha visto na vida. – Acho que vinho é a sua cor. Você precisa de uma cor profunda, densa, para combinar com a sua pele e seu cabelo, você não acha?

    – Ah, sim – Candy arfou. Uma olhada para o vestido e já estava apaixonada. Teria concordado que a terra é plana só para ter a oportunidade de prová-lo.

    – Precisa de alguma ajuda? – Hannah lhe perguntou.

    – Não, obrigada. Eu dou conta. – Candy esticou os braços para pegar o vestido e tentou não saltitar a caminho do provador. Era leve como uma pluma e cintilava em suas mãos.

    Ela levou só um segundo para tirar o jeans e o suéter. E depois com muito, muito cuidado, Candy abriu o zíper do vestido e o enfiou pela cabeça. Quando o vestido se assentou em seu corpo, ela acreditou ouvir a melodia de uma linda canção. Fechou o zíper, rodopiou e deu uma risadinha satisfeita ao ver seu reflexo no espelho. Estava linda, nem parecia ela mesma. E parecia mais velha, parecia ter pelo menos dezessete anos, e talvez até os vinte que declarara a Hannah e Norman. Era a Cinderela e iria ao baile!

    – Deixe a gente ver, Candy – Hannah chamou, e Candy saiu correndo do provador para se exibir.

    – Ficou lindo em você – a dona da loja afirmou, mas Candy estava preocupada com Hannah. Sua nova amiga ia comprar o vestido para ela e não havia etiqueta de preço. Candy já tinha ouvido falar do susto que as pessoas levavam ao ver o preço de carros novos. Seria esse vestido tão caro a ponto de esconderem quanto custava?

– Você tem um olho excelente, Claire – Hannah enalteceu a dona. E depois se virou para Candy. – Está maravilhoso, e eu acho que a gente devia levar para você usar na festa de amanhã. O que você acha?

– É lindo – Candy disse, soltando um longo suspiro. – Mas... é muito caro?

– Não.

A dona e Hannah falaram ao mesmo tempo, e em seguida as duas caíram na risada. Candy não teve como não sorrir.

– A Claire me dá desconto porque sou vizinha dela – Hannah explicou.

– É o justo – a dona declarou. – A Hannah me dá cookies sempre que sai uma fornada dos meus preferidos.

Candy deu uma risada alegre, estava muito feliz. Teria o vestido de seus sonhos, com o qual parecia uma princesa. A única coisa que tornaria aquele momento ainda melhor seria se a mãe pudesse vê-la daquele jeito.

Capítulo 10

Candy tinha acabado de reabastecer o jarro de café e estava se preparando para ir de mesa em mesa quando uma moça bonita, bastante grávida, entrou na loja.

– Posso ajudar? – Candy perguntou, exatamente como Lisa e Hannah haviam ensinado.

– Quem dera! Preciso falar com a Hannah. Ela está na cozinha?

– Está, sim. Mas...

– Oi, Sally – Lisa se aproximou e pegou o jarro da mão de Candy. – Eu sirvo o café. Veja se a gente consegue fazer mais biscoitinhos de cereja. Estão acabando. E leve a Sally para a cozinha para ela conversar com a Hannah.

– Meu nome é Sally e eu gerencio o Lake Eden Inn – Sally se apresentou enquanto Candy a levava à cozinha.

– E o meu é Candy. Estou ajudando a Hannah e a Lisa durante as festas. É você quem vai dar a festa hoje à noite?

– Eu mesma. Ou talvez eu deva dizer "*era* eu mesma". – Sally suspirou, Candy abriu a porta da cozinha e a segurou para ela.

Hannah tirou os olhos da bandeja de barrinhas de limão delícia que estava cortando e assentiu para Sally.

– O que é que você está fazendo aqui? Imaginei que estivesse arrumando a decoração da festa.

– Eu estaria se tivesse ajuda. Mas não tenho.

– Não estou entendendo. Você disse que ia contratar três meninas para ajudar.

– Eu paguei e as três ligaram para cancelar hoje de manhã. Uma está doente, a outra está de castigo porque teve um encontro e chegou em casa tarde, e a terceira escorregou no gelo e quebrou o polegar. Eu consegui achar uma garota que se dispôs a ajudar, mas ela não vai dar conta de fazer tudo sozinha.

Hannah olhou para Candy.

– Quer ir ajudar a sra. Laughlin e a garota com a decoração a festa?

– Claro, se você me dispensar. Mas não sei se sou boa de decoração.

– Se você souber jogar festão numa árvore de Natal e fazer ele parar, já está ótimo para mim – Sally disse.

– Então está bem. – Hannah pegou o casaco de Candy e o jogou para ela. – Eu pego você na recepção às cinco e meia para a gente passar em casa para se arrumar. Pode ser?

Candy concordou.

– Por mim, está ótimo.

– Obrigada, Hannah – Sally disse, e então se virou para Candy. – E obrigada a *você*, Candy. Meu carro está parado aqui na frente e o tempo está passando. Vamos logo.

– Candy? Esta é a Sonny. – Sally se virou para a menina que aguardava na recepção quando elas chegaram na pousada. – Sonny? Esta é a Candy.

– Oi, Sonny – Candy disse, abrindo um sorriso hesitante para a menina. Ela estava um pouco acima do peso e usava uma calça larga e um suéter de tricô bonitos demais para arrumar enfeites, mas parecia simpática.

– Prazer em conhecer – Sonny declarou, retribuindo o sorriso.

– A Sonny está com as fotos – Sally lhe disse. – Meu marido contratou um fotógrafo só para tirar retratos dos enfeites do ano passado. A gente quer que fique igualzinho, mas resolvemos usar luzes multicoloridas nas árvores em vez das brancas. E queremos bolas douradas em vez das prateadas.

– Entendi – Sonny disse, e Candy ficou contente. Como não tinha visto as fotos, não sabia do que Sally estava falando.

– Venham comigo que eu mostro o que fazer – Sally disse, e as duas meninas a acompanharam até o restaurante. Ela acendeu as luzes e apontou as caixas empilhadas junto à parede dos fundos. – Todas as coisas de que vocês vão precisar estão nessas caixas. Os ajudantes de garçom montaram as mesas hoje de manhã e vocês só precisam botar as toalhas e os centros de mesa. O que me lembra que... no centro de mesa, vocês têm que trocar os vasos prateados por dourados.

– Onde você vai estar se a gente tiver alguma dúvida? – Sonny indagou.

– Na cozinha. É só você sair pela porta por onde a gente entrou e virar à direita. Fica no fim do corredor, depois da porta de vaivém.

– Obrigada, sra. Laughlin – Candy disse, na esperança de fazer jus ao serviço.

– Pode me chamar de Sally. Tem refrigerante na geladeira do canto e vou pedir para alguém servir um lanchinho para vocês daqui a uma hora, mais ou menos, para vocês não ficarem sem energia.

Depois de Sally sair, Candy deu uma olhada nas mesas vazias que pontilhavam o espaço e nas doze árvores de Natal de 1 metro e 80 que estavam em seus lugares, esperando os ornamentos.

– É um trabalhão – ela disse com um resmungo.

– Relaxa. Não é tão ruim assim – Sonny lhe disse. – A gente tem cinco horas.

– E vamos precisar de cada segundo. Você está com as fotos para a gente ver como a decoração deve ficar quando a gente terminar?

– Aqui – Sonny jogou uma pasta em cima da mesa. Em seguida, se sentou em uma das cadeiras e com um gesto indicou que Candy se acomodasse na outra. – A gente pode espalhar as fotos e deixar elas aqui como referência. Assim a gente não erra.

– Boa ideia. – Candy estava impressionada.

– Obrigada. Não sou só um rostinho bonito.

Candy caiu na risada e depois se arrependeu. E se ferisse os sentimentos de Sonny? Mas não feriu, pois Sonny também ria.

– Você acha melhor a gente trabalhar juntas? Ou começar de cantos opostos até chegar no meio?

– É melhor a gente trabalhar juntas. Assim todos os enfeites ficam iguais. Além de ser mais divertido. O que a gente faz primeiro? As mesas ou as árvores?

Candy ponderou por um instante.

– A gente devia começar com as árvores. Assim a gente usa as mesas para apoiar as caixas com as bolas e as luzes. Elas devem estar empoeiradas, se passaram o ano inteiro guardadas.

– Boa ideia! Você também não é só um rostinho bonito. Mas você é.

– Sou o quê?

– Bonita. Eu adoraria ter um cabelo igual ao seu. O meu é reto que nem uma porta.

– E eu adoraria ter o olho igual ao seu. Seus cílios são enormes. – Candy parou e deu risada. – A grama do vizinho é sempre mais verde?

Sonny se levantou com um sorriso no rosto.

– Eu acho que é. Ou é isso ou é alguma coisa sobre se colocar no lugar do outro. Vamos dar uma olhada nas caixas, ver se a gente acha as luzes.

– Então, como elas estão se dando? – Hannah perguntou, esticando o fio do telefone para poder tirar outra assadeira de cookies de aveia com passas de dentro do forno.

– Como duas grandes amigas. Sempre que eu dou uma olhadinha, elas estão rindo de alguma coisa.

– Que bom. Mas elas estão trabalhando direitinho?
– Muito. Só falta uma árvore, e depois elas vão arrumar as mesas. Se terminarem antes, ainda vai sobrar tempo para conversarem.

– Você está sujando sua roupa toda – Candy disse ao reparar nas manchas da calça de Sonny enquanto colocava outra caixa em cima da mesa. – Você devia ter botado um jeans.
– Eu sou proibida.
– O quê?
– Bem, acho que agora não sou mais, mas não tenho jeans. Eu era proibida de usar no colégio interno.
– O que é que você usava? – Candy indagou, completamente chocada. Ela desconfiava de que morreria caso não pudesse usar jeans.
– No horário das aulas, a gente usava uniforme, e depois das aulas e nos finais de semana a gente usava calça ou saia social. E pijama na hora de dormir, claro.
Candy balançou a cabeça.
– Achavam que o jeans iria corromper você?
– Talvez achassem. Tínhamos que nos comportar feito damas o tempo inteiro. Era uma das regras. Eram muitas regras.
Candy balançou a cabeça enquanto subia a escada e colocava o último anjo no alto da última árvore.
– Que bom que eu nunca estudei em colégio interno – ela disse quando já estava no chão. – Acho que eu ia morrer.
– Quando eu cheguei lá, também achei que ia morrer. Mas não morri e aprendi coisa à beça.
– Por exemplo?
– Que você tem que carregar a caixa de enfeites virada para cima porque eu já abri ela.

Capítulo 11

A festa começou e os enfeites estavam lindos. Candy estava junto à mesa de doces, sentindo-se linda de vestido novo, vendo seu fudge de três camadas desaparecer. Sally tinha colocado o doce em uma travessa redonda prateada com pedestal, e estavam tão deliciosos quanto pareciam estar. A primeira camada era de chocolate meio amargo, a segunda de chocolate branco misturado com nozes picadas e a terceira de chocolate ao leite. Quando Norman viu, tirou uma foto e prometeu lhe dar uma cópia. E quando falou do doce para Sonny, logo depois de terminarem a decoração, ela lhe pedira que guardasse um pouco para ela.

Sentiu uma cutucada no ombro, se virou e viu Sonny. Usava um suéter e uma saia azul-bebê, e sorria.

– Você guardou uns para mim? – ela perguntou.

– Eu sempre cumpro minhas promessas. – Candy deu batidinhas na bolsa dourada que estava usando. – Peguei dois antes que acabassem, estão aqui dentro.

– Acho que só dois não vai dar. Não é uma prova de verdade. É melhor eu comer um agora, só para garantir. Que vestido fantástico, aliás. Você parece uma princesa.

– Obrigada. Você também está linda – Candy disse, e falava sério. Azul-bebê ficava muito bem em Sonny, e o cabelo dela estava bonito com cachinhos nas pontas.

– Certo. Vamos lá.

Candy ficou observando Sonny pegar um bocado do fudge e prová-lo. Se a expressão de seu rosto era sinal de alguma coisa, ela tinha gostado bastante.

– Então, passou no teste? – ela indagou.

– Que teste? Eu estou apaixonada. – Sonny esticou a mão para pegar outro. – É o melhor fudge que provei na minha vida.

– É muito fácil de fazer. Eu posso ensinar você.

– Ah, não. Sou um horror na cozinha. Na única vez que tentei fazer um jantar para o meu pai, os vizinhos chamaram os bombeiros.

– Eu nem sabia que Lake Eden *tinha* bombeiros!

– Ah, mas não foi aqui. A gente está em Lake Eden só de visita. E você? Mora aqui?

– Estou de visita que nem você. – Candy se lembrou da história que Andrea tinha inventado para ela. – Meu namorado me trocou pela minha melhor amiga e eu precisava mudar de ares.

– E também precisa de um novo namorado?

– É isso – Candy disse com uma risadinha. A festa estava muito mais divertida agora que Sonny estava ali. – Vamos pegar uma Coca e sentar naquela mesa ali, perto da última árvore de Natal que a gente enfeitou.

– Boa ideia. Vou buscar as latinhas. Você pega a mesa.

Candy foi direto para a mesa e se apossou dela antes que outra pessoa pudesse reivindicá-la. Depois que Sonny chegou e elas abriram as duas Cocas, ela perguntou:

– E você? Tem namorado?

– Ainda não, mas eu acredito em milagres.

Candy riu tanto que seus olhos marejaram.

– É uma pena que a gente não estude na mesma escola. Tem um menino na minha aula de ciências que seria perfeito para você.

– Isso não vai me servir de nada, a não ser que ele estude na Hamilton, em Des Moines.

– É a minha escola! – Candy perdeu o fôlego, se esquecendo por completo da história inventada. – Mas eu nunca vi *você* por lá.

– É porque eu ainda não comecei nela. Só começo em janeiro.

– Seus pais acabaram de se mudar para Des Moines?

– Não exatamente. Meu pai sempre morou lá, mas depois que minha mãe morreu, ele me pôs no colégio interno de que eu falei. Ele não sabia como cuidar de mim, entende? É que... Eu era muito pequena quando aconteceu.

– Que horror! Mas agora que você está mais velha e já sabe se cuidar sozinha, você vai morar com ele?

– É mais ou menos isso.

Candy se curvou para a frente. Sabia que ela não estava contando a história toda.

– Como assim, "mais ou menos"?

– O papai se casou de novo e mandou eu voltar.

Candy sentiu um nó na garganta. A história de Sonny tinha uma similaridade sinistra com a sua. Ambas tinham enfrentado a perda de um dos responsáveis e o outro havia se casado de novo.

– O que foi? Você está com uma cara estranha.

– É que a nossa situação é quase igual, mas ao contrário. Foi meu pai quem morreu e minha mãe acabou de se casar de novo. Mas minha situação é um pouquinho diferente porque minha mãe se casou com um homem que tem uma filha.

– Então você ganhou uma irmã postiça de repente?

– Exatamente.

– E o que você acha dela? Ela é uma pessoa horrível?

Candy engoliu em seco. Queria muito alguém para fazer confidências e Sonny era muito legal.

– O Larry, meu padrasto, diz que ela é perfeita. Ela é linda, canta que nem uma profissional e só tira nota alta, e...

– Mas o que você acha dela? – Sonny interrompeu.

– Eu... – Candy se calou e piscou para conter as lágrimas. – Eu não sei. Fugi um dia antes de ela chegar.

– Sem nem conhecer ela?

Candy sentia vontade de desmoronar e chorar, mas preferiu ficar olhando fixo para o anjo no alto da árvore.

– É. A gente é diferente demais. Ela teria me detestado.

– Tem certeza?

– Certeza. Ela não é que nem nós duas.

Sonny se curvou para a frente.

– Se eu tivesse uma varinha mágica e me transformasse na sua irmã postiça, ficaria tudo bem?

– Seria maravilhoso. Mas você não tem uma varinha mágica e nós não estamos em um conto de fadas.

– Eu sei, mas mesmo assim eu sou sua irmã postiça.

Candy ficou boquiaberta.

– Mas não pode ser! O nome dela é Allison!

– Isso. E o apelido da Allison é Sonny.

Por um instante, Candy ficou assustada demais para fazer qualquer coisa além de permanecer sentada feito uma pedra. E depois ela apoiou o rosto nas mãos e chorou.

– Eu sou uma bocó mesmo, né?

– Podemos dizer que sim. Eu não diria que sim porque sou muito legal, mas que poderia, poderia.

As lágrimas de Candy viraram risos e ela enxugou o rosto com um guardanapo.

– A mamãe veio? Estou morrendo de saudades dela!

– Ela veio, e meu pai também. Eles estão esperando na recepção da pousada. Quer ir falar com eles?

Candy concordou com a cabeça.

– Você vem, não vem?

– Claro, se você quiser que eu vá.

– Eu quero. – Candy respirou fundo e recuperou parte de seu equilíbrio. E então disse: – A gente podia já chegar juntas. Assim vai ser mais fácil a gente sair dessa impunes.

– Parece que tudo se resolveu – Norman disse ao ver Allison e Candy cruzando o salão de braços dados.

– Parece mesmo – Hannah disse, dando um longo suspiro aliviado.

– Aonde é que elas estão indo?

– Na recepção, onde a mãe da Candy e o pai da Allison estão esperando as duas.

Norman esticou o braço para tocar na mão dela.

– Que bom que você pôs ela debaixo das suas asas, Hannah.

– Foi um prazer. Ela é um amor de menina e faz uns doces incríveis. Você provou o fudge?

Norman confirmou.

– Dá um novo sentido à palavra "saboroso". Estou com a impressão de que você vai sentir muitas saudades dela.

– Eu vou, mas não tanto quanto o Moishe. Ele tem dormido com ela no quarto de hóspedes, e o edredom de lá é de seda com enchimento de plumas. Agora ele vai ter que voltar a ficar comigo e dormir no travesseiro de espuma encaroçado.

Fudge de três camadas

Primeira observação da Hannah: esta receita não pede termômetro culinário. Se você tiver micro-ondas, não precisa nem de forno para fazer esse fudge.

1 xícara *(170 g)* de gotas de chocolate meio amargo
1 xícara *(170 g)* de gotas de chocolate branco
1 xícara *(170 g)* de gotas de chocolate ao leite
1 lata *(395 g)* de leite condensado
6 colheres (sopa) de manteiga

Forre uma assadeira de 20 por 20 cm com papel encerado OU forre com papel alumínio e borrife desmoldante.

Você pode fazer esse fudge no fogão ou no micro-ondas. Dá certo das duas formas.

Se escolher usar o fogão, use uma panela grossa e mexa sem parar enquanto estiver derretendo o chocolate e os outros ingredientes.

Para fazer a receita no micro-ondas, eu misturei os ingredientes em um copo medidor em que cabiam duas xícaras e os esquentei por 70 segundos em potência

ALTA. Lembre-se que as gotas de chocolate mantêm o formato mesmo depois de derretidas, então não se baseie na aparência. É preciso mexer bem para ter certeza.

Segunda observação da Hannah: uma lata de leite condensado tem cerca de uma xícara inteira mais um terço de xícara. Você vai ter que dividir a lata em três partes, então meça pouco menos de meia xícara para cada terço que a conta vai dar certo.

Derreta os seguintes ingredientes juntos:
1 xícara de gotas de chocolate meio amargo
Praticamente meia xícara de leite condensado
2 colheres (sopa) de manteiga

Mexa para ter certeza de que tudo derreteu e espalhe no fundo da assadeira que já foi preparada. Deixe em cima da bancada até ela esfriar e endurecer um pouco e em seguida...

Derreta os seguintes ingredientes juntos:
1 xícara de gotas de chocolate branco
Praticamente meia xícara de leite condensado
2 colheres (sopa) de manteiga

Mexa para ter certeza de que tudo derreteu e espalhe a segunda camada por cima da primeira. Deixe em cima da bancada até ela esfriar e endurecer um pouco e em seguida...

Derreta os seguintes ingredientes juntos:
1 xícara de gotas de chocolate ao leite
O restante do leite condensado
2 colheres (sopa) de manteiga

Espalhe essa terceira camada em cima das outras duas, alise com uma espátula de silicone e deixe endurecer na geladeira por no mínimo duas horas. *(Melhor ainda se for de um dia para o outro.)* Depois vire o fudge em cima de uma tábua e corte em pedacinhos.

Terceira observação da Hannah: o Mike adora esse fudge quando acrescento macadâmia picada na camada do meio. O Norman acha melhor com pecãs picadas na camada de baixo. Imagino que isso diga alguma coisa sobre a personalidade deles, mas não faço ideia do quê!

Índice de receitas

Gotas de mascavo 321-323
Cookie de Natal com frutas 341-342
Barrinha metafísica de caramelo da Ibby 350-352
Cookies amanteigados 360-361
Biscoitinhos de bengala 370-373
Rolinho de chocolate com pecã 374-376
Cookies de chocolate com hortelã 382-386
Cookie fudge com coco 393-396
Fudge de três camadas 415-417

lepmeditores

www.lpm.com.br
o site que conta tudo

Impresso na Gráfica COAN
Tubarão, SC, Brasil
2024